湖南科技學院國學叢刊

彭敏 著

宋代湖湘詩人群體與地域文化形象研究

中國社會科學出版社

圖書在版編目(CIP)數據

宋代湖湘詩人群體與地域文化形象研究 / 彭敏著. —北京:中國社會
科學出版社,2017.3
ISBN 978-7-5161-9922-0

Ⅰ.①宋… Ⅱ.①彭… Ⅲ.①宋詩—詩歌研究 Ⅳ.①I207.22

中國版本圖書館 CIP 數據核字(2017)第 042057 號

出 版 人　趙劍英
責任編輯　韓國茹
責任校對　王 斐
責任印製　張雪嬌

出　　　版　中國社會科學出版社
社　　　址　北京鼓樓西大街甲 158 號
郵　　　編　100720
網　　　址　http://www.csspw.cn
發 行 部　010-84083685
門 市 部　010-84029450
經　　　銷　新華書店及其他書店

印　　　裝　北京君昇印刷有限公司
版　　　次　2017 年 3 月第 1 版
印　　　次　2017 年 3 月第 1 次印刷

開　　　本　710×1000　1/16
印　　　張　18.75
插　　　頁　2
字　　　數　306 千字
定　　　價　88.00 元

《國學叢刊》總序

　　近年喜讀之文，有歐陽行周《講禮記記》，謂："公就幾，北坐南面，直講抗牘，南坐北面。大司成端委居於東，少司成率屬列於西。國子師長序公侯子孫自其館，太學師長序卿大夫子孫自其館，四門師長序八方俊造自其館，廣文師長序天下秀彥自其館。其餘法家、墨家、書家、算家，輟業以從，亦自其館。没階雲來，即集鱗次，攢弁如星，連襟成帷。"以爲學者講學當如此也。

　　予 2003 年 8 月來校，2005 年 7 月建立濂溪研究所，2011 年 1 月傅宏星來校，10 月建立國學研究所，2015 年 12 月本校決定創辦國學院，2016 年 5 月周建剛、彭敏陸續來校，9 月國學院進駐集賢樓，第一屆國學精英班學生 13 人入學。

　　其時本校陳弘書記撰有《集賢樓記》，刻石樓頭，指示："無文物，不大學。無人文，不大學。無特色，不大學。無大師，不大學。無精神，不大學。"予竊私綴一言曰：無著作，不大學。於是有編纂《國學叢刊》之議。

　　第一輯共得《晚周諸子學研究》《錢基博國學思想研究》《中國佛教史考論》《先秦詩文"舜帝意識"研究》《宋代湖湘詩人群體與地域文化形象研究》五種。

　　乃略記緣起，以爲總序。

張京華

2017 年 1 月於湖南科技學院國學院

序

呂肖奐

《宋代湖湘詩人群體與地域文化形象研究》本是彭敏的博士論文，年前她請我作序，故有此文。

湖湘地區稱不上是兩宋文學的重鎮。且不説與北宋的川贛、南宋的閩浙贛這些文學發達的地區相比較，就是與一般地區相較，湖湘本土文學也是欠發達的。

但有意思的是本土文學一向欠發達的湖湘，卻因各種文藝媒介（文如范仲淹《岳陽樓記》、畫如宋迪《瀟湘八景圖》、琴曲如郭沔《瀟湘水雲》）尤其是大量詩歌的介入，在宋代被建構成頗具精神意蘊及文藝內涵的詩意地域，湖湘此前偏僻蠻荒奇異的刻板印象得以扭轉。因而宋代無疑是湖湘地域形象改變的關鍵時期。

而詩歌媒介對湖湘地域形象的塑造，正是彭敏這本著作的出發點。該書的下編由詩識地，探討湖湘幾個分區域被詩人們不斷認知、發掘、塑造出鮮亮"文化形象"的過程。"瀟湘八景"因爲衆多詩人的題畫詩而聞名中外，不爲人熟知的浯溪、朝陽巖、澹巖等地則因爲大量詩人吟詠題刻而名播整個士階層。衆多小區域形象疊加並融會在一起，構成了湖湘地區的多元而立體的形象。自然山水有待於人們發現與再造，才會傳播深遠，而詩人們無疑最善於以"詩人之眼"發現自然，再造"情境"。詩人們用吟詠、唱和、寄題、題刻等各種方式塑造和建構起湖湘地區的地域形象，使得湖湘十四州軍在詩人們的書寫中逐漸清晰明朗。詩人們增加了湖湘舊地標的文化厚度，並再造了湖湘更多新地標。

地域形象的形成，與本地政治經濟文化發展以及文學的繁榮有極爲密切的關係，但卻並不完全依賴土生土長的本土文化人。尤其是弱勢地域文化形象的認知與傳播，甚至更多依賴於來自優勢文化地域的"異鄉人"。宋代幾乎沒有特別著名的詩人文人生長於湖湘，因而湖湘地區形象主要通過過境或寓居乃至從未到過湖湘的詩人及其詩歌再造而傳達到更深遠的時空。因此可知即便沒有本地詩人，本地的形象也會被"異鄉之眼"建構得閃亮鮮明，因而對地域文學的探討也可以不完全執著於詩人的本地或外地出身。這是彭敏著作亮點之一。

本書的上編同樣關注湖湘地域形象，但是視角有所變化，主要由人見地，更注重詩人群體對湖湘地區的親身體驗，尤其強調有著不同精神"身份"的詩人對湖湘地區的感受以及書寫。同樣的湖湘山水，因爲詩人不同的思想觀念與精神境界，不同的審視角度與個人體會，而會呈現出不同意蘊的"文化形象"：隱逸詩人如廖融眼中的衡山增添了自然隱逸、淡然自守的意味；禪僧詩人如惠洪眼中的湘中則處處禪機、觸發妙悟；理學家兼官員詩人張栻眼中的潭州、衡山則仁恕寬厚，貶居靖州的理學家魏了翁努力在荒遠逆境中養出浩然之氣。湖湘的自然山水以及風土人情，在不同詩人的精神觀照下展現出多層次的人文形態。人們常説詩人應得江山之助，而實際上江山也需得詩人之助。

當然，彭敏研究詩人群體的本意，在於地域對詩人結群的地緣性促進，更在於湖湘山水以及風土人情爲詩人群體提供了哪些精神支持與詩歌話題。不僅如此，在對詩人群體的論證排序中，還隱然呈現了從北宋初年到南宋中後期一個歷時性變化的湖湘。

彭敏一直勤於寫作，碩士期間就發表不少論文，但那時的論文思路還稍顯陳舊。這一度使我頗爲擔心，擔心她形成程式化思維模式後而難以改變。而她在博士入學之初就確定了論證範圍，接著的論文大綱初露變化端倪，最後的撰寫結果更令人耳目一新。三年之間她的長足進步有目共睹，也著實使我欣喜不已。

作爲不太擅長宏觀建構、邏輯思維的女性，駕馭如此宏大的論題，自然有相當大的難度，而彭敏以湖湘辣妹子那種吃得苦耐得煩霸得蠻精神，在短時期裏完成了這項艱巨任務。不能説這本書有多完美，但敢肯定的是她以新的視角以及視點構築了新的研究模式，相信這個模式會對日益興盛的地域文學研究有不少啓發。

我個人生長於河南并在河南接受了從小學到大學的教育，然後到甘肅讀碩士，到上海讀博士，最後到四川工作。從北方到南方，從中部東部到西部，每個地方都居住過三年以及三年以上時間，有機會親近各地山水，親歷各地風土人情，感受到南北東西文化異同，因而相信故鄉對人的塑造特別是對人的知識乃至思維的建構，相信他鄉對人的物質生活精神世界不知不覺地滲透，所以一直對地域文化有著極其濃厚的興趣。

彭敏作爲湖南人而到四川讀書多年，親身體驗到巴蜀文化與湖湘文化的差異，因而她願意在異鄉而回望故鄉，在今日而回望千年之前，穿越時空而追尋故鄉的歷史文化。在地域歧視無時不在無處不在的世界裏，我們有必要培養開闊的視野與心胸、融通的觀念與境界，更客觀地追憶過往的存在，并審視文化全球化進程中各個地域文化超越此在的意義。

去年夏天畢業，今年春天就能出版本書，這種面世的節奏可謂神速，不過這節奏還真的與目前的學術大躍進進度合拍。如果時間寬裕的話，彭敏的著作還有我的序都會潤色得更精彩一些。但在這樣一個時不我待的時代，我們且以原始形態示人吧。

呂肖奐於川大望江緩緩齋

2017 年 3 月 10 日

目　录

下編　地域文化形象

緒　論

一　定義與辨析

對宋代湖南文人群體與詩歌創作進行研究，必然要涉及兩個很重要的問題，一個是地域文學研究，一個是群體文學研究，因此在論述之初，有必要對這兩個概念進行探討。

地域文學的意識在中國歷史上源遠流長，自《詩經·國風》以十五國之地域分佈來分別編排詩歌起，就已顯示出中國先民對地域與文學關係的重視。而二十世紀八十年代以來地域文學的研究勃然興起，至今持續發熱，更催生了文學地理學學術體係的初步建構。

地域文學的形成一定要包含對當地文學傳統的認同與繼承，其所要考察的內容相當豐富，不僅包括山川河流、氣候變化、植被覆蓋等自然地理條件，更要包括政治制度、經濟發展、風土民俗、歷史沿革、先賢創作等文化地理條件，它對文學的考察不但從文學內部進行，而且更爲注重對文學發生場景的還原。而這個所謂的"文學發生的場景"并非一個單純的物質世界的場景，必須是包含了其深遠的歷史文化內涵的場景，比如"瀟湘"所指是瀟水和湘江所在之地域，假如只論其自然地理性，那麼它們只是兩條普通的河流，與沅水、澧水、長江、黃河及天下所有的河流一樣，毫無稀奇，但如果一旦加入其文化歷史特性，那麼它們就變成了帝舜二妃歸處的幽怨的瀟湘，變成了"湖南清絕地，萬古一長嗟"[①] 的深澈的瀟湘，變成了"瞰臨眇空地，綠淨不可唾"[②] 的碧綠的瀟湘，它們仿佛瞬

---

① 杜甫：《祠南夕望》，載仇兆鰲《杜詩詳注》卷22，中華書局2003年版。

② 韓愈：《題合江亭寄刺史鄒君》，載方世舉《韓昌黎詩集編年箋注》卷3，中華書局2012年版。

間獲得了生命一樣變得豐富深沉起來，此即文化傳統的積累對於地域文學的重要性。

因爲地域文學對特定地域内自然、文化地理環境與文學因素之間關係的格外重視，故而其與"文學地理學"之間有相當多的意義交叉，甚至常常被視爲同一。二者的確都是在以文學爲本位的基礎上積極追求文學與地理的學科交叉，但是需要指出的是，在有些方面，它們又有著明顯的區別。

首先，地域文學是一個與整體文學相對應的概念，它所强調的是整體普遍性中的個體特性的存在，如對宋代湖湘地域文學的探討，其立論背景肯定是宋代全域文學，也就是説是在對宋代整體文學全面認識的基礎上，來探討湖湘一隅獨有的文學特色；而文學地理學是一個與文學史學相對應的概念，其著重點是在以往文學研究以時間爲節點的一元視角上加上空間的意義，使得文學研究更爲立體真實。

其次，地域文學通常有著深厚的歷史文化傳統積累，又因爲這種歷史性，使得"地域"的疆界相對模糊而不確定，如"荆楚"大體是指今湖北與湖南，"巴蜀"則泛指今四川與重慶，等等，但因爲歷代行政區劃的變化，已很難準確地劃出"荆楚文學"與"巴蜀文學"的明確地界範圍；而"文學地理學"更依賴於地理學知識來進行對文學的探討，故而其地區的劃分往往是比較明確而穩定的。

再次，地域文學是文學研究中的一種新的方向或者視角，其所指更爲具體而細致，如學界稱"湖湘地域文學"或"吴越地域文學"，是針對具體地域而言，而文學地理學却是在各地的地域文學發展起來後抽象總結出來的，是近年來學界所呼吁建立的一門新的學科，它具備相對完整的理論體繫，梅新林的《中國古代文學地理形態與演變》對其定義曰："（文學地理學是）融合文學與地理學研究、以文學爲本位、以文學空間研究爲重心的新興交叉學科或跨學科研究方法，其發展方向是成長爲相對獨立的綜合性學科。"① 因此，地域文學與文學地理學是相輔相成的，地域文學偏重於對個案的具體研究，而文學地理學則更需要在個案研究的基礎上形成宏觀的理論支撐與體繫建構，可以説地域文學是文學地理學的具化，文

---

① 梅新林：《中國古代文學地理形態與演變》，復旦大學出版社 2006 年版，第 2 頁。

學地理學可爲地域文學研究提供理論背景。

　　宋代湖湘詩人群體與地域文化形象的研究以湖南一域爲研究範圍，其視角必定是地域文學研究，同時在具體的論述過程也要借鑒學界現有的比較合理的文學地理學理論知識。

　　群體文學研究也是近年來文學研究的熱點，顧名思義，群體文學研究以文人群體及其文學創作爲研究對象。文人群體的意義範疇較廣，基本上有兩種類型：一種是文人的機械組合，每個文人都是單獨的個體，彼此之間不一定有聯繫，即便有聯繫也不以這種聯繫爲研究重點，自群體文學研究興起以來很多相關研究都是以這種類型爲主；另一種是文人之間的有機組合，即文人與文人之間相互關連協調，親密聯繫，是一個相對統一的整體，此類研究注重對文人之間關係的探討，并以此爲出發點來考察這種關係對文學創作的影響。因爲第二種意義類型的文人群體研究要從複雜的人際交往入手，要涉及社會學甚至心理學的考察方式，所以其研究難度較第一種意義類型的文人群體研究要大得多。

　　文人群體的第二種類型與文人集團很是相似，郭英德在《中國古代文人集團論綱》中指出："集團是爲了一定的目的組織起來共同行動的社會團體……在社會活動中，但凡三人以上的組織，就可稱爲集團。但作爲一種有組織的群體的集團，與無組織的群體是迥然不同的。"① 隨後又提出集團構成的三個基本條件，共同的社會活動目標、現實的因緣關係和鮮明的集團意識，并以第二個條件爲要。可見文人集團與文人群體的相似性與差異性。文人集團與文人群體極爲相似，但相對文人群體而言其範圍更窄，文人之間的一致性更強，關係更加緊密，而文人群體沒有那麼嚴格，其組織比較鬆散，不一定有共同的文學宗旨或統一的創作目標，他們之間是一種比較隨意而自由的關係。如學界常稱"鄴下文人集團"或"蘇門文人集團"等，主要是因爲這些群體中的人員十分穩定，關係十分密切，相互作用的持續時間比較長，創作風格有較強的一致性。而稱文人群體卻比較隨意，鬆散至一次偶然的集會或宴遊聚集起來的文人皆可稱作群體，如乾道三年張栻、朱熹、林用中等人同遊衡山七日，并相與唱和，他們三人的這種同遊關係并不穩定，其持續時間也很短，但他們將遊記唱和詩歌

---

① 郭英德：《中國古代文人集團論綱》，《中國文化研究》1996 年夏之卷總第 12 期。

匯成《南嶽倡酬集》一卷，明顯是群體文學的創作，故而可稱其爲“文人群體”，却不好稱其爲“文人集團”。總體而言，群體文學的研究範圍很廣，世族文學、家族文學、唱和文學、文學交遊、文學集團等方面的研究都可歸入群體文學研究範疇。

　　本書擬從詩人群體與地域文化形象兩方面來展開探討，對詩人群體的探討將主要取第二種意義類型，著重對宋代湖湘文人群體之間的關係進行考察，如論述以張栻與張孝祥爲中心的長沙文人群體，要考察作爲潭州知州的張孝祥與主持長沙嶽麓書院、城南書院的張栻這種官員與學者之間的相互傾慕與惺惺相惜之情，也要考察張孝祥與前任潭州知州劉珙之間官員同僚的關係，張栻與其弟張杓兄弟情深的關係，張栻與其他學者胡實、胡大原、范念德、彪居正等人之間志同道合的同好關係。在地域文化形象方面則兼取文人群體的兩種意義類型，不僅探討群體詩歌創作的地域性，也兼及論述個體詩歌創作的地域性。如論及宋代詩刻特色時，要探討文人同遊山水時所作的應景唱和詩，也要探討詩人獨詠時詩歌中地域性的呈現。

　　此外，需要指出的是，宋代的文人群體組合方式較前代而言相當複雜，師生關係、同年關係、同僚關係、同黨關係、同鄉關係、姻親關係、同族關係等在宋代構成了内涵相當豐富的各式各樣的文人群體，這些群體的形成對文化的刺激、對文學的促進作用不可小覷，而這些群體的存在常常具有相對穩定的地域性，因此宋代文人群體與地域相結合的研究大有必要，近年來此類研究亦可謂風雲湧動，研究模式也是千差萬別，但是如何建立一種合理的研究模式仍在探索之中。較早對此作出探討的是二十世紀九十年代王水照先生的《北宋洛陽文人集團與地域環境的關係》①，其文從洛陽的文化積澱、園林意象、地域景觀及文人同遊賦詩幾個角度來探討文學與地域之間的關係，爲群體文學與地域文學研究相結合提供了一個經典的參考範式。

二　借鑒與反思

　　地域文學研究伴隨著文化地理學研究的熱潮在二十世紀八十年代驟然

---

　　①　王水照：《北宋洛陽文人集團與地域環境的關係》，載《王水照自選集》，上海教育出版社 2000 年版，第 153 頁。

興起，湖南也是先出現文化地理研究，然後才輻射至專門的文學研究之上。近三十年來湖南的地域文化與文學研究取得了可喜的成就。首先是湖南地域文化的個案研究在國內出現較早，其代表著作是張偉然的《湖南歷史文化地理研究》①，是書不僅是文化地理學區域研究的先驅，更是開啟了湖南文化地理研究的新篇章，他運用歷史統計學、文化人類學的方法對今湖南一域文化發展的背景、格局及地理環境、行政建制、宗教信仰、移民狀況等進行了綜合的考察，尤其是其以方言與風俗爲主要影響因子將湖南劃分爲湘資、沅澧兩大文化區，又在此基礎上分爲多個不同的文化亞區，爲湖南地域文化的深入研究提供了重要參考。

　　其次是對文化源流的認識逐漸明晰。湖南的文化傳統源遠流長，湖湘先民早在先秦時便參與創造了與中原文化交相輝映的瑰麗燦爛的楚文化。九十年代中"中國地域文化叢書"陸續出版，其中劉森森與王建輝的《荆楚文化》② 主要就以今湖南、湖北爲研究區域，探討由上古至近代的荆楚文明史與對楚人影響至深的精神傳統，將抽象落實於具象，描畫了一幅較爲完整的兩湖文化整體圖景，使得久遠的楚文化內涵更爲清楚明晰。此外，張京華的《湘楚文明史研究》③ 以今湖南爲研究範圍，是第一部湖南省內文明史研究專著，其立意甚高，學術性强，以上古湘楚文明爲主，延續到明清近代，從義和祝融、樂夔、巫覡、虞舜、鬻熊至濂溪、船山、瀟湘共設八論，對湖湘文明思想史進行了比較系統而全面的探討，呈現了一條綿綿不絕的湖湘文明史長河。

　　再次是湖湘典籍整理與研究的全面展開。從 2006 年始，由湖南省委與省政府支持編輯出版的"湖湘文庫"系列叢書漸次面世，"湖湘文庫"以古籍文獻的整理爲主，兼顧今人研究，以湖湘文化這一主題爲中心共出版 700 冊圖書，將湖南歷史上的重要典籍網羅泰半，又出版大量湖湘文化的研究著作，可以説將湖南一域的地域文化研究推向一個高潮。

---

　　① 《湖南歷史文化地理研究》是張偉然 1993 年的博士學位論文，1995 年由復旦大學出版社出版。

　　② 劉森森、王建輝：《荆楚文化》，遼寧教育出版社 1998 年版。

　　③ 張京華：《湘楚文明史研究》，華東師範大學出版社 2012 年版。

又次是湖南文學研究的起步甚早甚高。早在 1998 年陳書良主編的《湖南文學史》① 即成爲湖南地域文學研究之開端。《湖南文學史》在時間跨度上從春秋戰國至近代辛亥革命前後共兩千多年，研究對象從湘籍本土作家作品到流寓湖湘的作家與作品，共分爲湖南文學序幕之屈賈流風與六朝神韻、步履維艱的隋唐五代湖南文學、漸入佳境的宋元湖南文學、絢爛多姿的明清湖南文學、時代急劇動蕩中的近代湖南文學五編二十一章，是一部規模宏大的地域文學通史。

最後是湖南地域文學專題研究取得豐碩成果，尤其最近幾年相關論文不斷增多，如趙振興的《〈四庫全書〉中湘籍作家里貫考定》，熊志庭的《古近代湘籍作家研究綜述》②，毛炳漢的《論唐代的湖南文學》③，李德輝的《從唐五代湖南文學看古代地域文學的二重性》④，鄧紹秋的《湖南禪宗與湖南古代文學的文化融和》⑤，黃仁生的《晚唐湖湘四家在文學史上的貢獻》⑥ 和《重評唐宋時期湖南文學發展之大勢》⑦，以及華中師範大學武光輝的博士學位論文《清代湖南雜劇傳奇研究》⑧，湖南師範大學張鐵軍碩士學位論文《揮毫當得江山助，不到瀟湘豈有詩——試論湖湘文化對唐宋遷謫文學的影響》⑨，長沙理工大學彭艷芳的碩士學位論文《杜甫兩湖詩研究》⑩，贛南師範學院許霞的碩士學位論文《中國古代洞庭湖文學研究》⑪，等等，都分別從不同的角度對湖南文學的某一方面進行了深入探討。

① 陳書良主編：《湖南文學史》，湖南教育出版社 1998 年版，2008 年增訂後收入"湖湘文庫"由湖南教育出版社再版。

② 熊志庭：《古近代湘籍作家研究綜述》，《中國文學研究》1988 年第 1 期。

③ 毛炳漢：《論唐代的湖南文學》，《云夢學刊》2001 年第 12 期。

④ 李德輝：《從唐五代湖南文學看古代地域文學的二重性》，《太原師範學院學報》2005 年第 6 期。

⑤ 鄧紹秋：《湖南禪宗與湖南古代文學的文化融和》，《湘南學院學報》2011 年第 12 期。

⑥ 黃仁生：《晚唐湖湘四家在文學史上的貢獻》，《武陵學刊》2013 年第 7 期。

⑦ 黃仁生：《重評唐宋時期湖南文學發展之大勢》，《書屋》2013 年 8 月 6 日。

⑧ 武光輝：《清代湖南雜劇傳奇研究》，華中師範大學博士學位論文，2013 年。

⑨ 張鐵軍：《揮毫當得江山助，不到瀟湘豈有詩——試論湖湘文化對唐宋遷謫文學的影響》，湖南師範大學碩士學位論文，2003 年。

⑩ 彭艷芳：《杜甫兩湖詩研究》，長沙理工大學碩士學位論文，2010 年。

⑪ 許霞：《中國古代洞庭湖文學研究》，贛南師範學院碩士學位論文，2013 年。

　　湖南地域文化與文學研究取得如斯成就誠然可喜，但又是遠遠不足的。主要表現在以下幾個方面。其一是目前湖南文學的研究主要集中於現當代文學研究，古代文學研究相當之少，從目前可見的博碩士學位論文、期刊論文與出版的專著來看，湖南古代文學研究的成果不及現當代文學研究的一半，宋代湖南文人的詩歌創作研究更是鮮少有文涉及。其二是湖南古代文學研究仍然偏重於文獻整理，如上文所提及的“湖湘文庫”即是如此，文人與文學的系統研究極少。其三是地域性不突出，出現只有地域之名而無地域之實的地域文學研究。

　　其實地域性不突出是地域文學研究當中的通病。地域文學并非只是在地圖上給文學研究劃一個地界圈，專門研究圈內的作家與作品，如果僅是如此，便只要在中國文學史上找出湘籍作家或寓湘作家，重新機械地排列組合即可，其地域性意義根本無法顯示出來。要做地域文學研究，傳統的文人生平介紹、作品分析是遠遠不夠的，否則仍會落入以時間順序爲中心的文學史編寫俗套之中。地域文學尤爲強調文學發生場景之復原，文學發生場景是指文學作品創作之時創作者所處的地理環境、政治局勢、經濟狀況、學術思想、活動交遊、交際心理等要素之綜合。如同現代電影場景之佈置，演員不僅要對所扮演的角色進行語言、表情、動作的模仿與詮釋，要感同身受地體會角色的心理狀態，同時也不能忽略演員所處戲劇場景的佈置，從季節到天氣，從遠處景物的設置到近處道具的擺放，從演員的服飾到妝容等細節之處都要做到對劇本的完整復原。對應文學研究而言，演員在動作、語言等方面的模仿相當於文學内部的研究，而電影場景之設置則相當於文學外部之研究。地域文學研究不僅要從文學内部考察文學作品的思想内涵、藝術技巧等，同時也要考察文學發生的外部場景，并且主要關注文學發生的外部場景對文學内部藝術性的影響。文學的發生總是處於一個具體的特定的歷史場景之中，因而文學場景是除了作者本身之外與創作關係最爲密切的因素。然而因爲歷史場景的復原相當困難，因而常常被繞過略談，使得地域文學研究難以做到名實相副，這也是本書試圖要努力克服的最大困難之一。

　　此外，從學界對近年地域文學研究的討論來看，還有幾點需要格外重視。首先，正如余意在《文學家地理：文學地理學的原點》中對梅新林的《中國古代文學地理形態與演變》作出評論時所指出來的：“建立文學

地理學最爲原點的術語首先是文學家地理……而梅教授雖然鮮明地提出
‘文學地理的核心關係是文學家與地理的關係’，但限於文章篇幅，沒有展
開論述，以致淹没了文學家地理在文學地理學研究中的核心位置。"① 文學
家地理在具體研究中的缺失很大一部分原因是其内涵比較模糊，難以尋找
合適的切入點。因此，余意在同一篇文章當中提出了文學家地理研究的三
層意義：一是文學家的籍貫或占籍；二是文學家的區域流動；三是文學家
的心理地理，讓文學家地理研究有比較明確而具體的方向。對於這一點做
得比較好的典型的是侯體健的《劉克莊的文學世界——晚宋文學生態的一
種考察》，侯著雖是文學家的個案研究，但他在論述時很注重將劉克莊置身
於動態的地理環境中來探討其文學活動，從劉克莊里居、遊幕或是入朝爲
官等不同的地域環境來挖掘其創作的豐富性，可以説基本上把握了文學家
與地域之間的緊密聯繫。其次，地域文學研究雖是文學研究的新興領域，
但是也不可盲目誇大地域與文學之間的關係，王水照先生在討論文學地理
學學科建立時有論："在考察文學與地理這一特殊關係時，必須把握適當的
度，也就是黑格爾所説的地理對於文學的影響‘不能低估也不能高估’。"②
徐玉如在 2011 年 11 月首屆中國文學地理學暨宋代文學地理研究會上也特別
強調地域文學史的編寫要堅持文學本位和作家本位的統一。③ 也就是説地域
文學研究的重心永遠都是文學，在具體研究過程中絶不可讓地域占據主導。
研究者對自己的研究領域有所偏愛以致過分强調其重要性在學界是常有的
事，過度則易失於偏頗，不利於研究結論的得出，故而以客觀公允的態度
正視地域與文學的關係也是在研究過程當中所必需的。

三　思路與方法

如上所述，宋代湖湘文人群體與詩歌創作的研究要將地域文學研究和
群體文學研究相結合，因而本書的論述主要圍繞地域、詩人、詩歌三個核
心要素展開，擬分爲上、下兩編，上編的討論主要以地域詩人群體爲中
心，在對宋代湖湘文明分佈與文人群體作整體描述的基礎上，結合不同類

① 余意：《文學家地理：文學地理學的原點》，《文藝報》2006 年 7 月 8 日。
② 王水照：《學科意識的自覺與學科建設的條件》，《文藝報》2006 年 7 月 8 日。
③ 轉引自劉雙琴《文學地理學研究的重要收獲與突破——首屆中國文學地理學暨宋代文學地理研討會綜述》，《江西社會科學》2012 年第 1 期。

型的個案來探討宋代湖湘詩人的交往與創作；下編的討論主要以地域文化形象爲中心，從景物、意象、石刻三方面來考察宋代湖湘詩歌的藝術特色。

上編采用整體研究與個案研究相結合的方法，在整體研究上對宋代湖湘文人群體與詩歌創作的總體情況作宏觀考察，包括探討宋代湖湘自然地理、人文地理及書院分佈，并在數據統計的基礎上考察宋代湖湘文人的籍貫、寓湘分佈和身份類型分佈，探討這些因素在湖湘不同地域中呈現出來的不平衡性，以期對宋代湖湘詩人的整體情況作出描述。關於地域文化，周振鶴在《中國歷史文化區域研究》中表示："復原某一地區的歷史文化地理面貌有兩層含義：一是探究該地區與其他地區的文化差異；一是分析本地區内部的文化地域差異——在一個夠大的地區中，這種内部差異不但是存在的，有時甚至是很突出的。"① 雖是討論歷史文化區域，其實也可以藉指文學區域。湖湘作爲一個大的文化區，表現出與其他文化區不同的文學風貌，就其内部而言，也并不統一，各州縣之間常常體現出不同的文學面貌，如潭州書院集中，其地詩歌創作多呈現出學者型風格，永州風景幽美，此地文人的詩歌則多耽戀山水之作。考慮到地域文學分佈的這種不平衡性直接受到文人群體分佈的影響，因此在論述宋代湖湘詩人地域時，有必要先探討文人群體在湖湘各地的分佈情況。此外，對宋代湖湘文人群體分佈進行考察的同時，也對宋代湖湘文人群體的籍貫與身份類型進行考察，以作爲後續章節對宋代湖湘詩人進行具體論述的基礎。

個案研究在原則上將宋代湖湘文人群體分爲本土文人群體和寓湘文人群體兩大類，并根據湖湘文人群體的身份特點從隱士、僧人、學者、遷客四個類別結合具體的文人群體與詩歌創作進行探討。只要對宋代湖湘詩人稍作概觀即可發現，宋代湖湘詩人當中最有名者、存詩量最多者，往往是外來寓居詩人，如郭祥正、李綱、陳與義、曾協、楊萬里、周必大、張孝祥、汪藻、辛棄疾、姜夔等，或居官湘中，或被貶至此，或遊歷瀟湘，他們交朋結友，相與酬唱，在湖湘留下了許多詩歌作品，是宋代湖湘文學創作主力軍。然而，儘管宋代湖湘本土文人不如外來文人那麼出色，但他們生於斯、長於斯，是湖南文學最爲純粹的繼承者，如北宋初年以廖凝、廖

---

① 　周振鶴主著：《中國歷史文化區域研究》，復旦大學出版社 1997 年版，第 8 頁。

融爲首的衡山隱士詩人群作爲湖湘本土詩人作品的代表，是宋代湖湘文學中相當重要的一部分。

宋代湖湘文人以外來文人爲主，其身份類型也相當複雜，有正常居官的名宦，有遭貶謫居的流寓之人，有避亂湖湘的江湖人士，有問學至此的求學士子，有移民至此的僑居士人，有弘法於此的僧人道士，這些人不僅與湖湘當地有知識者相互往來酬唱，他們之間也聯繫交結，互通款曲，在不同的地域之間形成了或大或小的文人群體。如宋代尤其是南宋湖湘理學興盛，有湘學之稱，與閩學、婺學三足鼎立，其時湖湘大地書院遍佈，大量士子集中於長沙、衡山、衡陽、湘潭等地，胡安國、胡宏在衡山，張栻在長沙，魏了翁在靖州，他們先後作爲學術領袖，被大量學人圍繞，形成了三個學術中心體，他們不僅進行學理的探討，亦常常起興作詩，留下了相當多的優秀詩歌作品，是謂理學詩人群。又如從戰國的屈原起，至漢代的賈誼，再到唐代的柳宗元，長期貶居於湖南，并在此寫下人生當中最爲燦爛的詩篇，爲此湖湘早已成爲一個內地的貶謫象徵地，這種情況至宋代仍未完全改觀，儘管宋代有些官員被貶謫至更爲遙遠的海島，但湖南仍然是一個重要的貶官安置地，大量貶官的到來，爲湖南文化尤其是文學的發展起到了極爲重要的促進作用，如北宋的范純仁、孔平仲、張商英、秦觀、汪藻，南宋的張九成、張浚、蔡元定、曾極等，是謂貶官詩人群。再有湖南歷來都是重要的佛教弘法地，至宋尤甚，百餘位禪僧在湖南留下詩歌偈頌，是謂禪僧詩人群。然而，因爲文人身份的多重性與人際交往的複雜性，各個群體之間又相互自有聯繫，可謂千頭萬續，簡單的分類標準不一定能將這大量的詩人明確地劃歸到不同的陣營。故而本著不單純地以詩人身份類型來劃分群體，而是在此基礎上結合詩人寓湘之地點、關係之聯結來選取幾組典型的詩人群體作重點探討。本著主要選擇以衡山廖氏兄弟爲核心的隱士詩人群、以惠洪爲核心的僧俗交往群、以張栻爲核心的長沙詩人群、以魏了翁爲核心的靖州鶴山書院文人群爲個案，對他們的人事交際與文學創作進行深入探討，剖析詩人的群體交往與詩歌創作之間的關係。其中，因爲以張栻爲核心的長沙詩人群所涉詩人數量多、名人多、存詩多，且存留文獻豐富、所涉問題複雜，因而作重點探討。

關於下編地域文化形象層面的論述，首先是對地域文化形象的意義內涵作出界定，本書認爲地域文化形象是指包括地域傳統自然形象與地域傳統人文形象在内的，且尤爲强調人文内涵的，以帶有濃厚文化色彩的景物、意象、古跡等爲載體的，能十分鮮明地與其他地域相區别的一地的文化表象與精神内核的結合體。根據對宋代湖湘詩歌的考察，本書認爲宋代湖湘詩歌具有三個典型的地域特色：一是瀟湘八景詩對湖湘自然風景的集中描寫；二是瀟湘傳統意象對湖湘歷史人文景觀的呈現；三是瀟湘石刻在宋代呈興盛之勢，可稱歷史人文景觀在宋代的延伸。故而本著分别從瀟湘八景、瀟湘意象、瀟湘詩刻三個方面來探討宋代湖湘詩歌獨有的地域特色及其對地域文化形象的呈現。儘管歷來有不少詩歌描繪湖湘勝景，但是因爲湖湘與中原相較尤爲潮濕多毒，又長久以來作爲貶官謫居地，歷代文人在心理上與湖湘有一種疏離感，故而在詩歌中更常以一種氣候惡劣、民風愚鈍的面貌呈現，但是到了宋代這種現象有所改觀，宋人詩歌當中對湖湘的氣候與風土漸漸顯示出欣賞的心態，文章將對這種轉變作重點考察。而湖湘一地自元結開創獨有的清湘水石文化以來，又經柳宗元散文小記的發揚光大，更兼沈括拈出“瀟湘八景”，使得湖南山水名滿天下，歷代慕名同遊者甚衆，故而本書將以宋代湖湘“八景”詩爲例，以點概面，來呈現宋代詩人對湖湘水石山色描寫之一斑。此外，湖湘自古以來地域文學意象頗多，形成了内涵相當豐富的湖湘意象群，如瀟湘、蒼梧、湘妃、帝舜、君山、斑竹、洞庭湖、桃花源、漁父、屈原、賈誼、柳子、濂溪、衡嶽、祝融等，這其中有些意象相當古老，來源於上古歷史文獻與民間傳説，這些意象在湖湘詩歌當中形成了一道獨特的歷史人文景觀。不過，有些意象的内涵在宋代却有新的發展，如“瀟湘”，以往多指實景，到了宋代却轉移至繪畫與音樂，并以此爲主題出現了大量詩歌，如宋代許多詩歌對“瀟湘”的描繪，已然超越了具體的地域空間概念。關於瀟湘詩刻，湖南的石刻傳統源自中唐元結，自元結作《大唐中興頌》與“三吾銘”刻於崖石之上，後來效仿者甚衆，不一定是古文，倒以詩歌最多，唐代尤可，至宋則漸成氣候，刻詩 93 首，現存 52 首，形成了聞名天下的浯溪碑林，除此之外，同樣由元結開創的朝陽巖亦布滿宋人詩痕，更兼澹巖、華嚴巖、陽華巖、月巖、獅子巖、寒亭暖谷等大小二十餘處石刻景點，形成湖湘地域文學當中最爲獨特的奇觀，本書選擇宋詩最多的浯溪碑林、朝陽巖及澹巖爲代表進行具體論述。其中浯溪現存石刻最多，主題多元。蘇門文人黄庭堅、張耒、秦觀三人都曾題詠浯溪，且指向不同的内涵，很好地説明了浯溪人文主題多元的特點。除此之外值得注意的是，根據宋代政局的不斷發展，不同時段的宋人在浯溪的留題也呈現出不同的精神氣度，具有詩史的價值。朝陽巖詩刻的主題則相對比較統一，主要表現爲追慕先賢。朝陽巖所推崇的先賢既包括繼承道統的學者、純儒，亦包括文翰辭美的辭章文士，不過，無論是學者還是文士，朝陽巖的先賢又以遷客爲主，故而貶謫也在朝陽巖的文學書寫當中有所體現。澹巖景致最奇，宋人留題最多，而損毀最爲嚴重，現存石刻最少。因爲地處偏遠，景致幽謐，出世隱逸是澹巖最重要的人文主題，而逸趣橫生的民間傳説爲澹巖增添了神秘的色彩。與浯溪和朝陽巖由唐人開創不同，澹巖由宋人開創，經黃庭堅之手而名揚天下，宋人對此尤爲津津樂道，則透露出宋人對唐人既表欽服又暗自意圖超越的微妙心態。

　　本書主要采用文學地理學的研究方法。文學地理學是文化地理學中很重要的一支，是一門將文藝學、地域美學、地理學等多學科交叉的新興學科，其研究方法綜合了多門傳統學科的研究方法，又有其獨特之處。而本書的研究方法則主要表現在通過對宋代湖湘詩人交往與詩歌作品的探究來證明湖湘一地獨有的地貌地形、自然氣候、動植物産、風俗風尚、居民性格等；通過對湖湘不同區域之間的人文與自然地理環境的考察來探討詩人的空間結構分布及創作旨趣的不同；通過對宋代湖湘地域文化形象的考察，來探討湖湘獨有的地域文學特色。而在具體的考察與論述過程中，本書綜合運用了各種研究手段。其一是文史結合，中國歷來史學發達，地域史編修甚早，至宋已趨成熟，王祥《從宋代地理志看宋代文學與地域之關係》指出："宋代地理志尤其是宋代方志數量遠遠超過了前代，表明了宋代區域文化的逐漸形成，也表明了宋代地域意識的不斷增強。" 又特別強調："（宋代）南方區域幾乎所有重要一些的州郡府縣均有方志的撰寫，而且有的州縣方志還經過多次纂修。"① 湖南一地就是這種情況的典型代表，據王祥統計，宋代湖南方志達 29 部，僅次於四川名列第二，因此本書的論述將充分利用湖南地方志，借助其史實記載還原宋代湖湘文人的文學創作場景。其二是整體研究與個案研究相結合，只有整體研究則大而

---

　　① 王祥：《從宋代地理志看宋代文學與地域之關係》，載《第三屆宋代文學國際研討會議論文集》，寧夏人民出版社 2005 年版，第 47 頁。

空，沒有落到實處的材料支撐，如建築之有梁無磚；只有個案研究則孤立而瑣碎，沒有宏觀的結構框架，如建築之有磚無梁。因而本書采取整體研究與個案研究相結合的方法，在對宋代湖湘文人進行概述之後，更進行具體細致的個案分析。其三是適當藉用其他學科的現代研究手段，如在概述宋代湖湘文人群體的基本狀況時要用到數據統計方法，在考察宋代湖湘詩歌刻石情況時則需要運用田野考察的方法，等等。總之，本著希望通過以文學地理學的研究方法爲主導，綜合多種具體的研究手段來做到研究的全面立體，豐滿完備。

四　对象與範圍

如題所示，本書的研究對象是宋代湖湘文人群體與其詩歌創作。根據徐玉如《也論地域文學史學的架構基礎和範疇鑒定》，地域文學具有地域性和超地域性的特點，具有繼承性、延續性的功用價值，因而地域文學史的作者應該包括描寫本地域文學的外籍作家和本籍作家及其作品在内。"故本書所指的湖湘文人不僅包括具有湖南籍貫的本土文人，也包括從外地來的寓湘文人，只要他們在湖南有詩歌創作，即將其納入關注視野。不過需要説明的是，本書的研究視角在文人群體，故而主要的探討重心將落於文人群體之間的唱和吟詠，同時，對於個人獨唱，本書在需要時也會有所涉及，如下編宋代湖湘地域文化形象的論述當中，不僅要探討群體文人對湖湘的地域書寫，也要考察一些有代表性的個體詩人對湖湘地域特色的描繪。

關於地域研究範圍，在當前的地域文學研究當中，地域的劃分通常有兩種：一種是行政的劃分，另一種是文化的劃分。二者各有利弊，地域文學作爲一個文化概念，其區域的範圍不一定與行政區劃相重合，如若完全按行政區域來劃分，則不免過於機械而有膠柱鼓瑟之嫌；但是文化區域之間沒有絶對的界線，常常存在著較大的文化過渡區，如果按文化因子的不同來劃分，則相當模糊而難於把握。而行政區域與文化區域之間的關係又十分密切，文化區域的形成很多情況下都依賴於行政區域的劃分，因此本書在劃定湖湘的地域範圍時，采取綜合考慮行政因素與文化因素的策略，不單以宋代之荆湖南路爲研究對象，也不完全以今日之湖南爲研究區域，而是以湖南文化大區地域範圍爲參照基礎，考察宋代行政區劃中的潭、衡、道、永、邵、郴、澧、鼎、岳、辰、沅、靖十二州與武岡、桂陽二軍。其理由是，洞庭湖以南、九疑山以北的湖湘大地自古以來作爲南楚核心就是一個相對統一的文化共同體，如果按照宋代荆湖南路的劃分法，就要舍棄與潭、衡諸地具有共同語言特點和風俗習慣的岳、鼎、澧三州，又要舍棄與鼎、澧二州同處於沅、澧二水流域的靖、沅、辰三州，這種劃分只會割裂一個相對統一的文化共同體。因此盡管現在沅州、靖州西部少部分地區屬於貴州，辰州北部少部分地區屬於湖北，但是本書在選擇考察範圍時采用取大不取小、取古不取今的原則，將上文所述之十二州二軍皆納入研究視野。

在文獻材料選擇範圍上，本書奉行多多益善的原則，在《全宋詩》《全宋詩訂補》《沅湘耆舊集》《沅湘耆舊集續編》《宋代禪僧詩輯考》以及宋代湖南詩人別集和湖南地方志的基礎上，補以石刻及拓片文獻與本土大家族氏族家譜，力求全面考察宋代湖湘文人的文學活動與詩歌創作。

上編　地域詩人群體

第一章　宋代湖湘地理與詩人概述

區域地理環境總是相對穩定的，就最基本的地形地貌、氣候、物產等自然地理條件而言，一般來説即便在長期的歷史時空里都不會發生太大的變化。同樣，以文教、宗教、民俗等社會文化爲核心的人文地理環境在一定的時空内也是相對穩定的。地理環境包括自然地理環境和人文地理環境兩個方面，其對文學創作的影響又是最为客观而基礎的。因爲地理環境這种存在的穩定性與影響的基礎性，在探討宋代湖湘文人群體詩歌創作之初，對湖湘地理環境做整體的梳理則顯得十分必要。如果説地理環境是影響文學創作的最重要的客觀因素的話，那麼詩人的籍貫、身份、定居區域、群體構成等則是影響文學創作的最重要的主觀因素。宋代湖湘詩人的構成十分複雜，在宋全域來看極具地方特色，而這種特色對詩歌創作產生的影響是直接的，因而從整體上把握宋代湖湘詩人的基本概況也是本書論述展開的基礎之一。

第一節　宋代湖湘概况

本書所谓的湖湘是一个兼及政治與文化因子的概念，以宋代的荆湖南路爲中心，輻射南楚文化圈的周邊州縣。以宋代的行政設置爲準，包括潭州、衡州、道州、永州、邵州、郴州、澧州、鼎州、岳州、辰州、沅州、靖州共十二州及武岡、桂陽二軍。南渡後，紹興九年，衡州的茶陵升縣爲軍，然仍隸屬於衡州，故當算作比州低一級的行政單位。因此，本書所討論的宋代湖湘地域共包括十四個州級行政單位。其中潭州包括長沙、衡山、安化、醴陵、攸、湘鄉、湘潭、益陽、瀏陽、湘陰、寧鄉、善化共十二縣；衡州包括衡陽、耒陽、常寧、安仁、茶陵五縣；道州包括營道、江

華、寧遠、永明四縣；永州包括零陵、祁陽、東安三縣；郴州包括郴、桂
陽、宜章、永興四縣，宋南渡後又增設興寧、桂東二縣；邵州，設爲寶慶
府，包括邵陽、興化二縣；澧州包括澧陽、安鄉、石門、慈利四縣；鼎
州，設爲常德府，包括武陵、桃源、龍陽三縣；岳州包括巴陵、華容、平
江、臨湘四縣；辰州包括沅陵、漵浦、辰溪、盧溪四縣；沅州包括盧陽、
麻陽、龔溪砦、黔陽、渠陽五縣；靖州包括永平、會同、通道三縣，宋南
渡後又增沅江縣；武岡軍包括武岡、綏寧、臨岡三縣，宋南渡後廢臨岡縣
增新寧縣；桂陽軍，又曾作桂陽監，包括平陽與藍山二縣。

一　湖湘自然地理

　　湖湘一域的自然環境從整體來看是西高東低，山多水多，氣候溫暖潮
濕，與中原的四季分明、一馬平川大不相同。先論地勢，湖湘與全國西高
東低的整體地勢走向一致，具體來説則呈西南高而東北低之勢，蓋因其西
南呈接云貴高原，地勢極高，也因此境內湘、資、沅、澧四水皆源於西
南，流向東北，匯於洞庭。西南地接高原，山崇嶺峻，林木盛鬱，少數民
族部落星綴其間，山民質實，文教難通，是湖湘之璞玉；而東北地勢平
坦，魚穀豐饒，河湖交通，名城聚集，文人北往南來，皆以斯地爲要道，
乃湖湘之明珠。

　　以地形觀之，湖湘主要位於洞庭湖之南，北接江漢平原，境內地貌多
丘陵，因而古代陸路不便，交通主要依靠水路。湖湘山多，南有五嶺山
脈，由西至東分別是越城嶺、都龐嶺、萌渚嶺、騎田嶺、大庾嶺。五嶺自
古即是湖湘文化圈與粵文化圈的分水嶺，古代詩歌當中常出現的“嶺
南”，即五嶺之南，指現在的廣東、廣西及海南等地。東有諸廣山脈、萬
洋山脈、武功山脈、九嶺山脈、連雲山脈、幕阜山脈等，由南至北雁翅排
開，是爲湘贛的天然分野。西面有雪峰山脈、武陵山脈，跨地極廣，山勢
雄偉，是湖湘東西部不同自然景觀的分界線。除此之外，湘中亦多有名
山，如潭州的嶽麓山與衡山，秀麗清幽，多有書院與寺廟依山而建，是苦
讀清修勝地；道州的九疑山，因相傳帝舜葬於斯地而聞名天下；武岡的雲
山，風景奇秀，乃佛門福地；鼎州的桃源山，因陶淵明的《桃花源記》
而得名，是士人歸隱之所向，等等。湘中之山雖不及邊境之山雄偉壯麗，
但因其小巧秀美，各有特色，而更容易被寫入詩篇詞賦之中。總體而言，

湖湘地形東、南、西三面環山，中間地勢較平坦，形成了西高東低以東北爲開口的不對稱馬蹄形。

　　湖湘水多，湘水、資水、沅水、澧水四條河流澤潤湖湘全域。湘水從永州入境，在零陵匯入自道州而來的瀟水，經衡州匯入耒水和蒸水等，經潭州匯入漣水、瀏陽水、潙水等，一路北上，經岳州入東洞庭；資水發源於武岡山，經武岡軍、邵州，沿潭州北部經鼎州入南洞庭；沅水在沅州匯集由靖州、武岡等地而來的諸多支流而成，經辰州、鼎州入南洞庭；澧水發源於武陵山脈，主要經流澧州注入南洞庭。湘、資、沅、澧四水由東向西次列排開，橫亙於湖湘大地，它們與無數支流交通勾連，在湖湘形成了一個巨大的水網，其實就是丘陵地的交通網，爲古代湘人的生活與生產提供了極大的便利，也使得深處内陸的湘民得以更方便地與其他地方交通往來，尤其是瀟湘水域，更是成爲連通嶺南三地的必經之道。這些河流，爲湖湘帶來了文人，帶來了文化，更帶來了傳誦千古的詩歌。而湖湘在歷史上又常被稱爲“瀟湘”“沅湘”“蒸湘”，或是干脆合稱“三湘”，皆是以水名之，亦足見在古代這些河流對湖湘先民不可替代的重要性。

　　就氣候而言，從地理學上説湖湘屬於亞熱帶季風濕潤氣候，四季相對而言比較分明。南部雖有五嶺阻隔，但并不甚高，故而南面海洋的濕熱空氣仍可越嶺而至，更加之三面環山，森林蓊鬱，中部平坦，河川縱橫，溫熱之氣不易流散，故而相較北部中原而言，冬不甚寒而夏非極熱，春冬多雨，夏秋多晴，總體而言全年空氣濕潤而溫暖，物產也因之特爲豐富。然而此種氣候也常因其“卑濕”爲客居之人所詬病。賈誼《鵩鳥賦》序即曰：“長沙卑濕，誼自傷悼，以爲壽不得長，乃爲賦以自廣。”[1] 認爲此地氣候不利於壽。而自此之後，以長沙爲中心的湖湘便背上了“卑濕”的惡名，後人詩詞當中常見此恨。唐人張均《岳陽晚景》詩曰：“長沙卑濕地，九月未成衣。”[2] 以長沙天氣與北方迥異，九月尚不天寒爲怨念。宋人劉敞《送因甫宰湘鄉》云：“春風洞庭水，殊俗楚人家。回首傷卑濕，知君髮易華。”[3] 亦以湖湘之異俗與氣候爲傷事，等等，可見古人對此地

---

① （南朝梁）蕭統編，（唐）李善注：《文選》，上海古籍出版社 1986 年版，第 604 頁。

② （清）曹寅：《全唐詩》卷 90，清文淵閣《四庫全書》本。

③ （宋）劉敞：《公是集》卷 22，清文淵閣《四庫全書》補配清文津閣《四庫全書》本。

氣候的態度。即便如此，古人對湖湘亦曾不吝褒詞，韓愈《送廖道士序》曾對湖湘有一番評價，其言稱：

> 五嶽於中州，衡山最遠。南方之山，巍然高而大者以百數，獨衡爲宗。最遠而獨爲宗，其神必靈。衡之南八九百里，地益高，山益峻，水清而益駛。其最高而橫絶南北者嶺。郴之爲州，在嶺之上，測其高下得三之二焉。中州清淑之氣，於是焉窮。氣之所窮盛而不過，必蜿蟺扶輿磅礴而鬱積。衡山之神既靈，而郴之爲州，又當中州清淑之氣，蜿蟺扶輿磅礴而鬱積，其水土之所生，神氣之所感，白金、水銀、丹石、砂英、鐘乳、橘柚之包，竹箭之美，千尋之名材，不能獨當也。意必有魁奇忠信材德之民生其間。①

雖是文人對朋友故鄉的溢美，却也并非妄言。其所述衡山乃南方獨宗，衡山之南山峻而水清，水清而易於行，即湖湘之基本地貌與交通狀況；又謂湖湘水土養物，其所出皆千尋名材，即湖湘之獨特物產。更爲重要的是，其文認爲湖湘積聚清淑之氣，則其地之民必定魁奇忠信，直接點出地理環境對居民性格養成的深刻影響。

二 湖湘人文傳統

湘人的確有自己獨特的性格。《史記·淮南衡山列傳》稱："夫荆楚剽勇輕悍。"② 一語道出湘人之豪强奮進。而近人錢基博《近百年湖南學風》所論更細，其言曰：

> 湖南之爲省，北阻大江，南薄五嶺，西接黔蜀，群苗所萃，蓋四塞之國。其地水少而山多。重山迭嶺，灘河峻激，而舟車不易爲交通。頑石赭土，地質剛堅，而民性多流於倔强。以故風氣錮塞，常不爲中原人文所沾被。抑亦風氣自創，能别於中原人物以獨立。人杰地灵，大德迭起，前不見古人，後不見來者，宏識孤懷，涵今茹古，罔不

① （唐）韓愈：《韓昌黎全集》卷20，世界書局1935年版，第288頁。
② （漢）司馬遷：《史記》，中華書局1972年版，第3098頁。

有獨立自由之思想，有堅强不磨之志節。湛深古學而能處辟蹊徑，不爲古學所囿。義以淑群，行必屬己，以開一代之風氣，蓋地理使之然也。①

　　文中稱湖南山多水少，實是因爲錢基博家鄉乃江蘇無錫，其地處平原，河道密集，湖泊遍佈，歷有水鄉之稱，故而湖南與之相比，未免顯得山路阻隔，交通不易。然而，也正是因为這種地理特點，賦予了湘人獨立倔强的性格，使其所創之文化獨別於中原江浙，富有鮮明的地域特色。其文緊接著以屈原之《離騷》與周敦頤之《太極圖説》和《通書》爲例，認爲二者一爲文學之鼻祖，一爲理學之開山，皆是湖湘人獨特性格發揮所致。毋庸置疑，《離騷》哀感絕艷的情感與縱橫恣肆的想象開啟了中國浪漫主義抒情詩歌的先河，在中國文學史上是可與《詩經》并駕齊驅的不朽經典；而周敦頤開創的理學上承大易孔顏之學術，下開宋學程朱之性理，使儒學焕發出全新的面貌，是當之無愧的理學宗祖。此類無畏開先之勇氣，實非倔强剛毅之湘人所莫能持；此種大新天下之能力，亦非自由獨立之湘人所莫能具；而這種敢爲人先之湘人，則非楚地之山水所莫能養。

　　楚地如是，湘人如斯。然而湖湘之文明傳統却并非從屈原開始，而是較之要久遠得多。《尚書·堯典》曰：

　　　　乃命羲和，欽若昊天，曆象日月星辰，敬授人時。分命羲仲……申命羲叔，宅南交。平秩南爲，敬致。日永，星火，以正仲夏。厥民因，鳥獸希革。②

堯帝任命羲和四子分別駐守於天下四方，以觀測天象，制定曆法，督民以時。其中負責夏時的羲叔所居即南嶽衡山，其官又稱"火正""祝融"。然而羲叔并非最早居於南嶽的"祝融"，早在顓頊時代，即有"祝融"重黎，此乃湖湘之先祖。③上古時期的重黎、羲叔等"祝融"經過世代官守的觀測與積累，爲制定曆法作出了卓越貢獻，故《國語·鄭語》稱："且

①　錢基博：《近百年湖南學風》，嶽麓書社2010年版，第1頁。
②　孫星衍：《尚書今古文注疏》，廣文書局1980年版，第7—16頁。
③　詳考可參張京華《湘楚文明史研究》，華東師範大學出版社2012年版，第10頁。

重黎之後也，夫黎爲高辛氏火正，以淳耀敦大，天明地德，光照四海，故命之曰‘祝融’，其功大矣！”① 之後衡山最高峰以祝融爲名，表達的即是世人對歷代“祝融”的莊肅敬意。

祝融之後，帝舜是湖湘文明史上另一位重要人物，《史記·五帝本紀》載舜“南巡狩，崩於蒼梧之野。葬於江南九疑，是为零陵”②，因爲帝舜與湖湘的這一深厚淵源，使得其毫無疑問地成爲湖湘文明傳統的重要組成部分。張京華《湘楚文明史研究》曰：“楚國始封於西周，全盛時期地域遼闊，有東楚、西楚、南楚……湖湘文化的特質奠定於先秦時期，其文化內涵必然包含多種因素。在音樂方面，帝舜制五弦琴、作《南風歌》、南巡葬於九疑，以及与夔侯的應和，也都包含了地域的因素。”③ 此謂湖湘音樂藝術傳統與帝舜的久遠關聯。而虞舜所遺留的最重要的文明又絕非音樂藝術那麼簡單，《左傳·昭公八年》稱：“舜重之以明德。”④《史記》亦稱：“天下明德自虞帝始。”⑤ 帝舜是中華道德的始祖與典範，其所具之德自古以來甚至有“舜德”一詞爲其專有名詞，而“舜德”的具體涵義在《禮記·表記》中有詳細記載，其言曰：

> 君天下，生無私，死不厚其子；子民如父母，有憯怛之愛，有忠利之教；親而尊，安而敬，威而愛，富而有禮，惠而能散；其君子尊仁畏義，恥費輕實，忠而不犯，義而順，文而静，寬而有辨。《甫刑》曰：“德威惟威，德明惟明。”非虞帝其孰能如此乎？⑥

所謂之“舜德”乃安民之德、君子之德、帝王之德，之後歷代湘人常具敢於開先、善於開先，不懼以天下事爲己任的磅礴大氣之性格，恐怕從這里也能找到一些淵源。

---

① 上海師範大學古籍整理組校點：《國語》，上海古籍出版社 1978 年版，第 510 頁。
② （漢）司馬遷：《史記》，中華書局 1972 年版，第 44 頁。
③ 張京華：《湘楚文明史研究》，華東師範大學出版社 2012 年版，第 93 頁。
④ （春秋）左丘明著，杜預注，楊伯峻點校：《春秋左傳注疏》，中華書局 2009 年版，第 1305 頁。
⑤ （漢）司馬遷：《史記》，中華書局 1972 年版，第 43 頁。
⑥ （清）阮元：《禮記注疏》卷 17，中華書局 2009 年版。

　　湖湘文明傳統久遠而厚重，除此之外，湖湘文化還有許多其他的重要内容，如二妃千里尋夫，殉於湘水；屈原徊徘楚野，投水汨羅；賈誼貶謫長沙，抑鬱早終；陶潛路迷武陵，塑構桃源，等等，這些略帶凄迷悲傷而又神秘浪漫的故事融會在清麗而又深幽的瀟湘土地之中，讓整個湖湘文化在剛毅雄壯的基礎上又染上了一層朦朧的柔軟的色彩，較之北部中原，不至過於粗獷而失之細膩，較之東部吳越又不至過於細致而失之豪邁。

三　宋代湖湘書院設置

　　以上所論皆古代湖湘之總貌，其基本内核在歷史長河中是穩定的，然而宋代湖湘的人文環境有其新的歷史特點，其一即是宋代尤其是南宋，湖湘書院遍佈，學風大盛。目前，對宋代湖南書院相關資料收集比較全的是鄧洪波先生的《湖南書院史稿》，是書分爲三編，上編概括介紹由唐至清湖南的書院發展總況，中編爲歷代湖南書院作小史傳略，下編輯録歷代湖南書院的辦學規程。其書比較完整地呈現了湖南古代書院的整體面貌，功莫大焉。然而或許正如鄧洪波先生在前言里所解釋的其書何以稱"史稿"那樣，是書存在一些文獻分析不精的問題，例如其所列之宋代湖南書院名單即有一些錯誤。以下詳辨之。

　　其一，喬江書院。《湖南書院史稿》載喬江書院位於長沙縣東二十五里，南宋末邑人公建，備注曰見於許有壬《至正集》卷七十《修喬江書院疏》。先且看元人許有壬《至正集》卷七十《修喬江書院疏》，其文曰："喬江書院者，經始宋季再建，國初皋比之座既虛，伊吾之聲遂絶，星霜變易，宛有故基，風雨傾頹，鞠爲茂草，義士窘於獨力，學者嘆其無從。主領黃文復先生以篤古爲人師，以興廢爲己任，買田築館……"① 可知《湖南書院史稿》確定喬江書院爲南宋末年所建的依據一定是"喬江書院者，經始宋季再建"一句。然而事情并非那麼簡單，嘉靖《湖廣圖經志書》卷二十載："喬江書院在喬江鎮，舊有三賢堂，祀屈原、賈誼、杜甫。元元統間邑人黃澹因設義學於此，詔賜今額，遺址存。"② 萬曆《湖

---

① （元）許有壬：《至正集》卷17，清文淵閣《四庫全書》本。
② （明）薛綱纂修，吳廷舉續修：嘉靖《湖廣圖經志書》卷15，明嘉靖元年刻本。

廣總志》直載："治西北，邑人黄澹建。"① 其他如嘉靖《长沙府志》、乾隆《湖廣通志》等方志所載信息亦與上基本相同。則可知喬江書院前身乃用以祭祀屈原、賈誼、杜甫的三賢堂，其性質是祠堂，而非一般認爲的以講學爲目的的書院。直到元代元統年間鄉人黄澹在三賢堂舊址上興建書院，并請朝廷賜名，方有喬江書院之名實。此時再回過頭來看許有壬的"經始宋季再建"，其表達的意思其實很清楚，是說在宋代末年三賢堂的基礎上得以再建爲書院，則喬江書院乃元代書院而非宋代書院明矣。

其二，松風書院。《湖南書院史稿》載松風書院在益陽縣西八十里龍牙寺，宋代邑人李賢建，備注曰李賢官至學士。且先看方志記載。嘉靖《湖南圖經志書》卷十五載："在縣西龍牙旁，宋李學士讀書之所，今廢。"② 康熙《長沙府志》學校志載："縣西八十里龍牙傍，宋李學士講學之所，傍有松風亭，今廢。"③ 同治《益陽縣志》曰："在治西一百二十五里龍牙寺傍，宋李學士講學之所，傍有松風亭，今廢。（李學士無考，闕疑。）"④ 等等。湖南歷代所有方志對松風書院創建者都只載"李學士"，而失其名，而其他關於"松風書院"的可見文獻更是沒有提及其創建者。那麼《湖南書院史稿》所確定的"李賢"之名據何而來呢？通過相關文獻檢索，筆者發現湖南歷代方志中關於"李賢"的記載比較多，而稱其爲學士的則只有幾處，如下：嘉靖《長沙府志》卷四載曰："國朝洪武六年指揮丘廣乃創明倫堂……大學士李賢《修學記》：'夫興廢舉墜，君子爲政之先務也……'"⑤ 康熙《長沙府志·學校志》："長沙府學在正南門之右，元至元十三年平章阿里海牙鎮潭州始創禮殿，至正庚午復修之。元末兵燬，明洪武六年指揮丘廣始創明倫堂……大學士李賢有記。"⑥ 乾隆《永興縣志》川東參議道曾紹芳之《重修文廟櫺星門記》曰："大學士李賢等但坐視成敗不出一言。"⑦ 嘉慶《湖南通志》卷四十三載："明

---

① （明）徐學謨：萬曆《湖廣總志》卷34，明萬曆十九年刻本。
② （明）薛綱纂修，吳廷舉續修：嘉靖《湖廣圖經志書》卷15，明嘉靖元年刻本。
③ （清）蘇佳嗣修，譚紹琬纂：康熙《長沙府志·學校志》，清康熙二十四年刻本。
④ （清）姚念楊修，趙裴哲纂：同治《益陽縣志》，清同治十三年刻本。
⑤ （明）孫存修，楊林纂：嘉靖《長沙府志》卷4，明嘉靖刻本。
⑥ （清）蘇佳嗣修，譚紹琬纂：康熙《長沙府志·學校志》，清康熙二十四年刻本。
⑦ （清）沈維基修，楚大德纂：乾隆《永興縣志》，清乾隆二十七年刻本。

李賢長沙府《修學記》。"① 道光《永州府志》："右屬荊湖南路明《一統志》，天順五年李賢等撰。"② 同治《桂陽直隸州志》："焦芳，泌陽人，天順八年進士，大學士李賢以同鄉故引爲庶吉士授編修。"③ 等等。幾乎所有關於湖南"李賢"的文獻都指向明代的大學士李賢，而非宋代的李學士。《湖南書院史稿》或是以此明代大學士李賢誤作宋代益陽李學士。

其三，石壇精舍。《湖南書院史稿》載石壇精舍位於常德黃龍坡，南宋末年邑人丁易東建，備註曰丁爲宋咸淳進士，元代改爲沅陽書院。嘉靖《常德府志》卷九載："沅陽書院，東郭外去府一里黃龍陂上，宋末本郡龍陽人丁易東任翰林編修，富於文學，因胡元代宋，遂不仕，隱居於此，建石壇精舍，以待學者，郡守李秉彝、憲使姚抑齋交薦於朝，屢徵不起，因授以山長，賜額沅陽書院。"④ 嘉靖《常德府志》卷十五載："丁易東，龍陽人，號石壇，登進士第，累官翰林院編修，入元，恥事二姓，屢徵不起，築石壇精舍，教授生徒，捐己田以贍之。著《周易傳疏》《詠梅花詩》百餘律，事聞於朝，授以山長，賜額沅陽書院。"⑤ 除了《常德府志》之外，《湖廣圖經志書》《湖廣總志》《湖南通志》《武陵縣志》等志書的記載都比較一致，即石壇精舍的創建人丁易東生活在宋元之交，其創建石壇精舍的時間實是元初，而非宋末，故而石壇精舍，又名沅陽書院，當屬於元代書院。

其四，臨蒸精舍。《湖南書院史稿》載臨蒸精舍位於衡陽城內，南宋高宗時知州劉清之建。關於臨蒸精舍的位置與創建人諸志所載皆一致，并無疑議，但是其創建時間卻有待商討。《宋史》劉清之本傳載："劉清之，字子澄，臨江人，受業於兄靖之，甘貧力學，博極書傳。登紹興二十七年進士第。調袁州宜春縣主簿，未上，丁父憂，服除，改建德縣主簿。……茂良入爲參知政事，與丞相周必大薦清之於孝宗。……改太常寺主簿。丁內艱，服除，通判鄂州。……差權發遣常州，改衡州。"⑥ 據此則知劉清

---

① （清）翁元圻修，黃本驥纂：嘉慶《湖南通志》卷43，清刻本。
② （清）隆慶修，宗績辰纂：道光《永州府志》卷1上，清道光八年刊本。
③ （清）汪敦灝修，王闓運纂：同治《桂陽直隸州志》卷9，清同治七年刻本。
④ （明）陳洪謨纂修：嘉靖《常德府志》卷9，明嘉靖刻本。
⑤ （清）應先烈修，陳楷禮纂：嘉慶《常德府志》卷41，清嘉慶十八年刻本。
⑥ （元）脫脫：《宋史》，中華書局1977年版，第12953頁。

之乃孝宗執政之後才知衡州，并非高宗時期。另《衡州府志》卷二十二曰："劉清之字子澄，臨江人，孝宗時差權發遣常州，改衡州。"① 則知劉清之乃孝宗時期知衡州無疑。又諸志皆載臨蒸精舍由衡州知州劉清之所建，則知臨蒸精舍建於南宋孝宗朝而非高宗朝無疑。

其五，道山書院。《湖南書院史稿》載道山書院位於寧鄉縣東北道山南，紹興中張栻所建，備注曰又名靈峰書院，一作雲峰書院。康熙《長沙府志·學校志》云："道山書院在道山之陽，宋胡仁仲、張南軒筑，今廢。"② 乾隆《湖南通志》卷四十四："道山書院在寧鄉道山之陽，一名雲峰書院，宋胡仁仲、張南軒建，今廢。"③ 光緒《湖南通志》卷六十八："道山書院在寧鄉縣東三十里道山之陽，一名雲峰書院（舊志作靈），宋胡宏、張栻講學之所。"④ 等等，諸志皆載道山書院爲胡宏與張栻講學之所，乃二人共建。

以上五所書院中，喬江書院與石壇精舍得以真正建立是在元朝，因此不能算入宋代湖南書院。當然，即便《湖南書院史稿》有些不足，但不能因此抹殺其集大成的貢獻。

本書在參考《湖南書院史稿》的基礎之上，重新翻閱、核對萬曆《湖廣總志》、嘉靖《湖廣圖經志書》、嘉慶《湖南通志》等通志以及湖湘各州縣地方志，對各方志上有記載的宋代書院逐個進行考辨與整理，得出以下宋代湖湘書院的基本情況。

（一）潭州

嶽麓書院，位於善化嶽麓山上，宋太祖開寶九年知州朱洞在藏書僧寺基礎上擴建成書院，北宋湘陰人周式任山長，受真宗嘉獎，自此顯名。南宋乾道元年知州劉珙重修。

湘西書院，位於善化嶽麓山下，北宋真宗咸平二年知州李允則建。南宋紹興年間劉輔之重修。

笙竹書院，位於湘陰，北宋真宗天禧年間邑人鄧咸所建。

汨羅書院，又名清烈書院，位於湘陰，北宋真宗大中祥符年間建。祀

---

① （清）饒佺修，曠敏本纂：乾隆《衡州府志》，清乾隆二十八年刊刻。

② （清）呂肅高修，張雄圖纂：乾隆《長沙府志》卷13，清乾隆十二年刊本。

③ （清）陳宏謀修，歐陽正煥纂：乾隆《湖南通志》卷44，清乾隆二十二年刻本。

④ （清）李瀚章修，曾國荃纂：光緒《湖南通志》卷68，清光緒十一年刻本。

屈原，後改爲汨羅廟。

趙抃書院，位於衡山，北宋神宗熙寧年間趙抃致仕卜居衡山所建。

城南書院，位於善化妙高峰，南宋高宗紹興三十一年張栻建。

碧泉書院，位於湘潭縣，南宋高宗建炎年間胡安國建，紹興年間其子胡宏擴建，與張栻講學於此。

文定書堂，位於湘潭，南宋高宗紹興年間胡安國建，其子胡宏擴建。

主一書院，位於湘潭，南宋光宗紹熙年間邑人鐘震建。鐘震受業朱熹，朱熹曾在此講學。

道山書院，又名云峰書院、靈峰書院，位於寧鄉縣道山，南宋高宗紹興年間胡宏、張栻建。

文靖書院，位於瀏陽，南宋高宗紹興五年後邑人公建，祀楊時。

云居山書院，位於瀏陽，南宋邑人柳仲明建。

西山書院，位於醴陵，南宋理宗淳祐年間建。

萊山書院，位於醴陵，南宋理宗寶祐年間李文伯建。

昭文書院，位於醴陵，南宋邑人黎貴臣建，黎貴臣乃朱熹門人。

松風書院，位於益陽，宋邑人李學士建，李學士其名已失。

漣溪書院，位於湘鄉，南宋寧宗嘉定十七年知縣徐質夫建。

南嶽書院，位於衡山，始建於唐，南宋寧宗開禧中重修。胡安國、胡寅、胡宏、朱熹、張栻皆曾講學於此。

文定書院，位於衡山紫雲峰下，南宋初胡安國著書於此。

侯家書院，位於衡山，南宋邑人侯宣建，往來遊學之士以之爲館。

南軒書院，位於衡山，南宋建，相傳張栻受業胡宏於此。

（二）岳州

石鼓書院，位於巴陵，北宋仁宗慶曆年間建。

臺川書院，位於平江，北宋徽宗政和年間邑人吳景偲建。

殊恩書院，位於平江，宋邑人田夢駒建。

陽坪書院，位於平江，南宋邑人吳雄建，吳雄曾從朱子遊。

伯始書院，位於華容，南宋孝宗乾道年間知縣胡縮建。

（三）鼎州（常德府）

龍津書院，又稱龍津書館，位於龍陽，南宋邑人周德元建。

（四）澧州

清溪书院，位於慈利，北宋徽宗政和年間邑人劉甸、劉疇兄弟建。

范文正公讀書堂，位於安鄉，南宋理宗寶慶二年郡守董與幾建，實爲祠，祀范仲淹。

深柳書院，位於安鄉，南宋寧宗慶元二年知縣劉愚重修，舊址爲范仲淹讀書處。

（五）辰州

張氏書院，位於沅陵，南宋高宗紹興十八年前邑人張氏建。

東洲書院，位於瀘溪，南宋高宗紹興中縣令建，是時王庭珪謫居辰州，士人多從之讀書，邑令因之建此書院。

（六）衡州

石鼓書院，位於衡陽，唐代創建，北宋太宗至道三年邑人李士真重修，南宋孝宗淳熙十二年知州潘時再重修。

臨蒸精舍，位於衡陽，南宋孝宗時知州劉清之建。

胡忠簡書院，位於衡陽，南宋高宗紹興年間州人公建，祀胡銓。

玉峰書院，位於安仁，南宋高宗紹興年間建，周必大曾讀書於此。

清溪書院，位於安仁，南宋寧宗嘉定年間知縣王槐建，周必大曾讀書於此。

鵝湖書院，位於常寧，南宋邑人王居仁建，王居仁乃張栻弟子。

芹東書院，位於常寧，南宋建，襲夢錫、王居仁曾講學於此。

臺山書院，位於酃縣，南宋嘉定四年邑人尹沂建。

明經書院，位於茶陵，南宋理宗淳熙初年尹氏族人公建，後改爲長生觀。

城南書院，位於茶陵，南宋寧宗慶元二年前邑人陳弇重建。

南溪書院，位於茶陵，南宋理宗景定三年前邑人譚國光建，爲譚國光讀書處。

東山書院，位於茶陵，南宋末年邑人陳仁子建，爲陳仁子讀書處。

（七）永州

東邱書院，位於零陵，乃爲漢相蔣琬故宅，舍爲寺廟，宋改建爲書院。

（八）道州

顧氏書院，又稱顧尚書書院，位於永明，北宋神宗時期顧濤建。

濂溪書院，位於道州，南宋理宗景定年間知州楊允恭建。

甘泉書院，位於道州，南宋邑人吳氏建。

濂溪書院，位於寧遠，南宋寧宗嘉定年間知縣黃大明建。

（九）郴州

觀瀾書院，又名曹氏書堂，北宋仁宗嘉祐年間邑人曹靖建。

湖南書院，位於永興，北宋徽宗宣和年間邑人陳純夫建。

濂溪書院，位於郴州城，宋邑人曾仲翊建。

濂溪講堂，位於永興，宋邑人公建，曾爲周敦頤講學處。

辰岡書院，位於興寧，南宋理宗嘉熙二年邑人袁文敷建。

文峰書院，位於興寧，南宋焦氏公建。

環綠書院，位於桂陽，南宋高宗年間建。

（十）邵州

濂溪書院，位於邵陽，南宋高宗紹興年間建，實爲祠堂，祀周敦頤。

（十一）武岡軍

紫陽書院，位於武岡，南宋孝宗淳熙年間知軍何季羽建。

（十二）沅州

寶山書院，位於黔陽，南宋理宗寶慶年間縣令饒敏學建。

（十三）靖州

侍郎書院，位於永平，南宋高宗時程敦厚建，是時程敦厚因忤秦檜謫居靖州。

作新書院，位於靖州西，南宋寧宗嘉定八年知州黃榮建。

鶴山書院，位於靖州城東，南宋理宗寶慶年間魏了翁建，是時魏了翁謫居靖州。

（十四）桂陽軍

石林書院，位於平陽，南寧理宗淳熙五年邑人黃照鄰建，爲黃照鄰父子讀書處。

環綠書院，位於臨武，南宋理宗景定年間邑人譚衡建。

通過統計宋代湖湘書院的基本情況，可知兩宋湖湘共有書院 64 所，其中北宋新建重修 12 所，南宋新建重修 50 所，另有 5 所只知建於宋代而

不可考具體是在南宋还是北宋，3 所乃南北宋共有书院。從新修、重建的
數據來看，北宋湖湘書院還處於發展初期，僅潭州、岳州、澧州、衡州、
道州、郴州建有書院，且集中於潭州，潭州有書院 5 所，而其他州只有 1
所或 2 所。相比之下，南宋是湖湘書院發展的盛期，境內 14 個州級行政
區域皆有書院分布，一半以上的縣級政區都有書院分布。

　　總體而言，宋代湖湘書院的地域佈很不平衡，具體情況從表 1.1
可見。

表 1.1　　　　　　　　　　　　宋代湖湘書院地域分布

地域	潭州	衡州	郴州	岳州	道州	澧州	靖州	辰州	桂陽軍	鼎州	邵州	沅州	永州	武岡軍
書院數	21	12	7	5	4	3	3	2	2	1	1	1	1	1

　　作爲湖湘政治文化中心的潭州占有絕對的優勢，其境內不僅有嶽麓山
與衡山是兩個書院集中營，湘潭、醴陵等地均有數所書院。而衡州的書院
有一半以上分布在衡陽城內與茶陵縣。需要說明的是，道州處於湘水上遊
而書院多達 4 所，這與其地乃周敦頤故鄉直接相關，而靖州作爲少數民族
聚居地竟然亦有書院 3 所，這則與其地常作爲貶官安置地關係密切。就流
域來看，湘水流域有書院 51 所，資水流域 3 所，沅水流域 7 所，澧水流
域 3 所。湘水流域的書院數目遙遙領先於其他三大流域。

　　宋代湖湘書院的總數在全國排名第四，僅次於宋代文化重鎮江西、浙
江與福建三地。在中國古代，一個地區的書院創建是可以作爲該地文化發
展的一項重要指標的。因爲書院的功能比較廣泛，它能夠承擔起一個地區
最基本也是最爲重要的教育教學、學術交流、刻書藏書甚至祭奠先賢的職
責，它可以是學校、圖書館、祠堂，也可以是學術論壇中心或者文學沙
龍。而書院的地域分布則很自然地影響到士人的分布，一個書院集中的州
縣，往往也是士人能夠形成群體的區域。如長沙以張栻爲中心的文人群
體、靖州以魏了翁爲中心的文人群體即是典型的書院式文人群。相應的，
此類文人群體的詩歌創作亦常以書院爲對象，其詩歌內容亦常常染上了濃
厚的學理色彩。因此，可以說書院是宋代湖湘文人群體詩歌創作的一個重
要發生場景。

第二節　宋代湖湘詩人概述

宋代湖湘詩人有著鮮明的特點，首先是寓湘詩人占主導，本土詩人相對而言要少得多；其次是詩人居湘地域很不平衡，大量詩人集中於少數幾個地方；三是詩人身份類型豐富而複雜。考慮到詩人本籍、居所及身份對詩歌創作的影響，且詩人居所與身份更是影響詩人群體形成的兩大基本因素，因而本章在對宋代湖湘詩人的基本情況進行介紹時，將從這三個方面入手。

一　宋代湖湘詩人籍貫與寓湘分佈

本書對宋代湖湘詩人的統計主要以《全宋詩》爲基礎，補以《全宋詩訂補》《宋代禪僧詩輯考》《沅湘耆舊集》及歷代方志等文獻。經輯錄，《全宋詩》共載湖湘詩人 782 位，其中詩僧 100 位；《全宋詩訂補》共補入湖湘詩人 15 位；《宋代禪僧詩輯考》共補入湖湘詩僧 21 位；《沅湘耆舊集》共補入湖湘詩人 49 位；其他文獻補入湖湘詩人 88 位。統計之，則宋代共有湖湘詩人 955 位。對這些宋代湖湘詩人的籍貫進行考察，可確定为湖湘本籍的詩人僅 165 位，占比 17%。從這個數據中得到的最重要的信息是：宋代湖湘本籍詩人相當之少。具體來看這 165 位湘籍詩人的詩歌作品情況，其中詩歌 1 卷以上的僅 8 人，分別是北宋的陶弼詩 1 卷，周敦頤詩 2 卷，鄧忠臣詩 1 卷；南宋的鄧深詩 2 卷，劉翰詩 1 卷，廖行之詩 4 卷，趙葵詩 4 卷，樂雷發詩 5 卷。而其他湘籍詩人存詩量都比較少，甚至有一半以上僅存詩 1 首。詩歌數量如是，就詩人聲名而言，且不論蘇黃之類的詩壇領袖，宋代湖湘連翁卷、趙師秀那樣能躋身文學史的本土詩人亦不曾出現。如果説這是因爲湖湘的地理位置不如沿海的江浙閩所導致的，那麼湖湘文學較之同處内陸的江西、湖北甚至偏處西陲的蜀地皆有所遜色，則實在令人困惑不已。對於這種情況的出現，本書試著從以下幾個方面來解釋，其一是客觀的地理條件限制，湖湘自古有“匯聚四水、吞吐長江”之稱，其地内部的交通主要依靠湘、資、沅、澧四條河流，而東、西、北三面出入湖湘的路徑基本只能依靠長江，這造成了湖湘相對閉塞的空間，上文討論過這種地理條件爲湘人塑造了獨立倔强而富於創造力的性格，但此時需要説明的是，這種地理條件同時也阻隔了湘人與外界的交流，使得湖湘歷史上的漢化進程相對而言比較緩慢，張偉然的《湖南歷史文化地理研究》指出湖湘居民在漢代時仍以蠻爲主，直至宋元才完成洞庭湖周圍、湘江流域、資水中遊及沅水下遊右巖的漢化過程，而其他地區基本上仍處於蠻夷狀態，[①] 這嚴重制約了本土文人的成長及與外來文人的有效交流。其二是湖湘在秦漢之後的歷史中幾乎未曾出現過一個獨立而穩定的中央政權（即使五代的馬楚政權也只有短短的幾十年，且只是一個地方割據政權），即不曾成爲一個獨立的政治經濟核心，不具備教育、培養大批知識之士的能力，也無法吸引大量的有識之士到來。此外，湖湘甚至沒有一個可供士子鄉試的便利場所，直至明代湘中士子科考都需遠渡洞庭趕赴湖北，洞庭洶涌，士子當中甚至命喪途中者亦不在少數，這種不便與風險也成爲上了進學的一個重要阻礙因素，等等，諸如此類的原因極大地影響了當地文明的有效發展。其三是主觀方面的原因，湘人自強倔強的性格有其内在自足的一面，這使得其不太熱衷於模仿外來文化形式，而湖湘又長期缺乏能得到本土士人認同的文學領袖——儘管屈騷傳統尚在，然而畢竟時隔甚遠，難以對湘人產生現實的影響，故而湖湘本土長期以來不曾出現文學大家。此處需要順便一提的是，理學發展上正是因爲宋初周敦頤開創了儒學新局面，湖湘士子競相研究義理，故而形成了名揚天下的湖湘學派，此或可爲典範影響鄉人這一論點作注脚。總之，因爲地理條件之限制，湖湘難以出現文學大家，又因爲湘人性格的特點，文學大家的缺失使湘人失去了朝文學發展的方向，本土文學可謂進入了一個發展的死胡同之中，故而宋代湖湘本土詩人之寥落則不足爲怪了。

宋代湖湘本土詩人相當之少，而其籍貫分布亦相當不平衡。通過對165位湖湘本土詩人的籍貫進行考察，除了個別詩人籍貫不可考之外，可知宋代潭州的湘籍本土詩人最多，達60餘人，而其他州府按人數由多到少排列分別是岳州、永州、衡州、道州、鼎州、郴州、邵州、澧州、桂陽及沅州。由此可知，宋代湖湘絕大部分的本土詩人都來自湘江流域，其他三大流域除了臨近洞庭湖的鼎州外，所出詩人都相當之少。在湘水流域中，又以潭州占絕對優勢，其次是幾乎環繞洞庭湖的岳州，湘水中遊的衡

---

① 張偉然：《湖南歷史文化地理研究》，復旦大學出版社1995年版，第17頁。

州情況尚且平穩，不過湘水上遊的永、道二州卻十分醒目。這與永、道其地多納謫官對當地文化有促進作用不無關係，此外，永、道二州山水絕勝，邑人賦詩或刻於石或存於方志，其詩歌流傳保存較好，也是現今可知詩人較多的一個重要原因。十四個州級行政區當中，資水流域的上遊武岡軍、澧水流域的上遊辰州以及沅水流域的上遊靖州三個地區沒有本土詩人留詩記錄。這樣的詩人分佈格局也與上文所提的張偉然認爲的宋代湖南漢化區域剛好相對應，同時與宋代湖湘書院的地域分布亦大體對應，則知漢文明濡染與書院教育和造就詩人之間的正相關關係。

與本土詩人相對應的是寓湘詩人，宋代寓湘詩人近 800 位，其中不乏名家，如北宋的梅堯臣、華鎮、趙抃、米芾、沈遘、劉攽、劉摯、孔平仲、黃庭堅、秦觀、惠洪等，南宋的李綱、陳與義、張孝祥、曾協、王庭珪、范成大、楊萬里、項安世、戴復古、劉克莊、文天祥、張栻、朱熹、趙蕃、魏了翁等，他們都在湖湘留下了較多的詩歌作品。而就宋代寓湘詩人的地域分佈來看，以潭、衡、永、道、郴五州爲多，其中又以潭州的寓湘詩人最爲集中。其結果是使得這些地方能更容易地形成詩人群體進行詩歌唱和活動，故而宋代湖湘詩人幾大群體主要出現在以上區域，而其他區域因爲詩人較少且較分散故而呈現出來的詩人群體也相對要少很多。

二　宋代湖湘詩人的身份類型及特點

因爲個人身份類型具有多面性與複雜性，常常出現一人兼有多種身份類型的情況，故而以何種標準來劃分詩人的身份類型需要加以斟酌。本書參考歷代方志當中傳統的分類體例，并結合宋代湖湘詩人的具體情況做了一些調整，在考察身份類型時，將宋代湖湘詩人分爲名宦、鄉賢、流寓、仙釋諸類，并對各類詩人的特點分別進行討論。不同身份類型的詩人，詩歌創作的出發點通常不太一樣，他們的創作總是有意無意地帶上了他們的身份特點。以下對宋代湖湘不同身份類型的詩人分別作論述。其中因爲"名宦"是詩人之主體，這是宋代詩人身份構成的普遍現象，故只作一般説明。又宋代湖湘"鄉賢"類的本土詩人人數少，存留作品少，故亦只略作説明。而"流寓"當中的貶謫官員與"仙釋"中的詩僧相當之多，是宋代湖湘詩人構成獨有之現象，故作重點討論。總之，本書采用這種身份分類標準，是希望能在沿襲歷史傳統的基礎之上，爲宋代湖湘詩人找到一個合理的闡釋角度。

（一）名宦

地方志中的名宦是指在史傳當中有記錄可查的具有一定政績的地方官員，廣義上來説，其實也就是記錄在案的地方官員（不包括謫官）。本書宋代湖湘詩人當中的名宦指在湖南有詩歌存留的地方官員，且與鄉賢相區別，主要指非湘籍的湖湘官員。在中國古代，詩人的主體一般是"官員"，或稱"士大夫"，其概念與"士人""文臣""文人"基本相同，宋代湖南詩人的構成亦不例外，以"名宦"爲主體，據筆者初步統計，有四百餘位，將近宋代湖湘詩人的一半。

具體而言，宋代湖湘的"名宦"詩人又以科舉入仕的官員爲主，這類詩人雖然也可能遭遇宦海沉浮的轉換，但從總體上來説他們的仕途是比較通達的，而能通過層層科考入選爲官，也説明他們普遍具有較高的文化素養，所以説他們無論是在政治前途上還是文學修養上都有較大的優越性，可稱爲文化貴族。如郭祥正、章惇、張舜民、華鎮、陳傅良、阮閲、吕頤浩、李綱、沈與求、楊萬里、周必大、張孝祥、辛棄疾、趙汝謜、趙汝鐩、戴栩、陶夢桂、高斯得、李曾伯、朱繼芳、賈似道、王義山，等等，儘管他們當中有少數人在湖湘時職位不高，但他們畢竟是經朝廷科選的官員，其執政地方的經歷往往只是升遷甚至入朝前的準備，故而其心態大多比較積極，視野亦比較開闊，作品當中更多地表現出對時局的熱切關注。

除此之外，"名宦"詩人還包括一些以門蔭或是其他途徑進入仕途的低級官員，這一類官員大多一生都沉淪下僚，升職難望，但也因此他們的行蹤比較穩定，對當地風土人情更加熟悉，閑暇時間也比較充裕，一定程度上有利於地方詩歌的創作。如王銍、陳棣、曾協、史堯弼、楊長孺、徐璣、方信孺、史彌寧等。不過，他們的詩歌大多境界狹小，關注自身，詩思細膩，詩格卑弱，尤多摹山範水之作。當然，科選官員與以門蔭入仕的低級官員之間的區分并非絕對的，這兩者之間可能會出現互換，以進士登科者也有可能終生沉淪，以蔭補入官者亦有可能進入朝堂，具體情況相當複雜。就詩歌創作而言，科選官員也可能創作獨抒性靈、關注自身的詩歌，低級官員也有可能對政治表現出極大的熱情，具體情況不一而足，故而上文所給出的只是大致的劃分，在進行具體的詩歌分析時不可膠柱鼓瑟。

（二）鄉賢

在地方志中能列入鄉賢的人物除了必須是本土人士之外，一般至少還需符合以下三個條件之一：或是其忠孝、節義、隱逸等品行具有道德表率的意義；或是其政事有勛績可彰（不一定在本土爲官）；或是其才華出衆，詩賦辭章名著一方。總之，鄉賢是指當地道德品行或文章政事之細行足能勵風化者。本書借用鄉賢的本土性，將其引申爲有詩歌存留之本土詩人。鄉賢在宋代湖湘詩人當中人數不多，僅百餘人，且大多存詩極少，許多詩人只在方志的藝文一門中存有殘句或一兩首作品。

就具體的身份特點而言，宋代湖湘詩人當中的鄉賢仍以登科官員爲主，他們或在湘内爲官，或出湘爲官，且頗有政聲，是邑人典範。此類詩人如歐陽程、陳瞻、劉隨、路振、黃師道、柳應辰、侯友彰、陶弼、鄧忠臣、劉次莊、彭天益、朱輅、唐績、侯彭老、侯延慶、王以寧、周炎、鄧深、李撰、廖行之、趙葵、李芾、李長庚等人，就詩歌創作而言，儘管他們在身份上與名宦類詩人有相似之處，但是作爲本邑人對湖湘的描寫却與寓湘官員有所不同，這表現在他們對家鄉風物的描繪更加細致，不一定如外來官員一般逐名勝古跡而吟詠，在他們筆下家鄉的一事一物皆可入詩，而其中流露的情感也多是閑適而歡快的。

里居邑人也是鄉賢詩人一個重要的組成部分，這一類詩人多是不曾仕進、隱於鄉里的布衣或致仕回鄉的耆老，如廖融、伍彬、李韶、任鶴、王正己、唐人鑒、鄒輗、劉翰、樂雷發、魯仕能、吳釿、鄧希恕、羅太岊、羅太亨等人。他們的詩歌特色或多隱逸之氣，如宋初廖融、任鶴等人組成的衡山隱士詩人群即是如此，在對衡山秀美景色的歌詠中表現出自己遠離政局的愜意；又或是呈現出雍容平和的面貌，如宋末以魯仕能、吳釿等人組成的“平江九老會”的詩作，多是温和從容之言；此外少數詩歌也表現出對政局與民生的熱切關注，如寧遠樂雷發，累舉不仕，後賜特科狀元，却僅出仕三年即告病回鄉，其詩《烏烏歌》與《逃户》皆是名作，前者以激憤絶望的語言痛斥了南宋政權的積弱無力與任人宰割，後者則以冷酷的白描語言表達了對村民棄家逃租的深痛悲憫，這一類型的詩歌在鄉賢詩人當中極爲少見，也因此樂雷發成爲湖湘文學史上獨樹一幟的現實主義詩人。

　　總之，宋代湖南的鄉賢詩人相較名宦詩人來説，總體數量不多，作品也十分有限，但是在他們當中亦形成了幾個具有一定規模的詩人群體，如宋初的衡山隱士詩人群與宋末的平江九老會，他們的詩歌具有其他類型詩人的作品所没有的特色，而作爲鄉賢，他們對地方文明的引導與化育甚至比地方官員有著更直接而顯著的影響力，因而他們也是宋代湖湘詩人當中不容忽視的一個類型。

　　（三）流寓

　　流寓在地方志當中一般是記録謫居當地的遷客，本書引申爲宋代湖湘詩人當中的遷謫騷人。宋代是一個黨爭相當嚴重的時代，北宋從仁宗朝的慶曆新政到神宗朝的熙豐變法，到哲宗朝的紹聖新政，再到徽宗朝初期的“元祐黨人碑”事件，甚至一直持續到宋室南渡，從來都没有停止過黨爭。士大夫們從最開始的政見分歧，到後來的學術對立，再到最後道德人格上的完全不同，無不一再地加深著士大夫團體的嚴重分化，黨同伐異、一旦上臺則瘋狂打擊異己這樣的戲碼無時無刻不在上演。而南宋則基本上繼承了北宋瘋狂的黨爭，宰執大臣更換頻繁，核心統治集團的士大夫們往往用人唯“黨”，意氣用事，報復傾軋之事不絶如縷。可以説，兩宋朝廷永遠都在上演著走馬觀花、你方唱罷我登場的熱鬧大戲。但因爲宋代黨爭之劇，雖然宋立國之初有“不殺士大夫”的祖訓，使得宋代士大夫可避殺身之禍，士大夫却往往難逃貶謫之罪。貶謫在宋代一般是指官員的職、官、差降級或者罷免，具體表現在將官員由朝廷外放地方，或者給予“分司官”“宮觀官”之類的有名無實的閑官，嚴重者甚至“編管”“安置”“居住”於偏遠州縣，與流放相似。湖南偏於内地，水陸不便、商賈不行，地理環境上又得“卑濕”之惡名，故而貶官多有置於湘者，故范仲淹《岳陽樓記》有嘆“遷客騷人，多會於此”①。宋代寓湘貶官中多見朝官，不乏善於諷詠的詩人。經統計，宋代因貶謫居湘的詩人多達53位，其中多有存詩頗豐者，這在宋全境來看也是比較突出的。具體情形從表1.2可見一斑：

_____

　　① （宋）范仲淹著，李勇先、王蓉貴校點：《范文正公全集》，四川大學出版社2002年版，第194頁。

表 1.2　　　　　　　　　　　　　　宋代貶謫居湘詩人一覽

詩人	籍貫	存詩	貶事
寇準	陝西	4 卷	天禧四年貶道州司馬
丁謂	江蘇	2 卷	仁宗朝因事貶，徙道州
滕宗諒	河南	10 首	慶曆間謫守岳陽巴陵
張刍	山東	1 首	至和元年落職監潭州酒稅
曾布	江西	10 首	熙寧間以忤王安石知潭州
劉攽	江西	17 卷	元豐年間貶監衡州鹽倉
范純仁	江蘇	5 卷	元符元年坐元祐黨籍貶永州安置
呂陶	四川	10 卷	紹聖三年坐元祐黨籍謫提舉潭州南嶽廟
陈祐	四川	1 首	元符末因劾章惇、蔡京出，累貶澧州編管
劉摯	河北	6 卷	熙寧四年貶監衡州鹽倉
蔣之奇	江蘇	2 卷	熙寧間貶監道州酒稅
沈遼	浙江	6 卷	熙寧間奪官流放永州
豐稷	江蘇	13 首	崇寧元年坐元祐黨籍貶道州別駕
林顏	福建	7 首	元祐間降知永州
邢恕	河南	10 首	元祐四年貶永州監酒
范祖禹	四川	3 卷	哲宗朝以元祐黨籍安置永州
劉奉世	江西	1 卷	紹聖三年以元祐黨籍罪居郴州
孔平仲	江西	9 卷	紹聖中坐元祐黨人事知衡州
張商英	四川	2 卷	政和間謫衡州安置
陳師錫	福建	1 首	徽宗朝坐黨論監衡州酒稅，又削官安置郴州
任伯雨	四川	9 首	崇寧間坐黨論徙道州
蔡京	福建	17 首	靖康間貶爲衡州安置
秦觀	江蘇	16 卷	紹聖間坐元祐黨籍削秩徙郴州
陳瓘	福建	1 卷	崇寧中坐黨籍除名送編管，以赦移郴州
鄒浩	江蘇	14 卷	崇寧元年責衡州別駕，永州安置
曾紆	江西	10 首	崇寧二年入元祐黨籍，編管永州
吳开	福建	3 首	建炎元年責授昭化軍節度副使，永州安置

詩人	籍貫	存詩	貶事
陳朝老	福建	1 首	宣和末年編置道州
李綱	福建	29 卷	建炎元年謫鄂州，二年移澧州
錢伯言	江蘇	7 首	建炎三年澧州居住，再貶永州安置
李光	浙江	8 卷	紹興二十五年郴州安置
汪藻	江西	5 卷	紹興十二年奪職居永州
王庭珪	江西	26 卷	政和間調衡州茶陵縣丞，紹興十九年因事編管辰州
王庶	甘肅	1 首	紹興間因反對秦檜出知潭州，後又貶道州安置
張澂	安徽	17 首	建炎間責衡州居住
盛某	湖北	1 首	宣和初貶永州
鄭剛中	浙江	10 卷	紹興十七年以忤秦檜責桂陽居住
翁采	福建	1 首	曾貶潭州司法參軍
折彥質	山西	1 卷	靖康間永州安置
張九成	河南	5 卷	紹興間以忤秦檜出邵州
張浚	四川	11 首	紹興間謫居永州、潭州
何麒	四川	8 首	紹興十三年知邵州，落職，道州居住
胡銓	江西	3 卷	以請斬秦檜遭貶，紹興二十五年移編管衡州
芮燁	浙江	5 首	紹興二十五年以詩忤秦檜除名武岡編管
史正志	江蘇	5 首	乾道七年以事謫居永州
葉衡	浙江	4 首	淳熙二年郴州安置
蔡元定	福建	18 首	因韓侂冑開僞學禁，慶元二年以布衣竄道州編管
趙汝愚	江西	8 首	慶元初遭韓侂冑排擠謫永州安置
董居誼	江西	9 首	嘉定十二年落職永州居住
曾極	江西	1 卷	嘉定間因忤史彌遠謫居道州
魏了翁	四川	14 卷	寶慶元年黜靖州居住
丁木	浙江	1 首	寧宗朝曾以言事出通判澧州
陳宗禮	江西	10 首	淳祐間以與吳潛唱和責永州居住

　　從表 2.2 中可見，宋代貶居湖湘的詩人當中不乏名家。他們的分佈以永州最多，其次是道州、衡州、郴州、潭州等。從貶謫的時間與緣由来看，以神宗朝熙寧變法、哲宗朝元祐黨人事、徽高宗朝秦檜當政及寧宗朝韓侂胄當政爲湖湘帶來的貶官爲多，而這幾個事件除了熙寧變法乃因政治理想不同而造成一部分朝官外放之外，其他幾個時期幾乎主要是因爲奸相弄權而造成大量良臣戴罪貶居。因而從某種程度上可以説是奸相爲湖湘送來了大批的優秀詩人。從詩歌創作來看，宋代湖湘流寓詩人的存詩量相當之大，有一半左右的詩人存有別集，則流寓詩人在數量上雖然不能與名宦或鄉賢詩人相比，但在存詩量上却十分可觀，所以説流寓詩人是宋代湖湘詩人當中十分令人矚目的一個類型。

　　（四）仙釋

　　仙釋在地方志中是指修道之人與佛門僧人，本書引申爲宋代湖湘存詩的僧人與道士。就現存的詩歌來看，宋代湖湘仙釋詩人絕大多數是詩僧，而道士較少。

　　佛教在湖湘經過自東晉至唐五代數百年的發展，到宋代出現新的發展高潮，此時，湖湘已然成爲全國的弘法重地。這主要表現在兩個方面，一是宋代湖湘寺廟遍布，幾乎所有的縣級區域都有寺廟分布；二是僧人衆多，據《宋會要輯稿·道釋》，北宋天僖五年（1021）荊湖兩路共有僧尼22539 人①，故而保守估計，是年湖南僧尼當不少於萬人。由此可見湖湘當時佛教之盛。

　　對《全宋詩》《全宋詩訂補》《宋代禪僧詩輯考》《沅湘耆舊集》等文獻載録的宋代湖南詩僧進行統計，可考宋代湖湘詩僧共 134 位。其中《全宋詩》載 100 人，《全宋詩訂補》增補 5 人，《宋代禪僧詩輯考》增補21 人，《沅湘耆舊集》增補 9 人。又對各詩僧占籍進行考察，得出其中明確爲湘籍者 21 位，不確定籍貫者 51 位，明確爲非湘籍者 62 位，相較而言，本籍詩僧相當之少。62 位非湘籍詩僧來自全國各地 11 個不同省份，按來湘人數由多至少的次序來排列分別是四川、江西、福建、浙江、江蘇、重慶、湖北、安徽、廣東、廣西和甘肅，基本覆蓋宋代的大部分國土，可見宋代的湖湘已具備了相當的佛教向心力，能吸引大量外地詩僧的

---

① （清）徐松輯：《宋會要輯稿·道釋一》，中華書局 1997 年版。

到來，是一個全國性的佛教弘法重地。相對而言，明確爲湖南本土籍貫的
詩僧甚少，僅 21 人而已，湖南作爲一個佛教大省，本土詩僧如此之少。
這種情況可謂十分怪異，究其原因，主要有二。一仍是前文有提到過的，
湖湘文化水準在宋代雖較前代有所發展，但在全國來看，仍然比較落後，
知識之士也相對要少，僧人當中能賦詩者則更加少見。早有學者肖華忠指
出，從有史可考的知州一級及以上各級文武官吏、名見經傳的進士、史書
上有著作名稱或發明創作可考者這三個維度來考察一個地域的人才發展狀
況，宋代的湖南均處於全國平均水準之下，而處於全國平均水準之上的地
域有黃河下遊、四川盆地以及江南東部的蘇、浙、贛、閩諸省，①與四
川、江西、福建、浙江、江蘇這些來湘詩僧數量較多的省份基本相符。也
就是説因爲宋代湖南本土整體文化發展仍然有限，本土僧人文化程度普遍
不高，故而能作詩者甚少。其二是宋代湘學興起，長沙與衡山兩大佛教名
地恰恰又是書院盛行之地，雖然其間學者亦與僧人交往，但理學的倡行也
在一定程度上遏制了本土士人對佛教的信奉。

　　從詩僧的身份來看，宋代湖湘 134 位詩僧中曾住持湘中寺廟者多達
88 位，而湘籍詩僧中有 7 位曾出湘爲住持，其餘的 39 位或寓湘或遊湘的
詩僧據初步考證至少有 13 位亦曾住持外地寺廟，則宋代湖南詩僧中有近
80% 曾爲住持。其原因不難推測：一是住持作爲一個寺廟的核心管理者與
弘法者，一般文化程度較高，能作詩的可能性較大；二是住持的言行與創
作更可能被記載下來得以流傳。

　　詩僧住寺地域分布與宋代湖湘詩人總體分布大致相同，但又有一些獨
有的特點，這百餘詩僧大多可考其行蹤，他們有大約三分之二集中寓居於
潭州，其次是鼎州和永州，而其他地方則只零星數人。宋代湖南詩僧大量
集中於潭州的重要原因是當時湖南的兩大佛教勝地長沙與南嶽衡山都處於
潭州境内。通過檢索光緒《湖南通志·寺觀》，可大致了解宋代長沙與衡
山的寺廟狀況，如其中所載長沙比較聞名的寺廟有谷山寺、道吾寺、雲蓋
寺、麓山寺、智度寺、開福寺、三角寺、楚安寺、慧通寺、道林寺、鹿苑
寺、水西小南臺寺等，南嶽衡山聲名較著的寺廟有福嚴寺、芭蕉庵、石頭
庵、承天院、雲峰寺、法輪寺、上封寺、方廣寺、雲峰寺、南臺寺等，除

---

　　①　肖華忠：《宋代人才的地域分佈及其規律》，《中國歷史地理論叢》1993 年第 3 期。

此之外另有同屬潭州的益陽有啟寧寺、龍牙寺、白鹿寺，寧鄉有溈山密印寺，瀏陽有石霜寺，等等，因而僧人大量集中於潭州無足爲怪。需要説明的是，在潭州各寺之中，寧鄉縣的溈山密印寺詩僧最多，先後有 13 位詩僧居於此寺。其次是長沙市内的谷山寺，先後出現了 4 位詩僧。而作爲佛教名山的南嶽雖然寺廟衆多，但詩僧并不密集，每所寺廟僅一至兩名詩僧。此外，鼎州有詩僧 13 位，分别分佈於普安寺、乾明寺、静照庵、文殊寺等，其中德山乾明寺曾寓居 4 位詩僧。其實鼎州詩僧較多并不奇怪，因爲早在東晉時期，鼎州的武陵與潭州的長沙就已出現高僧活動，兩地同爲湖南最早出現佛教活動的地方，有著更爲悠久的佛教傳統。而作爲佛教名山之南嶽，則直至南朝時期才有高僧入住。最後需要説明的是，百餘位宋代湖湘詩僧當中除了不能確定宗派的十餘人之外，其他所有的僧人都是禪僧。這其中尤其是北宋的惠洪，長期寓居遊走於衡潭等地，在湖湘留下了近四百首詩歌，是宋代所有寓湘詩人當中留湘作品最多的詩人。

　　相對詩僧而言，宋代湖湘詩人中的道士比較少，現在有詩存留的不過十數人，如羅道成、邵琥、石道士、曹道冲、洛浦道士、盛曠、李思聰、張虛白、張白膠、瀟湘子等人，其中以白玉蟾最爲有名，白玉蟾被全真教奉爲南五祖之一，存詩兩卷，其生前曾遍遊天下名山，亦曾遊歷湘中，留下湖南詩十餘首，用詩歌對湘中風物作出了獨特的解讀。

　　（五）其他詩人

　　過往詩人主要是指不入仕的江湖詩人及因事道經湖湘留有詩歌的詩人。江湖詩人大多是布衣，他們四處遊走、行蹤不定，靠經商作賈、講課授徒，甚至干謁權貴、投親靠友爲生，這類詩人是南宋出現的一個新群體，有學者認爲江湖詩人"已經蘊藏了專門作家的出現因素"，而他們的共同特點是題材狹小，反映社會現實不夠；注重個人世界的展現，摹寫更趨日常，情感更細膩；立意不高，偏向藝術技巧的追求。① 此類詩人如嚴羽、姜夔、徐照、蘇泂、張埴等。借道湖湘的詩人有可能是轉徙的官員，也可能是因私事道出湖湘的士人，因爲古代交通的不便，途經湖湘的詩人常常在湘逗留時間較長，此間不免將對湖湘風物人情的印象賦之於詩歌，

---

　　① 侯體健：《劉克莊的文學世界》，復旦大學出版社 2013 年版，第 37 頁。

雖是浮光掠影的快照，却也是湖湘詩歌的重要組成部分。此類詩人如陸遊、范成大、米芾、劉克莊等。

僑居詩人主要是指從外地移籍到湘中的詩人，這一部分詩人雖然數量不多，但十分重要，因爲獨具特點的是，宋代湖湘僑居詩人當中有一部分人爲湖湘文化乃至宋代學術發展作出了不可估量的貢獻，此即移居湘中的理學家。湖湘學派的創始人及代表人物胡安國、胡寅、胡宏、張栻等人分別從建州（在今福建）與綿竹（在今四川）移籍湘中，在衡山與長沙廣授生徒，開創湖湘學派，并使之發揚光大，與閩學、婺學三足鼎立。

同時，以胡氏家族與張栻爲中心也分別形成了兩個學術團體，而他們在治學之餘也進行詩歌創作，可稱爲學者詩人。除此之外，值得注意的是，因爲宋代湖南學術風氣的盛行，湘中許多邑人熱衷學習義理，他們從學於湘內外的理學家，并在地方長期從事學術或教育事業，包括陳淵、謝用賓、趙方、方暹、方軏、毛友誠、秦噩等人，他們的詩歌又有一番不同的風貌。而外地學者亦因湖湘學派的興起而前來湘中講論學術，此則以朱熹、林用中、范念德師徒諸人爲典型。總而言之，宋代重要的學者僑居湖湘是促成湘中學者詩人群産生的主要原因。

宋代湖湘學者詩人雖然人數不多，却是非常重要的一個群體，也是除了流寓與詩僧之外湖湘詩人身份構成的第三大地域特色。文學史上長期以來給理學家的詩歌打上説理論道的標簽，認爲他們的詩歌缺乏文學審美性，不值得探討。然而實在冤枉的是，學者的詩歌固然不似文人詩那般感性興象，而是更富有思想的深度，但是他們的作品當中也不乏學理與形象俱佳的作品，如張栻與朱熹的大量唱和作品十分活潑有趣，魏了翁的詩歌當中亦有意象險怪詭譎的作品，對理學詩歌以"枯燥乏味"一言蔽之，對文學研究是不客觀也是不負責的。呂肖奐師在《宋代官員詩人酬唱論略》中指出："官員詩人創作酬唱的主題，較少涉及本職工作，也較少談及朝廷大事，以至於後世閱讀他們的詩歌時，往往會忽略他們的官員身份。這一方面是因爲他們更傾向於用駢文古文處理本職工作的那些'俗務'，而習慣用詩歌處理他們的業餘雅趣，這種文體策略造成完全不同的效果：文章幾乎全部是其官員身份的表達，而詩歌則是對官員身份的剥離；另一方面也是因爲他們的詩歌創作有意追求超越

'俗務'的'雅趣'，以顯示嚮往身份以外那種山林江湖的精神世界。"①
雖是論述官員詩人通常運用不同的文字書寫形式來區別其官員與詩人的
雙重身份類型，不過這個道理也可以平行移用到宋代湖湘的學者詩人身
上。宋代湖湘學者詩人與在詩壇以"康節體"聞名的邵雍不同，他們
極少用詩歌來表達義理，而是很善於運用不同的文字書寫形式來區別自
己在不同場合的不同身份。散文與書信是他們表達哲學義理觀點的最主
要的書寫體裁，而詩歌則主要被用來表達比較感性的即興的情緒，雖然
他們的詩歌當中會帶有一些理趣的特點，與一般的文士詩人有所區別，
但是總體而言，他們的詩歌主要展現的是其詩人的存在，而很大程度上
淡化了其作爲學者的身份特點的。

　　不過，儘管本書根據詩人的身份將宋代湖南的詩人分成名宦、鄉
賢、流寓、道釋等諸多不同的類型，但是事實上因爲人類社會中個人身
份的複雜性，任何一種分類方法都無法將人們徹底地劃分清楚，故而在
具體的個案論述當中無法保證詩人身份的純粹性。這主要表現在兩個方
面：一是因爲每一位詩人可能會具有多種不同的身份，首先如前文所謂
的僑居詩人與學者詩人之間即有大量的交叉，具體來說如詩人趙蕃，既
是名宦，又是學者，且在湘有罷官經歷，其個人身份類型比較複雜，他
的詩歌創作可能會兼有多種身份類型的特點；二是不同詩人之間經常發
生交際酬唱，并形成大大小小的文人群，在這種文人群當中，所聚集的
不一定是身份一致的詩人，而是各種不同身份類型的人聚集到一起相與
酬唱，如本書第三章將要具體探討的以張栻爲中心的長沙文人群即是如
此，有學者、名宦、里居鄉賢等不同身份的詩人。因此，在具體的論述
過程當中，詩人的身份只是一方面的參考維度，雖要對之予以重視，但
不能將此作爲判斷他們詩歌趣向的機械標準。

---

① 　呂肖奐：《宋代官員詩人酬唱略論》，《江西師範大學學報》2014 年第 1 期。

第二章 隱士湖湘：以衡山廖氏兄弟
爲中心的隱士詩人群爲例

一般來説，地域文學的研究應當尤其重視對當地本土文人的探討，但是因爲宋代湖南本土詩人整體并不出衆，而宋代的官制亦使得士大夫時常處於流動當中，長期久居本土的湖湘詩人較少，故而遍覽《全宋詩》，筆者并未找到極具代表性且留存作品較多的湖南本土詩人群。不過，在北宋初年的衡山有一組詩人形成了較爲穩定的詩人群體，儘管他們留存的作品不多，但是對他們的群體交遊與詩歌創作進行考察，或可管窺宋代湖湘本土詩人群的創作情形。北宋初年衡山文人群的核心是隱居於南嶽的邑人廖凝與廖融兄弟二人，尤其是廖融，與當時湘中乃至粤桂之地的衆多逸人相善，結成詩社，相與唱和，形成了一個比較穩定的詩人交遊群體。這個詩人群的最大特點是其成員幾乎皆爲隱士，他們的詩歌創作也與一般的士大夫創作呈現出不一樣的風貌，本章將主要就此作出探討。

第一節 廖凝的隱居生活及交遊創作

廖凝，字熙績，衡山人，詩名甚佳，一生主要隱居南嶽衡山，有詩集七卷，現佚，詩僅見數首。廖融，字元素，乃廖凝之弟，未見出仕記載，亦隱居於衡山，號衡山居士，有詩集四卷，現佚，詩僅見數首。又據光緒《湖南通志》等方志所載，廖氏尚有長兄名匡圖、幼弟名匡濟者，匡圖爲馬楚幕府文士，詩名亦著，然其年長，入宋後亦不見活動，匡濟有武功，爲馬楚決勝指揮使，早年戰死，故二人不論。又此二人名匡圖、匡濟（又作匡齊），似與凝、融非同胞兄弟。《楚紀》"廖光圖"

條云："廖光圖，一曰匡圖，字贊禹，凝之遠族也。"① 故知匡、濟二人與凝、融爲同族兄弟。《唐音癸簽》載："《廖氏家集》，湖南廖匡圖編，一卷，匡圖弟兄子姪凝、邈、融等并工詩。"② 雖《廖氏家集》亦已散佚，但據此可知衡山廖氏實爲詩歌家族。

廖氏數人，《全宋詩》有録者僅廖融，小傳云："廖融，字元素。隱居衡山，與逸人任鵠、王正己、凌蟾、王元等爲詩友。太宗太平興國末卒。有詩集四卷，已佚。今録詩八首。"③ 對其生平介紹頗簡。又廖融與廖凝爲兄弟，且同隱於南嶽衡山，《全宋詩》獨載融而不載凝，當補闕。

廖氏兄弟二人的生卒年現已不考詳情，不過據現有文獻可推斷他們生於唐五代末年，卒於宋初。其中廖融卒年，據其好友潘若冲宋太宗太平興國六年（981）赴維揚任，到任後聽聞廖融與其鶴相繼而亡，作《融卒後鶴亦卒感賦》一詩，可推知廖融大約卒於太平興國六年。又廖氏兄弟的隱居生涯從晚年始，在衡山與衆人的隱逸唱和主要在宋太祖與宋太宗時期，雖方志及其他文獻對二人的記載多將其歸入唐朝或五代，但因其與友人結成群體進行唱和的活動主要在宋初，故本書將他們納入探討範圍。

關於廖氏兄弟二人的詩歌創作，宋初潘若冲《郡閣雅談》是最早進行記載與評論的，然潘著已佚，難窺全貌，散見於《詩話總龜》《詩藪》《竹莊詩話》等著作中。

廖凝少年即有詩名，《詩話總龜》引《郡閣雅談》載："廖凝字熙績，十歲《詠棋詩》云：'满汀鷗不散，一局黑全輸。'識者見之曰：'必垂名於後。'"④ 又《詩藪》引《郡閣雅談》載："（廖凝）初宰彭澤，有句云：'風清竹閣留僧話，雨濕莎庭放吏衙。'江左學詩者競造其門。"⑤ 可見其詩藝之工，詩名之著。

關於廖凝生平行事，湖南各方志多有記載，但亦不甚詳，記載比較

---

① （明）廖道南：《楚紀·戀庸外紀》卷15，明嘉靖二十五年何城李桂刻本。
② （明）胡震亨：《唐音癸簽》卷30，清文淵閣《四庫全書》本。
③ 《全宋詩》第1册，北京大學出版社1991年版，第211頁。
④ （宋）阮閱：《詩話總龜》卷14，《四部叢刊》景明嘉靖本。
⑤ （明）胡應麟：《詩藪》雜編四，明刻本。

完整的是明嘉靖年間廖道南的《楚紀》與明崇禎年間周聖楷的《楚
寶》。其中《楚紀》廖凝條載:

> 廖凝字熙績,衡山人,夙學邁德,隱居南嶽。時登眺祝融峰
> 頂,而石廩天柱,芙蓉華蓋,舉目盪胸,煙雲荏苒,奇葩異卉,觸
> 思成韻,一時詩人盡屈其下。
>
> 南唐王李景平馬氏之亂,遣使聘之,凝初不屈,後江南交搆爲
> 亂,劇賊蜂起,凝曰:"與其抱道而死以遺吾名,孰如就義而仕以
> 存吾宗之爲愈。"遂出,爲彭澤令。慕陶元亮之風,或采菊南山,
> 或種柳江村,陶然自樂,委心去留,略無凝滯,其詩有曰:"風清
> 竹閣留僧宿,雨潤莎亭放吏衙。"其寄興者遠矣。視篆未幾,浩然
> 長往,唶爾嘯曰:"昔淵明不以五斗米折腰,吾何久爲人役,惻愴
> 若轅下駒耶?"即解印歸衡山,其詩有曰:"五斗徒勞自折腰,三年
> 兩鬢爲誰焦。今朝官滿重歸去,還挈來時舊酒瓢。"復聘,起爲連
> 州刺史。與門下侍郎張居詠、右僕射張延翰、中書侍郎李建勳爲詩
> 友。建勳遇雨,遺之詩曰:"江雲未散東風暖,溟濛正在高樓見。
> 細雨緣堤少過人,平蕪隔水時飛燕。我有新詩與誰和?憶君狂醉愁難
> 破。昨夜南窗不得眠,閑堦點滴回燈坐。"又《訪凝山居》題曰:"郢
> 客相尋夜,荒庭雪灑篁。虛堂看向曙,吟坐共忘勞。溪凍聲全減,燈
> 寒焰不高。他人莫相笑,未易會吾曹。"凝辭刺史,歸復隱衡山。
>
> 史南曰:臣以嘉靖乙酉弭節南嶽,登祝融絕巘,乃見夫日臺月壇雷
> 池風洞,脩然有塵外之思。及訪融、凝二詩人故廬,慨然嘆曰:錢若水
> 有言高尚之士不以名位爲光寵,忠正之士不以窮遠易志操,其然乎哉![①]

《楚寶》所載其生平與《楚紀》基本相同,案語云:

> 聖楷曰:廖凝十歲作《詠白詩》,云:"滿汀鷗不散,一局黑全

---

① (明)廖道南:《楚紀·闡幽外紀》卷47,明嘉靖二十五年何城李桂刻本。

輸。"① 又嘗覽裴説《經杜工部墓詩》："擬鑿孤墳破，重教大雅生。"
笑曰："裴説劫墳賊耳！"按：唐時衡山法席最盛，琳宫梵刹，秀甲
匡廬，故高隱之士樂於栖托如廖氏，其最著者《唐語林》云：衡山
五峰下人多文詞，至於樵夫往往能言詩。嘗有廣州幕府夜聞舟中吟
曰："野鵲灘西棹影孤，月光遥接洞庭湖。堪憎回雁峰前過，望斷家
山一字無。"問之，乃其所作也，或亦安貞敬業之流歟。②

又《氏族大全》載：

　　廖凝字熙績，有學行，隱居南嶽三年，仕江南受僞官爲彭澤
令。③

　　綜合各本文獻，可知廖凝基本生平概況與詩歌創作情形。廖凝乃馬氏
南楚人（896—951），馬楚王朝被南唐（937—975）滅亡之後，其先隱於
衡山三年，後受南唐朝廷招募兩度爲官，先爲彭澤令，然又效陶淵明罷印
歸隱，據解印詩"三年兩鬢爲誰焦"，其離彭澤令任當是三年秩滿後方辭
官隱居。之後又出爲連州刺史，未幾仍辭歸衡山。宋建國於公元 960 年，
則廖凝棄官連州或在此前後，而其晚年的隱居生活則延續到宋初。廖凝一
生除短暫出仕外，主要隱居於衡山，其行事以晉陶淵明爲楷模，而其罷官
隱居之事亦受到後人欽賞。廖凝自少年之時即詩名卓著，然恨其詩多佚，
現僅存數篇，難見全貌。在其現存詩作當中，最爲人所稱道者是被稱爲絶
唱的《詠中秋月》與《聞蟬》，《詩話總龜》卷十引《郡閣雅談》載：
"廖凝字熙績，善吟諷，有學行，居南嶽三年……有集蓋見行於世，《詠
中秋月》與《聞蟬》爲絶唱。"④ 二首如下：

　　九十日秋色，今宵已半分。孤光吞列宿，四面絶微雲。衆木排疏

---

① 《詩話總龜》與《五代詩話》作"詠棋詩"，其餘如《吟窗雜録》《苕溪漁隱叢話》等
十數種文獻皆作"詠白詩"。
② （明）周聖楷：《楚寶》卷 17，明崇禎刻本。
③ （元）佚名：《氏族大全》卷 18，清文淵閣《四庫全書》本。
④ （宋）阮閱：《詩話總龜》卷 10，《四部叢刊》景明嘉靖本。

影，寒流叠細紋。遥遥望丹桂，心緒正紛紛。（《詠中秋月》）

一聲初應候，萬木已西風。偏感異鄉客，先於離塞鴻。日斜金谷靜，雨過石城空。此處不堪聽，蕭條千古同。（《聞蟬》）①

詩《詠中秋月》境如黄玉，雖感微冷而妙在圓潤，用語渾成，自然流暢，興寄頗遠，詩意綿長。《聞蟬》一篇立意并不新奇，是平常的思鄉之意，然詩首聯即出語不凡，境界全開，全詩雖以聞蟬為題，并無一句著意於蟬，命意皆在其外，然首句之起興與尾聯之收束，又無不盡在聞蟬之中，其詩筆之收放自如可見之。總而言之，廖凝詩二首皆巧思玲瓏，用語精致而不害雕琢，然終承晚唐氣象，不乏末世衰感。

廖凝一生雖主要隱居衡山，然其聲名甚著，交遊不俗，前文所引《楚紀》則云其與張居詠、張延翰、李建勛等人互為詩友，不過現今張居詠、張延翰與廖凝交往詳情則難於考察。又《楚紀》載李建勛贈廖凝詩二首，關於李建勛與廖凝的交往或可一探。

李建勛，字致堯，南平王德誠之子，在江淮時即與當時名士結社作詩，曾與廖凝同朝為官，晚年亦曾山居湘中，《南唐書》有傳。今存李建勛《李丞相詩集》兩卷，寓居湘寺之時有詩《寺居陸處士相訪感懷却寄二三友人》有"湘寺閑居亦半年"② 之語。廖凝隱居衡山之時，李建勛前來探望，有詩《訪衡山廖凝山居》③，就李建勛寓居湘寺的經歷來看，其拜訪廖凝或正是在此之間。其詩見於上文所引《楚紀》段落中，詩極言衰敗、空虛、寒冷，而以廖凝為"吾曹"，在衰世絕望之中只能尋到棄世之人為伍，殊為可嘆，然末世當中仍可尋到意氣相投之人為侶，則又為幸事，詩雖顯冷寂，但總不至於太過傷感，而是留有一絲希冀。又其雨中贈廖凝一首，回憶與友人同在金陵共賦詩酒的生活，有種國破家何在，知音散天涯的悲感。李建勛與廖凝交往的詩歌雖僅見兩首，但二人在動亂當中同進同隱的惺惺相惜之情已可概見。

除李建勛之外，南楚名士韋鼎亦與廖氏衆人相交甚善，其聲名與廖匡圖齊，有詩《贈廖凝》云：

---

① （宋）阮閲：《詩話總龜》卷10，《四部叢刊》景明嘉靖本。

② （五代）李建勛：《李丞相詩集》卷下，《四部叢刊續編》景宋刊本。

③ 此詩在其本集中題作《宿友人山居寄司徒相公》，詩有兩首，此為其二。《訪衡山廖凝山居》題見於萬曆《湖廣總志》等方志及《楚紀》等文獻。

君與白雲鄰，生涯久忍貧。姓名高雅道，寰海許何人。嶽氣私來早，亭寒果落新。幾回吟石畔，孤鶴自相親。①

韋鼎，湖南人，生平不詳，與廖匡圖、廖凝等相交，乃一時名士。其詩則多用白描筆法，將廖凝隱居生活娓娓道來，勾勒出廖凝孤高自清的世外形象，從中可見出廖凝歸隱生活之一斑。

綜觀廖凝其人其詩，其一生經歷馬楚、南唐、北宋三朝，雖主要隱居衡山，但從其出仕南唐的理由來看，隱逸并非其人生自覺的選擇，當朝廷或者説社會需要之時，其仍愿意爲天下出力，其隱逸更符合"天下有道則見，無道則隱"②，"邦有道不廢，邦無道免於刑戮"③的儒家隱逸理論，其避世心態主要源於對亂世的失望，其遁隱亦可看作亂世當中的一種自我保全之法。

第二節　以廖融爲中心的衡山隱士詩人群的交遊與創作

如果説廖凝的詩意隱居生活仍與馬楚、南唐脱不了干係，是前朝遺老，那麼其弟廖融與衆友的交遊唱和則是新朝宋代之事。《楚寶》載"廖融"條，述其生平交遊與詩歌創作，云：

廖融字元素，衡陽人，隱衡山，與任鵠、凌蟾、王正己相友善，皆一時名士也。……融不樂進取，不苟勢利，乃獨軼於山水，自爲詩有曰："雲穿橋藥屋，雪壓釣魚船。"又《夢仙詩》曰："琪木扶疏繫辟邪，麻姑夜宴紫皇家。銀河旌節搖波影，珠閣笙簫吸月華。翠鳳引遊三島路，赤龍齊駕五雲車。星移猶倚虹橋立，擬就張騫搭漢槎。"亡何卒，刺史何承矩葬之，進士鄭鉉誌其墓。④

《古今類事·廖融得句》載其臨終詩讖之事頗爲傳奇：

① （清）鄧顯鶴：《沅湘耆舊集》卷8，清道光二十四年鄧氏小九華山樓刻本。
② （宋）朱熹：《四書章句集注》，中華書局1983年版，第93頁。
③ 同上書，第75頁。
④ （明）周聖楷：《楚寶》卷17，明崇禎刻本。

廖融處士，潭州衡山邑人。有道，高尚之士，年六十以嘉遁自樂，上官多慕其高行。融好吟詩，有佳句傳湘人齒牙間。一日方苦吟，召其子曰："吾不久當去世。"子曰："何以言之？"曰："吾適得兩句，自推非吉。"子曰："何句也？"融曰："雲穿搗藥屋，雪壓釣魚船。"融自解曰："屋破而雲穿，其中無人也；船爲雪壓，無用也。"其子曰："未形筆，無害。"融曰："雖未形筆，然吾已慮之於心矣。"乃囑子身後事，後六十日果卒。①

據以上諸種文獻可知，廖融隱居衡山之事較其兄廖凝而言，所結交的逸人更多。現在可知與廖融在衡山共結詩社的逸人有十位左右，可見其規模。而廖融之詩相較其兄而言，更不染俗塵，有仙家道流之氣。又上文《古今類事》所引廖融詩讖之事，以其自作之詩句而推知命數，頗爲傳奇，亦可見出其偏仙道之處。

廖融終生未仕，在湘中桂粵之間聲名頗響，鄉里之人亦多嘆服之聲，但是亦有少數官員對其堅隱不出的行爲并不理解，除了多次勸其出仕之外，更有官員對其避隱表示嗤之以鼻，認爲是沽名釣譽之舉。明嘉靖《贛州府志》載官員對其態度云：

> 廖融，元素與任鵠、凌蟾結詩社隱南嶽，湘守楊徽之嘗訪之，左司諫張觀過衡山贈詩云："到頭終爲蒼生起，休戀耕桑楚水濱。"蓋諷之也，然亦終身不仕。②

張觀（943—995），字仲賓，毗陵（在今江蘇）人，南唐進士，宋朝建立後，入爲宋臣。《贛州府志》只載其《過衡山留贈廖融》詩兩句，其全詩爲："未向漆園爲傲吏，定應明代作徵君。家傳奕世無金玉，樂道經年有典墳。帶雨小舟橫別澗，隔花幽犬吠深雲。到頭終爲蒼生起，休戀耕煙楚水濆。"③首句指廖融隱居乃學莊周而不得，詩最末一聯又似影射廖

---

① （宋）佚名：《古今類事》卷 14，清文淵閣《四庫全書》本。
② （明）董天賜：嘉慶《贛州府志》卷 10，明嘉靖刻本。
③ 《全宋詩》第 1 册，北京大學出版社 1991 年版，第 501 頁。詩最后一字作"濆"，與《贛州府志》作"濱"有所不同。

融之兄廖凝早年雖堅隱不出，但最終仍爲百姓出爲官吏之事，暗諷之意十分明顯，其入世態度與廖融截然相反，也可見出亂世之中易主而事十分常見，雖不知廖融對此作何感想，但廖融在入宋後的確做到了布衣終老，可以算是對爲吏者張觀的最有力回應。除了張觀之外，還有另外一位入宋爲官的士大夫楊徽之曾上衡山拜訪廖融。楊徽之（921—1000），字仲猷，建州浦城（在今福建）人，後周顯德進士，入宋爲官，詩名甚著，宋太宗喜之，盡索其著。其對廖融亦有贈詩，他的態度則不同於張觀，主要表達的是一種艷羨之情，《宿廖融山齋》詩云："清和春尚在，歡醉日何長。谷鳥隨柯轉，庭花奪酒香。初晴巖翠滴，嚮晚樹陰凉。別有堪吟處，相留宿草堂。"① 詩歌描寫的是留宿隱者山居之地享受的春光明媚、鳥語花香的閑適生活，言語間盡是愜意，而其對廖融好友道士石仲元的嘆賞亦可見出其對隱者逸士的尊重，這種心態則與後來宋代士大夫中比較普遍的政見不同而私交不變的特點相侔。

與其兄相比，廖融是更爲純粹典型的隱士。廖融以詩與僧人相交，大概是宋代最早的文人與衲子交往的範例，而其與逸人嘯聚山林，相與唱和，大概也是宋代最早結成的詩社，重要性不言而喻。現存文獻對廖融的記載多是述其入宋之後隱居衡山之事，前事已不可得見。廖融以隱逸結社賦詩傳史，現存詩八首并殘句若干，詩分別是《謝翁宏以詩百篇見示》《贈天臺逸人》《題寺古檜》《題伍彬屋壁》《夢仙謠》《退宮妓》《贈王正己》《贈狄渙》，八篇當中有五篇是酬唱之作，可見其平日詩歌創作之一斑。

廖融雖不曾仕進，詩名却不亞於兄長，與之相交往來之人以遁隱逸人爲主，有宋初年，諸人以廖融爲中心，結成詩社，在衡山形成了一個不小的文人唱和群體。其成員包括任鵠、王正己、凌蟾、王元、翁宏、李韶、伍彬、石仲元、潘若沖等人。以下是各人簡況。

任鵠，字射己，湘陰人，富有學問，不事仕進，存詩《題君山》《送正己歸山》兩首，《全宋詩》不錄，可補闕。

王正己，楚之逸人，現存詩《贈蘊上人》《贈廖融》《天開圖畫亭》三首并殘句。

---

① 《全宋詩》第 1 册，北京大學出版社 1991 年版，第 158 頁。

　　凌蟾，一作陸蟾，長年寓居於潭州攸縣司空山，好神仙事，宋太宗雍熙年間服藥卒。現存詩《題廬山瀑布》與《春暮經石頭城》二首，《全宋詩》不録，可補闕。

　　王元，字文元，桂林人，隱居不仕，苦吟風月，貧病交困，卒於長沙，有妻黃氏共持雅操，存詩《懷翁宏》《登祝融峰》《聽琴》《題鄧真人遺址》《悼李韶》五首并《贈廖融》《答史虛白》殘句。

　　翁宏，字大舉。桂嶺人，寓居韶賀間，不仕進，工詩，與廖融多有詩歌往來。宋太祖開寶年間廖融南遊，翁宏曾贈詩廖融。存詩《宮詞》《秋風曲》《贈廖融處士》三首并《塞上曲》《中秋月》《途中逢故人》等八聯殘句。

　　李韶，郴州人，貧病苦吟，終於無名，存詩《題司空山觀》一首。

　　伍彬，永州祁陽人（一稱邵陽人），初事馬楚，入宋後授安邑簿，秩滿歸隱，與廖融等相交。存詩《題全義分水嶺》一首及《夏日喜雨》《辭解牧》殘句。又與路振交好，路振有詩《贈安邑簿伍彬歸隱》。

　　石仲元，字慶宗，自號桂華子，宋初七星山道士，道行超倫，詩才振楚，嘗與廖融遊。楊徽之守湘源時，對其大加贊賞，視爲玉方響。卒於宋天禧年間。有《桂華集》二卷三百餘篇，今佚，存詩《壽陽山》及《夢中作》等殘句。

　　潘若冲，楚人，初事馬楚，入宋後太宗太平興國初年知桂州事，後入京爲太子右贊善大夫，太平興國六年（981）以右贊善大夫守揚州，後又守零陵。著有《郡閣雅談》，其書久佚，現散見於《詩話總龜》與《詩藪》等書，其中所載湖湘廖氏家族與衆人結社之事頗詳，且多作回憶語，當作於零陵任上。另，潘若冲現存詩五首，分別是《留鶴贈廖融》《寄南嶽廖融》《聞融與鶴相繼而亡感賦絶句》《哭廖融》《贈王正己》，皆與衡山隱士詩人群相關，可見其與衡山隱士關係之親密。

　　諸人之中，除潘若冲外，皆是隱者。其餘之人有從未仕進者，有先仕後隱者，然仍以甘貧病不仕進的逸人爲主。又諸人除王元、翁宏外皆爲湘人，故這個詩人群體可稱是一個以本土詩人爲主的隱士群體，這在以寓湘詩人占主導的兩宋湖湘詩壇中比較少見，此亦尤爲值得重視。不過有關各人生平及交往關係的文獻記載十分簡略，故而只能從各人有限的存詩當中來考察各人相交的情形。而此詩人群成員較多，相互之間來往關係的複雜可想而知，因各人居所不同，并不盡隱於衡山，故地有遠近，交有親疏。

如任鵠、王正己、凌蟾、王元諸人在文獻中常與廖融并稱，其居所當亦與廖融相近，皆在衡嶽周邊，諸人關係亦似較其他人更爲親厚。

任鵠《贈王正己歸山》詩云：

> 五峰青掛天，直下掛飛泉。琴鶴同歸去，煙霞到處眠。鼯跳霜葉徑，虎嘯夕陽川。躑躅應懷我，排空樹影連。①

"五峰"即指衡嶽五峰，是衡山七十二峰之中最高者，分別是祝融、紫蓋、天柱、密雲、石廩。王正己所歸之山即衡山，王正己正是與廖融一同隱於山中，故相友善。任鵠當未居衡山，許是里居於湘陰，任鵠既云送王正己歸山，可以想見，王正己出山訪友，歸山之時，得任鵠贈詩。

廖融與王正己同隱衡山，關係又自與旁人不同，二人均有詩互贈：

> 吟高鄙俗流，傲逸訪巢由。古寺尋僧飯，寒巖衣鹿裘。園桃山鼠齧，崖蜜獵人偷。遂信個清性，浮生不苟求。（廖融《贈王正己》）
>
> 病起正當秋閣回，酒醒迎對客濤寒。爐中藥熟分僧飯，枕上琴閑借客彈。（王正己《贈廖融》）②

二人之詩都對山中隱居生活進行描寫。廖融詩稱王正己向僧侶尋飯、披鹿裘作衣，似是野人形象，但他又何曾真是無衣無食之人，其園中有桃、山崖有蜜，只是不管不顧，任由山鼠、獵户自取，其不問人世俗務之清性如此，正是廖融所謂之傲逸不同流俗。王正己詩則寫自己秋日病起，客迎廖融之事，詩三、四句頗有意味，前句云爐中煮藥、分食僧飯的貧病之苦，後句却是臥床之閑與客至撫琴的山居樂事，一苦一樂，交相映趣，却直見出二人甘守清貧、自得其樂的人生追求。另外引人注意的是，前文任鵠贈王正己一詩有"琴鶴同歸去"語，謂其出山遊歷亦琴不離身，此處王正己贈廖融詩又提及他的琴，可見其嗜琴趣尚，亦可見山中逸人

---

① 《全宋詩》第 1 册，北京大學出版社 1991 年版，第 211 頁。

② 同上。

之日常雅好。

王元雖是桂林人，但常常遊歷於外，寓湘時間較長，故與廖融等唱和相宜。《廣西名勝志》云："王元，字文元，臨桂人，樂道安貧，苦吟風月。妻黃氏亦有雅操，元每中夜得句，黃必先起燃燭，具紙筆，俟脫稿，擊節吟賞，酌酒相勸。後遍採幽勝，終於長沙。"① 王元不仕進，但其與妻黃氏却未曾真正隱居鄉里，而是各地行遊，過著旅途中的詩酒生活，清貧而快意。王元多次至湘中、上衡山，與廖融諸人關係甚好。有詩《登祝融峰》云：

　　　　草疊到孤頂，身齊高鳥翔。勢疑撞翼軫，翠欲滴瀟湘。雲濕幽崖滑，風梳古木香。晴空聊縱目，杳杳極窮荒。②

就詩歌來看，的確是行萬里路的手筆，意境闊大，非一般山居之作可比。此詩當作於王元北上衡山與廖融等人結社之時。其又有句贈廖融云"伴行惟瘦鶴，尋寺入深雲"，很有意趣。不過王元最有名的詩作是《聽琴》，云：

　　　　拂塵開素匣，有客獨傷時。古調俗不藥，正聲君自知。寒泉出澗澀，老檜倚風悲。縱有來聽者，誰堪寄子期。③

廖融曾有詩寫衡山古檜樹作《題寺古檜》，王元此詩亦云"老檜倚風悲"，此老檜或與廖融之老檜爲同一樹，而王元所聽之琴亦或爲衡山之琴，正出自衡山嗜琴逸人王正己之手。雖然王元詩云來聽琴音者并非一定是子期一樣的知音，但眾人幽居山間，意趣相投，不事權貴，玩鶴撫琴，飲酒賦詩，即便并非"知音"，怕也是最知心之人。

王元晚年寓居湘中，卒於長沙，是衡山隱士詩人群中的骨幹成員，現在所存有限的幾首詩歌幾乎皆作於湘中，其中《悼李韶》一詩至爲感人。詩云：

---

① （清）金鉷修，錢元昌纂：雍正《廣西通志》卷84，清文淵閣《四庫全書》本。

② 《全宋詩》第1册，北京大學出版社1991年版，第215頁。

③ 同上。

韶也命何奇，生前與世違。貧棲古梵刹，終著舊麻衣。雅句僧抄遍，孤墳客吊稀。故園今孰在？應見夢中歸。①

李韶一生貧病，曾有詩云“杉松老盡無消息，猶得千年一度歸”，“有識者謂韶必無名，果如其言”，②聲名未顯而與世長辭，王元悼其詩才卓絕而寂寂無聞，豈非自悼一身文才而無用武之力？王元悼其孤墳無吊、故園不見，又豈非自悼旅身他鄉、不見家園？以王元對李韶所悼之意推及王元自身，哀感尤甚，而“故園”一語又似乎透露出改朝換代之際士子普遍難以自安的惶惑心態。

翁宏與王元同爲桂林人，二人交情自是更爲不同。二人生平亦有相似處，王元好遊歷，翁宏亦然，其詩現見《塞上》《南越行》《途中逢故人》諸題，又有“客程江外遠，歸思夜深多”（《秋風曲》）等句亦是客中語，可推測翁宏之詩亦多作於客旅之中。王元有《懷翁宏》詩云：

獨夜思君切，無人知此情。滄洲歸未得，華髮別來生。孤館木初落，高空月正明。遠書多隔歲，猶念没前程。③

詩中“滄洲”借指隱者所居之地，王元自云“滄洲歸未得”，當是其離開桂林北上遊歷之時，此時翁宏或歸隱於鄉里。詩深情真摯，欲吐思歸之意，却訴懷友之心，驛館孤獨，友人未見，其情可感，亦見二人深誼。

翁宏與廖融的往來主要見於廖融南遊之時。太祖開寶中，廖融南遊，與翁宏會，宏贈詩云：

病卧瘴雲間，莓苔漬竹關。孤吟牛渚月，老憶洞庭山。壯志潛消盡，淳風竟未還。今朝忽相遇，執手一開顔。④

---

① 《全宋詩》第1冊，北京大學出版社1991年版，第215頁。
② （宋）阮閱：《詩話總龜》卷11，《四部叢刊》景明嘉靖本。
③ 《全宋詩》第1冊，北京大學出版社1991年版，第215頁。
④ 同上書，第213頁。

從詩意來看，此次并非二人初次相遇，此前翁宏當曾北遊，已與廖融相識，有詩歌往來。值得注意的是，詩中"壯志"一語有前朝遺老之意味，這在衡山隱士文人群中較爲少見，也透露出翁宏早年志向。

翁宏作詩甚勤，曾以詩百篇示於廖融，廖融贈詩《謝翁宏以詩百篇見示》云：

> 高奇一百篇，見造化工全，積思遊滄海，冥搜入洞天。神珠迷罔象，瑞玉匪雕鐫。休歎不得力，《離騷》千古傳。①

詩帶道家氣，對翁宏之作評價至高，甚至以《離騷》比之。不過翁宏之詩確有可取處，并非皆與上文所引篇章一般老病愁腸，如"風高弓力滿，霜重角聲枯"（《塞外》）之雄渾冷峻，"峴首飛黃葉，湘湄走白波"（《秋風曲》）之輕盈嫵媚，無不是奇思妙句，又如"落花人獨立，微雨燕雙飛"②（《宮詞》）之清透從容，是後來晏幾道《臨江仙·夢後樓臺高鎖》一詞中二句的原作。今翁宏文集不存，而詩中殘句却留存頗多，此并非偶然，而實有賴於其句之工，傳誦之廣。

伍彬是衡山隱士詩人群中少見的曾經出仕之人，先事馬楚政權，宋師南下湖湘之後，又受官爲安邑簿，似與一般臣子不同。不過其有一詩曰《題全義分水嶺》或許能爲其心剖白，詩云：

> 前賢功及物，禹後杳難儔。不及古今色，平分南北流。寒冲山影岸，清繞荻花洲。盡是朝宗去，潺湲早晚休。③

"不及"二句看似無意，實似影射馬氏與趙家政權，"盡是"兩句有超然之姿。五代戰亂頻仍，天下無序，各家政權輪番登臺，國家雖無常主，地方却有常臣，那麼事何主則無關輕重，能在動蕩中治理一方反而更爲緊要，此法與前文所述廖凝出爲宋臣亦相侔。伍彬該是對當世亂局已有

---

① 《全宋詩》第 1 册，北京大學出版社 1991 年版，第 211 頁。
② （明）胡應麟：《詩藪》雜編四，明刻本。
③ 《全宋詩》第 1 册，北京大學出版社 1991 年版，第 216 頁。

深切了解，才會發出"潺湲早晚休"之預言。也正是因爲這種透徹的了
解，才讓其後來選擇歸隱。對其歸隱，路振有詩相贈，《贈安邑簿伍彬归
隐》云：

> 老終秋鬢白，歸隱舊峯前。庭樹鳥頻啄，山房人尚眠。寒巖落桂
> 子，野水過茶煙。已結勞生念，虔心向竺乾。[1]

路振（957—1014），字子發，永州祁陽人，與伍彬同邑，是北宋初
年著名的史學家，又以文才出衆而聞名，現存詩三首。伍彬歸隱後與廖融
相熟，廖融有詩《書伍彬屋壁》：

> 圓塘綠水平，魚躍紫蓴生。要路貧無力，深村老退耕。犢隨原草
> 遠，蛙傍塹籬鳴。撥櫂茶川去，初逢穀雨晴。[2]

路振詩語言輕淡有韻致，首尾兩聯寫對友人歸隱的理解，中間兩聯寫
隱歸之景，寧静閑適。不過，路振是朝臣，述伍彬歸隱之事未免以其老而
休退爲意，雖亦享苦勞心力之後的閑適，却仍是無奈之意，此是仕進之人
的聲口。廖融一生隱遁，却甘之如飴，其目伍彬之隱亦是如此，故詩中盡
是一派鄉居適意。

潘若冲嚴格意義上來説算不得衡山隱士詩人群的成員，因爲他并没有
隱居經歷，但他是衡山隱士詩人群的最早記録者，且與衡山隱士詩人群頗
爲相熟，其現存的五首詩歌當中有四首爲廖融作，一首爲王正己作，故而
很有必要討論他與廖融等人的關係。據《沅湘耆舊集》引《雅言雜載》，
潘若冲入宋之後，曾知桂州任，此時是太平興國初年，潘若冲途經南嶽，
拜訪廖融等人，參與衆人詩社，對廖融贈鶴一隻并詩一首，《留鶴贈廖
融》詩云：

> 峭格數年同野興，一官才罷共船歸。稻粱少飼敎長瘦，羽翼無傷

---

① 《全宋詩》第 2 册，北京大學出版社 1991 年版，第 838 頁。
② 《全宋詩》第 1 册，北京大學出版社 1991 年版，第 211 頁。

任遠飛。側耳聽吟侵静燭，衡花作舞带斜暉。朝天萬里不將去，留伴高人向釣磯。①

鶴意象在中國古典文化當中起源頗早，《周易·中孚》中爻辭云"鳴鶴在陰，其子和之"②，《詩經·鶴鳴》亦云"鶴鳴於九皋，聲聞於野（天）"③，皆以鶴喻志趣高潔的隱士君子，或云鶴鳴以殷殷求友，或云如鶴之高士雖隱但聲名達於天下。潘若冲以仙鶴贈予廖融，是將廖融目爲鶴之佳偶。詩中頷聯細心囑托養鶴細節，頸聯述伴鶴之雅趣，皆頗有意味，而尾聯表明自己不再攜鶴行萬里路，而將鶴留伴廖融處士，實是服膺廖融遁隱高行，認爲此鶴與廖融相伴更爲相稱，則可見出流連官途的潘若冲對廖融的真心欽服。

其到達桂林之後，又有詩《贈王正己》，云：

兩捧歌詩寄，公餘即展開。無時惟北望，何日逐南來。夢裏得芳草，笛中聞落梅。終朝一携手，江上有樓臺。④

"歌詩寄"一語説明潘若冲此次登南嶽與廖融等人結下了深厚的友誼，故之後仍與衆人常有詩書往來。而"無時惟北望，何日逐南來"兩句稱對王正己等人南遊引領而望，則是對衡山諸人南遊桂林發出邀請，事實上，前文已述，廖融的確在太平興國年間曾南遊嶺外，并結識了翁宏、王元等人，大概就與此次潘若冲的邀約相關，并且此次南遊很有可能是與王正己同行。

潘若冲待廖融諸人如是，各位衡山逸人必定亦有詩回饋，只惜現已不存，現在所存的潘若冲的詩歌當中，以贈廖融的詩歌最多，且多以鶴爲線索。如之後潘若冲回朝汴京之時，其《寄南嶽廖融》有句云："秋來頻夢嶽雲白，別後應添鶴頂紅。又泛扁舟隨汴水，不堪南望思忡忡。"⑤ 鶴頂紅是指鶴成年後逐漸變紅的頂冠，一別多年，幼鶴當已成年，詩人思鶴、

---

① 《全宋詩》第 1 册，北京大學出版社 1991 年版，第 156 頁。
② （清）阮元：《周易注疏》卷 4，載《十三經注疏》，中華書局 2009 年版。
③ （清）阮元：《毛詩注疏》卷 18，載《十三經注疏》，中華書局 2009 年版。
④ 《全宋詩》第 1 册，北京大學出版社 1991 年版，第 157 頁。
⑤ 同上書，第 156 頁。

南望，實則是對廖融隱逸生活的嚮往。又之後不久，潘若冲以贊善大夫官維揚，剛到任即聞廖融辭世消息，且鶴亦隨廖融而逝，悲慟萬分，有詩《融卒後鶴亦殂感賦絕句》云：

> 南嶽僧來共歎吁，風流臺榭已荒蕪。先生去世未十日，留伴高吟鶴亦殂。①

又有詩《哭廖融》云：

> 天喪我良知，無言雙淚垂。惟求相見夢，永絕寄來詩。應有異人吊，從茲雅道衰。春風古原上，新塚草離離。②

　　與廖融同住南嶽的僧人爲潘若冲帶去噩耗，自廖融辭世未及十日，其鶴即感念主人追隨而去，其事傳奇而真實，廖融以鶴爲佳偶，鶴以廖融爲知音，融既逝去，鶴何以存？此情感人。而自廖融辭世之後，"風流臺榭已荒蕪"，"從茲雅道衰"，廖融曾經居住的亭臺已荒蕪，然而真正荒蕪的又豈止亭臺，更令人悲嘆的荒蕪當是廖融身上那種睥睨權貴、自爲清流的隱士高義的消散，當是衡山頂上結社談笑、詩酒風流的大雅之道的不再。廖融的逝世可以説是宋初整個衡山隱士詩人群消解的標志，而潘若冲終究是不甘心這樣一組高士群像的湮没無聞，故而當雍熙中他再至湘中，到零陵任官之時，便開始在《郡閣雅言》當中事無巨細地記載他當年私交甚好的這樣一群友人，而現今可見的衡山隱士文人的相關記載大都出自他的《郡閣雅談》，也算是做到了不使雅道絕滅無痕。

第三節　宋初衡山隱士詩人群出現的歷史背景

　　就整個宋代湖南本土詩人群而言，自廖融等人去世後，恐怕找不到像宋初衡山隱士文人群這樣人員衆多、詩藝頗高的詩人群體，也就是説，以

---

① 《全宋詩》第 1 册，北京大學出版社 1991 年版，第 156 頁。
② 同上書，第 157 頁。

廖氏兄弟爲核心的衡山隱士詩人群在宋代湖湘地域中是獨一無二的。縱觀兩宋，雖然湘中還有其他一些能作詩的本土詩人，但是再也沒有在達到較高詩藝水平的同時形成如此大的規模，也再沒有一個本土文人群能在同時代產生如此大的影響。那麼爲什麼這樣一個群體會出現在宋初而不是宋代的其他時期呢？或者說爲什麼宋代湖南的其他時期沒能形成如此大規模的本土文人群呢？這個問題的答案恐怕要從前代馬楚王朝來談。

　　唐代末年，戰亂頻仍，唐昭宗乾寧三年（896），馬殷割據湖湘一带，建立馬楚政權，直至乾德元年（963）周保全納土歸宋，馬楚政權持續了七十餘年。馬楚政權是湖湘歷史上唯一一個地方割據政權，而此政權的出現是當地本土文學迅速發展的最主要原因，故短時間内成就了湖湘一地的政治文學繁榮之勢。因爲馬氏在湖湘采取修養生息的政策，在其政權成立之初即有大量文士來此避亂寓居，而馬氏對文士的禮遇更是形成了十分龐大的幕府文人集團，現在可具名之人即達四十餘位，其中最爲著名的是馬希範門下的“天策府十八學士”，《資治通鑒》載“楚王希範始開天策府，置護軍都尉、領軍司馬等官，以諸弟及將校爲之，又以幕僚拓跋恒、李宏皋、廖匡圖、徐仲雅等十八人爲學士”，[1] 成就了馬楚文學一時之盛事。而在馬楚政權後期，南唐入攻長沙，政局大亂，原本事楚的幕府文人紛紛易主或是歸隱，這種風氣持續到宋初，於是形成了在湖湘文學史上十分特殊的衡山隱士詩人群，換句話說，衡山隱士詩人群其實是馬楚文學繁榮之餘緒。後來隨著割據政權的消解，湖南文學發展依舊歸於平靜，故而自宋初之後，再也沒能出現如此大規模的本土文人群。

　　諸如衡山隱士詩人群的湖湘本土詩人群僅見於北宋初年，與此前馬楚政權的短暫存在有關，然而結集歸隱在宋代湖湘并不常見，甚至在整個宋全域亦非顯象。懷有淑世精神、先天下之憂而憂的強烈責任感是宋代士大夫的普遍共識，宋人極少因爲一己之不順而選擇規避整個社會，因而隱逸在宋代雖然可能被歌詠，但是實踐者却很少，故而，宋初衡山隱士詩人群從這一點來看也是一個異數。關於衡山隱士詩人群隱逸的理由，或可作如下考慮：最重要的原因應該是長久的政局動亂導致士大夫選擇自退山林來保守内心的安寧。隱逸之風盛行本是亂世當中士大夫行爲取向的顯著特

① （宋）司馬光：《資治通鑒》卷282，《四部叢刊》景宋本。

點，自晚唐五代以來，社會動蕩，皇權淪喪，藩鎮割據，豪强横行，士風凋零，此況持續了半個世紀之久，直至宋初仍未消歇，士大夫在這半個世紀當中早已喪失了唐人那種一統天下、整肅朝綱的信心與魄力，只能走向傳統儒家士子人格的反面，選擇相對消極的方式來保留自身最後一點不同流俗的清高。除了社會的嚴重動蕩讓一部分士大夫甘願遁隱之外，長期以來朝廷重武輕文的用人政策亦是士大夫失望離朝的重要原因。正因處於亂世，對執政者而言，豪强武力遠較謙弱斯文更爲有用，故此武人跋扈，對文士多極盡蔑視與凌辱，士子常常空有一身才學而無處施展，報國無門，不僅如此，反倒要遭武夫踐辱，無奈之下，多有遁走山林者。正如《楚寶》"廖融"條記載的一個故事：宋太宗爲除五代重用武夫之弊，下旨以詞賦論策取士，而廖融言曰："豈知今日詩，一似大市裏賣平天官，并無人問耶。"① 説當今之詩就像是在大集市裏叫賣平天官一樣，無人問津，可見出當時詩文與辭章之士之不受重視至此。正是在這種背景之下，廖氏兄弟與任鵠、王正己、王元等人選擇甘守清貧，堅辭不出，而衡山山色清麗，爲五嶽獨秀，有著七十二峰的天然屏障，幾乎與世隔絕，但又并非蠻荒無文，而是佛道皆盛，寺觀俱全，總不至於過分清冷寂寥，故而成了廖氏諸人集結隱居的最佳地點。正因以上諸種原因，廖氏等人選擇自避於衡山之中，不問世事，以詩琴相伴爲樂，形成了一個在宋代較爲少見的隱士群。在此之後，宋朝采取重文輕武之策，士大夫的地位得到空前提升，衡山再也未見如此一般規模的隱士詩人群了。

　　總之，北宋初年衡山隱士詩人群的形成既與馬楚王朝的短期穩定政局密切相關，又受到趙宋建立前後混亂的時局影響，同時也因爲衡山的地域制宜，才使得廖氏兄弟等人成爲一群嘯詠山林的世外逸人。

---

① （明）周聖楷：《楚寶》卷17，明崇禎刻本。

第三章 僧人湖湘：以惠洪在湘中
的交往唱和爲例

湖南作爲佛教文化發達地，在唐代即出現過懷素這樣的有著"草聖"聲名與齊己這樣的以詩名享譽天下的名僧。及至宋代，各地求法僧人往來頻繁，雖非盡出湘籍，但是這些僧人相互酬唱，并與當地官員等士大夫交遊往來，不少以詩作留名史册，其中以詩名稱雄叢林者非惠洪莫屬。惠洪旅湘多年，留下了大量的詩文與著作，他在湘中與一衆禪僧相互交往唱和，用詩筆呈現了僧人眼中的湖湘，而他與湘中往來遷客及本土士子的交往則使得他成爲歷史上善交士大夫的詩僧典型。此章論述惠洪在湘中與詩僧及士大夫的交遊唱和，關於惠洪的形跡交往創作等基本資料，主要參考了周裕鍇師的《宋僧惠洪行履著述編年總案》①，特此説明。

第一節　以惠洪爲中心的湖湘詩僧群

一　惠洪居湘生活軌跡

惠洪（1071—1128）俗籍筠州（在今江西），是北宋中晚期著名詩僧，一生相當坎坷，性情放蕩不羈，曾八次遊湘、過湘、寓湘，在湖湘盤桓時間超過十年，以下是其數度入湘的時間線索：

哲宗元祐八年（1093），惠洪遊方至湖南，南窮蒼梧，休於衡山，遊南臺寺，次年春方返江西。此是其首次入湘。

哲宗元符二年（1099），惠洪在洪州石門辭别老師真淨克文，與法弟希祖、本明開始雲遊四方，次年到達衡嶽，遍訪福嚴、法輪、石霜等名

---

① 周裕鍇：《宋僧惠洪行履著述編年總案》，高等教育出版社 2010 年版。

刹，遍交名僧，約徽宗建中靖國元年（1101）正月離湘住浙江新昌洞山。

崇寧元年（1102）冬再次入湘，與希祖、本明寓於長沙道林寺，二年陳瓘謫廉州經湘中，惠洪與之來往密切。後坐夏於善化（縣名，屬潭州）雲蓋寺。六月度嶺往廉州探陳瓘。

崇寧二年（1103）秋回湘寓善化雲蓋寺。同年秋攜希祖返江西歸拜其師真淨克文塔。

崇寧二年冬復還於善化雲蓋寺，三年正月黃庭堅謫經湘中，惠洪從之遊，過往甚密。同年二月離湘往分寧龍安（在今江西）。

政和元年（1111），張商英罷相，惠洪坐交張商英被竄崖州（今海南三亞），途經湖湘。友人胡强仲追送至邵陽，惠洪以詩贈之。

政和三年（1113）五月，蒙恩得赦，自崖州渡海北歸，次年又借道湘中返江西，先後館於衡山方廣寺、長沙道林寺等，自號甘露滅。

政和八年（1118），惠洪被狂道士誣爲張懷素的謀反黨人，入南昌獄百日，遇赦得釋，歸長沙谷山寺，後住長沙水西小南臺寺，與鹿苑元禪師爲鄰，之後又移湘陰興化寺，直至宣和七年九月（1125）離湘，此次在湘中長居達七年。

縱觀惠洪一生，其與湘中之緣可謂深矣。其居湘多年，本集中有大量詩歌作於湖南，其禪林名著《僧寶傳》成書於長沙穀山，詩學理論著作《冷齋夜話》一書亦主要作於湘中，其有詩云"我庵湘山麓，君家湘江尾；共看湘山云，同飲湘江水"②，直以湖湘爲安居故鄉，可見湘中之於惠洪的意義。

惠洪作爲僧人，與之交往最多的也是僧人。細考惠洪在湘中與各寺禪僧的交遊與創作，以兩個時間段最爲重要，其一是元符三年至崇寧三年春，這段時間惠洪雖有兩次短暫出湘，但都很快返湘，前後三年時間主要生活在長沙，禪林交遊也相當活躍；其二是政和八年至宣和七年，連續七年時間惠洪都住寺於湖南的長沙、湘陰等地，未曾外出，其間交遊相當廣泛，創作亦多。從惠洪的交遊范圍與唱和詩歌數量來説，在這兩個時間

---

①　對於惠洪此次入獄時間，學界有宣和元年（1119）與政和八年（1118）兩種不同看法。此從李貴《北宋詩僧惠洪考》的觀點，即惠洪入南昌獄時間是政和八年（1118）八月，出獄時間是重和元年十一月底至十二月初。李貴：《北宋詩僧惠洪考》，《文學遺産》2002年第2期。

②　（宋）釋惠洪：《石門文字禪》卷6，《四部叢刊》景明徑山寺本。

段，以惠洪爲中心，湘中各地先後形成了不同的詩僧群。

二　元符三年至崇寧三年以惠洪爲中心的詩僧群

元符三年，惠洪二次遊湘之時，與他同道的還有其法弟本明與希祖。其中希祖字超然，修水人（在今江西），《冷齋夜話》卷四載：“吾弟超然善論詩，其爲人純至有風味。”① 希祖不僅善於論詩，亦長於詩藝，《石門文字禪》中多有惠洪次韻希祖之作，只惜希祖詩歌現已難見。論及惠洪在湘中的禪林交往，在其相交的詩僧當中，希祖尤爲重要。

惠洪元符三年遊湘之時，希祖從之，并與之長期寓湘；政和八年惠洪再度入湘之時，希祖已住長沙谷山寺，且此後多年皆在湘中。故此希祖可稱是在湘中與惠洪最爲親熟、相交時間最久之人，而二人在湘中多有詩歌唱和，從中亦可窺見他們的相交深淺。惠洪與希祖在湘中的唱和詩歌大多作於元符三年至崇寧三年之間，如崇寧二年，惠洪與希祖寓於長沙嶽麓山下的道林寺，有詩《次韻超然春日二首》，句云“暮年身世極南邊，病眼愁看北客船”作嘆老之聲；又云“年少無愁事業新，小詩寫得楚江春”②，戲稱希祖詩才。又《與超然至穀山尋崇禪師遺蹤》述二人一同在湘中尋訪名僧古跡，詩云：“行盡湘西十里松，到門却立數諸峰。崇公事跡無尋處，庭下春泥見虎蹤。”③ 寫山行春色，雖尋跡不獲但也別有趣味。惠洪與希祖同出師門，同愛詩賦，又同遊叢林，可謂十分投契，故而惠洪《秋夕示超然》曰“與君遊遍人間世，折脚鐺中味最長”④，折脚鐺是指斷了脚的鍋，此處比喻生活貧寒極簡，惠洪稱能與希祖遍遊天下，即便生活貧寒，仍覺回味無窮，可見二人志趣相投、貧賤相依。

元符三年至崇寧三年間，湘中與惠洪有詩歌往來的禪僧當然不止希祖一人，惠洪與希祖師兄弟二人在湘中遍訪名刹，結交詩僧多人，衆人相與酬唱，一時間成爲禪林雅事。如彥孜（遷善）禪師、誠上人、懷志禪師、超（不群）禪師、有規（方外）禪師等皆與惠洪有詩歌往來。

元符三年，惠洪遊方至南嶽衡山，觀福巖寺崇明和尚舍利，作《郴

---

① （宋）釋惠洪：《冷齋夜話》卷 4，清文淵閣《四庫全書》本。
② （宋）釋惠洪：《石門文字禪》卷 16，《四部叢刊》景明徑山寺本。
③ 同上。
④ （宋）釋惠洪：《石門文字禪》卷 11，《四部叢刊》景明徑山寺本。

州乾明進和尚舍利贊》，又至法輪寺參彦孜禪師。彦孜，字遷善，號莫翁。惠洪詩《過孜莫翁》句云："禹穴朝來散晚參，一程隨便達雲巖。南山任把浮雲蔽，西嶺猶將落日銜。幽徑野花開舊菊，石牀楸子下高杉。投宵夜永寒無寐，良憶真僧衣不鹽。"① 法輪寺在南嶽峋嶁峰，相傳有道人見大禹古碑於此，故詩首句稱"禹穴"。詩中間四句描繪衡山深秋景致，南山可能是指祝融峰，其海拔爲衡山諸峰最高，西嶺亦是南嶽山名，山勢相對平緩，三、四句寫山氣勢雄渾，而五、六句則將視野收迴，以野花高樹相襯，完整地勾勒出衡山的秀美。既見彦孜，則出示前作之贊，彦孜見之立有詩相贈，惠洪次韻，詩《余作進和尚舍利贊，遷善見而有詩次韻》末句云："山高水深世聽瑩，愛子賞音知道門。"② 已將彦孜當作知音。之後又有《孜遷善石菖蒲》《次韻莫翁豐年斷》等詩，二人詩歌往來相當之多。當然，當時惠洪聲名已盛，其遊南嶽常常有衆僧相陪，如《林間録》卷下載其與數僧共謁雲峰文悦禪師塔，衆僧論法，各作詩偈，雖是論禪法，形式却與論詩唱酬無異。

　　惠洪離開衡山之後，北上長沙，先至瀏陽石霜寺拜楚圓禪師塔，在石霜寺惠洪與法如（無象）禪師及誠上人交，皆有詩歌。法如禪師又稱柯山道人如公，惠洪在入湘前已與之相識，此次遊湘又偶遇，故有他鄉逢故人的欣悦，互道別後衷腸，有詩《遇如無象於石霜，如與睿廓然相好，故贈之》曰："西湖睿郎最高道，思之不已令人老。道人相逢吳楚間，聞説絶與睿郎好。年來學富身轉貧，豈特詩膽大於身……"③ 睿廓然即思睿禪師，字廓然，是惠洪好友，亦善詩，惠洪集中多有與之酬唱之作。所以當法如述其在吳楚與思睿交好并轉述思睿近况時，惠洪喜不自禁，又感慨萬千，而其詩又曰"法朋半是奇逸者，我亦放浪無羈人"④，可謂對自己與友人的妙評，有一種放浪形骸的浪漫之氣。誠上人，生平法系已不可考，惠洪詩云《石霜見東吳誠上人》，知誠上人爲江浙之人，其詩云："我尋流水行，忽入霜華谷。山陰見幽人，目帶湖山緑。語温如春風，韻秀自拔俗。暗驚枯木堂，棲此一枝玉。遥知夜窗深，雪響亂脩竹……"

---

①　（宋）釋惠洪：《石門文字禪》卷10，《四部叢刊》景明徑山寺本。

②　同上。

③　同上。

④　同上。

從"雪響"可知時在深冬，惠洪以春風比誠上人之吳儂軟語，與屋外寒冬相映成趣，而"幽人""目帶湖山綠"等語亦頗妍麗，雖精妙繪出一個青年僧人的風采，但以此語描寫出家之人，已足可見出惠洪不同流俗的大膽詩風。詩又以枯堂之玉稱誠上人，更顯惠洪對誠上人的欣賞。而惠洪的確對誠上人見之大喜，贈詩相當之多，包括《誠上人試手遊方二首》《誠上人求詩》《贈誠上人四首》等，尤顯惠洪對後輩法友的青眼相加。

　　崇寧二年冬，惠洪再遊衡山，與石頭庵的懷志庵主相交甚密。懷志，婺州（在今浙江）人，曾謁真淨克文得悟，庵於祝融峰下二十餘年。惠洪將入湘時即寄詩懷志，云："世途巉嶮鼻先酸，折脚鐺尋穩處安。誰見睡餘閑振策，松風吹耳夜濤寒。"① 既至，又有詩《贈石頭志庵主》，云："陝西道人最聲價，自與老南相逼亞。常恐清塵補綴難，那知乃有如君者。爭傳絕似餘杭標，十年夢想空飄颻。邇來衡嶽祝融下，一見便令人意消……"② 詩前半述惠洪前來拜會懷志的緣由。陝西道人指真淨克文，懷志因真淨克文點化而開悟，而後惠洪亦爲真淨克文弟子得聞懷志之事，則二人其實淵源頗遠，不過惠洪雖早聞懷志之名，却在多年之後才得以見到懷志其人，故稱"十年夢想"。惠洪與懷志在石頭庵中對談機鋒，頗爲得趣，《林間錄》載惠洪曾問懷志住山有何趣味，懷志答："山中住，獨掩柴門無別趣。三個柴頭品字煨，不用援毫文彩露。"又云："萬機俱罷付癡憨，蹤跡常容野鹿參。不脱麻衣拳作枕，幾生夢在綠羅庵。"③ 述山居衡嶽的生活，自然簡樸而盡得禪意。同年冬天，懷志欲歸龍安（在今江西），惠洪亦贈詩三首，有句云"厭看瀟湘萬頃山，江南歸去臥龍安"④。然次年懷志歸江南不久即化去，惠洪在湘中聞訊，回憶前事，感念不已，作詩三首以悼，其一曰："去年曾陟白雲顛，投老相逢亦偶然。蟬蛻君今成貼葉，春蠶我已作三眠。"⑤ 語意淡然，并未作悲語，呈佛門中人看淡生死之態。

　　崇寧二年，惠洪寓道林寺，希祖亦在長沙，與僧如照（妙宗）、超

① （宋）釋惠洪：《石門文字禪》卷15，《四部叢刊》景明徑山寺本。

② （宋）釋惠洪：《石門文字禪》卷3，《四部叢刊》景明徑山寺本。

③ （宋）釋惠洪：《林間錄》卷下，清文淵閣《四庫全書》本。

④ （宋）釋惠洪：《石門文字禪》卷15，《四部叢刊》景明徑山寺本。

⑤ 同上。

（不群）禪師、有規（方外）禪師等相交。惠洪早前在石霜寺遇僧如照，如照字妙宗，惠洪曾爲之作字序，今如照欲歸東吳，希祖有詩相贈，惠洪次韻，有句云："經行遲立望吳山，氣勢飛翔爭入楚。山中有客冰雪姿，十年不聽吳邦鼓。忽然曳杖出山去，安禪後夜知何如……此生聚散等浮雲，可憐俯仰成今古……"① 照上人亦外出云遊達十年之久，此次東歸，怕是再難得入湘，故惠洪詩中不免感傷之情。超禪師，字不群，婺州金華人，生平法系不詳。在長沙時與惠洪有詩歌往來，惠洪《金華超不群用前韻作詩相贈，和其三首。超不群，剪髮參黃蘗》，稱贊超禪師的詩藝云 "興來落筆如崩雲，五字憑凌氣吞楚。我詩望見倒降旗，攻之何必更鳴鼓"②，則知二人不僅以佛法結交，更以詩筆相契。而在超禪師離湘之前，惠洪更是與之有多輪唱和，故其集中又有《復用前韻送不群歸黃蘗見因禪師》，透露出惠洪對這位詩藝絶佳的好友離去的不捨。幾乎與之同時，另有一位詩僧有規（方外）禪師與惠洪詩歌往來亦相當之多。有規，字方外，亦是婺州金華人，以詩知名。惠洪有詩《次韻道林會規方外》《次韻方夏日五首，時渠在禹谿，余乃居福巖》，其中 "湘山半夜雨，斷我西湖夢"，"數聲楚些無情思，不似吳中緩緩歸" 等語皆流露出與有規一同懷念東吳蘇杭之意。據以上所述，惠洪所交往的詩僧其實大多來自江浙贛一帶，若論原因，或可從以下幾個方面考慮：一是宋代東吳、江南（江南西路）一帶文化發達，詩賦之風興盛，禪僧的文化程度普遍較高；二是湖湘與江西同爲兩大禪宗道場，入湘求法、傳法者多；三是惠洪本身是江南人，又曾長期寓於蘇杭，故更易在他鄉與故地詩僧厚交爲友。

這一時期因爲惠洪行蹤的不確定，雖然主要寓於湘中，但時常遊走四方，所以與之交往的詩僧亦相對比較零散。此外，又因爲僧人畢竟與文人不同，極少大規模地進行遊宴集會，故而在禪林當中不太容易形成傳統意義上的多人同開詩社的情形，所以說元符三年至崇寧三年以惠洪爲中心的詩人群事實上更多的是一對一的兩人之間的唱和，而不太常見多對多群體唱和，此當是詩僧群的獨有特點。

---

① （宋）釋惠洪：《石門文字禪》卷3，《四部叢刊》景明徑山寺本。
② 同上。

三 政和八年至宣和七年以惠洪爲中心的詩僧群

政和八年，惠洪出獄後自南昌返湘中，雖寓寺頗多，但主要是住長沙水西小南臺寺（與南嶽衡山南臺寺相區別）。惠洪住水西南臺寺時，許多僧人爭相跟隨依其門下，惠洪雖屢屢拒之，然僧衆雖食不果腹仍堅隨不棄。《石門文字禪》卷二十四有詩《送僧乞食》，其序云："屢因弘法致禍，卒爲廢人，方幸生還，逃遁山谷，而衲子猶以其嘗親事雲庵，故來相從，余畜之無義，拒之不可，即閉關堅臥，有扣其門而言者……"① 當時南臺寺已有惠洪弟子十八人，而供養有限，雖惠洪四處作書化供，然仍難撫衆僧之饑，之後愈、崇兩弟子將歸江南，惠洪作詩送之，《愈、崇二子求偈歸江南》云："人笑南臺小，難安十八僧。日貧因日富，宜減不宜增。忽去兩禪衲，如分一室燈。床寬齊頂禮，睡快免相憎。"② 這首詩歌雖是送別，卻透露出惠洪住南臺時因寺中弟子過多而生活貧寒的窘迫情形。

惠洪住寺南臺時與多位禪僧有詩歌往來。雖然作爲僧人，他們不似文人那樣進行集會唱和，但是在一些特殊的場合，也會有詩歌酬唱。如宣和二年秋，在惠洪之師真淨克文禪師的忌日（佛家稱生辰），潙山元軾空印禪師爲之設供，惠洪與衡山福嚴慈覺禪師、衡山南臺定昭禪師及衡山萬壽道崇禪師等人都參與齋會，并進行詩偈唱和。惠洪《雲庵生日，空印設供作偈，福嚴、南臺、萬壽三老與焉，次韻》云：

> 不見叢林老陝西，鐵牛生得石牛兒。泐潭撲面紅塵起，四海禪流滿肚疑。潙山作人熱心肺，冷處著火人方知。龍山説偈聊戲耳，萬象驚叫天魔悲。三生大士視雲漢，和倡四座知爲誰。南臺拱讀萬壽笑，生機妙語皆臨時。諸方傳誦著精彩，不是龍山唱和詩。③

"老陝西"與前文所謂"陝西道人"意同，指真淨克文，"鐵牛兒"亦喻

---

① （宋）釋惠洪：《石門文字禪》卷24，《四部叢刊》景明徑山寺本。
② （宋）釋惠洪：《石門文字禪》卷9，《四部叢刊》景明徑山寺本。
③ （宋）釋惠洪：《石門文字禪》卷17，《四部叢刊》景明徑山寺本。

克文，"石牛兒"是詩人自喻，此句乃惠洪自謙未得其師佛法真諦。三四
句寫克文傳法名盛之事，渤潭是克文晚年住寺之地。之後則分別述溈山元
軾等人唱偈情形，"萬象驚叫天魔悲"一語寫出衆人唱偈的熱烈場面，而
"生機妙語皆臨時"則從側面透露出各位禪師的才思敏捷，雖然惠洪詩最
後強調此次衆人唱偈非爲"唱和詩"，但其形式却與文人的集會酬唱十分
相近，可視爲詩僧的齋會酬唱。

　　參與真淨克文生辰齋會偈唱的禪師，以元軾與惠洪的交往更爲密切，
也以元軾與惠洪的唱和較多。元軾，號空印，宣和年間住寧鄉大溈山密印
寺。寧鄉在長沙縣西，與長沙近，惠洪與之常通訊問，如元軾贈惠洪新
茶，惠洪詩有《空印以新茶見餉》，二人亦常相互友訪。惠洪居湘之後，
元軾有詩招惠洪往大溈山，惠洪未能成行，回詩《空印見招住庵，時未
能往，作此寄之》，元軾見詩又和，惠洪亦復答以《空印見和用韻答之》。
宣和二年冬，惠洪終至大溈山，與元軾作伴半月，二人親密無間，談法遊
山，期間唱和頗多。其中如惠洪《過溈山陪空印禪師夜話》云："濃翠濕
衣三十里，渡谿知背幾重雲。忽驚寶構從空墮，便覺風光與世分。夜久天
香凝錯莫，庭閑花雨自繽紛。他生曾伴安禪地，此夕樓鐘復共聞。"[1] 詩
主要描繪密印禪寺的景致，首聯寫途中風光，用"濃翠濕衣"描繪青翠
如洗的山色，身背重雲的比喻十分巧妙地點出大溈山的巍峨高峻。頷聯寫
詩人見到隱藏在高山中的密印禪寺時心中的驚喜，頸聯是描繪禪院當中的
景象，皆得自然之趣。惠洪居溈山半月，元軾等僧衆皆與之遊，惠洪
《石塔銘》序云："溈山空印禪師軾公與余登芙蓉，謁長老從公於潮音堂，
同遊東澗，道人師粲、法欽、文顯預焉。"[2] 所記即是其事。遊山途中，
元軾作詩九首，惠洪次韻，即《次韻空印遊山九首》，其四"萬層翠巘玉
崔嵬，獨自憑闌日幾回。知有芙蓉更深秀，振筇何幸獲追陪"，其八"未
言酬倡多佳句，半月遊山亦自賢"[3]，描寫的都是衆人遊山酬唱之事，則
可見出除了特殊的佛教儀式之類的場合外，衆人同遊也會成爲詩僧唱和的
契機。

① （宋）釋惠洪：《石門文字禪》卷12，《四部叢刊》景明徑山寺本。
② （宋）釋惠洪：《石門文字禪》卷29，《四部叢刊》景明徑山寺本。
③ （宋）釋惠洪：《石門文字禪》卷15，《四部叢刊》景明徑山寺本。

　　參與克文禪師生辰齋會的禪僧中，另有福巖慈覺禪師亦與惠洪相交頗熟。慈覺當爲賜號，其法號不詳，據周裕鍇師《石門文字禪校注》（未刊稿）考證，慈覺禪師爲惠洪法姪。宣和二年夏，慈覺往長沙訪惠洪，惠洪即有詩《會福巖慈覺大師》，謂其"破夏出山來，乃爾忘規繩"①，則知慈覺不守佛門坐夏禁足規制，外出遊歷，此種不羈恰得惠洪之心。惠洪集中載，慈覺另一次自衡山來訪，惜惠洪外出未遇，惠洪有詩《慈覺見訪余適渡江歸以寄之》。

　　除了元軾、慈覺等人之外，宣和年間惠洪的衆弟子亦多有能詩者，師徒之間常常進行詩歌唱和。其中深得惠洪之意的當是覺慈，覺慈本字敬修，惠洪將其改爲季真。覺慈早年從惠洪學法，惠洪化去之後依惠洪法弟希祖門下。惠洪呼覺慈爲阿慈，其集中有多首詩歌皆爲其作，如《七月十三示阿慈》《元正一日示阿慈》《書阿慈意消室》等，而覺慈也是惠洪晚年的貼身侍者，從惠洪《上元夜病起，欲寫〈法華安樂行品〉，無力，呼阿慈爲錄作此》可知。覺慈亦頗能詩，惠洪集中有《代人上李龍圖并廉使致語十首》，題後自注云"後三首慈及二子附"，謂後面三首詩歌是包括覺慈在內的三名弟子所作，則知當時惠洪身邊能詩的弟子并不少見，而他們師徒之間亦常以詩歌爲事。王庭珪有《書覺範詩後并引》載："余昔年遊嶽麓，識覺範於南臺，因留數日，酬唱詩盈巨軸。時侍者數人皆能詩，而圓無住亦在焉，別去既久圓忽攜覺範字見訪，悲感疇昔，復用覺範韻題其後。"② 此段即是回憶惠洪在長沙南臺時身邊侍者皆能作詩之狀。故可知包括覺慈、圓無住在內，不少惠洪的弟子都富詩才，而他們師徒之間進行詩歌酬唱亦必爲常事，可稱是當時湖湘禪林當中的詩僧群了。記載惠洪與弟子相與唱和情形的文獻不多，其弟子的詩作亦已不存，不過從惠洪詩《中秋夕以"月色静中見，泉聲幽處聞"爲韻，分韻得見字》或可窺見一二：

　　　　夜清成水宿，月出波灧灧。那知是中秋，老眼欲凄眩。此生天地間，飄泊如蓬轉。徂來泊湘瀕，此月凡七見。冰輪上天衢，萬里不知

① （宋）釋惠洪：《石門文字禪》卷6，《四部叢刊》景明徑山寺本。
② （宋）王庭珪：《盧谿集》卷23，清文淵閣《四庫全書》本。

遠。夜深度明河，輪側明河淺。西樓欲吹笛，餘聲落哀怨。魂清到月
脇，寒露紛滿面。林光潑流泉，天大微雲卷。阿崇具紙筆，橘亦磨破
硯。詩成月華清，刿婦與黃絹。①

此詩作於宣和七年中秋，在惠洪離湘之前，主要描寫中秋月色，夾雜著惠
洪漂泊多年的悲老之嘆。詩謂"阿崇具紙筆，橘亦磨破硯"，阿崇與阿橘
是惠洪弟子，此語透露出惠洪進行詩歌創作之時弟子侍立的情形，現雖已
不能確定此詩是惠洪與眾弟子次韻之作，但是以此描繪或可推想惠洪當年
與弟子共研詩藝的大致景況。

　　當然，惠洪在湘中與禪僧的交遊相當之廣，絕非僅限於以上所舉數
人，如宜禪師，筠州人，與惠洪是同鄉，又稱宜公、誼叟、逍遙等，是杭
州出塵庵禪僧，宣和間遊湘中。惠洪有詩《送誼叟歸北山》云"投老都
忘身是客，坐中談笑盡吳音"，與之叙同鄉之誼，又《逍遥遊山歸，見示
唱和詩軸，口占示之》云"遊遍名山過水西，夜談奇語盡橫機……欲知
勝踐多佳思，懷得新詩滿袖歸"，稱美宜禪師的詩藝。此外，又如思慧禪
師、溈山湘書記、瑤上人等人，惠洪皆有詩酬之，情形各不相同，茲不贅
列。總而言之，惠洪寓居湖湘，爲湘中禪林帶來了一股濃郁的詩風，以之
爲中心，湖南聚集了大批詩僧，是湖湘詩人當中一個獨有特色的群體，用
他們方外的視角書寫著瀟湘。

第二節　惠洪在湘中與士大夫的詩歌往來

一　惠洪與陳瓘在湘中的詩歌往來

　　惠洪多次行湘過程中都曾結交文人，其中引人矚目者首先是與謫官的
親密唱和，如陳瓘與黃庭堅謫經湘中時，惠洪都以拳拳之心相待，與他們
對床談法，妙語解慰。

　　陳瓘（1057—1124），字瑩中，號了翁、了齋，又號華嚴居士，南劍
州沙縣人（在福建），雖是儒士，然於佛禪頗有見地。紹聖初年，章惇薦
爲太常博士，而與惇相左，故不復用。後曾布爲相，推爲諫官，又以言忤

_____

① （宋）釋惠洪：《石門文字禪》卷7，《四部叢刊》景明徑山寺本。

布，且數次極言蔡京之非，故屢屢遭竄，然其忠直耿介，九死不悔。崇寧元年（1102），貶出袁州（在今江西），次年春，移送廉州（在今廣西），途經長沙。崇寧元年惠洪初次入湘時取道袁州，曾與陳瓘在黃蘗山同聽法會，至次年陳瓘南貶經湘時，惠洪又與之見於湘陰興化寺，故從之遊，與之成爲莫逆好友。詩有《陳瑩中由左司諫謫廉，相見於興化，同渡湘江，宿道林寺，夜論華嚴宗》，云"天生公副天下望，雷霆聲名塞九州。立朝嚴冷傳鐵面，坐令鼠輩驚魚頭。上前論事傷太直，逆鱗投笏來南陬"①，毫不掩飾對陳瓘忠直的欽服與對小人弄權的鄙夷，論事大膽切中，義氣幹雲，絕無佛門扭捏避事之態。轉瞬又云"長沙共渡一水碧，中流笑語驚沙鷗。湘西古寺夜對榻，高論自破千人浮"，述二人一見如故、共泛江湖、對床高論之快意，將友人拉出遠貶之苦悶，而"世驚海隅在萬里，我視閻浮同一漚"一句更是慰語，廉州遠在廣西最南端的茫茫大海之濱，世人皆以之爲死地，惠洪以佛教宇宙觀中南部臨海的閻浮洲爲喻，消解了恐怖，無疑爲陳瓘前去掃除了心中愁障。可以說陳瓘作爲謫途中的士大夫，能在長沙與惠洪相交實是人生幸事，而從之後二人的交往來看，惠洪的確是陳瓘謫官生涯當中的益友。

崇寧二年（1103）初夏，陳瓘到達廉州合浦之後，惠洪坐夏於長沙雲蓋山，二人仍然保持著書信不斷。《雲臥紀談》載惠洪詣刑部陳詞云："先因崇寧初，諫官陳瓘論列蔡京事忤旨，編管廉州。惠洪爲見陳瓘當官盡節，投竄嶺海，一身萬里，恐致疏虞，調護前去。往來海上，前後四年。"② 則陳瓘編管廉州期間，惠洪曾因擔憂好友難度困境而徒步數千里前去探望。同時陳瓘幽居海崖，欲置《華嚴經》，故去信附詩偈囑托惠洪將《華嚴經》帶來。《冷齋夜話》載陳瓘所寄惠洪之偈云："大士遊方興盡回，家山風月絕識埃。杖頭多少閒田地，挑取華嚴入嶺來。"③ 惠洪本集中亦有《了翁謫廉，欲置〈華嚴〉，託余將來，以六偈見寄，其略曰："杖頭多少閒田地，挑取華嚴入嶺來。"次韻寄之》，所指即是其事，云："因法相逢一笑開，俯看人世過飛埃。湘南嶺外休分別，常寂光中歸去

---

① （宋）釋惠洪：《石門文字禪》卷3，《四部叢刊》景明徑山寺本。
② （宋）釋曉瑩：《雲臥紀談》卷上，載《卍新纂續藏經》第86冊。
③ （宋）釋惠洪：《冷齋夜話》卷7，文淵閣《四庫全書》本。

來。"① 又惠洪稱其爲護持陳瓘往來海上前後達四年之久，當指陳瓘崇寧二年赴廉至崇寧五年北歸的四年時間，不過現存文獻只見一次惠洪赴廉探友的記載，據此推測其所指往來海上，除此次親往天涯探望好友之外，當還指四年間其與陳瓘的詩歌書信往來。惠洪本集中寫給陳瓘的詩歌相當之多，如其作於去往廉州途中的《六月十五日夜大雨夢瑩中》：

> 希夷先生海門住，久不見之想眉宇。夢中相見荔枝村，覺來一枕芭蕉雨。行藏顧影應自笑，世事吞聲不容數。從欲若士爲遠遊，莫作雲中隱身去。②

希夷先生，指陳瓘，惠洪多次在詩歌當中以此名稱之。希夷先生本指五代宋初陳摶，其精於黃老道家之術，周世宗賜號"希夷先生"。惠洪稱陳瓘爲"希夷先生"當是因其同姓而以尊名比之。惠洪在翻越湘桂邊境大庾嶺之時作此詩，其時離合浦日近，而詩中對好友的思念之情愈甚，想象好友遠居海濱的生活場景，如在目前。

又平常有《寄華嚴居士三首》《和靈源寄瑩中》《陳瑩中居合浦余在湘山三首寄之》《嶺外大雪故人多在南中元日作三偈奉寄瑩中》等詩，可謂多矣。足見陳瓘南居死地之時惠洪對其護持之心。其《陳瑩中居合浦余在湘山三首寄之》其一云：

> 心在青牛城下，身行白鶴泉西。何日相逢一笑，看君飽食蛤蜊。③

詩中所述之青牛城在廣西，白鶴泉在長沙，惠洪謂其身雖未與友人相伴，而心却一直與友人同在嶺南，其情可感。惠洪寄與陳瓘的詩中，語意多是輕鬆歡快，無論是前詩所謂"荔枝村""芭蕉雨"，還是此詩當中的"顧影自笑""飽食蛤蜊"等，所描繪的場景皆無一點幽居的頹喪之氣，

---

① （宋）釋惠洪：《石門文字禪》卷15，《四部叢刊》景明徑山寺本。
② （宋）釋惠洪：《石門文字禪》卷8，《四部叢刊》景明徑山寺本。
③ （宋）釋惠洪：《石門文字禪》卷14，《四部叢刊》景明徑山寺本。

相反是自得其樂、悠哉遊哉的歡樂畫面，透露出惠洪對人生遭逢逆境的態度。雖然陳瓘在合浦的日常生活不一定當真如此愜意，但是當他收到惠洪的詩歌之時，恐怕心中亦能因此而生出一些歡快來。

惠洪待陳瓘如斯，陳瓘又何嘗不是引惠洪爲知己，現存陳瓘集中有《寄覺範長沙》與《寄覺範漳水》等詩，皆是其貶居合浦之時所作。其詩云："仁者雖逢思有常，平居慎勿示何妨。爭先世路機關惡，近後語言滋味長。可口物多終作疾，快心事過必爲傷。與其病後求良藥，不若病前能自防。"① 是對奸人當道的不忿，亦是對其橫遭厄運經歷的反思，而其指出物極必反的事理規律，發出事先防禦的感嘆，却更似是在遭到打擊之後自危心理的自然流露。作爲當事人，陳瓘的貶居心態與惠洪大不相同，不過，他與惠洪的詩歌往來應當是其謫居生涯的莫大安慰。

崇寧五年正月，陳瓘因赦移郴州，得自便。自死地還湘，陳瓘喜不自禁的心情全寫在了詩中，云 "三年已絕生還望，一日天恩到海涯。路過清湘猶間闊，當時何不住長沙"（《自合浦還清湘寄虛中弟》其一），又云 "行徹天涯萬里山，月明方照海珠還。瘴鄉來往渾閒事，聊爲清湘一破顔"（《自合浦還清湘寄虛中弟》其二）②。雖然湘中歷來被作爲謫官幽居之地而常在詩人筆下呈現出灰暗沉郁之氣，但是當湘中與海崖相較之時，却是好了太多，成爲詩人日盼夜思想要回歸的安居之所，故而清湘在詩人筆下化爲極美好的所在，成爲詩人重生的希望。對於陳瓘的赦歸，惠洪有詩《陳瑩中自合浦遷郴州，時余同粹中寓百丈，粹中請迓之，以病不果，粹中獨行，作此送之》，粹中指釋士珪，名珪，字粹中，號竹庵，蜀僧，與惠洪交好，其時二人同寓江西洪州百丈山，與湘中郴州有千里之遥，而二人竟欲遠途迎之，其情實在驚人，雖惠洪最終因病未能成行，但有詩送之，云："我懷希夷老，如啞無處訴。忽聞得生還，失聲喜能語。"③ 詩以思友聲啞、友歸能語之喻來形容詩人對友人赦歸的喜悦之情，雖未免誇張，但足見深情。又云："欲問華嚴宗，忽覺隔吳楚。攝衣出從之，久疾

---

① 陳瓘：《寄覺範漳水》，載《全宋詩》第 20 冊，北京大學出版社 1995 年版，第 13469 頁。

② 陳瓘：《自合浦還清湘寄虛中弟》，載《全宋詩》第 20 冊，北京大學出版社 1995 年版，第 13467 頁。

③ （宋）釋惠洪：《石門文字禪》卷 15，《四部叢刊》景明徑山寺本。

恐頓仆。"解釋不能親往迎接的緣由，親切自然。不久之後陳瓘從郴州南歸，欲居明州，士珪與之同行，惠洪又有《瑩中南歸至衡陽作六首寄之》《粹中自郴江，瑩中與南歸，時余在龍山容泯齋，爲誦唐詩"入郭隨緣住，思山破夏歸"之句爲韻十首》諸詩，云："回雁峰前醉眼醒，卧看波影蘸空青。起來一笛春風晚，萬里無雲月滿汀。"① 詩意暢快清新，又云："希夷登嶽頂，典子相追隨。天風落笑語，想見對談時。""子從兩人傑，此遊真勝緣。他年傳故事，一葉共湘川。"② 描寫士珪與陳瓘南歸途中共遊衡嶽的情形，認定他們僧俗之間的親密友情必定會在歷史上傳爲佳話。惠洪雖未親迎好友，但這些詩歌馳寄到陳瓘的手中，莫不是其歸途中最大的驚喜。總之，陳瓘謫廉四年，常在湘中的惠洪與之酬和往來不斷，爲其人生最灰暗的那段時間带來了珍貴的精神慰藉。

惠洪一生結交的士大夫相當之多，就湘中交往而言，以其與陳瓘的交往尤其值得珍視。這是因爲惠洪在陳瓘落難之時對其多方寬慰解懷，在其南歸之時又真心地爲之歡欣鼓舞，與一般俗僧結交士大夫以求沽名相區別，更顯惠洪不畏當權、隨性交友的俠義之氣。不僅如此，惠洪後來亦南貶海崖的生命軌跡實與陳瓘相似。政和元年，惠洪亦獲罪流放海崖，京中平日交好的親友無人再敢與之來往，唯有一人名胡强仲者，千里相送直至邵州。當時惠洪疾病纏身，蓬頭垢面，胡强仲見之不忍，數度落淚，惠洪反倒淡然處之，并作《至邵州示胡强仲三首》安慰胡强仲："平生厭飫水雲間，老境優遊剩得閑。遠謫瘴鄉君勿歎，天教更看海南山。"（其一）"情緣不斷自消滅，浮念欲生無起因。多謝煉磨金出礦，敢辭枷鎖夢中身。"（其二）③ 將發配天涯當成優遊得閑，將困境當作磨金出礦，與當年勸慰陳瓘相比，雖已時過境遷，當日送人，今日被人相送，但心態與慰人之語却是一樣的。

二　惠洪與黄庭堅在湘中的詩歌往來

除了陳瓘之外，黄庭堅（1045—1105）謫經湘中時，惠洪也曾與之

①　（宋）釋惠洪：《石門文字禪》卷15，《四部叢刊》景明徑山寺本。
②　（宋）釋惠洪：《石門文字禪》卷14，《四部叢刊》景明徑山寺本。
③　（宋）釋惠洪：《石門文字禪》卷15，《四部叢刊》景明徑山寺本。

交往甚密。文學史上談及詩僧與士大夫的交往時，常以惠洪與黃庭堅的交遊爲典範。的確，惠洪與黃庭堅二人的文學往來對整個宋代詩壇都有著巨大的意義。惠洪對黃庭堅是自少時即有崇敬之心，其創作亦多取法山谷，而黃庭堅得聞惠洪之名亦頗早，在靖國元年（1098）讀到惠洪的《崇勝寺後竹千餘竿，一根秀出，呼爲竹尊者》一詩時，黃庭堅大爲嘆賞，"以爲妙入作者之域，頗恨東坡不及見之"①，并手書其詩，使得惠洪從此聲名大顯。不過雖然當時惠洪與黃庭堅已互聞聲名，但未曾謀面，他們二人之間真正地開始密切交往是在湘中長沙。

崇寧三年（1104）正月，黃庭堅被貶往宜州途經長沙，泊舟碧湘門一月有餘，其間惠洪從之遊。惠洪後來在其《跋山谷字二首》中回憶曰：

> 山谷初自鄂渚，舟至長沙，時秦處度、范元寔皆在。予自三井往從之，道人儒士數輩日相隨，穿聚落，遊叢林，路人聚觀，以爲異人。②

可見雖是謫途，然而當時盛況已令人矚目。惠洪作爲晚輩，在湘中追隨黃庭堅的步履，談法論詩、吟詠唱和，是其終身引以爲傲之事。《冷齋夜話》中《換骨奪胎法》一篇載："山谷云：'詩意無窮，而人之才有限。以有限之才，追無窮之意，雖淵明、少陵不得工也。'"③ 周裕鍇師《惠洪與換骨奪胎法——一椿文學史公案的重判》認爲正是因爲此次黃庭堅對惠洪論詩如斯，故惠洪後來有感而發提出了"江西詩派"最重要的詩歌理論"奪胎換骨法"。另如《詩忌刻意篇》載："黃魯直使余對句，曰：'呵鏡雲遮月。'對曰：'啼妝露著花。'魯直罪余於詩深刻見骨不務含蓄。余竟不曉此論，當有知之者耳。"④ 其詩歌感悟亦得自於黃庭堅的提醒。可見此番與黃庭堅在湘中論詩對惠洪之後許多重要詩歌理論的提出都極具啟發意義。

不僅是詩歌理論的探討，惠洪在跟隨黃庭堅遊走湘中期間亦多有詩歌

---

① （宋）祖琇：《僧寶正續傳》卷2，《卍新纂續藏經》本。
② （宋）釋惠洪：《石門文字禪》卷27，《四部叢刊》景明徑山寺本。
③ （宋）釋惠洪：《冷齋夜話》卷1，清文淵閣《四庫全書本》。
④ （宋）釋惠洪：《冷齋夜話》卷10，清文淵閣《四庫全書本》。

創作。其時惠洪作《余過山谷，時方睡覺，且以所夢告余，命賦詩，因擬長吉作春夢謠》《黄魯直夢與道士遊蓬萊》等詩，黄庭堅數以夢中之事告於惠洪，惠洪據其作詩，可見二人之親厚相契。又當時惠洪因寓居於湘江西巖的道林寺，故以詩邀黄庭堅同遊，云《黄魯直南遷，艤舟碧湘門外，半月未遊湘西，作此招之》，首句即云"江夏無雙果無雙，子雲賦工未必爾"，對黄庭堅詩才推崇備至，末句又云"知君不傳西土衣，一龍一蛇聊翫世"①，明言友人并非實質上的佛法傳人，只作"聊翫世"，則是深知雖然黄庭堅好禪，然而却并非真心信奉佛禪、研習佛禪，其近禪其實是爲排遣政治失意時的煩憂苦悶，可謂對黄庭堅知人知心。

惠洪多以所作之詩呈示黄庭堅，黄庭堅見之頗喜，對惠洪詩藝多加贊賞，亦作詩回贈，以《贈惠洪》爲題分别有五言律詩與七言律詩各一首：

數面欣羊胛，論詩喜雉膏。眼横湘水暮，雲獻楚天高。墮我玉塵尾，乞君官錦袍。月清放舟舫，萬里渺雲濤。②

吾年六十子方半，槁項頂螺忘歲年。韻勝不減秦少覯，氣爽絶類徐師川。不肯低頭拾卿相，又能落筆生雲煙。脱却衲衫着蓑笠，來佐涪翁刺釣舩。③

五言律首句"羊胛"乃用《唐書·回鶻傳》中"羊胛熟"的典故，形容與惠洪相見次數雖少、時間雖短，但二人迅速親熟，傾蓋如故，後句"論詩喜雉膏"稱美惠洪詩有膏腴之澤。七言律首聯述二人跨越年齡的忘年之交，頷聯、頸聯對惠洪詩才不吝溢美之辭，足見黄庭堅對惠洪這位詩壇晚輩一如既往的欣賞與鼓勵。不過，以上二詩自南宋起常有學者認爲非出自黄庭堅之手，而是惠洪因"求名過急"而假借山谷之名自己創作的僞作。然而正如周裕鍇師《宋僧惠洪行履著述編年總案》與陳自力《釋惠洪研究》④ 所説，這兩首詩徐俯、洪芻、洪炎都未稱僞，洪氏又爲黄庭

---

① （宋）釋惠洪：《石門文字禪》卷3，《四部叢刊》景明徑山寺本。

② （宋）黄庭堅撰，任淵等注，黄寶華校點：《黄庭堅詩集注》，上海古籍出版社2003年版，第476頁。

③ （宋）黄庭堅：《豫章黄先生文集》卷7，《四部叢刊》景宋乾道刊本。

④ 陳自力：《釋惠洪研究》，四川大學博士學位論文，2003年，第73—74頁。

堅外甥，其說可信，且"惠洪早在元祐年間，便'以詩鳴京華搢紳間'，其名何待此時'假託黃庭堅詩以高自標榜'。"① 更何況當時黃庭堅是遷人逐客，朝廷已下詔禁毀其文集，惠洪此時假託黃庭堅之名作詩，豈非既陷朋友於不義，又爲他人提供糾彈自我之口實？故而造僞之說實無可能。陳善、朱熹等人不曾以山谷集中其他贈人之詩爲僞作，而單單懷疑贈惠洪之詩，恐怕還是與他們對衲子詩人的偏見有關。

黃庭堅離開長沙到達衡陽後，惠洪又作詞《西江月》追寄，黃庭堅亦回贈詞一首，足見二人惺惺相惜、不忍邊別之情態。黃庭堅到宜州不久後朝廷即有旨令其移居永州，然而可惜的是，他尚未等到此份詔令即與世長辭，而惠洪再也沒有機會等到這位他至爲敬服的良師益友與他一同暢遊湘中。

總之，黃庭堅與惠洪在長沙相交甚歡，黃庭堅在詩學理論與詩歌創作上對惠洪給予了十分重要的指點，而惠洪從禪學的角度爲黃庭堅最後的南去之途帶去安慰，二人的交遊事跡在後世亦傳爲佳話，成爲僧侶與士大夫相交的典範，此可爲二人共有之幸。而惠洪與黃庭堅能在湘中相交莫逆，爲湖湘人文更添風采，當然此亦可稱是湘中之幸。

三　惠洪與其他文人在湘中的詩歌往來

除了陳瓘、黃庭堅等謫臣之外，惠洪在湘中以詩相會的士大夫，另有許顗、元勳、郭偉、閭孝忠，及侯延年、侯彭老、侯延慶兄弟等人，這些人多爲湘中地方官，皆與惠洪有詩歌往來，以下略舉幾例即可窺見一斑。

許顗（1092—?），字彦周，睢陽人（在今河南商丘），據惠洪《僧寶傳·保寧璣禪師》，許顗嘗從保寧璣禪師參法，又高宗紹興年間曾爲永州軍事判官，有《彦周詩話》1 卷存世。徽宗宣和三年許顗曾過長沙遊衡嶽，當時惠洪先在長沙，後又遷居衡山南臺寺，故此與許顗結緣。惠洪長許顗一輩，對許顗頗爲賞識，相交甚密，《石門文字禪》中有與許顗唱和詩十餘首，對其有"不受禪律縛，尚遭富貴纏。遊戲翰墨中，骨清聳詩肩"②（《大雪寄許彦周宣教法弟》）之稱。而許顗與惠洪交遊，對惠洪撰

---

① 　周裕鍇：《宋僧惠洪行履著述編年總案》，高等教育出版社 2010 年版，第 93 頁。

② 　（宋）釋惠洪：《石門文字禪》卷 6，《四部叢刊》景明徑山寺本。

寫詩話筆記《冷齋夜話》亦多有助益，《冷齋夜話》卷三《李元膺喪妻長短句》載：“許彦周曰：李元膺作南京教官，喪妻，作長短句曰……李元膺尋亦卒。”① 又《彦周詩話》云：“洪覺範在潭州水西小南臺寺，覺範作《冷齋夜話》有曰：‘詩至李義山爲文章一厄。’僕至此蹙額無語，渠再三窮詰，僕不得已曰：‘夕陽無限好，只是近黄昏。’覺範曰：‘我解子意矣。’即時删去，今印本猶存之，蓋已前傳出者。”② 則許顗寓湘與惠洪相交之時，不僅爲惠洪《冷齋夜話》的寫作提供素材，亦爲之提出了修改意見，二人交遊對詩論的促進可以想見。

侯氏三兄弟，長兄侯延年，字伯壽；二弟侯彭老，字思孺；三弟侯延慶，字季長，號退齋居士。《全宋詩》小傳載侯延年爲耒陽人，存詩一首；侯彭老爲衡山人，存詩三首；侯延慶爲長沙人，存詩三首。然據周裕鍇師考證，此侯氏三人爲兄弟，乃衡山人，另詳考各人行跡③，對《全宋詩》可補闕糾誤。惠洪與侯氏三子相交皆密，尤其是與侯延慶唱和頗多，其中詩有《余遊侯伯壽、思孺之間久矣，而未識季長，昨日見之，夜歸，作此寄之》，可知惠洪先識侯延慶二兄，之後方與侯延慶相熟相契。詩有“公家兄弟俱秀傑，人言不減河東薛。鳳皇鸑鷟雖見之，聞有鸂鶒更超絶。周郎坐中見新作，天葩奇芬衆中愕”④ 之句，以唐代河東薛氏“三鳳”比之，“三鳳”指在唐代齊名的薛元敬及其從兄薛收、族兄薛德音三人。不過，從詩中可見，惠洪雖是初識侯延慶，但對侯延慶的詩才明顯更爲讚賞，認爲超絶於二兄之上。而惠洪現存詩歌當中也以與侯延慶唱和之作尤多，有《季長見和甚工，復韻答之》《季長賞梅，使侍兒歌，作詩，因次韻》《上元後候季長不至作此寄之》《季長盡室來長沙，留一月，乃還邵陽，作是詩送之》《送季長之上都》《甲辰十一月十二日往湘陰，馬上和季長見寄小春二首》《二月二十一日奉陪季長遊嶽麓，飯罷登法華臺賦此》《季長出示子蒼詩，次其韻，蓋子蒼見衡嶽圖而作》《季長出權生所畫嶽麓雪晴圖》等，與其二兄之唱和反倒不見，可見出惠洪以詩會友

① （宋）釋惠洪：《冷齋夜話》卷3，清文淵閣《四庫全書》本。
② （宋）許顗：《彦周詩話》，明《津逮秘書》本。
③ 參看周裕鍇《惠洪交遊人物考舉隅》，載《宋代文化研究》第十六輯，四川大學出版社2009年版，第437頁。
④ （宋）釋惠洪：《石門文字禪》卷5，《四部叢刊》景明徑山寺本。

之習性。

元助（? —1138），字不伐，號具茨，陽翟人（在今河南禹州），自元祐初年起從黃庭堅遊近二十年，黃庭堅辭世後，在宣和四年（1122）前後曾知長沙縣三年，紹興九年（1138）終春陵太守。惠洪在長沙時與之唱和，有《次韻元不伐知縣見寄》《送不伐赴天府儀曹》《和元府判遊山句》等詩。曾孝序，字逢原，晉江（在今福建晉江）人。因上疏反對蔡京被逐嶺表，後移永州，蔡京死後被起用，兩知潭州，宣和四年至七年在潭州任上時與惠洪親厚。惠洪詩有《和曾逢原試茶連韻》《和曾逢原待制觀雪》等。

惠洪在湘中與士人相交甚廣，其原因主要與宋僧的普遍風尚相關。宋代僧侶喜與官僚士大夫爲友，其中緣由比較複雜，或有藉士大夫之顯赫聲名爲己標榜者，或有借爲官者的禪悦之好而謀求庇護者，又或有借與士子相友之便而直取私利者，不一而足。不過，就惠洪與湘中士大夫的交往來看，却是清清白白的誠摯之情。儘管因爲惠洪曾在京城與宰相張商英相熟，故而歷來總有斥其攀附權貴的鄙夷之聲，但是惠洪在湘中的交遊却都是出自與友人的一片惺惺相惜之情。湖湘偏於南楚，其地域特色是士大夫中多有遷謫失意之人，惠洪却從不避嫌，反而盡力護持聯結，其與黃庭堅、陳瓘的交遊過程即是佳例，可鑒真心。不僅如此，惠洪與友人的相交亦從不曾因士子的官場沉浮而變動，無論窮困或是顯達，一日與之相友，則終生關照不棄，此亦是其能換來士大夫真心回饋的重要原因。

惠洪在湘中與士子的交往在宋代衲子當中尤爲特出，此即與其出衆的詩才及以詩會友的交友準則相關聯。惠洪一生交友無數，其擇友標準當有兩個方面，一是習禪，一是善詩。一般説來，惠洪所交往的士大夫當中，大多都有禪悦傾向，如張商英、陳瓘、閭資欽、曾孝序等人，莫不精通禪理，且多與惠洪禪學思想相近，故而有“惠洪與官僚士大夫的交往，主要是建立在共同的禪悦法喜這一基礎之上的”① 説法。不過，除了禪悦之外，善詩也是惠洪所交士大夫的重要特點，甚至可以説在惠洪結交的許多士子當中，并非因其習禪，而主要是因其善詩而與之相友。如惠洪與黃庭堅在長沙對床夜談，所談内容多是詩論而非禪理，而惠洪與侯氏兄弟的交

---

① 陳自立：《釋惠洪研究》，四川大學博士學位論文，2003 年，第 66 頁。

往亦以詩贊之，全與禪理無涉，又其與許顗、元勛、周廷秀等人的交往，皆是以詩相會，并無佛法之説，則知在湘中將惠洪與士大夫聯繫到一起的，是莫能忽視的"詩可以群"的功能。

　　總而言之，惠洪行湘十年有餘，湖湘可謂其第二故鄉。其在湘中交友數十、留詩數百，在瀟湘大地留下了多少美談佳話。宋代湖湘詩壇因有惠洪而更顯奇趣光彩，惠洪也因在湖湘的種種交遊經歷與詩情畫意而更添人生之旖旎風情。

第四章　學者湖湘：以張栻爲中心的長沙文人群爲例

宋代湖湘學術興盛，學者雲集，初有道州周敦頤開創宋代理學，後有崇安胡安國率子侄胡寅、胡宏、胡憲等在衡山開創湖湘學派，及至南宋，綿竹張栻定居長沙，主講嶽麓書院，成爲湖湘學派的重要代表人物。宋代湖湘學術的興盛讓湖湘詩人中出現一個很重要的身份類型，即學者詩人。而宋代湖湘學者詩人當中，以張栻的文學交遊最廣、詩歌作品最多。張栻（1133—1180），字敬夫，又字欽夫、樂齋，號南軒，是南宋中興名相魏公張浚的長子，有弟名張杓，字定叟。學界從哲學的角度對張栻學術成就的探討相當之多，不過，除了學問之外，張栻於辭章之事亦頗有可觀之處，兼其廣與學人、官員等交結唱和，在湘中留下大量詩篇，令人矚目。本書將從文學的角度來探析其在湘中與衆多文人的交往和唱和。

第一節　張栻的居湘生活軌跡與日常交遊

一　張栻居湘生活軌跡

張栻本是蜀中廣漢綿竹人，後隨父寓居長沙，下文將梳理其在湘中的主要生活軌跡。

紹興十一年（1141），其父魏公告官請祠，因蜀中離朝廷甚遠，又不忍老母奔波，故寓居長沙以奉親。自此，張氏一門由西蜀遷長沙。

紹興二十年（1150），魏公張浚由貶地連州移永州，張栻皆隨侍。在連州、永州期間，張栻主要受張浚教導。其間，紹興二十九年，楊萬里任零陵丞，與張栻結識，并通過張栻謁見張浚。《鶴林玉露》載楊萬里謁魏公張浚之事："楊誠齋爲零陵丞，以弟子禮謁魏公，時公以遷謫故杜門謝客，南軒爲之介紹，數月乃得見。"①

紹興三十一年（1161），詔令魏公張浚湖南路任便居住，張栻與父俱歸長沙。父命其赴衡山從胡宏學，胡宏頗驚其才。此時潭州人吳獵從張栻學《易》。

紹興三十二年（1162），魏公張浚先後判建康、赴行在等，張栻與弟皆從，并入朝奏對。

隆興二年（1164），魏公張浚薨，張栻扶柩歸葬於衡山。其間行至豫章時，朱熹登舟哭吊，并送至豐城，在舟中與張栻密談三日。

乾道元年（1165），助湖南安撫使劉珙平定郴州之亂。張栻居於長沙，自建城南書院，并主教嶽麓書院，與諸學友過從講習，各地多有學子前來請教，直至乾道五年之官嚴州。這段時間圍繞張栻在長沙形成了一個學者式的學術爭鳴群，也形成了一個文人式的詩歌唱和群。尤其是乾道三年朱熹攜弟子來訪，衆人酬唱頗多，成爲一時盛事。

乾道五年（1169），官嚴州，後入朝。

乾道七年（1171），官袁州，旋歸長沙。主教嶽麓書院，論學撰説。

淳熙二年（1175），赴桂林任官。往還於湘桂之間（當時桂林地屬荆湖南路）。

淳熙五年（1178），除荆湖北路轉運副使改知江陵府安撫本路。至淳熙七年卒於任上，時年四十八歲。

由以上時間線索可知，張栻一生主要生活在湖南，除其少年時代生活地點難考之外（張栻少年時，其父亦曾貶居永州數年，現已不確定當時張栻是否隨父居於永州），其居湘比較長的時間段包括紹興二十年至紹興三十一年的十二年間，主要在永州和衡山兩地精研學理，乾道元年至五年的五年時間裏主要在長沙授徒講學，乾道七年至淳熙二年的七年間主要在長沙講學，則其短短四十八年的人生當中至少有寶貴的二十四年皆在湘中度過。

二　以張栻爲中心的長沙文人群的形成

雖然張栻在長沙與永州兩地皆有相當長的居住時間，不過因爲其父居

---

① （宋）羅大經：《鶴林玉露》卷5，明萬曆中會稽商氏半野堂刊本。

永時長期杜門謝客，又兼朱熹爲其整理文集之時奉行"刪其少作"的原則①，使得其在永之詩已皆不可見，故而本書所謂他與其他文人的交遊唱和主要限於長沙。檢閱《南軒集》，從中可見張栻的詩歌絕大多數是酬唱詩作②，體現出作爲學者的張栻將詩歌社交功能最大化的創作傾向。張栻在長沙期間，多與學人相互講論，各地士子聞其聲名，競相追隨從學，其中以湘中與蜀中士子最多。當時圍繞在張栻身邊的士子包括吳銓、吳獵、彪德美、陳琦、吳翌、宇文正甫（父）、范文叔、遊誠之、周畏知、曾節夫、胡伯逢等人，張栻與之皆有詩歌酬唱。乾道三年朱熹亦率弟子林用中、范伯崇遠道而來，其間交相唱和之作更多。除此之外，張栻與當地官員、鄉紳及自家親族皆相交甚密，衆人關係融洽，多互有詩歌往來，其中酬唱詩歌較多者包括地方官員張孝祥、劉珙、黃仲秉、楊萬里等，鄉紳陳仲思、王長沙（失名）等，親屬張杓、宇文挺臣、宇文信臣、甘可大等，其交遊唱和圈在宋代湖湘詩人當中是所涉人員最廣、詩歌創作最多的，尤其值得關注。

　　南宋早中期的長沙能夠形成一個較大的以張栻爲中心的詩人酬唱群體，除了張栻自身在理學上具有超群造詣能吸引廣大士子從學之外，另外還有很大一部分原因是得益於潭州地方官員對張栻的賞識。乾道元年張栻居長沙守父喪時，劉珙是新到任的潭州知州兼荆湖南路安撫使。是年，郴桂間盜起洶洶，劉珙深知張栻之名，對其以禮相待，張栻亦助其平定匪亂。同時張栻在長沙修建城南書院，與同志學人講習論道，隨後劉珙修復了在紹興元年毀於戰火的嶽麓書院，并延請張栻爲主講人，故此湖湘學風大盛，外地士子紛紛來學，一時間長沙成爲一個學人雅集薈萃之所，長沙文人群也在此基礎之上逐漸形成。乾道三年，劉珙離湘入朝，繼任者是張孝祥，張孝祥對張栻的欽服較之劉珙有增無減，又兼其本身詩才卓絕，常邀張栻及諸弟子集會賦詩，更爲這個理學氣息濃厚的士人群體帶入一股清

① 據《南軒集》四庫全書提要。
② 關於"酬唱"，呂肖奐與張劍先生在《酬唱詩學的三重維度建構》當中指出："酬唱方式分爲四類：贈答式酬唱主要體現的是酬唱者的對話或尋求對話的關係，唱和式酬唱主要體現的是酬唱者的呼應對答關係，群體競唱式酬唱主要體現的是酬唱者的平等平行或競技關係，聯句式酬唱體現的是聲氣承接與直面切磋關係。"本書即基於此觀點來判斷詩人的酬唱之作與獨吟之作。《酬唱詩學的三重維度建構》，《北京大學學報》2012 年第 3 期。

新的詩風。

三　長沙文人主要的交遊酬唱方式

以張栻爲中心的長沙文人最主要的交遊與酬唱方式是集會同遊和分韻賦詩，他們同遊、宴飲而賦詩的頻率相當之高，在《南軒集》中這類詩歌觸目可見，以分韻賦詩爲例，即有以下十四題：

《王長沙梅園分韻得林字》

《同遊嶽麓分韻得洗字》

《陪安國舍人勞農業郊分韻得蘭字》

《安國晚酌葵軒分韻得成字》

《安國置酒敬簡堂分韻得柳暗六春字》

《雪中登樓分韻得未字》

《湘中館餞定叟弟分韻得位字》

《長沙歷冬無雪，正月十日與客登卷雲亭，望西山始見一白，莫夜復大作，竹聲蕭然，是日坐上分韻得雲字》

《五月十六日夜城南觀月分韻得月字》

《四月二十日與客來城南，積潦方盛，湖光恬然，如平時泛舟終日，分韻得水字》

《二月十日野步城南，晚與吳伯承諸友飲裴臺，分韻得江字》

《與弟姪飲梅花下分韻得香字》

《十四日陪黃仲秉渡湘，飲嶽麓臺上，分韻得長字》

《王長沙約飲縣圃梅花下分韻得梅字》

分韻賦詩是指文人在集會宴飲時，互相分拈指定數字，各人按所拈之字的韻部分別作詩。呂肖奐師《宋代詩歌分題分韻創作的活動形態考察》中有言："宋代的分題分韻活動，一部分作爲宴飲遊戲活動的次要部分出現，娛樂性較强；一部分在具有詩會性質的期集或偶集上出現，也伴隨棋酒遊宴，但詩歌創作與競技性占主導地位。"[1] 指出分韻賦詩不可避免的

---

① 　呂肖奐：《宋代詩歌分題分韻創作的活動形態考察》，《徐州工程學院學報》2013 年第 7 期。

娛樂性與競技性，張栻集中有這許多分韻詩歌，可推知其在長沙時與衆友集會宴飲次數之多，展現出了以學者爲主要陣營的長沙文人在治學之餘無異於一般辭章士人的文藝雅趣。

從以上所舉的諸多詩題當中，可以一定程度地還原以張栻爲中心的長沙文人群體酬唱的基本情狀或是審美趣向。首先，關於衆人分韻賦詩的地點，詩題中主要涉及梅園、嶽麓、城南、葵軒、敬簡堂數地，是諸人時常宴集之所，其中梅園的主人是王長沙，現已難考其名，或因其爲長沙人故稱；嶽麓是指嶽麓山或嶽麓書院；城南是指張栻修建的城南書院，是其講習與居住之所，在長沙南門外的妙高峰，與嶽麓書院隔江相望，内有十景聞名；葵軒是張栻日常起居之宅，在城南書院之中；敬簡堂乃張孝祥所建燕息之宅，在嶽麓山下，清淨閑雅。綜合言之，此數地其實集中在梅園、嶽麓山及城南書院，即衆人宴集之所并無繁多花樣，但這些地方共同的特點是風景優美且富於人文情懷。關於人文情懷，嶽麓與城南自不必言，是張栻與衆人講習論學之所，而梅園之特色在於梅意象所代表的高潔與孤傲，宋人普遍愛梅更勝前代，當是衆人選擇伴梅遊樂賦詩的理由。其次，關於衆人分韻酬唱的時間與事件。根據詩題與詩歌内容進行推斷，諸人的雅集活動主要集中在以下時間：就季節而言并無拘限，各個季節皆有，不過以賞雪或賞梅之冬日爲多；就具體時間來看，賦詩時間以晚間爲多。而衆人集會宴飲的形式，張栻另有一詩題幾可爲範，即《同遊城南書院，論文、鼓琴、煮茶、烹鮮、徘徊湖上，薄莫乃歸，明日作別，書此爲贈》，此篇雖非分韻詩，但其論文、鼓琴、煮茶、烹鮮、徘徊、薄暮方歸的宴遊内容却很有代表性。而白日賞翫夜間宴飲，同時分韻賦詩爲戲，則是張栻與衆人聚會的一般形式。

由長沙文人集會宴遊的時間、地點、人員及主要形式，基本上可以在腦中繪出這樣一群學者與詩人的圖景，在春光或夏月裏，在秋林或雪夜中，三五友人，信步閑遊，浴風攬景，談學論道，坐而把盞；在觥籌交錯之隙，笑語連連之間，各得其韻，口占成章，平和閑適與輕松快意是他們的基本風格，完全可以掃淨理學家身份給他們帶來的正危嚴坐、沉悶乏味的形象，可以説在這個群體里，道學與文藝是融合無間的。而他們所創作的詩歌與他們宴遊的氣氛是完全相符的，試以兩詩爲例。

梅收清風來，宇净寶鑑揭。頻年城南遊，未有今夜月。呼舟泛微瀾，遊魚亦出没。危樹倒影浮，倚檻涼入骨。舉酒屬西山，寒光動林樾。諸君興未已，南阜上突兀。目極大江流，高情更超越。（張栻《五月十六日夜城南觀月分韻得月字》）①

佳月妬纖雲，微和扇東風。聊持一杯渌，共此千燈紅。吾宗延閣英，聖學與天通。且最治郡課，遂收活國功。（張孝祥《元宵同張欽夫邵懷英分韻得紅旗字》）②

這兩首詩是兩次不同的集會所作，張栻詩寫月下泛舟之樂，用語平和、意境清寧，同時又带著哲學家特有的平静悠遊，不太沾染自我的憂喜情緒，可稱無我之境。張孝祥詩作於元宵之夜，詩中色彩對比明顯，以示節日的熱鬧，詩後半稱美張栻，詩歌命意平正，語意簡單，則是一般宴集賦詩的常態。另外，《南軒集》中不見與張孝祥此詩同題的詩歌，則知張栻在長沙參與宴集所作的詩歌多有不存者，而其宴遊次數遠多於上文所舉的十四回。

當然，儘管長沙文人的群體酬唱以同遊、集會、宴飲最具代表性，但是他們之間還有著其他各種形式的酬唱往來。如壽辰、節日、添丁等民間慶賀的場合，也是諸人聚集起來相與酬唱的契機。張孝祥《于湖集》中有詩《吳伯承生孫，交遊共爲之喜，凡七人，分韻"我亦從來識英物，試教啼看定何如"，某得"啼"、"定"字》二首：

得孫當贊喜，唤客便分題。樓鼓方行夜，天星恰照奎。熊羆通夢寐，孔釋自提携。湯餅那應晚，吾來爲止啼。
吳郎薄軒冕，市隱室垂馨。兒孫忽成行，乘除乃天定。我女才三歲，此事當退聽。膡欲便款門，積雨道苦濘。③

這兩首詩即爲慶賀吳伯承生孫之喜。吳伯承，名銓，字伯承，浦城人

---

① （宋）張栻撰，鄧洪波校點：《張栻集》，嶽麓書社 2010 年版，第 467 頁。
② （宋）張孝祥著，徐鵬校點：《于湖居士文集》，上海古籍出版社 2009 年版，第 46 頁。
③ 同上書，第 83 頁。

（在今福建南平），寓居長沙二十餘年，與張氏兄弟及張孝祥等人皆相交甚善，同爲當時長沙之聞人。吳銓卒於乾道六年（1170），受張栻思想影響，治喪黜浮屠，張栻有《承議郎吳伯承墓志》，可考其生平，其間又追憶二人交往情形：“予與君寓居鄰牆，間一二日輒步相過，議論酬唱，甚樂。別未一載而遂志君墓，悲夫！”① 張栻與吳銓卜居爲鄰，以張孝祥乾道元年（1165）至三年居官潭州可知吳銓生孫之喜必在其間，而張栻當時亦安居長沙，且張孝祥詩題明示平日交遊俱來，則此次喜宴張栻未有不赴之理，只是今《南軒集》中不見其詩，不可與張孝祥詩對舉而論，是爲憾事。

　　從張孝祥詩題，當時共有七人賦詩以賀吳伯承生孫之喜，所用之韻是蘇軾《賀陳述古弟章生子》末句：“我亦從來識英物，試教啼看定何如。”② 從張孝祥得“啼”與“定”兩字作兩詩，則知七人皆各取兩字爲韻賦詩。眾人賦詩賀生孫之喜以蘇軾賀人生子之句爲韻，對情對景，頗有意味。張孝祥“啼”字韻詩描畫主人吳伯承“喚客即分題”，十分有趣，吳伯承家中有喜，宅中當是賀客如雲，熱鬧非凡，他却急急喚住平素交往之人，匿入一靜僻之處，分題賦詩，頓時讓這場民間俗事變得十分雅趣起來。詩後四句是對新生兒的祝福展望，詩最後兩句仍化用蘇軾《賀陳述古弟章生子》詩中“甚欲去爲湯餅客”“試教啼看定何如”之意。蘇詩皆是用典，劉禹錫《贈張盥赴舉》有句“引箸舉湯餅，祝詞天麒麟”③，又《晉書》有載：“（桓溫）生未期而太原溫嶠見之，曰：‘此兒有奇骨，可試使啼。’及聞其聲，曰：‘真英物也！’以嶠所賞，故遂名之曰溫。”④ 蘇軾用此二典是表祝賀之意，張孝祥則在祝賀之餘更顯玩笑，打趣主人家快快端出待客之湯餅來，亦翻轉前人語意願爲嬰兒止啼，則平日好友之間的親密融洽可見。張孝祥的“定”字韻詩稱羨吳伯承不逐名位，潛居於市中，又感嘆其兒孫已然滿堂，而自己女兒方才三歲，則艷羨更甚，將此

---

① （宋）張栻撰，鄧洪波校點：《張栻集》，嶽麓書社 2010 年版，第 884 頁。

② （宋）蘇軾著，王文誥等集注，孔凡禮點校：《蘇軾詩集》卷 5，中華書局 1982 年版，第 448 頁。

③ （唐）劉禹錫著，高志忠校注：《劉禹錫詩編年校注》，黑龍江人民出版社 2005 年版，第 1021 頁。

④ （唐）房玄齡：《晉書》，中華書局 1974 年版，第 2568 頁。

朋友間尋常閑聊之語用詩語寫來，尤爲自然親切。

此外，互簡邀約也是長沙文人相與酬唱的重要形式，以長沙文人的梅花詩爲例。宋人愛梅，長沙文人亦不例外，在《南軒集》中有一組詩歌非常詳細地展現了長沙文人冬日結伴的尋梅之趣。如其集中有《次韻伯承見簡探梅之什且約人日同遊城東》，既已成行，則又有《人日遊城東晚飯陳仲思茅亭分韻得香字》；既有《正月强半梅猶未開黃仲秉作詩嘲之次韻》二首，遂有答詩，則又有《仲秉再用前韻爲梅解嘲復和之》二首，等等。他們的這類互簡詩歌往往前後具有連續性，而詩歌也充當著他們相互交通消息的工具。可以説，詩歌酬唱被運用到長沙文人日常生活當中的各個方面，是他們生活當中不可或缺的一項重要内容。

四 張栻與其弟張杓的酬唱

在以張栻爲中心的長沙文人群中，張杓作爲張栻的胞弟，身份比較特殊，又同居一宅，他們二人之間的感情尤爲深厚，詩歌唱和也尤其之多。在《南軒集》中，張栻寫給其弟的詩歌相當之多，有二十餘首。以上文所舉《湘中館餞定叟弟分韻得位字》爲例，就詩歌内容而言，這首詩表現了張氏兄弟二人之間兄友弟恭的深厚情誼。

> 江樓倚夜門，樽酒留客醉。挽衣更小語，不盡今夕意。吾家德義尊，此豈在名位。勉哉嗣芬芳，停此寬別思。①

張栻寫臨江設宴與客一同餞別其弟張杓赴官之事，詩前兩句寫席間風光，三、四句謂詩人挽住兄弟之衣悄聲小語，却仍説不盡臨別之意，活畫兄弟之間的依依深情，尤爲感人。後半部分是詩人以兄長身份對赴官親弟的諄諄叮囑，先向其稟明家風，彰明爲官宗旨需重德義而不可貪戀名位，又勉其承繼祖宗遺芳，最後又寬慰臨別之人，不要太過沉浸於離家傷懷之中，所囑所托從最大義的爲官之道至最細微的情感關懷，可謂事無巨細，無一不流露出詩人對於兄弟的深切友愛之心。但是，這首詩與一般的贈別詩的不同之處在於其雖飽含深情，却毫無憂傷之意，這或許也是理學家與

① （宋）張栻撰，鄧洪波校點：《張栻集》，嶽麓書社2010年版，第456頁。

一般文人相比在情感表達時尤爲內斂的表現。又其《平時兄弟間十三章四句送定叟弟之官桂林》頗爲有名，云：

> 平時兄弟間，未省別離味。別時已不堪，別後何由慰。庭萱既荒蕪，綵綬委塵土。子嘆予咨嗟，寒燈夜風雨。逮此閑暇日，賴有先世書。與子共紬繹，舍去情何如？嗚呼忠獻公！典則垂後裔。遺言故在耳，夕惕當自屬。何以嗣先烈，匪論達與窮。永惟正大體，不遠日用中。履度如履冰，猶恐有不及。毫厘儻不念，放去如決拾。事業無欲速，燕逸不可求。速成適多害，求逸翻百憂。南山有佳木，柯葉正敷榮。願圖歲晚功，大用寧小成。歲晚豈不念，風雨漂搖之。但當護本根，紛紜爾何爲。嶺海坐清靜，府公金玉姿。幕府省文書，簡編可委蛇。十步有茂草，會府宜多賢。親仁古所貴，更誦《伐木》篇。聞之元城公，南州宜止酒。止酒縱未能，少飲還得不。子行日以遠，我思日以長。政或少閒暇，書來不可忘。①

詩意與《湘中館餞定叟弟分韻得位字》基本相同，只是相較而言，節奏較緩，述事更細，從爲人爲官至珍重保養，一物一事地細致囑託，逐章讀來深爲感動，由此才感覺到最懷深意的送別不是涕淚沾巾，而是細語娓娓。張栻的這一首詩在南宋詩壇傳誦頗廣，真德秀有《跋南軒先生送定叟弟赴廣西任詩十三章》曰：

> 《棠棣》之作至今餘千載矣，藹然忠厚之情，惻然閔傷之志，讀者猶爲興起。南軒先生此詩於怡怡之中有切切偲偲之意，雖使不令兄弟觀之，友弟之心尚當油然而生，況綽綽有裕者乎！真蹟今藏宋正父家，余觀正父與愿謙二弟詩皆睇焉，有前脩風味，所謂亦久踖之者邪！②

所述即是張栻對於兄弟之情在士大夫當中的典範之意。而之後仿作者如吳

---

① （宋）張栻撰，鄧洪波校點：《張栻集》，嶽麓書社 2010 年版，第 463 頁。
② （宋）真德秀：《西山文集》卷 36，《四部叢刊》景明正德刊本。

泳《用葵軒送定叟"平時兄弟間"首句送季永弟赴省》則亦可稱真德秀
所謂之繼前修風味者。張栻與張杓的送別酬唱較多，另外還有《"別離情
所鍾"十二章四句送定叟弟之官嚴陵》《和定叟送行韻》等，其情皆有動
人之處。當然，除了情深意切的送別詩之外，張栻與其弟張杓的日常酬唱
詩作相當之多，單就《南軒集》而言，張栻爲胞弟祝壽的詩歌便是每年
皆有，其集中光以《壽定叟弟》爲題的詩歌即有三例九首，另又有《定
叟弟生辰》《定叟弟生朝遺詩爲壽》等，至二人分別兩地時又有《和元晦
懷定叟戲作》《定叟弟頻寄黃蘗仰山新芽，嘗口占小詩，適災患亡聊久不
得遣寄，今日方能寫此》等，而迎胞弟歸家的詩歌即有《喜聞定叟弟歸》
《聞定叟弟已近，適迫祀事未能出，先遣傒輩往迎，書此問訊》等，許多
詩歌單從詩題來看即十分動人。雖張杓之詩現已不存，但是從張栻這許多
的酬弟之作來看，其弟必然也是多有回唱之作，二人深情可見一斑。

　　此外，關於張氏兄弟二人需要指出的是，雖然張杓詩已不存，但其在
長沙文人之中亦頗有詩名，張孝祥有詩《欽夫折贈海桐賦詩，定叟晦夫
皆和，某敬報況》曰："童童翠蓋擁天香，窮巷無人亦自芳。能致詩豪四
公子，不教辜負好風光。"[1] 其中四公子即指張栻、張杓、吳銓、吳翌。
而當時官零陵的楊萬里北上長沙拜謁張氏兄弟時更有詩《見張定叟》：
"蜀士冠朝士，最談蘇與張。少公今是似，相國未應亡。黃閣如寒素，青
春已老蒼。新功知更邃，餘事出文章。"[2] 將張栻、張杓兄弟二人與同是
蜀人的蘇軾、蘇轍兄弟相提并論，稱其身出相門而甘於澹泊，年雖尚少而
思慮老成，功業有望、文章亦佳，則可從側面見出張氏兄弟當時之聲望。

五　張栻與其他學人的酬唱

　　以張栻爲中心的長沙詩人群中，以學人爲多，張栻與他們主要是老師
與學生的關係，故在與他們進行詩歌酬之時，常常借用詩歌闡明義理，但
是其說理并非晦澀空洞，而是用語平實、舉例親切、飽含師情，深入淺出
地向弟子傳達讀書之道。如其贈學生彪德美詩云：

---

① （宋）張孝祥著，徐鵬校點：《于湖居士文集》，上海古籍出版社 2009 年版，第 109 頁。
② （宋）楊萬里：《誠齋集》卷 4，《四部叢刊》景宋寫本。

　　嘗嗜貴知味，短綆難汲深。讀書不能發，但自成書淫。況復翻異説，潢流渺難禁。豈知言意外，妙此惟微心。……文會匪易得，未應歸故林。君無泉石癖，膏肓詎須箴。（《用前韻送彪德美》）①

　　彪德美，名居正，德美是其字，湘潭人，早年從胡宏學，又對張栻執弟子禮，張栻歿後爲嶽麓書院山長。張栻屢以詩相贈，對其有"君臥衡山北，我行湘水濱。相逢如莫逆，清絶兩無塵"②（《彪德美來會，於泉有詩，因次韻》）之句。《用前韻送彪德美》詩前兩句用飲食貴在知味來説明讀書重在領悟其中深意的道理，用汲水當用長繩來説明讀書若少難致真知的道理，舉例平常淺顯而用意清楚明白，與一般道學文章的玄秘奧妙不同。之後詩語同樣平易，表明讀書不可貪多而要有所領悟發明，同時又反對標新立意，故逞異説，等等，可謂苦口婆心。既授爲學之途，詩最後似又提醒彪居正不可爲文廢道，表現出理學家對於詩賦的謹慎態度。在此詩之後，張栻又作一首《再用前韻》，更是直言"慇懃勸學子，逆耳成良箴"③，尤見其育人之良苦用心。

第二節　張栻與張孝祥等長沙士人的筍詩唱和

　　在以張栻爲中心的長沙文人群當中，絶大多數文人的詩作已然零落無幾或是消失殆盡，惟有張孝祥仍存有較完整的詩集，可與張栻詩集相對比來考察他們當時的酬唱內容。在張孝祥與張栻二人的詩集當中有一組主要作於乾道年間以食筍爲題的詩歌，展現了當時長沙文人群的獨特飲食與審美風尚，也是以南方物産爲意象在士大夫詩歌當中興起的一個縮影。本节將以長沙士人的筍詩唱和爲考察切入點，來探討筍意象在宋詩中的興起。

一　長沙士人的"筍脯之交"

　　最先引起筆者對長沙文人筍詩唱和關注的是張栻的一首詩，《筍脯一

---

①　（宋）張栻撰，鄧洪波校點：《張栻集》，嶽麓書社 2010 年版，第 444 頁。

②　同上書，第 491 頁。

③　同上書，第 444 頁。

瓶馳寄，因和去歲詩爲一笑，春筍未盛，尚續致也》：

> 權門極珍羞，未辦食龍肉。我家湘楚山，籜龍飫奴僕。淮南戶戶
> 有黃虀，公今徑歸亦不癡。更包筍脯贈行李，定應笑殺長安兒。①

　　此詩作於南宋孝宗乾道五年（1169）早春，是寫給張孝祥的，詩意
十分有趣。當時張孝祥正從荆州任上請祠回蕪湖侍親，張栻仍在長沙主持
嶽麓書院，却不辭江湖之遠急馳寄了一瓶筍脯（即筍干）送給張孝祥，
此即隨筍脯附寄的詩歌。好友致仕回鄉，或鄙俗有遺珍寶者，或文雅有贈
書畫者，不遠千里以筍脯奉之則實在少見。
　　其實早在乾道三年（1167）六月至乾道四年八月張孝祥在潭州任上
時，就經常受到長沙士人的筍脯餽贈。而久居長沙的張栻當時正主持嶽麓
書院與城南書院，以張孝祥與張栻爲中心的長沙士人多次以食筍爲題進行
詩歌唱和，形成了乾道年間長沙文人群裏相當引人注目的“筍脯之交”。
　　乾道四年（1168）春，張孝祥在張栻處留飲，嘗到了南軒秘制的筍
脯，從此便對其味戀戀不忘，故而去詩乞筍與方，其詩曰《張欽夫筍脯
甚佳，秘其方不以示人，戲遣此詩》：

> 使君喜食筍，筍脯味勝肉。秘法不肯傳，閉門課私僕。君不見金
> 谷饌客本萍虀，豪世藉此真成癡。但令長鬚日致饋，不敢求君帳下
> 兒。②

　　詩歌對張栻盡行戲謔調侃又不失尊崇，其中提及富豪如石崇在金谷園
亦曾借豆粥韭末以會友，與張栻烹筍脯以待客兩相比較，一虛一實，立見
南軒之樸實真誠。詩歌既打趣張栻不肯以烹制筍脯的秘法示人，只關起門
來教給自己的僕人，後又“循循善誘”地表明只有張栻將制筍秘法如實
相告，他好教與自己的“長鬚”（指男僕）日日烹筍，如此才不會再去叨
擾張栻的“帳下兒”（指隨從）。一個是知名天下的大學者，廣招門徒以

---

① （宋）張栻撰，邓洪波校点：《張栻集》，嶽麓書社 2010 年版，第 455 頁。
② （宋）張孝祥著，徐鵬校點：《于湖居士文集》，上海古籍出版社 2009 年版，第 38 頁。

授道學，却對區區制筍之法秘而不宣；一個是名動江湖的大文豪，却一定要打破砂鍋問到底，非要討到這個秘方不可。二人皆是憨態十足。作詩如此，讀來豈不詼諧有趣？張孝祥尤可，張栻作爲南宋的大理學家，只憑此一事便可打破世俗認爲道學家皆"面貌可憎，語言乏味"之偏見。

張栻讀詩後會心一笑，立即遣人給張孝祥送去筍脯及秘制筍脯的方法，而張孝祥得之亦是大喜，即興回詩《張欽夫送筍脯與方俱來復作》：

> 筍脯登吾盤，可使食無肉。鮭腥辟三舍，棕栮乃臣僕。書生長有十甕䪥，却笑虎頭骨相癡。得君新法也大奇，且復從遊錦繃兒。①

此詩更是誇張，謂有了筍脯之後，肉類皆可抛棄，而肥美如鮭魚，野意如木耳之流也只能退位讓賢，簡直是生生地將筍脯推上了餐桌的首席寶座。隨後兩句謂吃鹹菜乃書生日常，却也是書生的自豪，足以憑此睥睨嘲笑那些想要生得頭形似虎、長有貴相之人。同時又對張栻的制筍秘法嘖嘖稱奇，表示得此法之後必定要長期地與"錦繃兒"（指竹筍）做伴了。張孝祥又有《蒙和答益奇，輒復爲謝》，可見張栻讀《張欽夫送筍脯與方俱來復作》之後又有答詩，惜已不存。而篇首所提及的張栻詩《筍脯一瓶馳寄，因和去歲爲一笑，春筍未盛，尚續致也》即是次韻的這幾首詩。在這之後張栻的筍脯不僅受到張孝祥的牽掛，另有他人也曾去詩乞筍，張栻詩《平父求筍炙，既并以法授之，乃用往歲張安國詩韻爲謝，輒復和答》即叙其事，詩曰："知君友竹君，寧使食無肉。更我脯筍詩，句妙騷可僕。南公鮭菜傖父䪥，嗜好自爾元非癡。君但將從力啖此，大勝折腰鄉裏兒。"② 其立意與和張孝祥詩大體相同。

除了這次跨越兩年的樂府古詩次韻之外，張孝祥又有《欽夫遣送箭筍、日鑄甚珍，用所寄伯承韻作六言，便請過臨》一首送與張栻，詩云：

> 君家稚箭寶茗，賜出太官水衡。已約鬐吳過我，更須君來細評。③

---

① （宋）張孝祥著，徐鵬校點：《于湖居士文集》，上海古籍出版社 2009 年版，第 38 頁。
② （宋）張栻撰，鄧洪波校点：《張栻集》，嶽麓書社 2010 年版，第 469 頁。
③ （宋）張孝祥著，徐鵬校點：《于湖居士文集》，上海古籍出版社 2009 年版，第 119 頁。

“箭笥”，《通志》有云：“凡笥類以箭笥爲美。”“日鑄”，指日鑄所産之茶。“太官”與“水衡”皆是官名，前者掌管膳食與祭祀，後者掌管水利，此處代指烹食箭笥與飲茶。“髯吳”即指詩題中所説的吳伯承。此詩的創作背景很清晰：張栻送了鮮美的箭笥與日鑄茶給張孝祥，張孝祥視若珍寶，不忍獨享，因而又邀請吳伯承與張栻來家中品評。張栻收到邀請之後馬上次韻答詩，可惜此詩已不可見，其事却能從張孝祥再次的回復當中得窺一二，詩曰《張欽夫次韻再用韻》：

> 君詩與物俱妙，鄙夫那敢抗衡？芭蕉辟君三舍，笥脯亦須改評。（詩人自注：欽夫笥脯甚妙，顧非稚箭比也。）[1]

此處的芭蕉亦是指茶，張栻有詩《芭蕉茶送伯承，伯承賦詩三章次韻》可證。從張孝祥詩可以推考，張栻次韻詩必定稱贊張孝祥所烹之日鑄茶與芭蕉茶皆是極好，故而張孝祥再和之詩極力推讓，認爲遠不及張栻的芭蕉茶與笥脯。這幾首詩不過是朋友之間的平常語，倒也無甚奇怪，只是令人愈來愈好奇這張栻所制之笥脯究竟有何稀奇，值得如此稱美。

若能翻揀《于湖居士文集》，則發現長沙士人之中有笥脯往來者其實并不只是張栻與張孝祥，吳伯承亦多次以笥饋於張孝祥，其事見於《次吳伯承送苦笥消梅用來韻各賦一篇》，《次吳伯承惠笥韻》二首，分別作：

> 問訊湘西笥，政得夜來雨。高標諸枉直，餘味良藥苦。（《次吳伯承送苦笥消梅用來韻各賦一篇》其一）[2]
> 錦籜離離鄉觸藩，怒雷挾雨更追奔。絶甘賴有吳公子，菌蠢貓頭不足論。（《次吳伯承惠笥韻》其一）
> 楚産惟渠可定交，時時隔壁望煙梢。已煩禪子來相過，更有新詩送島郊。（《次吳伯承惠笥韻》其二）[3]

---

①　（宋）張孝祥著，徐鵬校點：《于湖居士文集》，上海古籍出版社 2009 年版，第 43 頁。
②　同上。
③　同上書，第 117 頁。

《次吳伯承惠筍韻》中的"錦籜"與"貓頭"皆是竹筍的別名,"菌蕈"是指叢生菌類。詩"錦籜離離鄉觸藩,怒雷挾雨更追奔"形容竹筍多而盛,如同羚角抵觸籬藩,且長勢極快,如遭雷電追逐,造語奇崛,形象逼真。《次吳伯承惠筍韻又》中"穉子"亦是指筍,最後一句寫吳伯承詩、筍并贈之誼,足見在這些長沙士人的交際圈裹,送筍與送詩常常是一體的。

張孝祥又有《送道州酒與吳伯承》:

> 陽城所臨州,酒味猶清醇,我病不能飲,負此盎盎春。髯吳燒苦筍,喚客車連軫,名酒隨惡詩,掀髯一笑睠。①

從詩第四句來看,其時當在乾道四年春,常常享受張栻與吳伯承送筍之誼的張孝祥以酒回贈吳伯承,同時也稱道吳伯承所烹之筍是可以廣邀衆客共品的。

乾道年間長沙士人集體食筍與賦筍的行爲比較普遍而且集中,除了食筍之外,長沙士人亦雅好觀筍,并以此爲主題的詩歌,如張栻的五言長古詩《和德美、韓吏部筍詩》及七言律詩《龍孫竹生辰陽山谷間,高不盈尺,細僅如針,而凡所以爲竹者無一不具。予寘石斛中,暮春生數筍,森然可喜,爲賦此》,張孝祥的《葵軒②觀筍》,等等。筍可以説在長沙士人的交際生活當中扮演了相當重要的角色。

二 食筍詩:宋人對唐人詩歌主題的開拓

以筍爲題的賦詩活動在南宋初年長沙文人群中相當流行,自然與長沙地卑多濕、竹筍遍見的地域特徵有關,但長沙地處南方,物產豐富,可供食用的蔬果相當之多,長沙士人何以獨愛賦筍?除筍之外,長沙士人幾乎不曾爲其他蔬食進行過詩歌唱和。事實上,從整個宋代詩壇來看,以食筍爲題的詩歌創作也不少見,雖不似乾道年間的長沙那麼頻繁集中,但至少比唐代多了太多。具體而言,食筍詩的大量出現可以説是宋人對唐人詩歌

---

① (宋)張孝祥著,徐鵬校點:《于湖居士文集》,上海古籍出版社 2009 年版,第 41 頁。
② 葵軒是張栻在長沙的居所。

主題的開拓，主要可以從以下三個方面來考慮。

第一，唐人不喜賦筍，唐時日常俗事難以入詩。

唐前詩歌主題喜竹而不喜筍。從《詩經·淇奥》"緑竹猗猗，有匪君子""緑竹青青，有匪君子""緑竹如簀，有匪君子"① 開始，竹子就作爲君子的形象在中國古典詩歌裏一再地被吟詠諷誦。其實，中國古代以筍入詩的歷史也相當早，《周禮·天官塚宰》也有"筍菹"的記載，表明先秦百姓已善於將筍醃製成鹹菜來食用，故而《詩經·韓奕》即有"其蔌維何？維筍及蒲"② 之句，以筍作爲蔬菜來入詩。然而，儘管筍在詩歌中的出現與竹一樣早，筍却遠不似竹一般受到歷代詩人的熱烈追捧，即便出現，主題也與《詩經》中以筍爲"蔌"的傳統大相徑庭——很少以菜肴的形象出現，而是作爲景物描寫的對象被吟詠。可以説，唐代與唐前詩人是不太願意以筍作爲詩歌主題的，即便有，也多是將其作爲竹的别稱，而很少具備筍自己的獨特性格，如李賀的《昌谷北園新筍四首》，其中所賦之筍就完全是竹子的形象。唐詩中可以真正稱得上賦筍詩的恐怕只能算韓愈的《和侯協律詠筍》了。賦筍之詩尚且如此之少，至於食筍詩的缺席，則更是一直延續到中唐白居易《食筍詩》的出現：

> 此州乃竹鄉，春筍滿山谷。山夫折盈抱，抱來早市鬻。物以多爲賤，雙錢易一束。置之炊甑中，與飯同時熟。紫籜坼故錦，素肌擘新玉。每日遂加餐，經時不思肉。久爲京洛客，此味常不足。且食勿踟躕，南風吹作竹。③

白詩平實淺易，却成爲開啟宋代食筍詩主題的最直接源頭，尤其是其中"每日遂加餐，經時不思肉"兩句常爲宋人化用。雖不知蘇軾那首讓世人爛熟於心的《於潛僧緑筠軒》"可使食無肉，不可居無竹。無肉令人瘦，無竹令人俗。人瘦尚可肥，士俗不可醫"④ 是否從這兩句轉化而來，至少在長沙士人的食筍詩當中多次出現的"使君喜食筍，筍脯味勝肉"

---

① （清）阮元《毛詩注疏》卷3，載《十三經注疏》，中華書局2009年版。

② 同上。

③ （唐）白居易撰，顧學頡校點：《白居易集》，中華書局1979年版，第135頁。

④ （宋）蘇軾撰，王文誥等集注，孔凡禮點校：《蘇軾詩集》，中華書局1982年版，第448頁。

"筍脯登吾盤，可使食無肉" 等諸如此類的表達，明顯是受到了白氏這
"每日遂加餐，經時不思肉" 的啟發，而 "知君友竹君，寧使食無肉"①
一句則在此基礎之上又加入了蘇軾詩遠俗的意味。除了《食筍詩》之外，
白居易還有另外幾首詩也提到了以筍爲食，如《夏日作》"烹葵炮嫩筍，
可以備朝飡"②，《晚夏閑居絕無賓客欲尋夢得先寄此詩》"魚筍朝殮飽，
蕉紗暑服輕"③ 等，但終不似《食筍詩》如此專一地把作爲蔬菜的筍當作
著意刻畫的對象。其實僅憑此數詩，白居易也算得上是唐代最愛寫食筍詩
的詩人了。繼白居易之後，晚唐李商隱也有一首專門寫食筍的詩歌《初
食筍呈座中》。這也透露出中晚唐詩人在創作中開始傾向日常書寫的訊
息。不過，即便有白居易與李商隱兩大名家偶涉食筍詩，這一詩題最終也
沒能在唐人手中發揚光大。因爲總體而言，對詩歌題材具有無盡選擇的唐
人，是無須去開發筍這一既不高貴又不優雅的意象作爲詩歌主題的；氣魄
宏大、意氣風發的唐人，亦是不屑於去發掘食筍這一平常俗事來入詩吟
詠的。

第二，宋詩食筍主題的顯現其實是品格與果腹的雙重需求。

宋代國土逼仄，士大夫一再南移，對筍的接觸與了解遠多於前朝，而
宋人承唐之後，天下好事物已盡然被唐人道去，故而宋人從一開始寫詩起
就未停止過開拓有別於唐詩的詩歌意象，也因此那雖常見卻不曾討得唐人
歡心的筍漸漸進入宋人關注的視野，尤其是前代不太涉及的以筍爲食這一
主題，逐漸地從宋人的筆下開拓出來。而對此作出最初貢獻的是宋初僧人
贊寧，其編纂的《筍譜》爲宋人大量地寫作筍詩提供了現實的材料支撐，
其書從 "筍之名" "筍之出" "筍之食" "筍之事" 以及 "筍之雜説" 五
個方面對筍作了全面的介紹，第一次使筍以區別於竹的獨立形象出現在世
人面前，而其中記載的大量的筍的種類與掌故也成爲宋人創作筍詩的現成
材料，亦成爲後人注解筍詩的法典。贊寧撰《筍譜》當然與其作爲僧人
與筍有獨特的親近關係有關，但其效果卻是提醒了禪風頗盛的宋代士大
夫，而這也意味著食筍詩長期在唐人那裏遭受冷落的局面的終結。

---

① （宋）張栻撰，鄧洪波校點：《張栻集》，嶽麓書社 2010 年版，第 469 頁。
② （唐）白居易撰，顧學頡校點：《白居易集》，中華書局 1979 年版，第 688 頁。
③ 同上書，第 774 頁。

　　黃庭堅算得上是北宋最喜作食筍詩的大家了，除了引衆人唱和次韻的
《食筍十韻》之外，尚有《宣和乞筍伽陀二頌》《從斌老乞苦筍》《謝景
叔惠冬筍、雍酥、水梨三物》等詩，又存題跋《書自作苦筍賦後》一則，
表明其對筍這一日常蔬菜的喜愛，而蘇軾除了次韻黃庭堅的《食筍十韻》
外，亦另有《謝惠貓兒頭筍》，張耒亦曾作《食筍》詩。

　　當然，無論如何，可稱得上北宋食筍詩代表作的一定是黃庭堅的
《食筍十韻》：

> 　　洛下斑竹筍，花時壓鮭菜。一束酬千金，掉頭不肯賣。我來白下
> 聚，此族富庖宰。繭栗戴地翻，殼觫觸牆壞。戢戢入中廚，如償食竹
> 債。甘菹和菌耳，辛膳脮薑芥。烹鵝雜股掌，炮鱉亂裙介。小兒哇不
> 美，鼠壤有餘蔬。可貴生於少，古來食共噫。尚想高將軍，五溪無人
> 采。①

　　此詩作於元豐六年（1083）黃庭堅知吉州太和縣時，太和縣古稱白
下，故詩稱“我來白下聚”。詩先嘆洛陽筍價之貴，再述太和筍遍地生長
之盛狀，形成強烈對比。詩後半討論各類物產的多寡與貴賤，最後將各類
食物歸於同一，充滿禪理，倒像是藉筍一事發表議論，而不太討論食筍本
身，食筍在這裏成爲黃庭堅闡說禪理的工具。黃庭堅的這首詩得到了與其
同時代很多人的唱和，從其《蕭巽、葛敏修二學子和予食筍詩次韻答之》
《胡朝請見和食筍詩輒復次韻》則知至少有三人次韻其詩并得到復答，而
其在給蘇東坡的書信中寫道：“職事在山中食筍得小詩，輒上寄一笑，此
旁州士大夫和詩時有佳句，要自不滿人意，莫如公待我厚，願爲落筆思，
得申紙疾讀。”② 可知黃庭堅對“旁州士大夫”的次韻詩并不滿意，故而
去信蘇軾以求和詩，蘇軾便作《和黃魯直食筍次韻》云：

> 　　飽食有殘肉，饑食無餘菜。紛然生喜怒，似被狙公賣。爾來誰獨

---

　　① （宋）黃庭堅撰，任淵等注，黃寶華校點：《黃庭堅詩集注》，上海古籍出版社 2003 年
版，第 879 頁。

　　② （宋）黃庭堅撰，劉琳、李勇先、王蓉貴校點：《黃庭堅全集》，四川大學出版社 2001 年
版，第 458 頁。

覺，凜凜白下宰。一飯在家僧，至樂甘不壞。多生味盡簡，食筍乃餘債。蕭然映樽俎，未肯雜菘芥。君看霜雪姿，童稚已耿介。胡爲遭暴橫，三嘆不忍嗊。朝來忽解籜，勢迫風雷噫。尚可餉三閭，飯筒纏五采。①

此詩作於元豐七年（1084）蘇軾將從黃州貶所改遷汝州之時，詩前半充滿禪意，亦不像在寫食筍，而是在藉食筍稱贊黃庭堅同時也表達自己那種"世事無常，我自如常"的自適心態。蘇黃所作食筍詩皆通禪理并非偶然，而是與北宋士大夫之間禪風頗盛的整體環境相契合，同時，更是因爲筍作爲禪僧的日常蔬食，更易被詩人將其與禪僧聯繫到一起，也更易被賦予禪意。聯繫到宋初贊寧作《筍譜》，宋人選擇食筍爲新的詩歌意象，大概與宋代禪宗興盛也脫不了干係。蘇軾詩後半寫筍具獨立凌寒之品格卻慘遭戮食，可哀可嘆，最後卻又話頭一轉，即便是烹作餐食，其所餉者也是如屈原一般的品德高尚之人，似是寫筍，實是以筍喻己，悲愴中足見堅忍。如果説黃庭堅筆下的筍還不太有明顯的性格特徵的話，蘇軾筆下的筍則是一位遺世獨立、傲骨凌霜，即便橫遭死劫亦要友於高尚的耿介義士，而這種品格很明顯是作爲竹君之子的筍從竹子那裏繼承來的。所不同的是，竹子在中國古代文學中向來是一種氣節高尚、神姿超凡的形象，筍雖不及其如此超凡脫俗，卻因其作爲與人們日常飲食相關的蔬品而給人以更加親切可感的印象。

筍意象還常常與貧寒隱士相聯繫，黃庭堅《胡朝請見和食筍詩輒復次韻》詩中即有句：

人笑庾郎貧，滿胸飯寒菜。春盤食指動，筍苴入市賣。回首萬錢廚，不羨廊廟宰。②

謂貧寒之士得食春筍便十分滿足，毫不羨慕西晉何曾日食萬錢的奢侈

---

① （宋）蘇軾撰，王文誥等集注，孔凡禮點校：《蘇軾詩集》，中華書局 1982 年版，第 1170 頁。

② （宋）黃庭堅撰，任淵等注，黃寶華校點：《黃庭堅詩集注》，上海古籍出版社 2003 年版，第 882 頁。

與朝堂之上官宰的權貴，詩歌在描述庾郎的貧寒當中更著重體現的是一種文人的操守。而這樣的詩歌在南宋則更多：

　　知君調我酸寒甚，不是封侯食肉姿。（朱熹《次韻謝劉仲行惠筍》）①

　　寒儒氣味都休問，准擬凌風作瘦仙。（馮時行《食筍》）②

　　若怨平生食無肉，何如陋巷飯斯蔬。（楊萬里《都下食筍自十一月至四月戲題》）③

　　滿肚歲寒無著處，此情難與俗人言。（胡仲弓《次韻烹筍一絕》）④

　　破屋日多雨，頹簷夜見天。山童因煮筍，庖下始生煙。（王諶《煮筍》）⑤

　　野人只識羹芹美，相國安知食筍甘。（劉克莊《即事》）⑥

　　……

宋人多藉筍來表達書生貧寒落迫的生活情境，筍在這裏成了士人很實在的能果腹驅饑的日常食糧，只是宋人在自嘲以筍充饑的窘迫時又常常透著一種不事權貴的清高與自豪。可以説，筍在宋詩裏滿足了貧寒士子品格與果腹的雙重需求。

　　如果説在北宋食筍主題只引起了蘇門文人的興趣的話，那麼南宋文人則將食筍主題完全當成了全民吟詠的對象。南宋以食筍爲主題的詩歌多不勝數，名家如陳與義、曾幾、吕本中、王十朋、陸遊、范成大、楊萬里等皆多作食筍詩，其他詩人的食筍詩更是不可勝記，南宋士人似乎皆以食筍爲榮。可以説，筍作爲一種詩歌意象，其成熟是在南宋最終完成的。而乾道年間長沙士人的食筍詩唱和則出現在此背景下。宋代將筍賦予高尚品格

①　（宋）朱熹：《晦庵集》卷4，《四部叢刊》本。
②　（宋）馮時行：《縉雲文集》卷2，清文淵閣《四庫全書》本。
③　（宋）楊萬里著，辛更儒箋校：《楊萬里集箋校》，中華書局2007年版，第1023頁。
④　（宋）陳起：《江湖後集》卷12，清文淵閣《四庫全書》本。
⑤　（宋）陳起：《江湖後集》卷10，清文淵閣《四庫全書》本。
⑥　（宋）劉克莊撰，辛更儒箋校：《劉克莊集箋校》，中華書局2011年版，第450頁。

的詩歌很多，長沙士人以筍交友在很大程度上也是因爲筍被賦予的品格。張孝祥與張栻的筍詩唱和當中多次表示筍勝過各種山珍海味，當然并非筍之美味讓世間其他食物皆不可匹敵，而是因爲筍已經是一種高潔守志的人格象徵，也正是因此，張孝祥發出"楚產惟渠可定交"的感嘆，也并非是果真要與長沙之筍定交，而是要與高尚樸實的長沙士人定交。

第三，宋人食筍與藝術審美相關，是對苦與淡的追求。

《齊民要術·種竹》述筍："中國所生不過淡、苦二種……二月食淡竹筍，四月五月食苦竹筍。"① 這給筍的味道作了最基本的概括。這其中"淡"與"苦"二字的突出，很容易讓人聯想到宋人對詩歌風格藝術的獨特追求品位。宋人論詩文常常以"苦"與"淡"爲是，歐陽修《水谷夜行寄子美聖俞》論梅堯臣詩謂"近詩尤古硬（一作淡），咀嚼苦難嘬，初如食橄欖，真味久愈在"②，蘇軾評陶淵明詩云"所貴乎枯淡者，謂其外枯而中膏，似淡而實美"③，等等，類似評論被宋人奉若圭臬，而周裕鍇師在《宋代詩學通論》中論宋詩之味時直述宋人尤其欣賞"平淡之味"與"苦澀之味"④。可以説"苦淡"這種與唐詩截然不同的詩風是宋詩最重要的藝術風格之一。宋人對"苦淡"的追求是全方位的，表現在詩藝審美上是要求詩歌作品摒棄富麗的詞采與豐盈的意境，代之以樸拙生澀的語言與深邃理性的思想；表現在味覺感官上則是對甘酒、荔枝等唐人所好美食的冷漠，而更加青睞茶與橄欖等苦淡的口味。而筍的苦、淡兼備可以説恰好滿足了宋人在藝術審美與味覺喜好上的這種雙重追求。

宋人嗜筍之苦并非味覺上的自我修行，而是筍味雖苦，却大有實用，且更易被賦予一種性格。黃庭堅《苦筍賦》云：

（苦筍）甘脆愜當，小苦而反成味，温潤縝密，多啖而不疾人。

① （北魏）賈思勰：《齊民要術》卷5，《四部叢刊》景明鈔本。
② （宋）歐陽修：《歐陽修全集》，中國書店1986年版，第12頁。
③ （宋）胡仔：《苕溪漁隱叢話前集》，載《筆記小説大觀》，江蘇廣陵古籍刻印社1983年版，第122頁。
④ 周裕鍇：《宋代詩學通論》，上海古籍出版社2007年版，第310—312頁。

蓋苦而有味，如忠諫之可活國；多而不害，如舉士而皆得賢。①

將筍之苦味比作忠諫之言，很容易讓人聯想起黃庭堅的另一首詩《謝王子予送橄欖》，曰"方懷味諫軒中果，忽見金盤橄欖來。想共餘甘有瓜葛，苦中真味晚方回"②，其中稱橄欖之苦澀爲"味諫"，這與以筍苦爲忠諫一樣，都是宋人希望詩歌能對社會人生起到諷諫性實際作用的心理剖白。《苦筍賦》又以"溫潤縝密"稱之，以其多而無害比作賢士，分明是將筍當作古之君子的形象來描繪。陸遊《苦筍》詩亦有句云：

> 藜藿盤中忽眼明，駢頭脱綳白玉嬰。極知耿介種性別，苦節乃與生俱生。我見魏徵殊媚嫵，約束兒童勿多取。人才自古要養成，放使幹霄戰風雨。③

將筍之苦與節相聯繫，認爲這是一種與生俱來的耿介的性格，甚至直接對筍以諫臣魏徵之名呼之，其立意與黃庭堅《苦筍賦》一脈相承。

除"苦"之外，筍味之"淡"也頗得宋人鍾情。宋人尚淡，平淡作爲一種理想的詩歌風格得以確立是在宋代，淡而無味的飲食受到歡迎也是在宋代。宋人對筍之淡味的追求主要從烹調中體現出來。韓駒《答蔡伯世食筍》詩曰："烝烝沸鼎中，亂下白玉片。惟無他物乘，始覺真味現。"④認爲烹筍不可亂入他物，只可清煮才能得到真味，而其所謂的"真味"，其實也就是"淡味"。在長沙士人的筍詩唱和當中，張栻所制之筍脯廣受歡迎，雖恨其制作方法已不得傳，然而其弟張杓所烹之筍却仍可得窺一二。楊萬里《記張定叟煮筍經》曰：

> 江西貓筍未出尖，雪中土膏養新甜。先生別得煮簀法，丁寧勿用

---

① （宋）黃庭堅撰，劉琳、李勇先、王蓉貴校點：《黃庭堅全集》，四川大學出版社 2001 年版，第 303 頁。

② （宋）黃庭堅撰，任淵等注，黃寶華校點：《黃庭堅詩集注》，上海古籍出版社 2003 年版，第 370 頁。

③ （宋）陸遊：《陸遊集》，中華書局 1976 年版，第 127 頁。

④ （宋）韓駒：《陵陽集》卷 1，清宣統二年刊本。

蘸與鹽。巖下清泉須旋汲，熬出霜根生蜜汁。寒芽嚼作冰片聲，餘瀝仍和月光吸。菘羔楮雞浪得名，不如來參玉板僧。醉裏何須酒解酲，此羹一碗爽然醒。大都煮菜皆如此，淡處當知有真味。先生此法未要傳，爲公作經藏名止。①

張杓在乾道元年（1165）至三年一直與張栻同在長沙守喪，而楊萬里曾爲永州零陵丞，張氏兄弟侍父永州時，楊萬里對張浚執弟子禮，乾道二年（1166）楊萬里經潭州赴行在途中亦訪張氏兄弟，且有詩唱和，可以說楊萬里與張氏一門相交甚密。《記張定叟煮筍經》存於《續朝天集》，作於淳熙十六年（1189）臘月底至紹熙元年（1190）正月初②，其時楊萬里在臨安朝中爲官，張杓或亦在臨安。此詩雖不作於乾道年間的長沙，但與當時長沙文人的筍脯之交遙相呼應，可爲之作注腳。詩歌的第四句至第六句很清楚地記載了張杓烹筍的要訣：煮筍時切記不能加醋和鹽，只單用巖下清泉熬煮，至筍片如霜一般雪白，湯汁如蜜一般濃稠甘甜即可。此法可謂相當簡單，然而這秘制方法實在讓人有些吃驚，常規的烹制調料一概不用，只用泉水白煮，這般寡味豈能服人？可詩歌接著便描述其味，稱嫩筍吃在嘴裏如冰片一般生脆作響，好吃到連那餘下的湯汁看起來像月光一樣美好，要啜食殆盡才覺過癮。"玉板僧"乃筍之別名，詩謂菘羔與楮菌之類的野味都只能算是浪得虛名，遠不如竹筍來得美味，且這白水煮竹筍還有解酒奇效，實是蔬中至寶。最後詩歌點出其評價標准，即一個"淡"字，認爲幾乎所有菜都應該清煮才可得真味。至此方知宋人尚"淡"的確是全方位的，不僅表現在文藝作品之上，甚至連味覺與生活都在躬行。今時雖已不可知張栻與吳伯承所烹之筍有何奇妙，但恐怕與張杓的煮筍經不會差別太大，不外乎只是一個"淡"字而已。

宋人著力開發食筍這一新的詩歌主題其原因是多重的：首先是源於宋人對有別於唐詩意象的詩歌主題的自覺探索；其次是國土的偏南與禪風的大盛讓宋人更加關注到食筍這一主題；最後是作爲竹君之子的筍更易被賦予人的品格；第四則是筍味的苦與淡恰好符合了宋人的藝術審美品位。

---

① （宋）楊萬里撰，辛更儒箋校：《楊萬里集箋校》，中華書局2007年版，第1456頁。
② 可參胡傳志《論楊萬里接送金使詩》，《文學遺產》2010年第4期。

也正因爲以上理由，食筍成爲宋代士人最爲平常却也讓他們自豪的事情，而惠筍之風在宋人之間也相當的流行。故而南宋乾道年間的長沙士人互爲贈筍、烹筍、賦筍，其實是宋代士人最爲常見的活動。因而乾道五年（1169）張栻遠從長沙馳寄筍脯給在江陵即將致仕回鄉的張孝祥也就不奇怪了，張栻送去的不僅僅是筍脯，更是對張孝祥能夠放棄仕途之榮貴而甘於回鄉守貧的高尚人格的一種肯定，其詩最後一句"定應笑殺長安兒"，看似張栻自嘲將要被京都高官笑話，其本意却是要嘲笑那些在官場中蠅營狗苟、追名逐利之人。而張孝祥在收到張栻的遠程饋贈之後，必定會想到蘇軾的那一句"故人知我意，千里寄竹萌"。

第三節　張栻与朱熹和林用中的交遊唱
和：以《南嶽倡酬集》为中心

乾道年間，張栻主教嶽麓書院時，作爲當時享譽天下的理學家與教育家，他的周圍聚集了一大群學者、文人，儘管大多時候是探討學問，但探究學理之餘也時常進行文學唱和活動，使得湖湘派理學興起的同時衍生了一場文學唱和之盛事，這在前文已有所涉及。不過尤其值得注意的是，乾道三年（1167）秋朱熹偕弟子林用中自崇安訪張栻於長沙，并於十一月同登衡山，留下《南嶽倡酬集》一卷，將這場學者之間的風雅唱和之風推至頂峰。

一　張栻與朱熹和林用中的交往

朱熹、張栻分別作爲閩學與湘學的代表人物與婺學領袖呂祖謙并稱爲"東南三賢"，朱熹生於建炎四年（1130），稍長於紹興三年（1133）出生的張栻，又朱、張同爲二程後學，淵源頗深，故而二人友誼尤爲深厚。《南軒集》中張栻與朱熹相唱和的詩歌有六十餘首，是其與所有友人當中唱和詩歌最多的，遑論書信來往。儘管二人相交甚篤，但因二人所居甚遠，故而相會次數有限，僅三次而已。第一次是孝宗隆興元年（1163）二人同在京時。第二次是隆興二年在豫章（今江西南昌）至豐城張栻的行舟之上。這兩次相會并無詩詞唱和。及至乾道三年，朱熹偕弟子林用中、范念德專程從福建崇安至湖南長沙來訪張栻，這是朱、張二人的第三次會面，此次二人會講論學足有兩月餘，并在此次會面接近尾聲之時，他們偕同林用中同遊南嶽衡山，相互唱和，得詩百餘首，匯成《南嶽倡酬集》，爲一時雅盛。

乾道二年（1166），知潭州的劉珙重修嶽麓書院之事成，延請張栻爲主講，故而張栻往還於早前自建的城南書院與嶽麓書院之間，一時間湖湘學風大盛。此時劉珙又修書邀其故交朱熹來潭，以成論學之會。而乾道三年，朱熹奉祠居於崇安，以著述論學爲事，與張栻的學術交流也是以書信爲媒，其《與羅參議書》云："某塊坐窮山，絕無師友之助，惟時得欽夫書問，往來講究此道，方覺有脱然處。"又云："欽夫嘗收安問，警益甚多，大抵衡山之學，只就日用處操存辨察，本末一致，尤易見功，近乃覺知如此，非面未易究也。"① 可見，因爲二人學術觀點的相與啟發，使得朱熹已不滿足於緩慢而有如隔靴搔癢的書信交流，他也期待一次面對面的直接探討。故而是年八月，朱熹攜弟子林用中、范念德啟程前往長沙拜訪張栻。朱熹《與曹晉叔書》曰："熹此月②八日抵長沙，今半月矣，荷敬夫愛予甚篤，相與講明其所未聞，日有問學之益，至幸！至幸！敬夫學問愈高，所見卓然，議論出人意表，近讀其《語説》，不覺胸中灑然，誠可嘆服。"③ 可見朱張二人論學之情形。

朱熹此次赴湘，還受到了另一位重要人物的熱情款待，即繼劉珙之後於乾道三年知潭州的張孝祥。張孝祥在長沙時本與張栻素來交往甚密，此次得知大儒朱熹來訪，更是與張栻一同極盡地主之誼。張孝祥《與朱編修（熹）書》曰：

　　某敬服名義，願識面之日甚久，非敢爲世俗不情語也。得《劉丈書》，又見《與欽夫書》，知且爲衡嶽之遊，儻遂獲奉從容，何喜如之，不勝朝夕之望。

　　某昨日方從欽夫約遣人迓行李，奉告乃承已至近境，欣慰可量。

---

　　① 朱熹：《晦庵續集》卷5，《四部叢刊》景明嘉靖本。

　　② 《晦庵集》中有詩《二詩奉酬敬夫贈言并以爲别》曰："辭家仲秋旦，税駕九月初。問此爲何時？嚴冬歲雲徂。""税駕"即停車，引爲休息、歸宿之意。據詩可推知朱熹於九月初到達目的地長沙，故而句中"此月"當爲"九月"。

　　③ 朱熹：《晦庵續集》卷24，《四部叢刊》景明嘉靖本。

欽夫必授館，不然當於我乎館也，使令輩遣前，恐遠來者須更休耳，應有委，乞示下。①

　　此爲兩封書信，前信發於初知朱熹將遊湘之時，表達盼客之情，後信發於朱熹將至之時，既殷勤遣人遠道相迎，又合理安排客人行程，思慮不可謂不周備，待客不可謂不誠懇。

　　抵湘之後，朱熹與張栻賓主相得，講學論道，快意非常，又時常歡宴會友，賦詩酬答，如前文所提《南軒集》中有《安國置酒敬簡堂分韻得柳暗六春字》，則《晦庵集》亦有《敬簡堂分韻得月字》。敬簡堂是張孝祥新建的燕居之所，早前已請張栻作記，朱熹題匾，故而在此設宴款待朱、張諸人，酒到酣處詩興起，因而又分韻賦騷，這兩首即是此次宴聚之作。閑時同道諸人亦尋訪湘中名勝遊覽之，興致所到即賦詩抒懷，《晦庵集》中的《登嶽麓赫曦堂聯句》，即朱熹與張栻的聯句詩。

　　朱熹在長沙盤桓近兩月，遊興未減，又與張栻惺惺相惜，不忍遽別，故而於十一月七日從長沙出發，南下同遊衡山。其時衡山巍峨，入冬酷寒，山上時有危險，實在不適合此時登覽。此時張孝祥亦有信挽留朱熹，又勸朱熹珍重身體，不要冒雨雪登山：

　　　　風雨留人，尊候復何如？《登臺詩》強勉不工，《出師表》同上，老兄遊山亦須待稍晴，未可以遽千金之軀，宜自愛惜……②

　　然而朱、張諸人決意遊山，則少了幾分儒者的理性，而全然充满了詩人的浪漫。也正因如此，儘管此次長沙論學者衆，衡山攀峰者却寡，除朱、張之外，僅朱熹弟子林用中從行，亦見此遊之艱險。

　　林用中，字擇之，號東屏，福建古田人，人稱草堂先生，有《草堂集》，已佚，其詩現見於《南嶽倡酬集》。朱熹乾道二年（1166）三月作《林用中字序》記其爲林用中取字"擇之"之事，是時林用中當入朱熹門下不久。又《八閩通志》卷六十二載："（林用中）始從林光朝學，後聞

---

① （宋）張孝祥著，徐鵬校點：《于湖居士文集》，上海古籍出版社 2009 年版，第 399 頁。
② 同上書，第 400 頁。

朱文公授徒建安，復往從焉。文公嘗稱其通悟修謹，嗜學不倦，謂爲'畏友'，與建陽蔡元定齊名。"① 林用中雖師事朱熹，朱熹却以友相稱，可見其受朱熹愛重。至乾道三年，林用中隨侍朱熹至長沙訪張栻，則與張栻始交於此。

二 踏雪遊山與詩歌酬唱

張栻的《南嶽倡酬序》是一篇極美的遊記散文，按文索跡，不但可以領略到冬日衡山之勝景，亦可還原朱、張諸人在衡山七日的詳細行程。

張栻、朱熹、林用中偕僕備十一月七日②從長沙出發，沿湘江水路南下，經湘潭遇大雪，十日諸人宿於草衣巖，至此地已可初見衡嶽勝景，衡嶽峰頂亦已闖入衆人眼中，并有詩《七日發嶽麓道中，尋梅不獲，至十日遇雪賦此》，此爲《南嶽倡酬集》首篇，故張栻在序中將十一月十日當作遊山之始。

十一日衆人即至南嶽衡山之下，歇於嶽市，次日湘潭彪居正（即前文所提從學於張栻的彪德美）聞訊趕來相會，因衡山雨雪不住，力勸朱張不要犯險登山，然而朱張二人遊興已起，不可輕易言棄，決意冒雪登山。詩有《遊南嶽風雪未已，決策登山，用敬夫春風樓韻》。

十三日彪居正因畏寒無奈歸家，朱、張、林三人則開始興致勃勃的登山之程。是日有詩《十三日晨起雪晴，前言果驗，用定王臺韻賦詩》，曰：

> 北渚無新夢，南山有舊臺。端能成獨往，不肯遽同回。磴滑初經雪，林深不見梅。急須乘霽色，何必散銀杯。（仲晦）
> 煙③嵐開嶽鎮，雲雨斷陽臺。日出寒光迥，川平秀色回。興隨天

---

① （明）陳道修：弘治《八閩通志》，《四部叢刊》景明弘治刻本。
② 張栻《南嶽倡酬序》曰"粤十有一月庚午，自潭城渡湘水。"十一月庚午當爲初六，而《南嶽倡酬集》首篇詩題曰《七日發嶽麓道中尋梅不獲至十日遇雪賦此》，則是初七出發。按筆者推測或是朱張等人兩月論學住宿皆在嶽麓書院，位於湘江之西，而張栻家宅位於城南，是爲湘江之東，故六日"自潭城渡湘水"，是晚先在張栻家宅歇息準備之後，七日再出發，是以又有"七日發嶽麓道中"之説。
③ 《南軒集》"煙"作"晴"。

際雁，詩寄嶺頭梅。盛事他年説，馮君記一①杯。（敬夫）

今朝風日好，抱病起登臺。山色愁無盡，江波去不回。客懷無老草，節物又疏梅。且莫催歸騎，憑欄更一杯。（擇之②）③

定王臺位於長沙縣東，相傳是漢景帝之子長沙定王劉發爲思念其母而建，朱熹論學長沙時曾與張栻同遊此臺，賦有《登定王臺》一詩，此次再用其韻，則可看成是將衡山之遊視爲長沙論學之延續。事實上朱熹在長沙兩月之間賦詩相當之少，包括聯句在内僅六首而已，很符合其作爲理學家以詩歌爲末事的自我要求。但此次乃專程觀嶽，無論道之事，則非詩無以遣興。而十三日雪住天晴，相較前幾日正是登山的好時機，諸人晨起賦詩，自是快意非常。三人先是聯騎以渡興樂江，然後换乘竹轎從馬跡橋處開始登山，直至夜暮方達處於蓮花峰花蕊之心的方廣寺，方廣寺下臨嶽市，上望絶頂，又得八峰環繞，以幽深聞名，故而朱張諸人宿於此寺，且吟詠頗多，明顯可考者即有《方廣聖燈次敬夫韻》《方廣奉懷定叟》《方廣版屋》《夜宿方廣，聞長老守榮化去，敬夫感而賦詩次韻》《蓮花峰次敬夫韻》《方廣寺睡覺次敬夫韻》等。

十四日從方廣寺出發，抄小道直上高臺寺，高臺寺臨空建於天然石臺之上，背靠險峰，下臨深壑，又別致小巧，玲瓏一舍點綴於奇峰之上，風景秀絶。從高臺寺出來之後，衆人越過西嶺與天柱峰，下至福巖寺，由此南望南臺寺，而北上馬祖庵，攀援二十餘里又至大明寺，然而未及休歇繼續向上，終至上封寺而登上祝融絶頂。是日詩有《自方廣過高臺賦此》《過高臺獲信老詩集》《題南臺》等，其中《登祝融口占用擇之韻》云：

今年緣底事，浪走太無端。直以心期遠，非貪眼界寬。雲山於此盡，風袂不勝寒。孤鳥知人意，茫茫去不還。（仲晦）

祝融高處好，拂石坐林端。雲夢從渠小，乾坤本自寬。回眸增浩蕩，出語覺高寒。明日重來看，寧應取次還。（敬夫）

① 《南軒集》“一”作“玉”。

② 此詩《晦庵集》亦收，題作《次敬夫登定王臺韻》，據詩意乃朱熹前作登臺詩混入倡酬集者，林用中此處無和詩。束景南先生《朱熹南嶽唱酬詩考》亦有論。

③ 朱熹：《南嶽倡酬集》，清文淵閣《四庫全書》本。

　　托身天際外，寄足在雲端。俯仰心猶壯，登臨眼盡寬。乾坤真景界，風雪倍朝寒。忽起煙霞想，相從結大還。(擇之)①

　　雖是面對同一景致口誦成詩，但仍見出各人心態之不同，朱熹終是不改理學本色，即便是身處勝絕之巔，仍然無法自適，似是生怕陷入美景無法自拔，故以心遠之期來提醒自己。張栻則沒那麼多心理曲折，其詩徑直抒發美好的感官享受却又不乏物理之趣。林用中終究年輕氣盛，身處絕頂之上未免胸懷壯闊，大氣磅礴，其氣勢盡顯詩中。從絕頂下來，眾人就近歇於祝融峰上的上封寺，詩有《晚霞》《贈上封諸老》②《中夜祝融觀月聯句》數篇。其七絕《晚霞》尤好：

　　日落西南第幾峰，斷霞千里抹殘紅。上方傑閣憑欄處，欲盡餘暉怯晚風。(仲晦)
　　早來雪意遮空碧，晚喜晴霞散綺紅。便可懸知明旦事，一輪明月快哉風。(敬夫)
　　晚霞掩映祝融峰，衡嶽高低爛熳紅。願學陵陽修煉術，朝餐一片趁天風。(擇之)③

　　大雪冰封之日得見晚霞，自是勝景，故而朱熹想到了目盡餘暉；張栻則想到了明日必定天晴，似是爲次日清晨能觀日出而欣喜不已；林用中更是浮想聯翩，欲學仙人餐雲飛天之術。身處如斯勝境，眾人無眠而憑月夜遊，故有詩《嶽後步月》曰：

　　衡嶽山邊霜夜月，青松影裏看嬋娟。正須我輩爲領略，寒入衣襟未得眠。(仲晦)
　　清光冰魄浩無邊，桂影扶疏吐玉娟。人在峰頭遙指望，舉杯對影夜無眠。(敬夫)④

---

① 朱熹：《南嶽倡酬集》，清文淵閣《四庫全書》本。
② 《晦庵集》與《南軒集》詩題作《贈上封長老》。
③ 朱熹：《南嶽倡酬集》，清文淵閣《四庫全書》本。
④ 據《南軒集》朱熹詩與張栻詩相顛倒也。束景南先生《朱熹南嶽唱酬詩考》亦有論。

轉缺霜輪出海邊，故人千里共嬋娟。山陰此夜明如練，月白風清人未眠。（擇之）①

十五日胡實與范念德亦來同遊，經仙人橋再登絕頂，飲酒暢談，詩有《十五日再登祝融峰用臺字韻》《醉下祝融峰》等，其中《胡丈廣仲與范伯崇自嶽市來同登絕頂，舉酒極談得聞比日講論之樂》云：

我已中峰住，君從何處來。莫留巖底寺，徑上月邊臺。濁酒團圞坐，高談次第開。前賢渺安在，清酹寄餘哀。（仲晦）
久憩珠林寺，高軒自遠來。攜朋上喬嶽，載酒到瓊臺。論道吟心樂，吟詩笑眼開。遙觀松柏樹，風韻有餘哀。（敬夫）
自得中峰住，憐君冒雪來。共登福巖寺，齊上古層臺。斗酒酬佳興，詩懷喜獨開。飄然塵世隔，談論轉堪哀。（擇之）②

眾人在祝融勝地得以團聚，把酒言歡，可謂將這次歡會推向高潮，但同時亦見尾聲。

十六日，眾人攜手下山，宿於嶽市聖業寺勁節堂，詩有《將下山有作》《自上封下福巖，道傍訪李鄴侯書堂，路榛不可往矣，遂賦此》《十六日下山各賦二篇以紀時事云》③《又和敬夫韻》等。至此，數日同遊已然結束，三人下山整理共得詩149首，張栻、朱熹分別擬序以編次之，是爲《南嶽倡酬集》。

三　《南嶽倡酬集》補考

《南嶽倡酬集》作爲一部理學家的唱和集，是文學史上一部相當重要的文學總集，但是因爲其版本不明與錯訛較多的緣故而沒有受到相應的重視。對於其版本流傳，祝尚書先生的《宋人總集叙錄》④與論文《〈南嶽

---

① 朱熹：《南嶽倡酬集》，清文淵閣《四庫全書》本。
② 同上。
③ 題作“各賦二篇”，而題下詩僅各一篇，又《晦庵集》與《南軒集》詩題未稱“各賦二篇”，當是倡酬集詩題有誤。
④ 祝尚書：《宋人總集叙錄》，中華書局2004年版。

倡酬集〉"天順本"質疑》① 已有很精彩的考論。至於編輯錯訛問題，前人討論亦多，使《南嶽倡酬集》日漸清晰，功莫大焉，但仍有個別問題仍未明朗，還需細考之。

首先是關於《南嶽倡酬集》之竄僞訛誤問題。束景南先生早年有《朱熹南嶽唱酬詩考》② 一文對《南嶽倡酬集》的竄誤問題有相當細致具體的考論，并還原出《南嶽倡酬集》149 篇之原貌，意義重大。但是其中有一個小問題，即束景南先生據《晦庵集》卷五判定其中48 首皆爲南嶽倡酬詩，再加上後考之 5 首佚詩認爲朱熹共作 53 首倡酬詩。然而《晦庵集》中《奉題張敬夫春風樓韻》自注作於"乾道丁亥冬至"，則是乾道三年十一月二日，并非同遊南嶽期間，且詩題曰"奉題"，則分明是在長沙時朱熹應張栻之請所作，非酬唱詩，從自注和内容來看，此作絕非《南嶽倡酬集》中詩，束景南先生在文中亦提到此詩自注與"奉題"之意，而仍將此詩歸入《南嶽倡酬集》，可謂百密一疏。

既然《奉題張敬夫春風樓韻》非南嶽倡酬詩，那麼《南嶽倡酬集》則少了一首詩，這首詩是否可考呢？筆者認爲最可能的是現存《南嶽倡酬集》中《過高臺獲信老詩集》朱熹詩。《南嶽倡酬集》載七絕《過高臺獲信老詩集》三首：

> 蕭然僧榻碧雲端，細讀君詩夜未闌。門外蒼松霜雪裏，比③君佳處尚高寒。（仲晦）
> 巍巍僧舍隱雲端，坐看君詩興不闌。讀罷朗然開口笑，舊房松樹耐霜寒。（敬夫）
> 今朝移步野雲端，幸得新詩讀夜闌。識破中間真隱訣，月明風雪道休寒。（擇之）④

---

① 祝尚書：《〈南嶽倡酬集〉"天順本"質疑》，《中國典籍與文化》2005 年第 2 期。

② 束景南：《朱熹佚文輯考》，江蘇古籍出版社 1991 版，第 703 頁。

③ 《南軒集》與《南嶽倡酬集》皆作"比"，束景南先生《朱熹南嶽唱酬詩考》作"此"，當爲誤寫。

④ 朱熹：《南嶽倡酬集》，清文淵閣《四庫全書》本。

其中第一首見於《南軒集》卷七，乃與第二首顛倒錯置，束景南先生已有論及。第二首詩不見於《晦庵集》，《晦庵集》卷五另有《過高臺攜信老詩集夜讀上封方丈次敬夫韻》：

> 十年聞説信無言，草草相逢又黯然。借得新詩連夜讀，要從苦淡識清妍。①

故而束景南先生曰："作僞者無知，以爲此朱集次韻詩韻字與此二詩不同，遂另作一首竄入。以二書相較，朱集中詩爲真，而《南嶽倡酬集》中此詩爲僞也。"② 其實這恐怕是冤枉作僞者了。因爲《南嶽倡酬集》中有三十餘組七絶唱酬詩，每一組韻脚之字皆相同，無一例外。其實不止七絶，其他的五律、五古、五絶的韻脚字亦幾乎完全相同。③ 可見韻字相同是朱、張、林三人遊山時唱和之體。而束景南先生在確定第二首詩爲僞詩時僅曰"以二書相較，朱集詩爲是"，定僞證據明顯不足，因爲《倡酬集》中有僞詩便輕易判斷其中不確定的詩爲僞詩顯然是不恰當的。此外，束景南先生考出《渡興樂江望祝融次擇之韻》《嶽後步月》《自上封下福嚴道旁訪李郴侯書堂山路榛不可往矣》《題南臺》《將下山有作》五首皆是《晦庵集》不存的南嶽倡酬詩，而《過高臺獲信老詩集》與此五首相同，皆是以張栻詩混爲朱熹詩，故而單以《晦庵集》中有另一首韻脚與詩題相似之詩即斷第二首詩爲僞詩，亦是不恰當的。

　　由上論可知，第二首詩非爲僞詩，當是《晦庵集》佚詩。至於《晦庵集》卷五所存之《過高臺攜信老詩集夜讀上封方丈次敬夫韻》一詩，應當亦是朱熹之詩無誤，因爲此首與《過高臺獲信老詩集》第二首并無非此即彼之冲突，二者完全可以皆爲朱熹之作。其理由是：一，《晦庵集》可信度較高，尚無誤入僞詩之嫌；二，朱熹以此題作詩兩首，爲編纂《晦庵集》時遺漏其一提供可能。故而筆者姑且斷定此朱熹之《過高臺獲信老詩集》與《過高臺攜信老詩集夜讀上封方丈次敬夫韻》二首皆

---

① 朱熹：《晦庵續集》卷5，《四部叢刊》（景明嘉靖本），上海商務印書館1922年版。
② 束景南：《朱熹佚文輯考》，江蘇古籍出版社1991年版，第712頁。
③ 惟有《登山和擇之韻》五律一題的最後一个韵脚朱熹作"徊"，而張栻與林用中作"迴"。

爲《南嶽倡酬集》詩。

　　其次是關於《四庫全書書目提要》對《南嶽倡酬集》的錯誤理解問題。現存《南嶽倡酬集》的四個版本中，最易得見的是四庫本，前有館臣《提要》，然錯謬較多，束景南先生亦有提及，并多有解疑，然亦有未論及者。其一是《提要》云："是集作於乾道二年十一月中"，誤也，朱熹序謂"丁亥"，張栻序亦謂"乾道丁亥"，提要亦自謂"丁亥"，而乾道丁亥爲乾道三年無疑。其二是《提要》云："而朱子詩題中亦稱栻爲張湖南，蓋必栻當時官於衡湘間，故有此稱。而《宋史》本傳只載栻孝宗時任荆湖北路轉運使，後知江陵府安撫本路，不言其曾官湖南，疑史有脱漏也。"① 《南嶽倡酬集》有詩《穹林閣讀張湖南②"七月十五夜"詩，詠嘆久之，因次其韻》，乃朱熹獨作，張栻與林用中没有唱和，其詩曰：

　　　　南嶽天下鎮，祝融最高峰。仰幹幾千仞，俯入數萬重。開闢知何年，上有釋梵宫。白日照雪屋，清宵響霜鏞。極知環特觀，仙聖情所鍾。雲根有隱訣，讀罷凌長風。③

　　其實無論從詩題還是内容都無法看出此"張湖南"乃指張栻。然而，是集中另有《福巖寺讀張湖南舊詩》，乃朱、張、林三人唱和。《南嶽倡酬集》中，朱、林二人一直稱張栻爲敬夫，此二首獨稱其爲"張湖南"，殊覺可怪。若是朱、林二人讀張栻舊詩并稱其爲"張湖南"尚有可能，而張栻在山中拿出自己的舊作來讀并與二人唱和，又自稱爲"張湖南"，則完全不合情理。又張栻官任湖南之事不曾載於史籍，故而"張湖南"或另有其人。查詢史籍，則知乾道三年張孝祥知潭州，權荆湖南路提點刑獄，又搜索張孝祥《于湖居士文集》，果然有詩《上封寺》：

　　　　七月十五夜，我在祝融峰。與世隔幾塵，上天通九重。手取白玉

　　① 朱熹：《南嶽倡酬集》，清文淵閣《四庫全書》。
　　② 《南嶽倡酬集》作"張南湖"，誤，據《晦庵集》當作"張湖南"，下文《福巖寺讀張湖南舊詩》亦同此。
　　③ 朱熹：《南嶽倡酬集》，清文淵閣《四庫全書》。

盤，納之朱陵宫。群山羅豆登，萬籟酣笙鏞。盡酌五湖水，勸我酒一鍾。爲君賦長言，寫向西北風。①

其首句即曰"七月十五夜"，與朱熹詩題《穹林閣讀張湖南"七月十五夜"詩，詠嘆久之，因次其韻》相符，又兩詩韻脚一致，則"張湖南"爲張孝祥無疑。可嘆四庫館臣不加考訂，誤將張湖南當作張栻，且輕易疑史有闕，貽笑於後世，殊爲可鑒。

最後是本書對《南嶽倡酬集》中其他幾個小問題的補證。《南嶽倡酬集》之錯亂前人考論已多，但仍有少數前人未及者。其一，《自方廣過高臺》與《至上封用林擇之韻》中的張栻詩分別是：

> 高處避紅塵，凝眸望古城。雪深山自老，崖壁色鮮明。野竹通溪徑，遥峰結舊盟。自來人不到，寒草傍臺生。
> 兩寺清聞磬，群峰石作城。風生雲影亂，猿嘯月華明。香火遠公社，江湖鷗鳥盟。是中俱不著，俯仰見平生。②

而在《南軒集》中第一首題作《至上封用林擇之韻》，第二首題作《自方廣過高臺》，剛好兩相對換。從內容來看，第一首謂"高處避紅塵"，分明是寫上封寺，上封寺處於祝融峰上，是南嶽所處海拔最高之寺；第二首謂"兩寺清聞磬"，分明是方廣、高臺二寺合寫，此兩寺一臥峰谷，一坐高崖，聲可相聞而互不可見，因有此説。故當以《南軒集》爲是，《南嶽倡酬集》二詩則須相調換。蓋因二詩韻脚相同，編者乃有此誤也。

其二，《南嶽倡酬集》中《和元晦後洞山口晚賦》張栻詩與林用中詩分別作：

> 石裂長藤瘦，山圍野路深。寒溪千古思，喬木四時陰。幽絕無僧住，閑來有客吟。山行三十里，鐘磬忽傳心。

① （宋）張孝祥著，徐鵬校點：《于湖居士文集》，上海古籍出版社 2009 年版，第 31 頁。
② 朱熹：《南嶽倡酬集》，清文淵閣《四庫全書》。

西嶺更西路，雲嵐最窈深。水流千澗底，樹合四時陰。更得尋幽侶，何妨擁鼻吟。笑看雲出岫，誰似此無心。①

而此兩詩《南軒集》中皆有，分別題作《和元晦後洞山口晚賦》和《由西嶺行後洞山路》，且語句有異。分別作：

石裂長藤瘦，山圍野路深。寒溪千古思，喬木四時陰。更得尋幽侶，何妨擁鼻吟。笑看雲出岫，誰似此無心。②

西嶺更西路，雲嵐最窈深。水流千澗底，樹合四時陰。幽絕無僧住，閒來有客吟。山行三十裏，鐘磬忽傳音。③

除尾句韻腳"心""音"二字不同外，兩詩的後面四句剛好相調換。孰是孰非似難分辨，然而細讀《南嶽倡酬集》中二詩則可發現問題，第一首首聯有"山"字，尾聯亦有"山"字，而第二首首聯有"更"字、"雲"字，頷聯又見"更"字，而尾聯亦有"雲"字，分明不合詩法。可見《南嶽倡酬集》此兩詩有誤，當是林用中此處并無和詩，而張栻卻作詩兩首，故編者取張栻多作之詩以摻之，又調換兩詩後四句以混人耳目。

故此需要說明的是，如此一來，束景南先生《朱熹南嶽唱酬詩考》所得朱、張、林三人作詩數目當有所改動，其數爲朱熹53首、張栻50首、林用中46首，朱熹無誤，張、林二人當分別改爲51首和45首。

四 《南嶽倡酬集》詩論

作爲一部理學家們的唱和集，《南嶽倡酬集》的存在對於文學史來說本身就是一個驚喜，更何況其詩歌內容皆爲清新閑淡的自然風光描寫，與理學家標志性的道德說教詩歌大相徑庭，讓世人領略到理學家們除了終日枯燥無味的義理探討與道德辯論之外，亦有相當雅致而浪漫的詩人情懷。

---

① 朱熹：《南嶽倡酬集》，清文淵閣《四庫全書》本。
② 張栻：《南軒集》卷7，清文淵閣《四庫全書》本。
③ 張栻：《南軒集》卷4，清文淵閣《四庫全書》本。

更可貴的是這些詩歌除了表現衡嶽間優美的自然風光之外，同時又如鹽著水般地將哲理之思融入山水之興與唱酬之樂中，王利民先生的《流水高山萬古心——〈南嶽倡酬集〉論析》對此有很精深的討論，讓人很受啟發，故而本書不再以此爲論，而將從朱熹與張栻的兩篇序文來討論他們對於唱和詩的看法。

朱、張、林三人七日共得詩 149 首，平均每日每人約作詩 7 首，這個數字是相當驚人的，可以説在衡山的數日當中，在遊玩的同時他們幾乎無時無刻不在進行著詩歌構思與創作，這使得張栻在《南嶽倡酬集序》最後近乎懺悔地表示：

> 吾三人是數日間亦荒於詩矣，大抵事無大小美惡，流而不返皆足以喪志。於是始定約束，異日當止。蓋是後事雖有可謳者亦不復見於詩矣。嗟乎！覽是篇者，其亦以吾三人自儆乎哉作。①

大學者們嚴厲的自省態度實在可敬，那種誓要金盆洗手決不再犯的相互約定亦十分可愛。然而詩興是無理性的，他們高估了自己對詩歌創作的控制力，在眾人北上株洲後各自東西相別時，張栻又分別向朱熹師徒三人贈詩送行，并且得到了三人的回應唱和。朱熹在其《南嶽倡酬集序》中特別拈出此事，并且幾乎全篇都在討論是否應該作詩的問題，其言曰：

> 自嶽官至株洲，凡百有八十里，其間山川林野，風煙景物，視向所見，無非詩者，而前日既有約矣……丙戌之暮，熹謌於眾曰："詩之作，本非有不善也。而吾人之所以深懲而痛絕之者，懼其流而生患者耳。初亦豈有咎於詩哉？然今遠別之期近在朝夕，非言則無以爲難喻之懷，然則前日矯枉過甚之約，今亦可罷矣。"皆應約諾……熹又進而言曰："前日之約已過矣，然其戒懼警省之意則不可忘也。何則？詩本言志，則宜其宣暢湮鬱，優遊平中，而其流幾至於喪志。群居有輔仁之益，則宜其義精理得，動中倫慮而猶或不免於流，況乎離群索居之後，事物之變無窮，幾微之間，毫忽之際，亦可以熒惑耳

① 朱熹：《南嶽倡酬集》，清文淵閣《四庫全書》本。

目，感移心志者，又將何以禦之哉？故前日戒懼警省之意，雖亦小過，然亦所當遏也。由是擴充之庶幾乎其寡過矣。"敬夫、擇之曰："子之言善。"①

其文討論衆人失約破戒再次作詩的理由，并大方承認數日前誓絕詩歌的約定矯枉過正，闡明其多次表示對於詩歌的深惡痛絕其實是對玩物喪志的憂懼，再次顯示出大儒們對作詩"小道"謹慎防範的心理與面對内心噴湧的詩情難以自持的憨態。

然而值得注意的是，朱熹提出群居尚可輔仁，索居尤易移志，似是在詩歌創作上對群體唱和有些格外的寬容。而逐一翻揀朱、張二人詩集，不難發現，除了同遊衡山所作詩歌幾乎全部爲唱酬之外，其詩集中的其他詩歌亦大多爲交相酬唱之作，而少有嗟嗟獨吟之聲（此況尤以張栻爲是），則可見出學者們對於群體唱和與個人獨吟明顯的區別態度。這很容易讓人聯繫上古的詩歌傳統，"詩可以群"。

朱熹對"詩可以群"解釋是"和而不流"。②"和"，《説文解字》謂"相應也"，即相互應和、唱和。"流"，《説文解字》謂"水行也"，《康熙字典》謂"又下也"，"又流漫無節制也"。由此，則可見出朱熹所認爲的"詩可以群"是相互唱和而有節制。或者可以反過來説詩歌正是通過有節制的唱和而達到其最佳表現功能。如此説來，朱熹諸人對於詩歌的態度其實絕非深惡痛絕，亦絕非心口不一，衆人下山之後定下"戒詩"之約其實不是對詩歌的棄絕，而是對他們遊山時"荒於詩歌"的反叛，是對無節制作詩的深刻反省。這也就是爲何諸人數日之後便認識到其約定之矯枉過正而及時調整。

此外，《南嶽倡酬集》與一般文人之間的唱和有一個顯著的區別，一般文人之間的唱和雖然亦以交際聯誼爲要，但總是或多或少地帶有詩藝競技的成分，在唱和時殫精竭慮，翻陳出新，唯恐落入俗套，有時甚至會就同一事物聚集衆人作三番五次多輪的唱和，此時他們儼然把唱和當作了切磋詩藝的競技場，故而唱和也常常成爲文人們精進詩藝的重要手段。而

---

① 朱熹：《南嶽倡酬集》，清文淵閣《四庫全書》本。
② 朱熹：《四書章句集注》，中華書局1983年版，第178頁。

《南嶽倡酬集》的創作時間相當之短，而其過程又大多爲即景賦詩，語句清新自然，毫無雕琢痕跡，雖然這使得三人詩意常有重復之處，但這也透漏出一個重要信息：朱、張、林三人之間的唱和幾乎完全没有相互競技的意思，這與一般文人之間的唱和大相徑庭。而這種區別亦可爲朱熹諸人對詩歌唱和的態度從另一側面作注解。

　　《南嶽倡酬集》中，雪、月、雲、風、泉、竹、峰、寺、僧、心等意象被大量重復使用，明顯透露出理學家詩風的另一種導向。而是集保存了《晦庵集》和《南軒集》未存的一些詩歌，可補二集之闕。朱集佚詩前已有述，可補張集之闕者乃《十五日再登祝融峰用臺字韻》《方廣寺睡覺次敬夫韻》《自方廣過高臺賦此》《胡丈廣仲與范伯崇自嶽市來同登絶頂，舉酒極樂，談得聞比日講論之樂》4首。至於林用中之詩，另不可見，惟《南嶽倡酬集》爲之存詩45首，等等。毋庸多言，是集之要人所共知，然而是集之遭人輕視亦人所共知，在其貌基本還原之今日，學界似當爲之正名，使之得到與其價值相對等的公平對待。

第五章 遷客湖湘:以魏了翁在靖州
與來往士子的交往爲例[①]

　　根據宋代官制，州府長官常由二品以上的朝官帶本官充任，又宋代有
"文人知州事"的傳統，故而朝官外任的職責除了執行朝廷政令治理一方
之外，還有一項重要的任務，即由上至下向地方傳播文化，帶動當地文化
的發展。所以地方長官若雅好詩文藝術，那麼當地的詩歌創作氛圍也極易
受其影響而變得熱烈起來。此外，宋代官制還有"三年一易"的特點，
這便造成地方官員不太可能長期鎮守一方的局面，其對地方文學發展的消
極影響在於地方官員的頻繁流動使得地方文人群體因之而不斷變動，官員
之間的短期合作也不易形成穩定長久的酬唱關係，地方的詩歌酬唱也有衰
盛變幻；但其積極影響在於能爲宋全域各地送去不一樣的官員，使得文化
的推廣能普及至廣袤王土的各個角落，各地詩歌的風尚也由之與京師有了
聯繫的橋樑。尤其是在貶謫官員聚集的湖湘，詩歌酬唱的文學風尚更是由
謫臣廣泛散佈到荒涼偏僻的鄙陋州縣。有如靖州之陋、湘西之遠，本是
"天高皇帝遠"的所在，與文學風尚幾不相關，但是因爲有朝廷派遣官員
與流放謫官的到來，則爲當地帶來了文明的氣息。南宋官員、理學家魏了
翁的謫靖經歷，即對靖州的學風與文風帶來了巨大的積極影響。

第一節　魏了翁的謫靖心態與作爲

　　以"天下窮處"的靖州爲例。靖州在湖湘文學史上留名恐與一人密

---

　　① 此節有部分内容已發表論文《理學本色與文士情懷——魏了翁〈渠陽集〉探析》，載徐
希平主編《長江流域區域文化的交融與發展》，四川大學出版社 2014 年版。

切相關，即因言事謫居靖州七年的南宋理學家魏了翁（1178—1237）。魏了翁字華父，號鶴山，四川邛州人，慶元五年（1199）登進士第入官，理宗朝寶慶元年（1225）因論濟王事觸怒當權，詔降三官、黜靖州居住。靖州在今湖南西部的懷化，自古以來都是少數民族聚居之地，魏了翁曾在書信當中對靖州描述稱："靖爲郡百二十七年，布髦跣足之風未之有改。城中不滿四十家，氣象蕭條，蓋可想見。"（《答蘇伯起（振）文》）[1] 指出當時靖州蒙昧貧窮風貌之一斑，不過魏了翁又稱："靖爲天下窮處，其蓁陋又在峽郡下，而士風不惡，民俗亦淳。時和歲豐，則物賤如土，頗便羈旅之人。"[2] 在極陋之地仍能見出當地民風淳樸、物價低廉的好處，體現的是魏了翁的理智與樂觀，同時也透露出魏了翁對謫居生活的接受是比較平和的。儘管魏了翁在靖州期間也時常會有類似"氣血漸衰多病後，創夷轉甚數年初"（《次肩吾慶生日韻己丑》）[3] "爲己工夫渾間斷，滿頭歲月浪推遷"（《次肩吾慶生日韻戊子》）[4] "昔人如此嘆始衰，血氣雖衰義逾集"（《生朝李肩吾貽詩，次韻爲謝》）[5] 等感嘆老病窮愁的詩句形諸筆下，但是嘆老其實是宋詩當中的常態，并不能說明魏了翁貶謫心境的消極悲苦。相反，魏了翁在靖州并沒有表現出太多的憂慮感，而是將主要精力投入鑽研經典、著書立說和教化鄉民之上。魏了翁謫靖期間，潛心苦研，著作頗豐，傳世名作有《九經要義》與《周易集義》等，另有詩文二百餘篇匯成《渠陽集》一冊十八卷。而其主持創建的鶴山書院可以說對靖州當地文化發展作出了他的最大貢獻，其《靖州鶴山書院記》很詳細地剖白了其身處鄙野的心態與創建書院的緣由：

> 又以罪戾徙湖北之靖，[6] 山囚瀨縈，不通於中州，益得以靜慮澂神，循念曩愆。寓館之東曰純福坡，五老峰位其左，飛山屬其右，而侍郎山巋立其前。岡巒錯峙，風氣融結。乃屏剔畜翳，爲室而居之，

---

① （宋）魏了翁著，張京華點校：《渠陽集》，嶽麓書社 2012 年版，第 42 頁。

② 同上書，第 14 頁。

③ （宋）魏了翁：《鶴山全集》卷 11，《四部叢刊》景宋本。

④ 同上。

⑤ （宋）魏了翁著，張京華點校：《渠陽集》，嶽麓書社 2012 年版，第 2 頁。

⑥ 宋代靖州屬於荊湖北路，故稱湖北之靖。

安土樂天，忘其已之遷也。乃即故鄉之名①，榜以鶴山書院。背夏涉秋，水木芙蓉更隱迭見，老梅樗衫，灌木叢篠，又將尋歲寒之盟。某息遊其間，往輒移晷，而樂極生感，詠餘興歎。②

魏了翁以謫靖爲"山囚瀨縶"，"瀨"指急流之水，"縶"意與"囚"同，"山囚瀨縶"即意爲囚禁於山水之中。魏了翁雖將謫居喻爲"囚"，似有無限苦悶，但又稱其牢籠是山水，有意無意之間消解了這種苦悶，反生出一些自在徜徉於山水之中的趣味來。而其後文之表白也的確説明了這一點，因爲靖州閉塞，消息不通，與外界尤其是與朝廷隔絕，看似極惡劣的所在，但事實上正是在這樣一個與世隔絕的地方才能保持神思清静澄明，反思過錯。不過魏了翁將反思過錯之事一語帶過，而具體描寫了其在靖州居所周邊的自然環境。其中"岡巒錯峙，風氣融結"是要點，前者指自然地理上四面皆是大山環繞，後者則是指在此自然地理的基礎上當地形成的人文地理，而其重心也落於"風氣融結"四字之上，大致有風俗淳厚，與外界相區别、自成一體之意。風俗之説在中國上古時代即有論述，主要分爲兩個方面，一方面强調不同地域之間風俗有别的差異性，一方面强調全域禮俗風教的普遍性，前者一般被表述爲"入鄉隨俗"，後者則被表述爲"移易風俗"。魏了翁稱靖州"風氣融結"是對當地獨有風俗的認可，此種風俗有其"士風不惡，民俗亦淳"的好處，故魏了翁入鄉隨俗，筑室結居，有忘遷之樂。然而此地與"中州"相較，仍不脱夷風，故此魏了翁仿聖人之教，又有移易風俗之心，此即其開創書院的原動力。故仿家鄉形制，筑鶴山書院，書院既成，四時景物不同，往來學人絡繹，感嘆興詠，詩詞文章不在少數，悠哉遊哉，此則正是其以貶所爲家鄉的平和心態的寫照。

而魏了翁謫於靖州，朝廷意在讓其反思罪愆，對此，魏了翁亦藉《靖州鶴山書院記》表露心聲：

君譬則天也，疾風迅雷，甚雨必變，天之怒而逸焉，是不敬也；

---

① 魏了翁早年丁憂里居時曾在家鄉創鶴山書院，故謂"故鄉之名"。
② （宋）魏了翁著，張京華點校：《渠陽集》，嶽麓書社 2012 年版，第 59 頁。

君譬則親也，撻之流血，起敬起孝，親之過而怨焉，則愈疏也。或曰：有一不慊，則儳焉若無所容，而亦庶幾有以自靖自獻矣。曰：惡！是何言也！陰陽五行，播生萬物。山川之産，天地之産也。身體髮膚，一氣而分。人子之身，父母之身也。是故窮天下之物，無可以稱天德；終孝子之身，不足以報親恩。而余也猥縣寒遠，被遇兩朝，幸位從臣之末。夫使諫行而澤下，事稱而意隱，斯亦報國之常分耳。①

此段可看作魏了翁對自身因言事遭貶竄一事的心理告白。其嚴正地表明君親有過，臣子不可置之不理，否則便是不敬，會導致疏遠，借此委婉地表示其對直言諫君招致貶逐的無悔。但是他對自己的處境并沒有感到怨恨，而是很坦然地接受事實，并在貶所依舊深懷報效之思，表明其建立書院即其身處邊鄙報君報國的方式。如果説前段是魏了翁從自然地理環境與人文風俗方面來呈現其安居靖州的平和心態的話，這一段話則從君臣人倫方面強調了魏了翁對言事不悔、獲罪不怨的淡然心態。

靖州鶴山書院建成之後，對當地風尚移易的影響相當之大，當地學風驟盛，短時間内涌現出許多求學士子，甚至附近州縣皆有士子前來問學。魏了翁在寫給真德秀的一封書信中無比驚喜地表示："是間士人迓忽來商量讀《易》不下二三十人……一月餘間，讀者聽者人人自謂有益，旁近郡亦有來者，萬一中間開發得數人，亦是報國之大者，且不枉此行也。"②一時間被魏了翁稱爲"天下窮處"的偏鄙之地竟成爲學人聚集的所在，可見魏了翁爲靖州文化發展的引導所帶來的巨大影響。而之後《宋史》評論云："了翁至靖，湖、湘、江、浙之士，不遠千里負書從學。乃著《九經要義》百卷，訂定精密，先儒所未有。"③評價極高而客觀公允，從側面反映出魏了翁作爲謫官爲地方文化發展所作出的卓越貢獻。

以上所論是魏了翁將學術之風帶入窮山之中爲當地的文明開化作出貢獻的一個方面。除此之外，在文學藝術方面，魏了翁也是重要的詩歌創作

---

① （宋）魏了翁著，張京華點校：《渠陽集》，嶽麓書社 2012 年版，第 59—60 頁。

② 同上書，第 51 頁。

③ （元）脱脱：《宋史》，中華書局 1977 年版，第 12968 頁。

風氣帶動者，其在靖州期間創作詩詞頗多，文章更甚，後自編選爲《渠陽集》一冊，其中詩歌類選編古詩 24 首。通過對魏了翁在靖州創作的這些詩歌進行分析探討，可以窺見其在靖州與諸人酬唱并形成一個小型文人群體的情形。

　　魏了翁貶竄靖州，於仕途可稱是極大的挫折，然而於其人格又可謂是極大的榮光。宋人黨爭劇烈，官員被貶是尋常之事，很多時候貶謫并非士人的恥辱，相反若是爲正道遭貶反倒可贏得天下士人的擁戴。魏了翁在《送吳門葉元老歸浮光》詩序中詳細叙述了他被貶離京時朝中與地方官員的態度：

> 　　予以戇愚抵戾，放之蠻荆。去國之日，自邇臣百執事，下至博士弟子貟，都人士祖帳餘杭門外，連日不絕。臨安尹白宰相致餽賚，具四大舟，送至丹陽。所過監司帥守將迎如他日，予謝以疾而不得免焉。入靖，靖守洪文惠公之孫倬遇之如使客而有加，四方之賓友從遊者日至，行理之間無虛月也。予皆固謝，弗聽。①

魏了翁雖是得罪離朝，然其既得京中百官殷切相送，又得沿途各州府官員熱情相迎，抵達貶所，當地守官更待之有如座上賓，而四方士子友朋亦絡繹從之，此等貶謫，何異於加響其身？正是因爲魏了翁良好的儒士聲譽，讓他在謫靖之時身邊聚集了一批能與之談學論道、唱和往還的良朋摯友。

第二節　魏了翁在靖州的交遊與創作

　　在靖州，魏了翁最忠實的追隨者是李肩吾。李肩吾，名從周，字肩吾，眉州人，追隨魏了翁十數年，是魏了翁的門客、學生，也是其從事書院教育事業的得力助手。② 魏了翁謫靖，諸賓友皆不得從，唯李肩吾隨侍不離，魏了翁《答丁大監》書信有言"留家於潭，而自與朋友李肩吾及

---

① （宋）魏了翁撰，張京華點校：《渠陽集》，嶽麓書社 2012 年版，第 9 頁。
② 可參胡昭曦《魏了翁的書院教育和助手李肩吾》，《國際社會科學雜誌》2011 年第12 期。

長兒之靖"①，則知李肩吾與魏了翁同舟共濟、患難相持的一片赤誠之心。魏了翁在靖州期間的詩歌創作也以與李肩吾唱和最多，其中《肩吾摘取"傍梅讀〈易〉"之句以名吾亭，且爲詩以發之，用韻答賦》一首有句"亭前擬繪九老圖，付與人間子云識"，自注云："五老峰前訪梅招鶴，合余、肩吾作九老。"② 欲仿唐人與李肩吾結成"九老會"，可見二人相契。又《次韻李肩吾讀易亭山茶梅》詩云"山間兩賓主，窮極造化功"③，述二人窮居山中之日常乃研習義理。而魏了翁與李肩吾的酬唱詩歌也主要呈現出淵奧深隱的藝術風格，如"人官天地命萬物，二實五殊根則一"（《肩吾摘取"傍梅讀〈易〉"之句以名吾亭，且爲詩以發之，用韻答賦》）④，"君看五位相生成，前蕩後摩如授揖"（《生朝李肩吾貽詩，次韻爲謝》）⑤，"史終伏剥果，乾始函坤輿。坎離玄藏宅，遇復更踦閭"（《通道朱宰求時齋字，李肩吾賦詩，次韻》）⑥ 等，善用《周易》使事用典，詩中皆是學問，可算是其作爲理學家詩歌酬唱的重要特點。

　　除了李肩吾之外，在靖州與魏了翁有詩歌唱酬者還有洪倬、江叔文、程叔運、高斯得等人。其中洪倬與江叔文是當地官員。洪倬官守靖州，前文所引《送吳門葉元老歸浮光》詩序即有所提及，其對魏了翁十分禮遇，也正因此禮遇，才讓魏了翁能以戴罪之身在靖州廣授生徒，爲靖州的文明開化作出貢獻。江叔文是永平縣令，永平屬靖州，正是當時魏了翁謫居之地，魏了翁有詩《次韻永平令江叔文鶴山書院落成詩》。程叔運是來問學的同鄉，名掌，字叔運，《宋元學案》有載，程叔運爲巴州教授時，曾徒步杖策訪魏了翁於山中，曰："嘗見洪公咨夔於于潛，謁真公德秀於浦城，聿求當今名教宗主，觀善而歸，今見先生，志願畢矣。"⑦ 魏了翁亦稱之曰："以子剛大之氣而加之直養無害之功，則行行之由，亦可爲聖門之高弟矣。"⑧ 又洪咨夔有《送程叔運掌之湖南序》云："秋風動容，木葉欲

---

① （宋）魏了翁撰，張京華點校：《渠陽集》，嶽麓書社 2012 年版，第 21 頁。
② 同上書，第 1 頁。
③ 同上書，第 2 頁。
④ 同上書，第 1 頁。
⑤ 同上書，第 2 頁。
⑥ 同上書，第 4 頁。
⑦ （清）黃宗羲：《宋元學案》卷 80，清道光刻本。
⑧ 同上。

下，眉新進士叔運程君過我東山，將歷沅湘而南征。"① 其所謂"歷沅湘
而南征"應該就是指程叔運"徒步杖策訪魏鶴山於山中"之事，則程叔
運拜訪魏了翁之時在其登科之後不久，即紹定二年（1129）秋天。魏了
翁《渠陽集》中有《先立春一日，電雷雪交作，程叔運賦詩，次韻》，其
詩以"朝"字爲韻，云：

> 自從日馭行牽牛，四十五日爲春朝。誰驅阿香送劈歷，更遣玉女
> 來姑瑶。從來雷雪不兩立，有如皋禹於驩苗。闃然方駕朝正月，是反
> 常性皆爲妖。陽孳於子達於寅，蟄蟲欲動寒魚跳。蒼龍久移舊歲次，
> 朱鳥亦向新年杓。如何陽伏不能出，陰气所沴如沃焦。相摩爲電搏爲
> 震，始初隱隱如迢遥。轟然一聲到匕箸，驚魂忽忽不可招。須臾爲雹
> 又爲雪，寒威挾勝光宣驕。《春秋》紀事且云遠，紹興狄難幾難調。
> 乃今此異已累歲，卧制四海由衣袍。徒令志士歌且謠。無人采寄觀風
> 韶。②

詩歌詠奇異的天氣現象，將自然天氣的異象與現實政局的不正常相聯繫，
似以之爲讖記，此則的確是研《易》聲口。而詩歌對上古典故皆信手拈
來，既是實寫，同時又充滿神異色彩，頗得莊騷奇氣。魏了翁此詩一出，
得衆人酬唱，故又有《朝字韻詩，諸丈倡酬未已，再次韻》，詩有句"江
張程子同一醉"③，其中"江張程"當分指三人，"江"指江叔文，"程"
指程叔運，"張"不明所指何人。故除了魏了翁的門人之外，此次倡酬的
主要客人還包括當地官員江叔文與遠客程叔運諸人。據之亦可推測魏了翁
與衆人的平日酬唱之狀。而其《中秋無月，分韻得狂字》《九月分韻得寒
字》諸詩亦透露出以魏了翁爲中心的靖州文人平日乃以酬唱賦詩作爲消
遣山中永日的雅事。

　　此外，從《先立春一日，電雷雪交作，程叔運賦詩，次韻》一詩又
可推知程叔運在靖州經冬未去。當其離開之時，魏了翁另有詩送別，《送

---

① （宋）洪咨夔：《平齋文集》卷10，《四部叢刊續編》景宋鈔本。
② （宋）魏了翁撰，張京華點校：《渠陽集》，嶽麓書社2012年版，第6頁。
③ 同上。

程叔運、高不妄西歸》，其中又涉及另一人，高不妄。高不妄，名斯得，魏了翁之侄①，與程叔運既是同鄉又是同年，故二人向蜀西歸，魏了翁有詩同贈二人。其詩首句即云"平生爲人謀，必以正學進"②，全篇皆是勸學之言，正是師長輩對於子侄後學的諄諄教誨。而早在其《兄子高斯得赴廷對》一詩當中亦多勸勉之言，但其中深情却又別有不同，"歡傳有客闖然來，攬衣視之吾兄子"的驟見驚喜，"來時吾父爲我言，女之靖州問安否"的殷切候問，"柳陰花影春風香，喜極無言澹相對"③的莫逆神會，雖皆是述尋常人家的尋常親情，却莫不傳神動人。

從寶慶元年（1225）至紹定四年（1231），魏了翁被囚湘西山中長達七年，他以平和的心態安居斯地，致力於當地學院教育的發展，使得各地問道士子往來絡繹，此七年對其個人而言，是人生灰暗的七年，亦是收獲最大的七年；對靖州當地而言，則是文明開化的七年，是詩書禮樂浸潤的七年。在這個恍若隔世的時空裏，遠離了朝堂的殘酷爭鬥，人與人之間的關係都無比的單純美好，師生研磋、叔侄關懷，官員與逐客都可以言笑一堂。因爲這樣一群文人的自在交往，靖州這文化落後的鄙野之地也逐漸地在歷史上生出詩情來。

①　高斯得之父名高稼，乃魏了翁之兄。魏了翁本姓高，因出繼魏氏故冠魏姓。

②　（宋）魏了翁撰，張京華點校：《渠陽集》，嶽麓書社 2012 年版，第 7 頁。

③　同上書，第 5 頁。

下編　地域文化形象

下篇　地域文化传承

第六章　瀟湘八景與湖湘自然風景

　　《文心雕龍·物色篇》感喟"屈平所以能洞監風騷之情者，抑亦江山之助乎"[1]，《唐才子傳》亦云"（張説）晚謫岳陽，詩亦淒婉，人謂得江山之助"[2]，則瀟湘的優美景致有益於詩歌創作在歷代詩論中已是共識。及至宋代，陸遊更有詩云"文字塵埃我自知，向來諸老誤相期。揮毫當得江山助，不到瀟湘豈有詩"[3]（《予使江西時以詩投政府丐湖湘一麾，會召還不果，偶讀舊稿有感》），雖是感嘆不親至湖湘則無法描摹出真正的瀟湘景物，但是也從側面證明了美好的現實景物對文人詩情的激發，透漏出湖湘自然風光在宋人那里愈加受到青睞。宋詩中對湖湘景物的描繪相當之多，已經基本上改變了唐代與唐前主要以湖湘爲卑濕蠻障之地的感觀流露，而更加善於發現湖湘山光水色之美，其中以"瀟湘八景"爲代表，是宋人對湖湘景色最集中的也是最具代表性的表現。同時，關於湖湘景物，在歷史上影響最著的亦是"瀟湘八景"。"瀟湘八景"的出現在時間上與空間上都產生了驚人的影響力。就時間而言，自宋至今，各地"八景"名目的出現不曾中斷，直至近代，香港與澳門這樣的新興都市亦有"八景"之説，而新中國成立之後各地對"新八景"的選定或創造層出不窮，這應該是中國歷史上少有的一項能持續近千年并同時受到政府與民間自覺、不自覺支持的大型文化活動。就地域而言，不僅湖湘各地陸續出現大大小小的各式"八景"，中國各地區都有"八景"聞名天下，如西安的"關中八景"，北京的"燕京八景"，江蘇的"吳江八景"，江西的"臨川

---

① （南朝梁）劉勰著，黃叔琳注：《文心雕龍》，浙江古籍出版社 2011 年版，第 161 頁。

② （元）辛文房著，舒寶璋校注：《唐才子傳》，中州古籍出版社 1987 年版，第 39 頁。

③ （宋）陸遊：《陸遊集》，中華書局 1977 年版，1457 頁。

八景"等等，而名不見經傳的"八景"更多，甚至大"八景"裏面又套著小"八景"，層層疊疊，無以計數。而海外的日本與韓國等也以此風爲尚，相關記載與研究相當之多，可以説長期以來東亞文化圈中形成了一種生命力持久的"八景文化"現象。"八景文化"現象在時間與空間範圍上具有强勁的生命力，很大程度上決定於其在内涵上的豐富性，因爲由實景至繪畫、詩歌乃至音樂、建築等各個方面皆可與之密切相關，無論是俗常平凡者如百姓，還是高雅浪漫者如文人，都可以在"八景"中找到符合自我審美需求的藝術呈現形式，可以説"八景"有著上下層都喜聞樂見的文化特質。而"八景文化"現象起源於宋代，起源於"瀟湘八景"的出現，故而本書以"瀟湘八景"詩爲核心來探討宋代湖湘景色在詩歌中的表現，希望能夠以點概面，呈現出宋人詩筆之中的湖湘。

第一節　宋迪首作"瀟湘八景圖"

一　宋迪與"瀟湘八景圖"

"瀟湘八景"其名最早見於北宋中期宋迪的組畫"瀟湘八景圖"，現可見的最早對其作記載的文獻是沈括的《夢溪筆談》：

> 度支員外郎宋迪工畫，尤善爲平遠山水，其得意者有"平沙雁落"、"遠浦帆歸"①、"山市晴嵐"、"江天暮雪"、"洞庭秋月"、"瀟湘夜雨"、"煙寺晚鐘"、"漁村落照"，謂之八景，好事者多傳之。②

在沈括的記載當中，只出現"八景"字樣，并非"瀟湘八景"，但"八景"當中的"洞庭秋月"與"瀟湘夜雨"明確是指湖湘境内，後來"瀟湘八景"之得名應該也與此相關。"好事者多傳之"一語則道出宋迪之畫在當時流傳已相當之廣。

宋迪，字復古，洛陽人，舉進士第，學畫於李成，與其兄宋道以畫并稱，而名聲實盛於兄。其生卒年不詳，大致出生於真宗大中祥符年間

---

① "平沙雁落"與"遠浦帆歸"在其他典籍中一般寫作"平沙落雁""遠浦歸帆"。

② （宋）沈括：《夢溪筆談》卷17，《四部叢刊續編》景明刊本。

（1008—1016）或稍後，卒於元豐年間。其可知生平概況如下：

嘉祐元年（1056）爲屯田元外郎，任編敕刪定官。

嘉祐六年（1061）三月曾任殿試對讀官。

嘉祐八年（1063）任荆湖南路轉運判官職方員外郎。在永州澹巖留有題名："嘉祐八年三月初八日轉運判官尚書都官員外郎宋迪遊。"①

嘉祐中長沙建八景臺，宋迪作八景圖。

治平元年（1064）以荆湖南路轉運判官職方員外郎貶知萊州。

熙寧七年（1074）任永興軍與秦鳳二路交子司封郎，因隨從煮藥不慎遺火致災被奪職。

元豐（1078—1085）初年司馬光有詩《次韻和宋復古春日五言絶句》，可知元豐初年宋迪尚在世。

從生平履歷可知，宋迪主要生活於北宋中期，嘉祐與治平年間曾在湖湘任職，這段生活經歷應該是其創作"瀟湘八景圖"的主要現實背景。現在"瀟湘八景圖"已不可得見，不過《宣和畫譜》有一份宋迪當年畫作的簡目值得注意：

> 文臣宋迪字復古，洛陽人，道之弟，以進士擢第爲郎，性嗜畫，好作山水，或因覽物得意，或因寫物創意，而運思高妙，如騷人墨客登高臨賦。當時推重往往不名，以字顯，故謂之宋復古。又多喜畫松而枯槎老枿，或高或偃，或孤或雙，以至於千株萬株森森然，可駭也，聲譽大過於兄道。今御府所藏三十有一：群峰元浦圖一、對巖古松圖二、闊浦遠山圖一、闊浪遥岑圖一、瀟湘秋晚圖一、江山平遠圖一、長江晚靄圖一、遥山松巖圖二、雙松列岫圖二、老松對南山圖一、崇山茂林圖二、遠浦征帆圖二、秋山圖一、遥山圖二、遠山圖二、雪山圖一、八景圖一、萬松圖一、小寒林圖一。②

《宣和畫譜》編定於北宋徽宗宣和年間，去宋迪之世不遠，其所載畫目應該是比較完整的。從《宣和畫譜》的這段話中可以作出以下幾點推論：

---

① 據永州澹巖石刻拓片照片，照片由中國國家圖書館提供。

② 佚名：《宣和畫譜》卷12，清文淵閣《四庫全書》本。

一、《宣和畫譜》稱宋迪作畫有"如騷人墨客登高臨賦"一般，此是以畫
家比作詩家，可見當時詩畫相通之觀念。二、宋迪的繪畫内容主要是平遠
山水與老松，而山水畫中以晚景、秋景、雨景爲多，畫松則多枯松老枝，
形象駭人，則知宋迪畫作風格偏於哀怨冷寂，恰與"瀟湘"的主要意象
内涵相符。三、宋迪的畫作當中，除了"八景圖"之外，另有《瀟湘秋
晚圖》（有的文獻稱作《瀟湘晚景圖》，如蘇軾詩《宋復古畫〈瀟湘晚景
圖〉三首》），而《遠浦征帆圖》二明顯與"八景圖"中後來所名之"遠
浦帆歸"意境景物相似，則知湖湘風物是宋迪畫作中非常重要的取景内
容。四、《宣和畫譜》仍稱"八景圖"，而非"瀟湘八景圖"，此當是據
畫作上原本標題所定，則知宋迪最初作畫時并未擬題爲"瀟湘八景圖"。
於此，南宋趙希鵠《洞天清禄》云："宋復古作'瀟湘八景'，初未嘗先
命名，後人自以爲'洞庭秋月'等目之，今畫人先命名，非士夫也。"①
指出宋迪作畫之初不僅組畫總題并非"瀟湘八景"，其中單個畫作亦未題
名，其題皆爲後人所擬。五、宋迪所存的三十一幅畫作當中，畫題多四字
爲主，且前二字爲大範圍的地點表述，後二字爲具體的景物或天氣或時間
的表述，此爲後人擬"八景圖"之"平沙落雁"等題提供了一個範式，
不過後世風行的"八景圖"題名範式或許并非由宋迪直接給出。

　　"瀟湘八景圖"分別是指"平沙落雁""遠浦歸帆""山市晴嵐""江
天暮雪""洞庭秋月""瀟湘夜雨""煙寺晚鐘""漁村落照"八幅爲一卷
的組畫，對於其具體所指地點是實是虛，學界爭論不定。有説認爲"瀟
湘八景"是實指，其具體地點分別如下："平沙落雁"位於衡陽回雁峰
下，"遠浦歸帆"位於湘陰城的江邊，"山市晴嵐"位於湘潭北部的昭山，
"江天暮雪"在長沙橘子洲，"洞庭秋月"在洞庭湖，"瀟湘夜雨"在永
州瀟水和湘水合流處的蘋洲島，"煙寺晚鐘"在古衡山城北的清涼寺，
"漁村夕照"則在桃花源。此八景的實指地名在古籍中并無依憑，至現代
才出現，當實出於促進旅遊消費的考量，不足爲據。而其中謂"漁村夕
照"一景位於桃花源，桃花源在鼎州桃源縣，宋代的鼎州在行政區域上

_____

①　陳蒲清：《八景何時屬瀟湘——"瀟湘八景"考》，《長沙大學學報》2008 年第 1 期，謂
"元朝中期，'瀟湘八景'名稱開始出現"，只趙希鵠此一例即可爲反證，而宋代文獻當中已載
"瀟湘八景"名稱者衆矣，實不曾待元人。後人爲文者多引其觀點以自證，多爲失察。

屬荊湖北路，就源流而言屬沅水流域，雖至清代劃歸湖南總域，屬於廣義的瀟湘範圍之內，但在宋代將其歸入瀟湘恐怕不太合適，也不太可能。以此推之，"瀟湘八景" 乃實地之景恐怕亦不太可信。

學界的另外一種觀點是 "瀟湘八景" 非指實景，這也是本書所認同的觀點。如謝柳青所言："宋迪的 '秋月'、'夕照'、'落雁'、'歸帆'、'晴嵐'、'暮雪'、'夜雨'、'煙鐘'，其實都不是古跡名勝那般的景，而是藝術家的一個天才的頓悟、一個靈感的閃光。宋迪的 '景' 都是流動的、轉瞬即逝的、空濛的、音樂化、表現化了的。這裏的 '八景' 所表現的空間意識，是與大自然的節奏完全諧和吻合的。"① "瀟湘八景" 的創作應該是宋迪在遍遊湖湘美景，經過沉潛醞釀後再創作的從現實生活當中升華出來的藝術作品，其中自然有其記憶中的寫實部分，但更有妙思的想象部分，正如詩歌當中的虛實結合往往能讓作品具有更大的內涵容量與表現張力，繪畫當中實寫與虛景相結合能讓作品更具有普遍性，更能引發不同觀畫者的共鳴。以 "山市晴嵐" 爲例，人間何處無 "山市"，天下何處無 "晴嵐"，而爲何獨以 "瀟湘八景" 中的 "山市晴嵐" 聞名？其特色之所在，必然并非景物的具體內容。宋迪之畫雖已不存，但據題可以確定畫中的基本元素當有山、市集（房屋）、煙雲等，這些元素無非是畫作當中最爲平常的元素，那麼何以確定宋迪畫中之山市即是昭山之山市？畫中之晴嵐即是昭山之晴嵐？其實，在以寫意爲主的中國古典山水繪畫藝術當中，去定位畫中的景物，其意義并不明顯。"山市晴嵐" 之所以被稱爲 "瀟湘八景" 裏的 "山市晴嵐"，其要點應該在畫作對於迷蒙意境的渲染，或是曖昧色彩的運用，給人傳達了一種欲明還暗的淡淡憂緒，"瀟湘" 在這裏表達的應該是一種意象化的畫境，而并非爲了指明地點，也就是説 "瀟湘" 一詞在這裏以一個形容詞來描繪意境的意義要遠大於其作爲一個地點名詞的意義。當然這并非否定 "瀟湘八景圖" 與湖南的地域相關性，相反，北宋中期長沙先建八景臺，宋迪後作 "八景圖"，地緣關係已相當明顯，更何況據前文所論，宋迪的其他畫作亦另有以瀟湘爲題者，後人以 "瀟湘" 名之，自然是注意到宋迪的這一組畫作與瀟湘景物風神有相似甚至重合之處。總之，可以確信的是宋迪的創作的確是與其多年以來飽受湖

① 謝柳青：《來自古瀟湘的文化冲擊——中、日 "瀟湘八景" 淺談》，《求索》1988 年第 4 期。

湘風光的浸染相關，其畫作是一組來源於現實景物又超脱於現實景物的具有普遍審美價值的藝術品。

二 米芾《瀟湘八景圖詩并序》考辨

學界普遍認爲宋迪最早創作了"瀟湘八景圖"，雖有少數學者持其他看法，譬如認爲唐末五代至北宋初年之間的黃荃（903—965）或是李成（919—967）最先創作了"瀟湘八景圖"。但是因爲這兩種説法證據不足，學界亦尚無定論。本書無意於辨析三種説法的可信度，不過宋代另外一位著名畫家米芾的一組詩歌《瀟湘八景圖詩并序》與之相關，透漏出一些值得注意的信息，且在學界中時常被引用，因而有必要對其進行探討。

米芾（1051—1107），字元章，祖籍太原，徙居襄陽、丹徒，以書畫聞名，曾遊歷湖湘，在浯溪留有詩刻。嘉慶《長沙縣志·古跡》"八景臺"一條載米芾"瀟湘八景"題詠：

瀟湘八景圖詩總序

瀟水出道州，湘水出全州，至永州而合流焉。自湖而南皆二水所經。至湘陰始與沅之水會，又至洞庭，與巴江之水合，故湖之南皆可以瀟湘名。水若湖之北則漢沔蕩蕩，不得謂之瀟湘。瀟湘之景可得聞乎？洞庭南來，浩淼沉碧。疊嶂層崟，綿衍千里，際以天宇之虛碧，雜以烟霞之吞吐。風帆沙鳥，出没往來。水竹雲林，映帶左右。朝昏之氣不同，四時之候不一，此則瀟湘之大觀也。若夫八景之極致，則具列於左，各係以序。

瀟湘夜雨（序）

苦竹叢翳，鷗鴣哀鳴。江雲黯黯，江水冥冥。翻河倒海，若注若傾。舞泣珠之淵客，悲鼓瑟之湘靈。

大王長嘯起雄風，又逐行雲入夢中。想像瑶臺環佩濕，令人腸斷楚江東。

山市晴嵐（序）

依山爲郭，列肆爲居。魚蝦之會，菱芡之都。來者于于，往者徐徐。林端縹緲，巒表縈紆。翠含山色，紅射朝暉。斂不盈乎一掬，散則滿乎太虛。

亂峰空翠晴還濕，山市嵐昏近覺遥。正值微寒堪索醉，酒旗從此不須招。

遠浦歸帆（序）

晴嵐漾波，落霞照水。有葉其丹，捷如飛羽。幸濟洪濤，將以寧處。家人候門，觀笑容與。

漢江遊女石榴裙，一道菱歌兩岸聞。估客歸帆休悵望，閨中紅粉正思君。

烟寺晚鐘（序）

瞑入松門，陰生蓮宇。杖錫之僧，將歸林莽。蒲牢一聲，猿驚鶴舉。幽谷雲藏，東山月吐。

絕頂高僧未易逢，禪床長被白雲封。殘鐘已罷寥天遠，杖錫時過紫蓋峰。

漁村夕照（序）

翼翼其廬，瀕崖以居。泛泛其艇，依荷與蒲。有魚可鱠，有酒可需。收綸卷網，其樂何如？西山之暉，在我桑榆。

曬網柴門返照新，桃花流水認前津。買魚沽酒湘江去，遠弔懷沙作賦人。

洞庭秋月（序）

君山南來，浩浩滄溟。飄風之不起，層浪之不生。夜氣既清，清露斯零。素娥浴水，光瀲金精。到霓裳之清影，來廣樂之天聲。纖雲不起，上下虛明。

李白曾移月下仙，煙波秋醉洞庭船。我來更欲騎黃鶴，直向高樓一醉眠。

平沙落雁（序）

霜清木落，蘆葦蒼蒼。群鳥肅肅，有列其行。或飲或啄，或鳴或翔。匪上林之不美，懼繒繳之是將。雲飛水宿，聊以隨陽。

陣斷衡陽借此回，沙明水碧岸莓苔。相呼正喜無繒繳，又被孤城畫角催。

江天暮雪（序）

歲晏江空，風嚴水結。馮夷翦冰，亂飄洒雪。浩歌者誰，一篷載月。獨釣寒潭，以其清絕。

蓑笠無踪失釣船，彤雲黯淡混江天。湘妃獨對君山老，鏡裏修眉已皓然。

余購得李營丘畫《瀟湘八景圖》，拜石餘閒逐景撰述，主人以當臥遊對客，即如攜眺。元豐三年夏四月襄陽米芾書。①

米芾的這組詩在湖南的各級方志中多有記載，包括乾隆《湖南通志》、乾隆《長沙府志》、乾隆《湘陰縣志》、嘉慶《湖南通志》、嘉慶《長沙縣志》、同治《長沙縣志》、光緒《湖南通志》、光緒《善化縣志》、康熙《長沙府嶽麓志》等方志對這一組詩及序都有完整記載，另如嘉慶《巴陵縣志》、同治《巴陵縣志》、光緒《巴陵縣志》對《江天暮雪》一詩有著錄，康熙《長沙府志》對《平沙落雁》《漁村夕照》二詩有著錄，等等，其他許多方志對米芾的這一組詩有不完全的著錄。

上文所引嘉慶《長沙縣志》所錄米芾詩後落款稱這組詩是爲"李營丘《瀟湘八景圖》"而作，李營丘即李成，是宋迪的學畫業師。然而米芾這組詩的存在常常被人誤解，因爲不同地方志的記載稍有不同，其中最重要的是大多方志只記錄了米芾組詩的詩題與序言，而沒有記載最後的跋尾和落款，導致一些學人誤認爲此《瀟湘八景圖》即宋迪的"瀟湘八景圖"②，在作相關研究時紛紛引用，且流布頗廣，對"八景"文化研究產生了以訛傳訛的較壞影響。

此外，關於這一組詩還有一個真偽問題。因爲這則文獻雖然大量見載於清代的湖湘地方志當中，但是在米芾的別集《寶晉英光集》中不載此組詩（《全宋詩》亦未收），米芾的《畫史》當中也不見提及此事，宋代其他相關文獻當中也沒有相關記載，那麼關於米芾之詩則真偽難辨，而學界對這個問題也甚少涉及，而此問題又關係到李成《瀟湘八景圖》的存在與否，故有必要明辨之。

筆者通過檢索相關文獻，試圖找出這則文獻的其他出處，終在幾種方

---

① （清）趙文在等纂修，陳光詔續修：嘉慶《長沙縣志》，嘉慶十五年刊二十二年增補本。
② 如謝柳青《來自古瀟湘的文化冲擊——中、日"瀟湘八景"淺談》，《求索》1988 年第4 期；周瓊：《八景文化的起源及其在邊疆民族地區的發展——以雲南"八景"文化爲中心》，《清華大學學報》2009 年第 1 期；黃晴：《"瀟湘八景"山水文化景觀考證研究——以"山市晴嵐"爲例》，中南大學碩士學位論文，2010 年，等等。

志中發現明人史九韶的一篇文章《瀟湘八景記》，與清代各方志中所載的米芾《瀟湘八景圖詩并序》關係密切，全文如下：

客有持《瀟湘八景圖》示予請記，問曰："子知瀟湘之所自乎？"予應之曰："吾聞瀟水出道州，湘水出全州，至永州而合流焉，自湖而南皆二水所經，至湘陰始與沅資水會，又至洞庭與巴江之水合，故湖之南皆可以瀟湘名之，若湖之北則漢沔湯湯，不得謂之瀟湘。"

"瀟湘之景可得聞乎？"

曰："洞庭南來，清以碧嶂，綿衍千里，際以天宇之虛碧，雜以煙霞之吞吐，風帆沙鳥，出沒往來，水竹雲林，映帶左右，朝昏之氣不同，四時之候不一，此瀟湘之大觀。

若夫依山爲郭，列肆爲居，魚蝦之會，菱芡之都，來者于于，往者徐徐，林端清氣，若有若無，翠含山色，紅射朝暉，斂不盈乎一掬，散則滿乎太虛，此山市之晴嵐也。

晴嵐漾波，落霞照水。有葉其舟，捷於飛羽。幸濟洪濤，將以寧處。家人候門，觀笑容與，此遠浦之歸帆也。

翼翼其廬，瀕崖以居。泛泛其艇，依荷與蒲。有魚可膾，有酒可需。收綸捲網，其樂何如？西山之暉，在我桑榆。此漁村之夕照也。

瞑入松門，陰生蓮宇。杖錫之僧，將歸林莽。蒲牢一聲，猿驚鶴舉，幽谷雲藏，東山月吐。此煙寺之晚鍾也。

苦竹叢翳，鷗鴰哀鳴。江雲黯黯，江水冥冥。翻河倒海，若注若傾。舞珠泣之蛟客，悲鼓瑟之湘靈。孤舟老叟，疎也無成。擁蓑獨坐，百感塡膺。此瀟湘之夜雨也。

霜清水落，蘆葦蒼蒼。群鳥肅肅，有列其行。或飲或啄，或鳴或翔。匪上林之不美，懼繒繳之是將。雲飛水宿，聊以隨陽。此平沙之落雁也。

君山南來，浩浩滄溟。飄風之不起，層浪之不生。夜氣既清，靜露斯零。素娥浴水，光溢金精。倒霓裳之清影，來廣樂之天聲。纖雲不翳，上下虛明。此洞庭之秋月也。

歲晏江空，風嚴水結。馮夷剪水，亂洒飄屑。浩歌者誰，一蓬載月。獨酌寒潭，以其清絕。此江天之暮雪也。

　　凡此八景，各極其致，皆瀟湘之所有也。善觀者合八景，斯足以盡其勝，不善觀者反是。"

　　客作而謝曰："悉哉先生之言也！不問王良，不知六馬之騁；不從師曠，不知五音之正；不聞先生之言，不知瀟湘之勝。"故書以爲記。①

　　這篇文章載於明嘉靖《湘陰縣志》與清康熙《長沙府志》、乾隆《長沙府志》、乾隆《湘陰縣志》四種方志之中，并且乾隆《湘陰縣志》載其文作於明洪武三年。比照內容，很容易發現前文所引米芾《瀟湘八景圖詩并序》之總序及小序與其內容幾乎完全相同，似是從中截取而來。又現存文獻當中對史九韶《瀟湘八景記》的最早記載見於明代何鏜所編著的《古今遊名山記》卷九，題作《瀟湘八景圖記》，則現在可見《瀟湘八景（圖）記》一文的記載早於所謂的米芾的《瀟湘八景圖詩并序》。

　　此外，嘉慶《巴陵縣志》載：

　　米元章詩《瀟湘八景圖》有總序、散序，復有跋曰："余購得李營邱圖，拜石餘閒逐景撰述，主人以當臥遊對客，即如攜眺。"其《江天暮雪》曰："簑笠無踪失釣船，同雲漠漠黯江天。湘妃獨對君山老，鏡裏修眉已皓然。"不即不離，移易他處不得。（出《梅村詩話》）②

　　同治、光緒《巴陵縣志》亦沿錄此條，且注明出處是明末清初吳偉業的《梅村詩話》，此雖未載米芾詩總序與散序內容，但跋語與清代各方志所載相合，《江天暮雪》一詩亦相合，似有可信之處。然筆者遍覽《梅村詩話》并不見此條記載，且吳偉業的其他著作如《吳梅村家藏稿》《吳詩集覽》等未見此條相關記載，且其他宋明文獻皆未見此條記載，則《巴陵縣志》此條當不可信。

---

① （清）蘇佳嗣修，譚紹琬纂：康熙《長沙府志·藝文志》，清康熙二十四年刻本。
② （清）陳玉垣、莊繩武修，唐伊盛、龔立海纂：《巴陵縣志》卷30，清嘉慶九年刻本。

綜上所述，米芾的《瀟湘八景圖詩并序》中的詩歌來源無考，最早見於清代方志，其詩序最早見於明初史九韶的《瀟湘八景圖記》一文中，那麼米芾之《瀟湘八景圖詩并序》可信度其實很低，尤其是其總序與散序，可以確定是由後人從史九韶的散文中截取雜糅而成，既然其詩與序來源皆不可靠，那麼其跋尾則亦難取信於人，故其觀李成之畫而成詩的説法亦難以徵信。

不過，需要説明的是，儘管不可從米芾所謂的八景詩當中舉證李成八景圖的存在，但并不能以此來否認李成畫作的存在。如宋初詩人宋祁（998—1061）即有詩《渡湘江》云“春過湘江渡，直觀八景圖”，則表明在宋祁的時代“八景圖”的説法已經在流行了，從宋祁生年來看，較米芾與宋迪皆要早，如此推算，宋迪之前應該是有“瀟湘八景圖”的畫作存在的。① 不過既然相關線索與證據很少，那麼本書仍從學界普遍意見將宋迪當成創作“瀟湘八景圖”的第一人，至於他説則有待未來再出新證了。

第二節　惠洪及其他宋人的“瀟湘八景”書寫

一　作爲“有聲畫”的惠洪八景詩

不以李成的畫作與米芾的《瀟湘八景圖詩并序》爲信，學界一般認爲惠洪（1071—1128）是最早題詠“瀟湘八景”的詩人，惠洪題詠的是宋迪的“瀟湘八景圖”。惠洪的詩有兩組，其一是《宋迪作八境絶妙，人謂之無聲句，演上人戲余曰：“道人能作有聲畫乎？”因爲之各賦一首》。詩題直述惠洪作詩的緣起，既是詩題，又可作詩序來理解。題中將宋迪之“八景”稱爲“八境”，此或與惠洪的禪僧身份相關，以禪“境”喻實“景”；又或是惠洪一時筆誤而後人沿用，因爲惠洪的另一組詩直稱《瀟湘八景》，并未稱“八境”，且一些典籍在提到惠洪的這組詩時用的是“宋迪作八景絶妙”，如孫紹遠的《聲畫集》卷三即是。題中又出現“無

① 内山精也：《宋代八景現象考》，載《傳媒與真相》，上海古籍出版社 2005 年版，第 434 頁，對此也有討論，但認爲此種觀點可信度不高，因爲“將這一現象發生的直接契機前溯 150 年左右，也還缺乏説服力”，而事實上若不論資料更少的黄筌，將宋迪前溯至李成，則并無 150 年之久，而是一個世紀左右。

聲句"與"有聲畫"兩個文學術語,其中"無聲句"指畫,又稱"無聲詩",以畫作亦能傳達詩意故稱;"有聲畫"指詩,以詩能描摹畫境且可口誦出聲故稱。"無聲詩"與"有聲畫"是宋代詩學當中比較重要的一對概念,其揭示出詩畫之間可以互通的藝術特性,即詩畫的同質性。詩畫同質性的凸顯主要出現於宋代,宋詩人很善於運用主要用來"言志""表意"的詩歌來進行畫面的描摹,實現對景物的再現,宋人不僅在詩歌創作實踐上有這樣的自覺意識,在詩歌理論上也達成了普遍的認知。對於詩畫的同質性,淺見洋二在《關於"詩中有畫"——中國詩歌與繪畫》①一文中有相當精細的論述,此不贅述。需要指出的是,宋人對"詩畫同質性"的普遍認同是宋代"八景詩"得以風行的最重要的時代背景之一。惠洪這一組詩是應演上人之約,對應宋迪的"瀟湘八景圖"所作,雖未知惠洪是否曾親見宋迪之畫,不過其詩與宋迪畫的順序嚴格相對,則是有意與宋迪之畫在不同體裁之間進行一次同題的藝術對話,也正因此,爲"八景圖"配以相應的"八景詩"成爲後世"八景"詩畫藝術確立的一個傳統,惠洪的詩歌成爲後人題詠"八景"的範式。正如周裕鍇師所指出的,宋迪在繪畫的向度給"瀟湘八景"作出典範,而惠洪則在詩歌的向度爲"瀟湘八景"詩作出了典範。②

　　以下討論惠洪的《宋迪作八境絶妙》組詩八首。題畫詩的作法,通常是先概述畫中內容,然後稍加點染,對畫作進行評論,使畫與詩兩相映照,輝映同趣,惠洪的八景題畫詩分明不是此種作法,而是胸中自有一種意思。惠洪曾長期寓居湖湘,遍遊楚南勝處,對瀟湘景色十分熟悉,從現存的典籍當中已難考惠洪是否曾親睹宋迪的畫作,但是以惠洪對瀟湘的熟悉程度,即便不曾觀畫,單以八景之題進行"命題作詩"亦不難寫出"瀟湘八景"的特色。因爲宋迪之畫現已不存,真面目難以猜測,所以不能將惠洪之詩與宋迪之畫進行實質性的對比,不過宋代繪畫普遍性特點的存在與宋人對宋迪畫的諸多描述都可以在一定程度上與惠洪之詩形成對比,下文即試圖尋找詩人在描摹湖湘景物時,題畫詩相對於繪畫的藝術差

---

① 淺見洋二:《距離與想象:中國詩學的唐宋轉型》,上海古籍出版社 2005 年版,第 109—136 頁。

② 周裕鍇:《典範與傳統:惠洪與中日禪林的"瀟湘八景"書寫》,《四川大學學報》2014年第 1 期。

別，以及題畫詩相對於實景書寫的藝術差別。

第一，相對於繪畫而言，惠洪的題畫詩加入了聲音、動作等因素，讓景物的呈現更立體而飽滿。如"平沙落雁"一首，"落雁"二字表明實景中當有大雁飛落的動態景象，而繪畫的弱點在於難以展現這種動態，宋迪的繪畫中可能有飛翔的或是棲於沙地的雁，而惠洪詩云："湖容秋色磨青銅，夕陽沙白光濛濛。翩翩欲下更嘔軋，十十五五依蘆叢。西興未歸愁欲老，日暮無雲天似掃。一聲風笛忽驚飛，羲之書空作行草。"① 其詩歌當中出現了"翩翩""依蘆叢""驚飛"等豐富的動態描繪，與"嘔軋""風笛"等交錯的聲音描繪，更以王羲之的草書來喻雁列排空之景象，使讀詩者的腦海中能很自然地呈現出一系列連續的活潑的圖景。其實不僅聲音與動作，惠洪的詩歌在光感、嗅覺、溫度、觸覺等多方面都對畫作進行了補充，如"日腳明邊白島橫"（《遠浦歸帆》）"炊煙日影林光動"（《山市晴嵐》）之於光的感受，"橘香浦浦"（《洞庭秋月》）"黍香浮浮"（《漁村落照》）"破鼻香來"（《漁村落照》）之於嗅覺的感受，等等，皆是繪畫難於涉及的領域，正如宋人陽公遠所言："畫難畫之景，以詩湊成；吟難吟之詩，以畫補足。"② 惠洪很充分地運用了詩歌的優勢補足了繪畫所不能到達的境界。當然繪畫同樣能夠激發觀者的想象，但是因爲文字在知識群體當中所具有的約定俗成的意義，能夠更直接把這種想象相對具體地表達出來。如果說繪畫給人呈現的是一幅平面的靜止的圖畫，那麼詩歌則是在讀者心中構建了一段聲音、動作、光影俱在的熱鬧影像。繪畫之優勢在於給人以直觀的視覺感受，而詩歌之優勢在於更能引起讀者豐富的想象，一個是外在的，簡單而鮮明，另外一個則是内向的，抽象而異彩紛呈。

第二，與繪畫相比，題畫詩在描述景物的過程中代入了作者合理的邏輯想象。如"煙寺晚鐘"一景，因爲繪畫無法描摹出鐘聲，繪畫的表達可能主要集中於夜色朦朧之中的山寺，而惠洪詩云："十年車馬黃塵路，歲晚客心紛萬緒。猛省一聲何處鐘，寺在烟村最深處。隔谿脩竹露人家，

---

① （宋）惠洪：《石門文字禪》卷8，《四部叢刊》景明徑山寺本。

② （清）陸心源：《皕宋樓藏書志》卷95，清光緒刻《潛園總集》本。

扁舟欲喚無人渡。紫藤瘦倚背西風，歸僧自入烟蘿去。"① 其詩歌以鐘聲爲中心，演繹出一段有情節的故事：詩人將主人公設定爲一位飄零十年的羈旅之客，因爲黃昏已近故而愁緒滿懷。忽聞村寺晚鐘，驚起沉思，故而尋聲望去，只見寺廟隱約地藏在了山村的最深處。詩歌後部的叙述更延展開去，主人公隔著小溪望見對面的修竹掩映當中有人家居住，因而欲要過溪，却又無人擺渡。以此主人公只能困於枯藤之側西風之中，無限凄涼，而遠遠所見却是歸寺的老僧淡入了夜幕之中。其中的隱意在於山僧尚有歸處，遊子却入夜而無所歸。惠洪的詩歌以一種十分清淡的筆調講述了一個完整的故事。其實對於"煙寺晚鐘"的畫作而言，其瞬時畫面的表達無論如何也無法闡釋出這樣一個因果聯結、邏輯清楚的故事。"煙寺晚鐘"的重點當在"鐘"字之上，繪畫的表達肯定是比較難的，是直接畫上寺鐘？還是在茫茫霧色之中畫上叢林掩映的山寺，把鐘聲留給觀畫人去想象？筆者所見的現存的後人所作的"煙寺晚鐘"圖大多采取後一種畫法，則説明繪畫也十分注重觀者的想象延伸空間。無論宋迪的繪畫作何種呈現，觀畫者都可以有一定的猜測與想象，其實即便無畫，僅就標題命題作詩，詩人也可以作出多種叙述傾向，可以選擇以寺景爲重點，或以鐘聲爲重點，等等，惠洪則十分巧妙地將視點投放於聽鐘的"人"身上，并以此人爲重點展開合理的想象，來描繪他的所聞所見所感。當然以惠洪寓湘多年的經歷來看，其筆下的這位主人公多半有著他自己的影子，但詩歌中畢竟是以一種他者的視角展開的，詩人獨立於外觀望著"畫"中遊子的故事，"畫"中遊子隔著小溪傾聽煙寺的晚鐘，以這種雙重的距離來達到描繪"晚鐘"的目的，相較一般的題畫詩就畫述畫而言，更顯惠洪的巧思。

　　第三，題畫詩整體呈現出幽怨的風格，此乃與宋迪畫作的相通之處，詩畫二者都秉承了"瀟湘"意象的藝術傳統。"瀟湘"的意象内涵主要有兩個來源，一個是帝舜二妃娥皇、女英赴水殉情的傳説，另一個是屈原懷才不遇貶謫楚南之歷史，兩者都飽含了哀怨之情，只是前者顯得旖旎而神秘，後者則苦澀而真實，而這些也是"瀟湘"除了作爲地理名稱之外比較核心的意象内涵。《楚辭》是最早對這兩個故事進行描寫的文學作品，

----

① （宋）惠洪：《石門文字禪》卷8，《四部叢刊》景明徑山寺本。

這決定了《楚辭》是"瀟湘"作爲文學意象的源頭，後來的文學作品在涉及"瀟湘"時大多是在《楚辭》的傳統之下展開的。"瀟湘八景"繪畫與詩歌所呈現出來的幽怨風格，也正是對這一傳統的繼承。宋迪的"瀟湘八景"畫作充滿了哀怨之情，從畫題即可見出，表時間的詞是"夜""晚""夕""暮"，表季節的詞是"秋""雁""雪"，表天氣的詞是"雨""雪""嵐"，表光線的詞是"落照"，表距離的詞是"遠浦"，等等，這些詞匯的大量使用讓"瀟湘八景"整個都透著一種清冷之氣，而這種清冷常常被解釋爲"怨"。如宋南渡初鄧椿《畫繼》："宋復古八景，皆是晚景，其間煙寺晚鐘、瀟湘夜雨，頗費形容。鐘聲固不可爲，而瀟湘夜矣，又復雨作，有何所見？蓋復古先畫而後命意，不過略具掩靄慘淡之狀耳。"[①]從宋迪八景圖的畫題來看，八景幾乎皆是晚景，而鐘聲、夜雨之類在繪畫中其實是無法表現的，故以此推斷宋迪乃先有畫而後有題，其命題準則不過是烘托出畫作的"掩靄慘淡之狀"，此則説明畫作本身其實就是"掩靄慘淡"的，畫題不過是爲了幫助觀者更好地獲取這種感受而塑構的。又元人朱德潤《存復齋集》載："'瀟湘八景圖'始自宋文臣宋迪，南渡後諸名手更相髣髴，此卷乃宋淳熙間院工馬遠所作，觀其筆意清曠，煙波浩渺，使人有懷楚之思。"[②]謂馬遠學宋迪作《瀟湘八景圖》，其畫令觀者有"懷楚之思"，"懷楚之思"本義是指屈原貶謫南楚之後對楚懷王思之怨之的情感，後引申爲一種幽思。此則説明宋元之人皆已共知畫亦可如詩一般傳達怨情。惠洪的八景詩歌同樣帶有這種風格，如前所述《煙寺晚鐘》一首，呈現的是遊子之悲。又《山市晴嵐》一首其中"晴"字在"八景"當中是一個很明亮的詞匯，而其詩前四句云："宿雨初收山氣重，炊煙日影林光動。鼉市漸休人已稀，市橋官柳金絲弄。"[③]"山氣重""人已稀"等詩語仍然傳達出一種清冷與荒涼。述"晴"尚且如此，更莫論其他，如"萬樹無聲""孤舟臥聽"所述之暮雪，"絶憐清境""篷漏孤吟"所述之夜雨，"淅瀝""蕭風"之漁村，"沙光""殘日"之落照，等等，無一不營造出一種幽怨之氣。總而言之，儘管詩歌與繪畫

---

①　（宋）鄧椿：《畫繼》卷6，清文淵閣《四庫全書》本。

②　（元）朱德潤：《存復齋集》卷7，明刻本。

③　（宋）惠洪：《石門文字禪》卷8，《四部叢刊》景明徑山寺本。

有著不同的藝術表現領域，但這并不影響兩者的風格與意境的共通，或許正是因爲惠洪的題畫詩與宋迪畫作在風格上的高度統一，才使得二者的結合成爲後來八景詩畫的典範。

惠洪的另一組七言絕句直名爲《瀟湘八景》，這一組詩作於何時并不清楚。不過從兩組詩的詩題來看，《宋迪作八境絕妙》組詩題中惠洪先評宋迪八景畫絕妙，後云應演上人之邀作詩，似是初次作八景詩，則之前惠洪并無八景詩作，且《瀟湘八景》組詩已點出“瀟湘”二字，此前未有，則可判斷，《瀟湘八景》這一組詩作時必定在後。與《宋迪作八境絕妙》是七言古詩不同，《瀟湘八景》組詩乃七言絕句。關於詩歌體裁，有意思的是，國内詩人在創作“八景詩”時各種詩體皆有，而日本禪僧的“八景詩”創作却以惠洪的七絕爲典範，日本禪僧的“八景詩”百分之九十以上是七絕。① 就詩歌内容的畫面描繪而言，這一組詩更像是直接寫景，而非題畫，當然無論是題畫還是寫景，二者的共通性仍然很明顯，因爲宋人常常將實景當作圖畫來描繪，題畫詩與寫景詩之間本無明顯區别，更何況惠洪的題畫詩也常常在爲跳出繪畫而作出最大的詩歌努力。在詩歌的藝術風格方面，這一組詩與其七古整個風格比較相似，只是不似七古那般幽怨而要顯得更爲清疏，如《瀟湘夜雨》一首，從詩題來看意境是極爲凄冷的，惠洪七古“絶憐清境平生事，蓬漏孤吟曉不知”可謂清怨，而七絕中有“一聲長笛人何去，蒻笠蓑衣宿葦叢”② 之句，則顯得頗爲清曠疏朗。又七絕《漁村落照》“漁郎笑傲蘆花裏，乘興回家何處歸”③，此種笑傲江湖之姿態也是七古中難以得見的。可以説惠洪的八景詩，七絕相較七古而言，愁怨減了兩分，而清朗多了三分，這大概也是日本禪僧選取其爲八景詩創作典範的原因之一。

二 宋人“瀟湘八景”同題詩歌的異趣性

瀟湘八景詩畫傳統一開，以“瀟湘八景”爲題作畫賦詩者甚衆。後來作“瀟湘八景”詩者大多已跳脱了題畫詩的限制，是以“瀟湘八景”

---

① 參見周裕鍇《典範與傳統：惠洪與中日禪林的“瀟湘八景”書寫》，《四川大學學報》2014 年第 1 期。

② （宋）惠洪：《石門文字禪》卷 15，《四部叢刊》景明徑山寺本。

③ 同上。

为題的命題作詩、同題創作，各家翻陳出新，大有競技之意。本書略以一二詩家之作爲例，如晚宋劉克莊有《詠瀟湘八景各一首》，江湖詩人葉茵有《瀟湘八景圖》，以下各取三首較有代表性的詩歌進行探討。劉克莊詩云：

平沙雁落

背冷來趨暖，雖微善自謀。如何纔得意，飛去不回頭。

煙寺晚鐘

問寺莫知處，躋攀又溯洄。惟鐘藏不密，日暮過溪來。

江天暮雪

纏路泥尤滑，柴門掃不開。子猷返棹後，不見有船來。①

葉茵同題的三首詩云：

平沙雁落

江風飄塵白如練，征翰遠赴蘆花岸。寒霧昏昏漁火明，欲飛不飛行陣亂。相從萬里多崎嶇，呼鳴警察夜有奴。衡陽路杳速歸去，未可容易來江湖。

江天暮雪

癡雲貼水天四垂，寒鴉凍雀無樹棲。紛紛萬頃水花亂，光眩銀海迷東西。中有輕舠移斷浦，玉笠瓊蓑一漁父。鼓枻而歌歌豐年，田家有麥無愁多。

烟寺晚鐘

冥濛一抹籠崢嶸，崢嶸深處傳疎聲。溪橫古槎低欲折，隱約前村通去程。萬里征夫不知宿，數盡飛鴉栖古木。輪奐中邊三四僧，枯藤挑雲歸佛屋。②

---

① （宋）劉克莊：《後村集》卷 20，《四部叢刊》景舊鈔本。
② 葉茵：《瀟湘八景圖》，載《全宋詩》第 61 冊，北京大學出版社 1998 年版，第 38208—38209 頁。

劉克莊的《詠瀟湘八景各一首》詩題作"詠"，則首先說明其詩并非觀畫之後的題畫詩，而是直接諷詠湖湘風光的詩歌。又其詩順序與宋迪畫、惠洪詩有差異，且"遠浦歸帆"作"遠浦晚歸"，"平沙落雁"作"平沙雁落"，"漁村落照"作"漁村夕照"，雖意義上與宋迪畫題差別無兩，不過已顯示出詩人无意囿限於宋迪八景圖畫的心思。劉克莊早年遊幕之時曾過境湖湘，一路頗有題詠，此一組詩雖不確定作於何時，却不會早於此次經湘，劉克莊的創作主要是以其目見之景爲内容，命意自出於胸，雖襲舊題，却并非仿作。詩中意境遼遠開闊，清朗通透，又擅造野趣幽意，而毫無慣見的愁怨之氣，與常人所作更有一番別趣。葉茵是南宋江湖詩人，其詩用語相對比較陰寒，與惠洪的清冷、劉克莊的疏闊相比又是一種風格，筆意比較拘謹，格局有些偏狹，然而優點在於描繪相當細致入微，如上文所引《平沙落雁》一首，將畫面設定爲黄昏趕路的群雁，其"欲飛不飛""行陣亂""相從萬里""呼鳴警察"很用心地刻畫出雁的猶豫、疲憊與驚慌，亦給人錯覺，其所描繪的并非尋找家園的雁，而是漂泊江湖的浪子。事實上"平沙落雁"一題最初給人的印象應該是平和優雅的，然而葉茵却作了完全相反的描繪，雖不免令人詫異，却也感佩其難爲想來。

　　不同的詩人在以"瀟湘八景"爲題作詩時，他們所設定的情境可能是截然不同的，如《江天暮雪》一首，惠洪七古云："潑墨雲濃歸鳥滅，魂清忽作江天雪。一川秀髮浩零亂，萬樹無聲寒妥帖。孤舟卧聽打窗扉，起看宵晴月正暉。忽驚盡卷青山去，更覺重攜春色歸。"[1] 先寫大雪欲來之景，後寫中夜舟中觀月，此是作遊子故事；劉克莊詩却引王子猷雪夜行船訪戴安道之典，此是作魏晉名士故事；葉茵寫江中雪景與漁父江中捕魚放歌，此是作隱人故事。三人對於同一詩題，在比較嚴格的景物限定之内——地點是江，時間是暮，天氣是雪——而作出完全不同的反應，故事各不相同，而皆切題可觀。又據衣若芬《瀟湘文學與圖繪中的柳宗元》認爲《江天暮雪》一題與柳宗元詩《江雪》相關。[2] 的確，"江天暮雪"在詞語上給人的直觀印象便很容易聯想到"孤舟蓑笠

---

① （宋）釋惠洪：《石門文字禪》卷8，《四部叢刊》景明徑山寺本。
② 衣若芬：《瀟湘文學與圖繪中的柳宗元》，《零陵師院學報》2002年第9期。

翁，獨釣寒江雪”的孤寂畫面，但是以上詩人的詩歌皆未沿襲柳宗元的詩意，則不知是巧合還是刻意回避。需要説明的是，葉茵之詩整體不及惠洪與劉克莊，而其《江天暮雪》雖亦如柳宗元著意於漁翁，表現的却不是孤寂而是快意，此種不同，反倒顯出求別於前人的刻意來。又如《煙寺晚鐘》一首，前文所述惠洪所塑造的是一個羈旅之客的凄愴形象；葉茵詩前四句描繪暗沉可怖之景，而後引入征夫行人夜至無眠，最後又歸於僧人寺廟，構思確有借鑒惠洪詩歌之處，叙述結構却不相同；然而劉克莊却無意於講故事，只是巧借鐘聲之遠揚來襯托山寺之隱秘，可見意趣。

同題作詩的特點在於，因爲詩題的限制，詩歌的内容很容易重合，若要不同則需要在情境的安排上巧出新思，盡量避免與他人重合，詩人在創作同題詩歌時的苦心孤詣恰與曾在宋人中風靡一時的“白戰體”詩相契，然而詩歌藝術本就是“戴著鐐銬跳舞”，瀟湘景色的最大特點應該是煙雲迷蒙、水石奇秀，後來的宋人在描繪這種景致時不約而同地將這種特點淺淺帶過，而力圖另闢蹊徑，所以説精益求精的宋人，在對湖湘風景的書寫上，既不自覺地承續了瀟湘文學自古的傳統，亦爲回避這種傳統作出了努力。

第三節　“瀟湘”與“八景”意義内涵的來源及衍化

瀟湘景色最初以自然實景存於天地間，其意義内涵十分單純，之後大量瀟湘文學作品出現，則爲實景轉化成文學的過程；带著這種文學積淀的瀟湘實景又被引入“瀟湘八景”圖畫當中，形成極富詩意的八題畫卷，此是實景與文學入畫的過程；再接下來瀟湘八景詩歌創作再以畫作爲主題展開，此又是一個繪畫轉生出詩歌的過程；瀟湘八景既指涉圖畫與詩歌，而後世詩人又以八景直指湖湘風光，此則是以詩畫回歸於客觀實景的過程，只是這其中多了許多文化的積淀，我們對瀟湘八景有了豐富的約定俗成的認知。以上四個過程大致是“瀟湘八景”與湖湘實景主要的關係發展過程。而事實上是不僅“瀟湘八景”有其發展歷程，“瀟湘”與“八景”亦各自有其淵源與演變歷程。其中“瀟湘”一詞因爲“瀟”字在《説文解字》《廣韻》等字書典籍中的缺失而顯得意義複雜難辨，下文將首先對其作出梳理。

一　"瀟湘"意義內涵的淵源與演變

從淵源來看，"瀟湘"最初的意義內涵肯定是指湖湘境內的實地实景。就語詞而言，"瀟湘"的出現比"八景"要早，《山海經》有載：

> 洞庭之山……帝之二女居之，是常遊於江淵，澧沅之風，交瀟湘之淵，是在九江之間，出入必以飄風暴雨。①

這應該是現存文獻當中"瀟湘"一詞最早的出處。郭璞注云：

> 此言二女遊戲江之淵府，則能鼓三江，令風波之氣共相交通，言其靈響之意也。江、湘、沅水皆共會巴陵頭，故號爲三江之口，澧又去之七八十里而入江焉。淮南子曰"弋釣瀟湘"，今所在未詳也，瀟音肖。②

帝之二女是指舜帝二妃娥皇和女英。據郭璞注，"二女遊戲於江之淵府"，此"淵府"當指江水深處，故能鼓動三江，而三江是指長江、湘水、沅水三流。不過郭璞之注或許仍有未盡之處，《山海經》原文謂二女遊於江淵，"江"上古特指長江，引申之後南方長江支流亦多可稱"江"，"淵"既指水之源，又可指深水，此處"江淵"組合，可解爲長江之源。下文謂"澧沅""瀟湘"，此四水皆長江支流，反過來講此四水皆會於長江，亦是彙聚成長江的"淵"，則二女遊於江淵，能令數水風氣相通，并非單指娥皇、女英活動於長江，而是謂其遊於長江支流"澧""沅""瀟""湘"四水之中。又《淮南子》謂"弋釣瀟湘"，此處瀟湘亦分明是指地名。則説明"瀟湘"較早出現的時候是指代具體地點的，郭璞稱"所在未詳"，是因之前文獻當中確實沒有"瀟湘"地點所指的相關記載，不過其地範圍不出今瀟水與湘水流域是可以確定的。

---

① （晉）郭璞：《山海經傳·中山經》卷5，《四部叢刊》景江安傅氏雙鑑樓藏明成化庚寅刊本。
② 同上。

《山海经》中的这段记载还有几种不同的版本，據清人郝懿行《山海经笺疏》：

> 案《水經·湘水注》引此經"淵"作"浦"，《思玄賦》舊注引作"是常遊江川澧沅之側，交遊瀟湘之淵"。李善注謝朓《新亭渚別範零陵詩》引作"是常遊於江淵，澧沅風交瀟湘之川"。《初學記》引云"沅澧之交，瀟湘之淵"。并與今本異也。①

《山海經》中"是常遊於江淵，澧沅之風，交瀟湘之淵"一句歷代文獻中有五種不同的記載，除郭璞所注的通行本之外，又作"瀟湘之浦"，又作"是常遊江川澧沅之側，交遊瀟湘之淵"，又作"是常遊於江淵，澧沅風交瀟湘之川"，又作"沅澧之交，瀟湘之淵"。以下分別考述之。

酈道元《水經注·湘水》在注"又北過羅縣西，湞水從東來流注之"一句時，引《山海經》云：

> 洞庭之山，帝之二女居焉。沅澧之風，交瀟湘之浦，出入多飄風暴雨。②

與郭璞注本有"淵"與"浦"字之異，一作水深處，一作水岸邊，無論取何種意義，都不難理解"瀟湘"與"沅澧"的對應關係，"沅澧"爲二水名無異議，"瀟湘"也當爲二水名。

不過，同樣是在《水經·湘水注》中，酈道元在注"又北過下雋縣西，微水從東來流注之"時却爲"瀟湘"作出了不同的解釋。其文如下：

> 言大舜之陟方也，二妃從征，溺於湘江，神遊洞庭之淵，出入瀟湘之浦。瀟者，水清深也。《湘中記》曰：湘川清照五六丈，下見底，石如摴蒱矢，五色鮮明，白沙如霜雪，亦崖若朝霞，是納瀟湘之

---

① （清）郝懿行：《山海經笺疏》第5，《四部叢刊續編》景郝氏遺書本。
② （魏）酈道元撰，（清）王先謙校：《水經注》卷38，《四部叢刊續編》景長沙王氏合刊本。

名矣。①

此段將"瀟湘"之"瀟"當作形容詞，意爲水清深，"瀟湘"即指清深
的湘江。此段"瀟湘"一語明顯也出自《山海經》，但此處酈道元將"瀟
湘"與"洞庭"相對，而將"沅澧"删去。洞庭乃一湖，"瀟湘"既與
之相對，則必僅指一水，故此以"瀟"作"湘"的修飾語才説得通。而
其下文立馬引入《湘中記》"瀟湘"之名來歷説，似是力證，然其中謹慎
而自疑的微妙心態也有可捉摸之處。總之，以此處對"瀟湘"的解釋反
推上文之"沅澧之風""瀟湘之浦"，終覺不妥。

《文選》中張衡《思玄賦》云："哀二妃之未從兮，翩繽處彼湘濱。"
李善舊注如下：

> 二妃，堯之二女也。善曰：《禮記》曰："舜葬蒼梧之野。蓋二
> 妃未之從也。"鄭玄曰："《離騷》所謂歌湘夫人也。舜南巡狩死於蒼
> 梧，二妃留江湘之間，濱水湄也。"《山海經》曰："洞庭之山多黃
> 金，其下多銀鐵，帝之二女是常遊江川澧沅之測，交遊瀟湘之淵，在
> 九江之間，出入必以飄風暴雨。"……②

此處《山海經》中"江淵"作"江川"，"澧沅之風"作"澧沅之測"，
"交瀟湘之淵"作"交遊瀟湘之淵"，不同之處較多。從二女"常遊江川
澧沅之測""交遊瀟湘之淵"句意來看，兩句類似互文，是指二女在江、
澧、沅、瀟、湘數水之江岸或深處交遊。而"澧沅之測"又與鄭玄之
"二妃留江湘之間，濱水湄也"保持一致，其意恰爲"翩繽處彼湘濱"之
出處。

又李善注《文選》中謝朓詩《新亭渚別范零陵詩》"洞庭張樂地，瀟
湘帝子遊"一句，引《山海經》云：

---

① （南朝魏）酈道元撰，（清）王先謙校：《水經注》卷38，《四部叢刊續編》景長沙王氏
合刊本。

② （南朝梁）蕭統編，（唐）李善注：《文選》，上海古籍出版社1986年版，第651頁。

洞庭之山，帝之二女居之，是常遊於江淵，澧沅風交瀟湘之川。①

最末一句差異較大，但其澧沅與瀟湘風氣相通，二女遊於其間的大意是不難理解的。而其又引郭璞注云：

言二女遊戲江之淵府，則能鼓動五江，令風波之氣，共相交通。言其靈響也。②

將郭璞注《山海經》中之"三江"改而爲"五江"，"三"與"五"就字形言，確有易相混之可能。《山海經》原文當中也的確出現了江、澧、沅、瀟、湘五江之名，則説明李善或已察出郭璞注不合情理的地方，故加以改動。

唐人徐堅《初學記》卷八《江南道》第十"地道、江門"條曰：

《山海經》曰：洞庭山，帝女居之，其上沅澧之交，瀟湘之源，是在九江之門。③

此條引自中華書局 1962 年出版的校點本，其底本是清朝古香齋袖珍本，參以安國的桂坡館刻本與嚴可均、陸心源的校錄本。古香齋本作"瀟湘之源"，安本作"瀟湘之淵"，嚴、陸校本作"其山沅澧之交，瀟湘之泉"。《初學記》本身對這一條目的記載就十分複雜，難以考辨，不過無論是作"淵"還是"源"或"泉"，都可作源頭理解。而徐堅所引《山海經》此條是爲解釋"江門"，其意在説明洞庭乃九江之門，而其引用内容與郭璞注本的《山海經》原文差別較大，大概其引用并非那麼嚴格，僅是取意而已。

歷代文獻對《山海經》中"瀟湘"一段文字的引用各有不同，然都

① （魏）酈道元撰，（清）王先謙校：《水經注》卷20，《四部叢刊續編》景長沙王氏合刊本。
② （魏）酈道元撰，（清）王先謙校：《水經注》卷20，《四部叢刊續編》景長沙王氏合刊本。
③ （唐）徐堅：《初學記》，中華書局 1962 年版，第 190 頁。

是在爲自己所要説明或注解的問題作引證，都有一些"六經注我"的意思在裏面。既然"注我"是重心，則是否嚴格遵"經"反而不太重要了，故此也難免有"改經以注我"的可能在内。以上五種記載，除《水經·湘水注》明確以"瀟"爲"湘"之修飾語外，對其他四種的理解，皆應將"瀟"與"湘"并列，解爲水名。不過《水經注·湘水》既是爲湘水作注，作注者難免著力於湘而忽略其他。而"瀟"與"湘"究竟當作何解，則需從對這两個字的具體考證中來判別。

對於"瀟"字的最早記載，除了《山海經》中的"瀟湘"外，還有《詩經·鄭風·風雨》："風雨瀟瀟，雞鳴膠膠。既見君子，云胡不瘳？"毛詩注云："瀟瀟，暴疾也。"

《説文解字》中無"瀟"字記載，在《山海經》《湘中記》等其他文獻中出現過的"瀟湘"皆被"潚湘"代替。

《説文解字》云："潚，深清也。從水肅聲。"段玉裁注云：

> 謂深且清也。《中山經》曰"澧沅之風，交瀟湘之浦。"《水經》中記云："湘川清照五六丈，下見底，石如摴蒲矢，五色鮮明，是納瀟湘之名矣。"據善長説則瀟湘者，猶云清湘。其字，讀如肅，亦讀如蕭。自景純注《中山經》云："瀟水，今所在未詳。"始别瀟湘爲二水。俗又改潚爲瀟，其謬日甚矣。《詩·鄭風·風雨》"瀟瀟"，毛云"暴疾"也。《羽獵賦》"風廉雲師，吸嚊潚率"，《二京賦》"飛罕潚箭"，《思玄賦》"迅猋潚其媵我"，義皆與毛傳同。水之清者多駛，《方言》云："清，急也。"是則《説文》《毛傳》二義相因。①

段玉裁觀點與酈道元（字善長）同，故責郭璞（字景純）拈出"瀟水"二字以作水名，又責後人將"潚"皆改爲"瀟"。

段玉裁另著有《詩經小學》，其中"風雨瀟瀟"一句自然是作"風雨潚潚"，其解説與注《説文解字》基本相同，只是加上其字讀音説明云："入聲音肅，平聲音修，在第三部轉入第二部，音宵，俗本誤爲瀟。"且

---

① （清）段玉裁：《説文解字注》第十一篇上，載《段玉裁全書》，江蘇人民出版社 2015年版。

在最末又云："玉裁見明刻舊本毛詩作瀟。"①

段玉裁在《詩經小學》中的訓詁可以解釋其在《説文解字注》中的兩個問題：一是"瀟"又讀作"宵"的問題，二是段氏改"瀟"爲"瀟"説法出於何處的問題。然而仍有可疑之處。

《説文解字》謂瀟從水肅聲，而段氏謂瀟亦讀如瀟。其説在此之前無考，僅見於段氏。段氏肯定考慮到了"風雨瀟瀟，雞鳴膠膠"的韻脚問題，"瀟"必須讀爲"宵"才能合韻，故將"瀟"加上"宵"之讀音。而段氏將"瀟"皆改爲"瀟"的理由是其曾見明代舊本毛詩作"瀟"。筆者檢索了段玉裁之前的《詩》之各本，幾乎皆作"瀟"，當然這并非否認段氏見過作"瀟"的本子，但是若以見過明代一舊本《毛詩》作"瀟"，且《説文解字》中無"瀟"有"瀟"，即將歷史文獻中所有的"瀟"皆改爲"瀟"，則不免讓人生疑。

爲厘清"瀟"與"瀟"的關係，段氏將歷代文獻既改讀音又改字形。其實何必如此麻煩，如若直將"瀟"視作"瀟"的通假，豈非各本皆通。而這種情況在《詩經》中也十分常見，後文將要提到的"湘"與"鬺"即是如此。

"瀟"與"瀟"之間的關係看似複雜，字義皆爲清深，字形僅一草頭之異，而兩字各自的源頭却難於辨別，甚至有同源之可能，本是一字之二形。因爲兩字淵源實在難於考辨，段氏在得見明代舊本時大概有清廓之感，故決然棄"瀟"取"瀟"，只是此舉實有欠妥之處。

我們現在意義上的"瀟水"，在《説文解字注》中被稱爲"深水"。《説文解字》云："深，深水。出桂陽南平西入營道。"段玉裁注云：

> 桂陽郡南平、零陵郡營道二志，同今湖南桂陽州藍山縣，縣東五里有南平城。《水經》曰"深水出桂陽盧聚西北，過零陵營道縣、營浦縣、泉陵縣，至燕室邪入於湘。"酈云："桂陽縣本隸桂陽郡，後割屬始興縣，有盧溪盧聚山，在南平縣之南，九疑山之東。"玉裁謂盧聚山在南平之南，經舉其遠源，許舉其近源，洭出盧聚，南流入海，深出盧聚，西北流入湘以入江，是分馳不同也。《湘水篇》、經

---

① （清）段玉裁：《詩經小學》卷 1，載《段玉裁全書》，江蘇人民出版社 2015 年版。

注皆不言深水，蓋呂忱言深水導源盧溪，西入營水，亂流營波，同注湘津，故《湘水篇》言營不言深耳。今深營二水源委未聞，漢營道、營浦縣皆氏於水，以《字林》訂《説文》，則當作入營，不必有道字，泉陵縣即今湖南永州府零陵縣，今瀟水合諸水於此入湘，深水、營水在其中矣。①

以水流走向來看，《説文》中的"深水"的確就是現今的"瀟水"。既然"瀟""瀟"意爲清深，則"深水"與"瀟水"本爲一水之二名，"瀟水"因合於《山海經》之出典，且常"瀟湘"合稱形成經典意象，傳誦更廣，故沿用至今。

與"瀟"字相比，"湘"字的淵源要清楚很多，其出處亦最早見於《山海經》與《詩經》。

《山海經·海內東經》："湘水出舜葬東南陬，西環之。入洞庭下。一曰東南西澤。"其中"湘水"所指明確，即現今所稱之湘江，亦即"瀟湘"之"湘"。

《詩經·召南·采蘋》："於以湘之？維錡及釜。"毛詩曰："湘，亨也。"鄭玄注曰："湘，息良反。亨，本又作烹，同普更反，煮也。"② 而《韓詩》此句作"於以鬺之"，鬺，《韓詩》各注疏解爲煮而獻之上帝鬼神也。現多認爲毛詩以"湘"假借"鬺"，無疑。則《詩經》中的"湘"與"瀟湘"之"湘"并無關係。

又《説文解字》載湘水云："湘，湘水，出零陵縣，陽海山北入江。"則湘字之來源無疑。

"瀟湘"一詞雖早現於先秦，但是真正在文學作品中被大量使用却是從魏晉南北朝開始的，如曹植《雜詩》有句：

　　南國有佳人，容華若桃李。朝遊江北岸，夕宿瀟湘沚。③

---

① （清）段玉裁：《説文解字注》第十一篇上，《段玉裁全書》，江蘇人民出版社 2015 年版。
② （漢）毛亨傳，鄭玄箋，陸德明音義：《毛詩》，《四部叢刊》本。
③ （魏）曹植著，趙幼文校注：《曹植集校注》，人民文學出版社 1984 年版，第 387 頁。

柳惲《江南曲》有句：

　　　汀洲採白蘋，日落江南春。洞庭有歸客，瀟湘逢故人。①

裴子野《丹陽尹湘東王善政碑》有句：

　　　并包九域，畫野分疆，猗歟帝子，日就月將，疏爵分品，奄有瀟
湘。
　　　……②

　　這一時期"瀟湘"的使用已有泛化之義，如曹植詩既與"江北"相
對，其範圍則不限於瀟水與湘水兩河流域了，甚至可廣指江南；柳惲詩用
互文，與"洞庭"相對，其意義實與"洞庭"相同，皆是指代湖湘；裴
子野之文則分明是指代湖南了（此湖南指洞庭湖以南五嶺以北之境，與
今湖南政區相區別）。文人用"瀟湘"一詞來代替早前常見的"沅湘"一
詞③，其中有一個重要的原因在於南北朝時期文學家對於詩歌音律當中
"雙聲"自覺運用意識的覺醒。《南史》有載："王玄謨問莊：'何者爲雙
聲，何者爲疊韻？'答曰：'玄護爲雙聲，磝碻爲疊韻。'"④《文心雕龍·
聲律》亦云："凡聲有飛沉，響有雙疊。雙聲隔字而每舛，疊韻雜句而必
睽。沉則響發而斷，飛則聲颺不還。"⑤可見至少在南北朝時期，雙聲已
普遍地爲士大夫所重視。而"瀟湘"作爲雙聲詞，自然而然地更易受到
文人的喜愛，頻繁地出現在文學作品當中。
　　在唐宋文學作品當中，"瀟湘"更徹底地跳脫出地理範圍的限制，被
抽象地意象化了。這首先表現在詩人以"瀟湘"爲美景的代名詞，如晚

_____

① （唐）歐陽詢編，汪紹楹校：《藝文類聚》卷42，上海古籍出版社1985年版，第763頁。
② （唐）歐陽詢編，汪紹楹校：《藝文類聚》卷42，上海古籍出版社1985年版，，第943頁。
③ 衣若芬：《雲影天光——瀟湘山水之畫意與詩情》，里仁書局2013年版，第55頁。
④ （唐）李延壽：《南史》，中華書局1975年版，第554頁。
⑤ （南朝梁）劉勰著，黃叔琳注：《文心雕龍》，浙江古籍出版社2011年版，第119頁。

唐温庭筠《南湖》"蘆葉有聲疑霧雨，浪花無際似瀟湘"①，將南湖比作
瀟湘，在於南湖的蘆葉、霧雨和浪花無際與瀟湘標志性的水氣迷蒙之色有
相似之處，則此處的"瀟湘"已非地理名詞之"瀟湘"了，而是一個優
美景致的參照標準。

此外是以"瀟湘"爲圖畫或以圖畫爲"瀟湘"。前者如北宋張先《河
滿子·陪杭守泛湖夜遊》："遊舸已如圖障裏，小屏猶畫瀟湘。"② 張先與
友人遊覽的明明是實景，却稱之爲"小屏畫"，是以景爲畫，當然此處之
"瀟湘"也并非真正的瀟湘，而是景致與瀟湘一樣美麗的西湖。又如釋師
體《頌古十首》其三："渾身無處著，驛路倒騎驢。覽盡瀟湘景，和船入
畫圖。"③ 詩人所遊覽的是瀟湘實景，其乘船進入的也是真實的瀟湘河流，
但其以"入畫圖"來形容瀟湘之景美如畫，則是以實景爲圖畫。後者如
黃庭堅《題鄭防畫夾五首》其一："惠崇煙雨歸雁，坐我瀟湘洞庭。欲喚
扁舟歸去，故人言是丹青。"④ 黃庭堅所見是畫，却有坐遊之意，且因之
生出動作與聲音來，則是以圖畫爲瀟湘。"瀟湘"在實景與圖畫之間的自
由切換大概也是後來"瀟湘八景"得以風靡的重要基礎。

之後，甚至以"瀟湘"爲音樂。張耒詩《和子瞻西太一宮詞二首》
其二："玉斝清晨薦酒，天風静夜飄香。鳳吹管截孤竹，琴弦曲奏瀟
湘。"⑤ 這裏的"瀟湘"既非景物亦非圖畫，而是一種音樂，則知"瀟
湘"已然完全意象化了。

可以説"瀟湘"在唐人那裏完成了由具象到抽象的轉變，在宋人那
裏已經有了成熟的意象内涵。

儘管"瀟湘"最初所指是實地，然而"瀟湘"所指的具體地點從來
就是模糊的，對於"瀟湘"所指，在歷史上一般有三種説法：一是瀟水
與湘水交匯處；二是瀟水與湘水流域；三是泛指湖南。同時，"瀟湘"的

---

① （唐）温庭筠著，（清）曾益等箋注：《温飛卿詩集箋注》，上海古籍出版社 1980 年版，
第 83 頁。

② （宋）張先：《安陸集》，清文淵閣《四庫全書》本。

③ 《全宋詩》第 35 册，北京大學出版社 1998 年版，第 22335 頁。

④ （宋）黃庭堅著，任淵等注，黃寶華點校：《山谷詩集注》，上海古籍出版社 2003 年版，
第 174 頁。

⑤ （宋）張耒著，李逸安等點校：《張耒集》，中華書局 1990 年版，第 461 頁。

字義也是不明確的，正如衣若芬所言："'瀟湘'的語詞涵義不能僅憑字書，也無法完全受地理書的空間位置所規範，尤其是字書和地理書中缺席的'瀟'字，明明早就存在於文學作品中，却因爲不見於《説文解字》和《廣韻》中而顯得定義含糊。"① 地理位置與字義的曖昧不明本就讓"瀟湘"二字多出了許多的神秘感，而湖南風光以煙雲水霧聞名的特色也恰與這種曖昧、神秘相符，更遑論帝女殉夫與屈子投河之史傳所營造出來的那種剪不斷理還亂的哀凄之風，這些都爲"瀟湘"從一個地理名詞轉變成一個重要的文學意象提供了重要的意義元素。"瀟湘"意象的核心内涵包括煙雲美景、離愁別緒、遷客幽思、漁隱之情等數種，而這些要素皆有一個共同的特點，即非濃烈的而是淺淡的，景致是淺淡若無的水雲，情感亦是淺淡無傷的幽懷，淺淡恐怕是"瀟湘"最重要的特點了。

二　"八景"意義内涵的淵源

"八景"其詞的出現晚於"瀟湘"。在"瀟湘八景"出現之前，"八景"一詞最常見於魏晋時期的道教典籍當中，是道教體繫當中一個重要的概念，以"八景"爲名的典籍即有《上清八景飛經》《太山八景神丹經》諸類，又有《赤書八景晨圖》等稱。"八景"在道教系統裏的意義指向并不單一，如《太上老君内觀經》云："人受其生。始一月爲胞精，血凝也；二月爲胎形，兆胚也；……八月八景神具降，真靈也；九月宫室羅布，以定精也；十月氣足，萬象成也。"② 此處"八景"似是指在母胎中發育起來的人的八種知覺。《玉清無極總真文昌大洞仙經》又載："八景，八門，皆身中所具之門户，爲神氣之所出入。"③ 指的是人身體上眼、鼻、耳、口等八個孔穴或八個器官，認爲人通過這八個器官來感知外物。此與《太上老君内觀經》所謂之"八景"相契，屬於人的生理範疇，此與本書所論之"八景"關係不大。

道教系統里"八景"的另外一個意義指向與時間相關，《上清金真玉光八景飛經》載："立春之日……元景行道受仙之日也；春分之日……始

---

① 衣若芬：《雲影天光——瀟湘山水之畫意與詩情》，里仁書局 2013 年版，第 56 頁。
② （宋）張君房：《雲笈七籤》卷 17，明《正統道藏》本。
③ （元）衛琪：《玉清無極總真文昌大洞仙經》卷 4，明《正統道藏》本。

景行道受仙之日也……"① 等等，除了立春與春分之外，以下還分別列舉
了八種節氣，即讓一年當中非常重要的立春、春分、立夏、夏至、立秋、
秋分、立冬、冬至八種節氣，與元景、始景、玄景、虛景、真景、明景、
洞景、清景的八景形成對應關係。而此八景被解釋爲在八個行道受仙的最
佳時間里呈現出來的八種自然景象。這八種景象乃與時間相關，而後來文
學上的八景也表現出與時間的相關性，如 "瀟湘八景" 中的 "洞庭秋月"
"江天暮雪" 等則是與時節相關的景象，不過總體而言，各地的 "八景"
主要還是強調各景在空間上的特殊審美性，在時間上的特點并不是那麼明
顯。但是道教系統里八景也由八時之景引申到八方之景，《三一九宮法》
云："太上所以出極八景，入駿瓊軒，玉女三千，侍真扶輦，靈犯俠唱，
神後執巾者，實守雌一之道，用以高會玄晨也。"② 此處 "八景" 則有天
下八方之景的意思，已是空間概念，此外，道教典籍與遊仙詩歌當中常常
出現 "八景輿"，此則是指一種可以任意行遊八方的仙車，如《王母贈魏
夫人歌》云："驾我八景輿，欻然入玉清。"③ 此種意義應該是從上一條
"出極八景"，即極窮八方景物的意義中引申而來的。

　　"八景" 之詞在道教典籍當中出現的頻率相當之高，其意義所指也比
較複雜，并不僅限於以上所舉之三例。則道教裏 "八景" 的內涵也有其
豐富性與演化過程，而其中第二種意義雖是指修行之時所達到的一定的心
靈境界，但其以景名之，已顯示出其在視覺上的直觀性，而由此引申出來
的八方之景則與方位相關，雖亦是道教里特有的空間概念，但已與現實世
界或者説俗世地理概念上的八景十分接近了。退一步説，從意義上來看，
"瀟湘八景" 之 "八景" 似與道教 "八景" 雖無直接聯繫，不過 "瀟湘
八景" 以 "八" 爲限，而非 "七景" "九景" 或是其他任意數值，則有
讓人思考的地方。其實在道教體繫當中，"八景" 無論是指人的感知，或
是天下八方各地，其特點都在於多而廣。"瀟湘八景" 取數爲 "八" 首先
所指當然亦是在其多，爲表達其境内各地景色的豐富性。從這一點來看，
二者亦有不容忽視的關聯。此外，"八景" 雖多，且各不相同，而其前提

① （唐）陸海羽：《三洞珠囊》卷 9，明《正統道藏》本。
② （唐）陸海羽：《三洞珠囊》卷 50，明《正統道藏》本。
③ （宋）張君房：《雲笈七籤》卷 96，明《正統道藏》本。

是同出一源，只在於"瀟湘"，此則又與道家"八景"所謂"上景八神，一合入身"有相似之處。而對於這一點，衣若芬在探討蘇軾《虔州八境圖八首》時，由蘇子詩序引出"八境實出於一，由一生八乃自然氣候、觀覽視點與人情緒變化而來"的結論，亦與之相類。

　　前輩學者對於"瀟湘八景"取數爲"八"亦曾有過探討，比較有代表性的仍是衣若芬的觀點。她首先指出中國文人對於"風景"概念的意識始於魏晉南北朝，"'瀟湘八景'的八個取景觀點根植於六朝山水文學會傳統"，"'瀟湘八景'的偶數形式，兩相對仗以及近乎押韻的題名內容，顯示近體詩格律完成後對於群組數目結構概念的影響"，[①]其從"風景"概念的出現與六朝詩歌形式的確立來推導"八景"的選定，提法新穎而有説服力。不過，同樣是上溯到魏晉南北朝，既然釐清了比較抽象的概念及文學形式與"八景"之間的邏輯關係，那麼認爲"瀟湘八景"中的"八景"是對道教"八景"在詞語上進行直接借鑒的觀點應當也是成立的。

三　"瀟湘八景"的泛化與俗化

　　"瀟湘八景"出現之時，"八景"所指其實與當時的"瀟湘"一樣，皆是湖湘景色，不過後來"八景"之意也有所演化。其演化朝著兩個方向發展，一是與"瀟湘"一樣，既指湖湘實景，亦指相關圖畫；二是發展至全國乃至東亞，各地皆有"八景"之稱，而在數值上並非以"八"爲限，出現了"十景""十二景"甚至"二十四景"之數。

　　以八景爲圖畫者如衛樵《澹巖》其二曰："慚愧州家一事無，薄遊還愛小蓬壺。若憑妙筆丹青寫，應勝從來八景圖。"[②]此處的"八景圖"應是"瀟湘八景圖"的省略説法，是實指圖畫。

　　又戴復古《九日登裴公亭，得"無災可避自登山"之句，何季皋、滕審言爲之擊節，足以成篇》有句："心懷屈賈千年上，身在瀟湘八景間。"[③]此"八景"則是指湖湘實景，是由瀟湘八景泛指湖湘景物。

① 衣若芬：《雲影天光——瀟湘山水之畫意與詩情》，里仁書局2013年版，第89—91頁。
② 《全宋詩》第59冊，北京大學出版社1998年版，第37220頁。
③ 《全宋詩》第54冊，北京大學出版社1998年版，第33573頁。

　　而晁冲之《與秦少章題漢江遠帆五首》其一曰："楚山全控蜀，漢水半吞吳。老眼知佳處，曾看八景圖。"① 此 "八景圖" 可以是實指 "瀟湘八景圖" 的繪畫作品，但是也可以是指代瀟湘八景的實際景觀，對其解讀可以從兩個角度進行。

　　又如朱㲷《畫不如亭》有句："環遶皆山遠勝滁，地無炎瘴氣清虛。十亭留詠誇前輩，八景搜奇出故墟。拍岸驚濤通海道，插天峭壁壯侯居。煙雲變態無窮極，百幅生綃畫不如。"② 詩人在題後自注 "連州"，則此詩所寫乃廣東的沿海城市，其中亦稱 "八景" 之奇，此 "八景" 已分明不是瀟湘景致，而是連州風光，則八景之稱在宋時已非瀟湘獨有，可用以指各地美景了。

　　自宋之後， "八景" 更爲泛濫，幾乎無地不有 "八景"，無地不爲 "八景" 賦詩。不僅各路各省爭相效仿，皆選 "八景"，各州各縣也皆擬 "八景" 之名，一層一級地往下，甚至小到一座園林、一個寺廟、一所書院都能有八景之説，故而全國上下各式各樣的 "八景" 層層疊疊，以大套小，以新替舊，不可勝記。"八景" 在這種泛化的過程中所産生的新變是不再單單以自然景觀爲對象，而是擴大到歷史文化甚至俗常的生産活動之中，即最初的 "八景" 多以日月星辰、風雨雪月、江湖山川、花樹魚鳥等自然景物爲内容，後來發展到聞人遺跡、舊閣名樓、寺廟道觀，甚至牧耕漁樵、桑麻民居等皆可作爲 "八景" 的内容。所以説 "八景" 的泛化不僅表現在數量上的無窮增長，也表現在内容上的無限擴大，而這種泛化也一定程度上促成了 "八景" 的俗化。

　　在 "八景" 的泛化過程中，還有一個不容忽視的問題需要説明，即爲促進 "八景" 泛化作出最典型貢獻的是 "八景" 幾乎作爲定例進入各地方志當中。時間上同樣是宋代爲節點，在此之後，各地絶大多數的方志當中皆有 "八景" 的記載，記録 "八景" 成爲各地編纂地方志的一個不可或缺的内容。地方志里的 "八景" 主要出現在 "形勝"（山川）、"古跡""藝文" 三門之中，"形勝" 與 "古跡" 二門的介紹主要包括其地八景的由來與構成情況，且一般配有代表性的對應詩歌，"藝文" 一門是地

① （宋）晁冲之：《晁具茨先生詩集》，中華書局 1985 年版，第 59 頁。
② 《全宋詩》第 72 册，北京大學出版社 1998 年版，第 45283 頁。

方志中專門記錄一地詩文的部分，這其中則不乏以當地“八景”爲題而創作的詩歌。因爲地方志這種編寫形式的形成，更加促進了各地“八景”的塑構與詩歌書寫的繁榮。其中最爲極端的例子是明朝萬曆年間，朝廷頒布詔令讓各地呈報“八景”，這使得一些本來沒有“八景”的地方也不得不臨時選定或者拼湊“八景”，在進行一番包裝之後上報給朝廷，這種以國家力量來干預地方名勝“創造”的過程雖說成就了“八景”文化的繁榮頂峰，然而却也讓“八景”之名徹底地泛化與俗化了。“八景”之名已與最初詩畫藝術家在遇到瀟湘美景之時提筆立就、脱口而出的自然冲動無關了，而逐漸流爲各地生搬硬套、生拼硬凑以附風雅的俗物。故而到了明清，“八景”之泛已經到了讓人厭惡的地步，《四庫全書總目》對清人張聖誥的《登封縣志》的相關評語可説明一二：“體例與他志略同。惟他志景必有八，八景之詩必七律，最爲惡習。聖誥力破是例，差有識雲。”①四庫館臣稱許張聖誥的縣志在於其能力破撰志必有“八景”的“惡習”，則可見時至清代，爲各地選取“八景”并以詩附之已是一成不變的俗例，而“八景”之多已讓人厭煩，全成“惡習”，竟是無一點討喜之處。

　　以上即是“瀟湘”與“八景”各自的淵源與流變，分別來看，“瀟湘”比“八景”的歷史更加悠長，藝術内涵也更爲豐富，這與其各自所負載文明傳統的厚重度不無關係。不過，無論如何，此二者在宋代的合體帶動了一時文藝盛況，并生發了長久的藝術生長力與廣泛的文化影響力，直至今日，仍以各種形式向世人展示著其無比的文化魅力，這才是其最重要的現實意義所在。

---

① 　（清）永瑢：《四庫全書總目》卷74，清乾隆武英殿刻本。

第七章　瀟湘傳統人文意象與歷史人文景觀

　　中國古典文學中總是有著豐富的各類意象，而地域意象則是其中十分重要的一個類型，致使文人在處於某一地域或是要就某地域進行文學書寫之時，該地域的意象則自然而然地涌上心頭，流於創作當中。消極地説，意象不免類型化之嫌，附著於一定地域的文學意象若是過分使用，會讓人產生陳詞爛調之感，不過也正是因爲這些意象的存在，讓不同地域之間的文學可以更加鮮明地相互區別，各自顯出獨一無二的特色來。勒内·韋勒克等認爲："在心理學中，'意象'一詞表示有關過去的感受或知覺上的經驗在心中的重現或回憶，而這種重現和回憶未必一定是視覺上的。"①簡單來説，"意象"是客觀之"象"與主觀之"意"的結合，因此意象的範圍很廣，事間萬事萬物若加諸人類主觀的意識或闡釋皆可稱之爲意象。具體到湖湘文學作品當中，瀟湘意象的指涉也很龐雜，若要分類，大致可分爲自然意象、自然與人文相結合的意象以及傳統人文意象三種。其中自然意象主要指融入創作者主觀情緒的自然景物，如第六章探討的"瀟湘八景"即主要屬於自然意象；自然與人文相結合的意象主要是指在自然景物之上加諸人爲的改造，使其在具備視覺審美特色的同時承載著某種人類文明，并作爲一個新的形象出現在文學作品當中，如下一章將要重點考察的瀟湘石刻即是此種類型；傳統人文意象則是在視覺之外，由歷史精神文明遺留下來的存在於人們意識當中的形象，如本章將要重點探討的瀟湘意象即屬於這一範疇。

　　瀟湘傳統人文意象大多與視覺無關，而是歷史文明的積累在創作者心

　　① ［美］勒内·韋勒克、奧斯丁·沃倫：《文學理論》，劉象愚等譯，文化藝術出版社 2010年版，第 204 頁。

中留下的印跡，是無數前人"過去的感受或知覺的經驗"在創作者心中的重現。湖湘文學當中的許多核心意象淵源久遠，上古即已有之，經過歷代的積累，在宋代已形成相對類型化的意象群組，這些意象在宋詩中的呈現，成爲湖湘最具特色的歷史人文景觀。

"瀟湘"是湖湘文學當中最爲重要的意象之一，其意象内涵首先是指地點與其地獨特的自然風光，之後又并入許多的人文元素，使得其意義内涵在歷史積累中變得十分豐富。"瀟湘"意象所涉範圍之廣與包融内涵之複雜可爲湖湘文學當中各類意象之統稱。故本書將湖湘文學當中的各類傳統人文意象統稱爲"瀟湘意象群"。總的來説，瀟湘意象群大致可分爲三大系統：一是以帝舜與湘妃爲代表的意象系統，此意象系統源出於《尚書·堯典》與《山海經》，代表著儒家正面的積極的士人風貌；二是以屈賈與柳子爲代表的意象系統，此意象系統最早源出於屈原在騷賦中的疏離幽思，後得漢唐賈誼與柳宗元等遷客抒懷補充，終成一組主要表達貶謫愁緒的意象，代表著一種人在江湖而心繫廟堂的遷客幽懷；三是以漁父與桃源爲代表的意象系統，漁父意象亦出於屈子《楚辭》，之後又并入始出於東晉陶淵明的桃源意象，共同代表著遠離廟堂縱心江湖的逸者心聲。儘管本書將瀟湘意象群劃分爲三大意象系統，但是三組意象系統之間并不是完全隔絕的關係，相反，是密切相關的。首先，三大意象系統皆屬於瀟湘，而"瀟湘"在中國古典文學當中本就是一個意象，故三大意象系統内的意象内涵皆帶有"瀟湘"意象的總體風貌，換句話説，"瀟湘"爲母意象，而三大意象系統内的意象爲子意象。其次，湘妃與帝舜、屈賈與柳子、漁父與桃源皆是三大意象系統的代表，也就是最爲核心的意象，却非瀟湘意象的全部，另外如湘妃與帝舜意象系統下還有斑竹、九疑、蒼梧等子意象，屈賈與柳子意象系統下還有汨羅、愚溪、鵩鳥、鷓鴣、杜宇、雁等意象。再次，關於漁父意象，嚴格地來説應當是屈原意象下的子意象，不過因爲後代的文學作品在提及屈原之時，主要是發遷人之思，而漁父所表達的是隱者形象，故而從屈子意象中漸漸獨立出來，成爲與屈子相并列的意象。

當然，除了以上所舉三大意象系統之外，瀟湘意象群中還包含許多其他意象，如岳州的洞庭、君山、岳陽樓，衡山的祝融，耒陽的杜公部祠，以及湘中各地的名剎古寺，等等，皆作爲傳統意象大量地出現在宋詩當中，但是因爲上文所舉的三大意象系統分別代表著古代儒家士子堅持道統主流以及貶謫與隱逸三個基本狀態，故而進行重點探討，對其他意象則不作具體論述。

下列示意圖大致可以說明瀟湘意象群的基本關係：

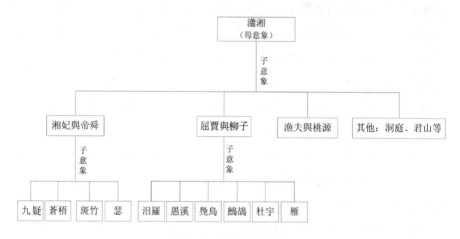

圖 7.1　瀟湘意象關係

最後需要指出的是，三大意象系統之間也存在著邏輯聯繫，如歸隱之意的產生往往來自兩種外界的刺激或是引導，一是仕途的不暢，一是受山川形勝的浸潤，此二者皆有可能引發士子的歸隱之心。正如流離於野的謫臣往往更能產生歸隱之意；湖湘山水之色對士人的誘導亦是詩人目遇瀟湘之後頓生隱意的重要因素。也就是說，很多時候，詩人借助瀟湘景致或屈賈柳子意象系統所傳達的情感會成爲引發漁父桃源意象呈現的直接原因，故而，具體到文學作品，一首詩歌當中同時出現多個系統的意象是很正常的。

上文所分的三類意象在宋人的詩歌當中大量地出現，然而它們都并非宋人首創，而是取自前人經驗。真實情況是，宋人在進入湖湘看到湖湘景物之時，前人"陳見"即同時浮現眼前，不帶絲毫刻意，這在文學創作上形成了一種歷史的慣性。以下將從這種歷史慣性的源頭及宋人對這種慣性的順承與反叛分別進行探討。

第一節　湘妃與帝舜意象系統

一　湘妃與帝舜意象的起源

"瀟湘"作爲湖湘文學的母意象，在本書第六章當中已有相關闡述，故本章不再贅述，而直接論述其子意象。與瀟湘意象首先相關的是湘妃與帝舜。帝舜，是中國上古五帝中最後一位，姓姚，名重華，因其先祖國於虞，故又稱虞舜。湘妃是指帝舜的两位妻子娥皇和女英，葬於湘水，故称湘妃，又因二人皆是堯帝之女，故又稱帝子。《尚書·堯典》記載了帝舜與二妃之事：

> 師錫帝曰："有鰥在下，曰虞舜。"帝曰："俞？予聞，如何？"岳曰："瞽子，父頑，母嚚，象傲；克諧以孝，烝烝乂不格姦。"帝曰："我其試哉。"女於時，觀厥刑於二女。釐降二女於嬀汭，嬪於虞。帝曰："欽哉。"①

這段對話主要是記述堯帝向諸臣求賢禪位之事，衆臣向堯推舉虞舜，并備述虞舜之德。堯帝聞言，於是將两個女兒嫁給舜以試驗他的德行與處事能力，最終舜通過了堯的考驗，繼承了堯帝的禪位。其中四岳之臣所言即是舜之大德，對此，孔安國傳曰：

> 無目曰瞽，舜父有目不能分別好惡，故時人謂之瞽，配字曰瞍。瞍，無目之稱。心不則德義之經爲頑。象，舜弟之字，傲慢不友，言并惡。……諧和烝進也，言能以至孝和諧頑嚚昏傲，使進進以善自治，不至於姦惡。……言欲試舜觀其行跡。……堯於是以二女妻舜，觀其法度接二女，以治家觀治國。……舜爲匹夫，能以義理下帝女之心於所居嬀水之汭，使行婦道於虞氏。②

---

① 孔安國注，孔穎達正義：《尚書注疏》卷1，載阮元《十三經注疏》，中華書局1980年版。
② 同上。

又孔穎達正義云：

> 舜仕堯朝，不家在於京師，而令二女歸虞者，蓋舜以大孝示法，使妻歸事於其親。以帝之賢女事頑嚚舅姑，美其能行婦道，故云嬪於虞。①

借助孔安國傳與孔穎達疏，可以比較全面地理解《尚書·堯典》中所呈現的帝舜與二妃的形象。舜的父親不辨是非且行事荒唐無則，母親奸詐而頑固，弟弟傲慢而毫無兄弟恭友之心，處在這樣的家庭之中，舜仍然能夠對父母行以大孝，對兄弟行以友愛，并能感化家人，使其不至於淪爲奸惡之人。而堯帝二女嫁於虞舜之後，在舜的帶領之下，也能賢事舅姑，使得家庭和睦美滿，如此正是儒家治家治國之典範。故而有學者指出："《尚書》最早確定了虞舜與二女的婚姻并賦予'至孝'的重大主題。"② 也就是說帝舜與二妃最先是以"孝"的典範形象出現於歷史當中的。

《山海經》對帝舜的記載頗多，達十二條，分別見於《海內南經》《海內北經》《海內東經》《大荒東經》《大荒南經》《海內經》之中。其中最爲重要的內容是記載了帝舜的葬地，如《海內南經》載："蒼梧之山，帝舜葬於陽，帝丹朱葬於陰。"③《海內經》載："南方蒼梧之丘，蒼梧之淵，其中有九疑山，舜之所葬，在長沙零陵界中。"④ 此外也有以帝舜的葬地來說明方位者，如《海內東經》載："湘水出舜葬東南陬，西環之。入洞庭下。一曰東南西澤。"⑤

關於二妃，《山海經》也多有記載，其中《中山經》的描述最爲典型而重要，曰：

> 洞庭之山，其上多黃金，其下多銀鐵，其木多柤梨橘櫾，其草多葌、蘪蕪芍藥芎藭。帝之二女居之，是常遊於江淵。澧沅之風，交瀟

---

① 孔安國注，孔穎達正義：《尚書注疏》卷1，載阮元《十三經注疏》，中華書局1980年版。
② 張京華：《湘妃考》，湖南人民出版社2011年版，第3頁。
③ 袁珂：《山海經校注》，上海古籍出版社1980年版，第322頁。
④ 同上書，第521頁。
⑤ 同上書，第385頁。

湘之淵，是在九江之間，出入必以飄風暴雨。①

郭璞注曰：

　　天帝之二女而處江爲神。即《列仙傳》江妃二女也，《離騷》
《九歌》所謂湘夫人，稱帝子者是也。而《河圖玉版》曰湘夫人者，
帝堯女也。秦始皇浮江至湘山，逢大風而問博士："湘君何神？"博
士曰："聞之堯二女，舜妃也，死而葬此。"《列女傳》曰："二女死
於江湘之間，俗謂爲湘君。"鄭司農亦以舜妃爲湘君，説者皆以舜陟
方而死，二妃從之，俱溺死於湘江，遂號爲湘夫人。②

　　儘管郭璞承認帝之二女與屈原筆下的湘夫人相符，却并不認爲天帝二
女是帝舜二妃，而是單純的湘水之神，不過其所引的諸多文獻仍可説明當
時的普遍觀點是以帝之二女爲舜妃的。直至清代汪紱作《山海經存》還
是堅持認爲："帝之二女，謂堯之二女以妻舜者娥皇、女英也。相傳謂舜
南巡狩，崩於蒼梧，二妃奔赴哭之，隕於湘江，遂爲湘水之神，屈原
《九歌》所稱湘君、湘夫人是也。"③且不去探討其真相究竟孰是孰非，但
是在後代文人的觀念裏，更願意接受帝之二女即舜之二妃且爲湘水之神這
樣美好的故事。
　　無論如何，《山海經》最早記載了舜南巡之事與葬地，并多次以之爲
方位標準，又記載了二妃從舜殉於湘江、遂爲湘水之神的傳説。這其中最
爲動人的并非帝舜的政績，而是二妃千里尋夫、終於殉情的矢志不渝的情
感。這個故事本身就帶有美麗而哀淒的色彩，故而相較於《尚書》中所
記載的帝妃至孝形象而言，更易爲文學創作者所重視。最早將帝妃形象引
入文學作品的是屈原。屈原的楚辭作品當中有近百處出現帝妃形象，如
《離騷》有句："彼堯舜之耿介兮，既遵道而得路。"④《哀郢》有句："堯

①　袁珂：《山海經校注》，上海古籍出版社1980年版，第216—217頁。
②　同上。
③　（清）汪紱：《山海經存》卷5，杭州古籍出版社影印清光緒二十一年立雪齋本1984年版。
④　（宋）洪興祖撰：《楚辭補注》，藝文印書館1984年版，第20頁。

舜之抗行兮，了杳杳而薄天。”① 在屈原的歌辭裹，帝舜的形象是光明而偉大的，是屈原所要追隨的典範，而此時所指，已并非確指帝舜其人，而在更多意義上是明君的象徵，與所謂的文學意象相類。關於湘妃，《九歌》當中的《湘君》與《湘夫人》兩篇則是專爲詠頌娥皇與女英而作，其中“湘君”指娥皇，“湘夫人”指女英（也有説認爲“湘君”指帝舜，“湘夫人”指二妃）。如描寫湘妃的神妙形態者有：“美要眇兮宜脩，沛吾乘兮桂舟。令沅湘兮無波，使江水兮安流。”（《湘君》）②　“帝子降兮北渚？目眇眇兮愁予。嫋嫋兮秋風，洞庭波兮木葉下。（《湘夫人》）”③，描寫湘妃款款深情之句云：“望夫君兮未來，吹參差兮誰思？”④　（《湘君》）“沅有茝兮醴有蘭，思公子兮未敢言。”⑤（《湘夫人》）皆是哀婉動人。從内容來看，《湘君》與《湘夫人》叙事線索并不明顯，因而文本本身產生了難以捉摸的多義性，但可以確定的是其文以優美含蓄的筆致烘托出主人公纏綿悱惻的情緒，點染出她們爲尋找愛人而彷徨可憐、愁緒滿懷的動人形象。帝舜與二妃的故事本身被消解在一種幽艷凄清的意境當中，然而人物形象的虚化使得辭賦中所傳達的感情更具有普遍性，反而迸發出更強烈的藝術感染力，故而能長久地感染著歷代騷人墨客，其中所呈現出來的“綺靡而傷情”的風格情調亦成爲“瀟湘”意象最爲基本的特點，是後人的瀟湘書寫當中不可回避的永恒基調。同時，因爲帝舜與湘妃形象的弱化消解，故而其作爲文學意象的特點便突出起來，帝舜是明君的象徵，而湘妃是美麗專情女子的象徵，從屈原的《楚辭》開始，這二者便漸漸地在文學作品當中成爲意象。

　　不止帝舜與湘妃，屈原在《楚辭》當中還引入其他與帝舜、二妃相關的意象，如“朝發軔於蒼梧兮，夕余至乎縣圃”⑥ 中的蒼梧，“百神翳其備降兮，九疑繽其并迎”⑦ 中的九疑等意象，在後來的文學作品當中亦

---

① （宋）洪興祖撰：《楚辭補注》，藝文印書館1984年版，第226頁。
② 同上書，第106頁。
③ 同上書，第113頁。
④ 同上書，第107頁。
⑤ 同上書，第115頁。
⑥ 同上書，第49頁。
⑦ 同上書，第67頁。

頻繁出現，可視爲"帝舜"與"湘妃"意象的子意象。蒼梧是地名，今廣西梧州有蒼梧縣，即襲其名，毗鄰今湖南永州寧遠縣，古稱蒼梧的地域範圍比今蒼梧縣要廣，包括湘南桂北大部。蒼梧之中有九疑山（疑又作嶷），九疑在今零陵寧遠，因山有九峰，其形相似，故稱九疑。帝舜南巡則葬於蒼梧九疑，故後人詩文中稱蒼梧與九疑既指其地，亦指帝舜其人其德，蒼梧與九疑在文學作品中常以擬人的形式出現。《離騷》與《湘夫人》中所謂"九疑繽其并迎""九疑繽兮并迎"莫不如是。

《楚辭》之後，魏晉六朝的文人則秉承了屈騷想象豐富、神異瑰麗的文學色彩，爲瀟湘意象群創造出新的元素來。如《博物志》云："舜崩，二妃啼，以淚揮竹，竹盡斑。"[1] 又《述異志》云："昔舜南巡而葬於蒼梧之野，堯之二女娥皇、女英追之不及，相與慟哭，淚下沾竹，竹文上爲之斑斑然。"[2] 此即斑竹（又稱瀟湘竹）意象的來源。斑竹之説後出，分明是六朝文人根據帝妃之事敷衍出來的，但是因爲其爲二妃殉舜的故事加上了動人的細節，其情感與情節皆是可用於文學創作的極好素材，故而斑竹亦成爲瀟湘意象群下經典的唯美意象之一。

帝舜與二妃雖自屈騷起即已進入文學領域，六朝詩歌并未過多重視這兩個意象，其直至唐宋時期才在詩歌當中成爲經典的文學意象。唐前的詩歌作品當中帝妃的出現頻次很少，《玉臺新詠》中僅見一例，即阮籍《詠懷詩二首》其一中"二妃遊江濱，逍遙從風翔。"[3]《樂府詩集》中的唐前詩歌中僅見三例，即劉義恭《艷歌行》中的"江南遊湘妃，窈窕漢濱女"[4]，江總《宛轉歌》中的"湘妃拭淚灑貞筠，筴药浣衣何處人"[5] 及沈約的《湘夫人》。而《全隋詩》中則不見相關詩例。

在唐前的這些詩集當中，帝舜的出現更爲罕見。則可知唐前湘妃與帝舜詩歌意象并未廣泛進入詩人視野。

真正讓湘妃與帝舜作爲文學素材大量入詩的是唐人，主要體現在兩類詩歌當中：一是湘中懷古詩歌，另一類是音樂詩歌。筆者認爲唐詩主要是

---

① （晉）張華：《博物志》卷10，清《指海》本。

② （梁）任昉：《述異志》卷上，明《漢魏叢書》本。

③ （陳）徐陵編，（清）吳兆宜注：《玉臺新詠箋注》，中華書局1985年版，第63頁。

④ （宋）郭茂倩：《樂府詩集》卷37，《四部叢刊》景汲古閣本。

⑤ （宋）郭茂倩：《樂府詩集》卷60，《四部叢刊》景汲古閣本。

以湘妃與帝舜爲文學創作題材，而慎稱其爲意象，因爲唐人大量地直接以
“湘妃”“湘夫人”“湘妃廟”爲題進行詩歌創作。如湘中懷古詩歌有杜
甫《湘夫人祠》、李賀《湘妃》、劉長卿《湘中紀行十首·湘妃廟》、齊
己《湘妃廟》等等。另如，唐代也出現了大量以“湘妃”爲題的琴曲歌
辭與雜曲歌辭，劉長卿、李賀均有《琴曲歌辭·湘妃》，孟郊、陳羽各有
《琴曲歌辭·湘妃怨》，鄒邵先、李頎、郎士元皆有《琴曲歌辭·湘夫
人》，等等。這些詩歌以湘妃與帝舜的傳說作爲文學題材進行藝術創作，
與將其抽象、精練爲文學意象用於表現詩歌尚有區別。換一句話説，唐人
正在以豐富的語言塑造、充實“湘妃”意象。當然唐詩中也有少量詩歌
在詩句中亦以“湘妃”爲意象，如劉禹錫《瀟湘神》云：“湘水流，湘水
流，九疑雲物至今愁。若問二妃何處所，零陵芳草露中秋。”① 又岑參
《秋夕聽羅山人彈三峽流泉》云“楚客腸欲斷，湘妃淚斑斑”②，皆是如
此。在這些詩歌當中，詩人以湘妃作爲意象來營造一種哀怨的情緒，或是
烘托音樂當中飽含的怨情，其所表達的含義已經從“湘妃”本身的故事
當中抽象凝練出來，不指代其故事本身，所指是其故事帶來的哀感，可以
説“湘妃”作爲文學意象的功能已經完全呈現出來了。

二　宋人詩歌當中的湘妃、帝舜意象及其子意象

帝舜的意象在宋詩當中出現的頻率遠高於湘妃，不過絶大多數此類帝
舜意象并不屬於瀟湘意象群，即以帝舜的仁德爲主要意義內涵，這類意象
的使用與瀟湘關係不大，故本書不加討論，本書只討論帝舜意象與瀟湘相
關的意義指向。若以此爲前提，情況則恰好相反。儘管在中國儒家的道德
系統裏，帝舜爲尊，二妃爲卑，但是在瀟湘書寫當中，湘妃在文學作品當
中受寵的地位是要遠遠超過帝舜的。雖然歌頌帝舜的仁德大業與帝妃的至
孝大義在中國古代文人那裏具有普遍性，但是湖湘文學有著自己獨特的審
美趣向與話語系統，湖湘詩歌詠嘆的往往是湘妃對於帝舜的堅貞愛情，而
少涉政治，且其中又主要突出湘妃，帝舜處於次要地位。究其原因，除了

---

① （唐）劉禹錫著，高志忠校注：《劉禹錫詩編年校注》，黑龍江人民出版社 2005 年版，第
878 頁。

② （唐）岑參著，陳鐵民、陳忠義校注：《岑參集校注》，上海古籍出版社 2004 年版，第
416 頁。

與文人之感性更易對古老傳說的愛情悲劇産生興趣外，也是由特殊的地域文學淵源與自然地理環境造成的。

就文學淵源而言，自屈騷起即爲瀟湘文學定下幽艷哀婉的風格基調，此無須贅言。就自然地理環境而言，湘妃的傳說發生於洞庭湖畔、湘江之濱，其地長年有文人墨客往來歸遷，憑吊者多，傳頌者多，形之於詩者固然亦多；而帝舜葬於九疑山中，茫茫蒼野，交通不便，人煙少至，舜葬故地更是無處可尋，欲要歌詠，却無以起興，詩中所見必然要少。以詠懷詩爲例，帝舜與二妃葬於湖南，故湖南境内多有陵廟祠之，如潭州湘陰縣等地有黄陵廟、二妃祠，皆祀湘妃，桂陽軍藍山縣等地有舜帝陵，祀帝舜，但是形之於詩歌者前者頗多，而後者甚爲少見，則知在瀟湘詩語系統當中，孰輕孰重。

不過，儘管瀟湘詩歌喜詠湘妃甚於帝舜，但是詩人們在感嘆女主人公的淒惶之時又如何能夠避開故事的男主人公呢？因此絶大多數情況是帝舜意象會伴隨著湘妃意象同時出現在詩歌當中。

明月輝在天，落日光轉地。天維地軸千萬年，粉篁尚有春風淚。蒼梧茫茫九疑高，湘江之水多怒濤。袗衣不御琴弦絶，黄陵廟前碑已裂。春禽啼，秋葉飛。行人舟楫去復返，虞舜南巡胡不歸。（陳舜俞《黄陵廟》）①

帝子靈祠古，秋風更寂寥。門臨湘水迥，路指舜陵遥。寶瑟知何在，英魂不可招。年年添淚竹，遺恨未應消。　（華鎮《湘江二妃廟》）②

這兩首詩都是詩人在瞻仰古跡之時所詠，都是對湘妃表達追懷之情，帝舜的意象也出現在詩歌當中，陳舜俞詩以舜的南巡不歸來述説二妃的悲，華鎮詩更進一步，以舜陵與二妃廟遥遥相隔來烘托湘妃遺恨，二妃與帝舜生未得見，死亦永隔，其中深痛至爲傷人。湘妃的意象内涵本來就要

---

① 《全宋詩》第 8 册，北京大學出版社 1992 年版，第 4979 頁。
② （宋）華鎮：《雲溪居士集》卷 7，載《全宋詩》第 18 册，北京大學出版社 1995 年版，第 12318 頁。

包含帝舜在内才可能具有如此深刻的藝術感染力，而帝舜意象也因湘妃之愛而爲其高高在上的聖賢形象增添了許多人情之味。此外需要指出的是，儘管帝舜意象在中國古代詩歌當中常常是以一種光明偉大的儒家聖賢形象出現，不可勝計的詩歌表達的皆是"堯舜萬古師"（魏了翁《題東甌王友直尚友堂》）①、"上觀堯舜仁"（梅堯臣《沅江李氏書堂》）② 之類與堯并稱指爲明君之意，但是當帝舜意象置於瀟湘、與湘妃意象相組合時，其風格便迥然不同，蒙上了一層哀傷的色彩。正如赫爾姆指出："譬如某詩人爲某些意象所打動，這些意象分行并置時，會暗示及喚起其感受之狀態……兩個視覺意象構成一個視覺和弦，它們結合而暗示一個嶄新面貌的意象。"③ 赫爾姆所說雖是視覺意象，但同樣也適用於典故類的意象。在中國古典詩歌當中，每一個意象都有著自己比較固定的一個或幾個意義指向，但是當一個意象與其他意象相組合時，産生的則是一個新的意象。在瀟湘意象群中，意象與意象之間的組合常常會出現這種效果。

帝舜意象很少單獨出現，除了與湘妃意象組合之外，還常與九疑、蒼梧等意象相互組合，九疑與蒼梧因舜葬於斯地而聞名，故二者皆可稱爲帝舜的子意象。以下略舉幾例以作説明。

近海江聲急，孤舟下杳冥。峽泉飛暴雨，灘石走群星。水有瀟湘色，猿同巴蜀聽。令人思舜德，一望九嶷青。（陶弼《過蒼梧》）④

虞舜遺風遠可尋，煙波一棹古猶今。九疑蒼莽三湘潤，盡是雲山韶濩音。（王銍《古漁父詞十二首》其六）⑤

洞庭渺溔蘆葦秋，九疑聯綿煙靄浮。重瞳一去不復返，蒼梧雲物空疑愁。两階干羽久寂寞，千古夷夏相仇讎。安得垂衣轉琴軫，薰風爲解吾民憂。（李綱《望九疑》）⑥

---

① （宋）魏了翁撰，張京華點校：《渠陽集》，嶽麓書社 2012 年版，第 10 頁。

② （宋）梅堯臣：《宛陵先生集》卷 53，《四部叢刊》本。

③ 趙毅衡：《意象派與中國古典詩歌》，《外國文學研究》1979 年第 12 期。

④ 《全宋詩》第 8 册，北京大學出版社 1992 年版，第 5000 頁。《全宋詩》又録此詩爲謝孚《蒼梧即事》，僅個别字詞不同。陶弼《邕州小集》文淵閣《四庫全書》本，載此詩，故認為此為陶弼詩。

⑤ 《全宋詩》第 34 册，北京大學出版社 1998 年版，第 21323 頁。

⑥ 《全宋詩》第 27 册，北京大學出版社 1996 年版，第 17683 頁。

　　陶弼是永州人，其所述過蒼梧、思舜德之情實是一種遠離家鄉的恨別之情；王銍是外地來湖南任官者，其詩追尋的是舜教化湘民的遺跡；李綱詩中"重瞳"指舜，"薰風"指舜的《南風歌》，李綱是抗金名將，其望九疑是思古恨今，盼得帝舜垂衣以治天下之法來停息戰爭、解救百姓。三人在以舜入詩時心思各不相同，相同的是，當詩人將帝舜置於蒼梧與九疑時，雖不至於像是在湘妃的故事裏那麼悲涼，而是轉而關注其德政，但即便如此，仍不是其獨立存在時的那種平和厚重，而是帶有瀟湘特有的濕潤憂愁的情感，此是意象組合的意義。

　　九疑與蒼梧因爲是帝舜葬地的緣故，也成爲瀟湘意象群中十分重要的經典意象。蒼梧與九疑作爲地理名詞也常被用來指代湖湘，因其始爲山名，故在詩歌當中常與瀟湘、洞庭等湖湘水名相對舉而出現，如高似孫《黃居中瀟湘圖歌》"天晴而雨斷兮，作蒼梧九疑之高。秋風行而川怒兮，泄瀟湘洞庭之奔流"①，將蒼梧、九疑山之高與瀟湘、洞庭水之流相對舉；又黃銖《送朱元晦遊湘中》"山九疑而在上兮，湘流奔其下"②將九疑與湘水相對舉，其意義主要在於對以湘中代表性的山川河流來表現景物的地理性特色。

　　又蒼梧與九疑是帝舜出巡所至之最南邊，越過蒼梧則稱爲嶺南，是歷代行人所畏之途，故蒼梧與九疑常被詩人稱爲南極之地，認爲是可去之最南邊境。陶弼《送吳利見主簿之蒼梧》詩云"南極蒼梧郡，江山號勝遊"③，沈遼《奉贈玉笥王尊師》詩云"身如孤雲行無迹，欲上九疑望南極"④，將蒼梧與九疑視作南方極地。

　　此外，蒼梧之廣闊、九疑之高峻也是其重要的意象內涵，如"真人夢出大槐宮，萬里蒼梧一洗空"（黃庭堅《戲詠零陵李宗古居士家馴鷿鷉二首》其二）⑤，"九疑更在雲深處，祇恐天高不可攀"（馬大同《過九疑

①　《全宋詩》第51冊，北京大學出版社1996年版，第31984頁。
②　《全宋詩》第45冊，北京大學出版社1996年版，第27714頁。
③　《全宋詩》第8冊，北京大學出版社1992年版，第4997頁。
④　（宋）沈遼：《雲巢編》卷3，《全宋詩》第12冊，北京大學出版社1995年版，第8287頁。
⑤　（宋）黃庭堅撰，任淵等注，黃寶華校點：《黃庭堅詩集注》，中華書局2003年版，第476頁。

二首》其二)① 等詩語，皆描繪出蒼梧九疑山脈的雄偉壯觀。不過值得注
意的是，蒼梧與九疑雖然意義所指相近，皆是帝舜葬地，甚至後人又直稱
九疑山爲蒼梧山，其廣闊高峻的形象亦與帝舜高大的仁德形象相符，但是
在宋人詩語當中二者又稍稍有所區別，在描述蒼梧時主要稱其平面的廣
闊，在描繪九疑時則主要稱其在海拔高度上的巍峨，上文所引二詩亦可對
此作出説明。

總體而言，湘妃及其子意象如斑竹、瑟等給詩歌營造的是一種凄美柔
婉的意境，帝舜及其子意象如九疑、蒼梧等則能爲詩營造出滄茫開闊的意
境，可謂一陰柔一陽剛，恰與湘妃、帝舜對應，代表著瀟湘文學以幽柔爲
主、剛柔相濟的特色。

相較帝舜意象，湘妃意象在湖湘文學當中有著更爲獨立而豐富的内
涵。經過唐人的不斷精煉與打磨，到了宋人這裏，湘妃意象已經十分圓融
而成熟。這裏的圓融與成熟是指意象的内涵相對穩定而且約定俗成，其意
義指向也比較清晰。除前文所述與帝舜意象一同出現，以頌其堅貞愛情之
外，宋人以湘妃爲詩歌意象的意義指向主要有三。

其一是取其帝妃琴瑟和諧、相互扶助的典範性，一般用在皇后或是皇
太后的挽詞當中，如：

> 二妃端協帝，三后共興周。決策天同力，收功語不流。（陳師道
> 《欽聖憲肅皇后挽詞二首》其一）②

因爲挽詞的莊重性與皇后身份的政治性，詩人在借用湘妃來稱頌逝者時，
所側重的是湘妃在儒家道德系統中樹立起來的以女德協助帝舜治理家國的
典範性意義，而没有涉及“湘妃”一詞所承載的其他意義内涵。

其二是取湘妃故事風格之幽婉凄清，主要用在描寫音樂的詩歌當中。
用湘妃來形容音樂，是因爲湘妃與帝舜的愛情悲劇故事所傳達出的凄怨之
感與音樂當中表達出來的哀感具有相似的藝術特性，唐代《湘妃怨》一
類的曲子大量傳唱，不僅讓湘妃這一意象廣泛地出現在詩歌當中，同時讓

---

① 《全宋詩》第38册，北京大學出版社1998年版，第24056頁。

② 《全宋詩》第19册，北京大學出版社1995年版，第12732頁。

湘妃幾乎成爲怨曲的代名詞。如存留頗多音樂詩歌的白玉蟾則多次用湘妃意象來形容琴聲：

> 絃中何似湘妃怨，指下爲甚明妃哭。（白玉蟾《聽趙琴士鳴弦》）①
> 始疑荆軻渡易水，乃是湘妃夜涕零。（白玉蟾《贈蓬壺丁高士琴》）②

詩歌皆以“湘妃”來修飾音樂，其意與張耒“琴弦曲奏瀟湘”句以“瀟湘”爲音樂同義，只取其幽婉哀凄之意，而與人無涉。“瀟湘”與“湘妃”一爲地名、一爲人名，而所指却可相通，正因二者作爲文學意象同出一源之故。

其三是取湘妃作爲水神的神話傳説，用於描寫生長於水中的花卉。如比之作芙蓉者有句“天然富貴又風流，簇簇湘妃起聚頭”（方蒙仲《手種芙蓉入秋盛開》）③，比之作水仙者有句“二妃泣蒼梧，淚多衣袂黑。猶似不忘君，垂頭情脈脈”（釋文珦《墨水仙》）④，都能得奇妙風神。湘妃居住於瀟湘、洞庭之中，且高貴美麗、風神綽約，水中之芙蓉、水仙與之有神似之處，故宋代許多描寫水中花卉的詩歌喜以湘妃爲意象。湘妃意象在這一類詩歌當中出現時，雖個別詩歌如釋文珦詩仍不免以湘妃淚目的形象來描寫花朵的嬌柔之態，但是大多數此類詩歌脫去了湘妃一貫之愁容怨氣，展現的是神采奕奕的明朗風貌。以湘妃喻水中花卉在宋詩當中頗多，而唐詩中却甚爲少見，《全唐詩》中僅見一例，即郭震《蓮花》：“臉膩香薰似有情，世間何物比輕盈。湘妃雨後來池看，碧玉盤中弄水晶。”宋人的貢獻在於將這種意象在花卉詩歌當中廣泛使用，甚至不再限於水中花卉。如蕭得藻《古梅二絶》其一以之寫梅花，云：“湘妃危立凍蛟背，海月冷挂珊瑚枝。醜怪驚人能嫵媚，斷魂只有曉寒知。”（其一）亦將梅之清冷孤潔烘托得恰到好處。又可見出宋人發展到以湘妃喻梅花，不取其爲

---

① 《全宋詩》第 60 册，北京大學出版社 1998 年版，第 37558 頁。
② 同上書，第 37660 頁。
③ 《全宋詩》第 64 册，北京大學出版社 1998 年版，第 40050 頁。
④ 《全宋詩》第 63 册，北京大學出版社 1998 年版，第 39648 頁。

水神之意，而取其風格基調當中的清冷之氣，則可視爲宋人對湘妃意象內涵的開拓。

宋詩當中湘妃意象的特點除了常常用在以上三類詩歌中外，還有一個非常顯著的特點，即常常與瑟意象與斑竹意象組合出現。前文已述斑竹之說源出於六朝《博物志》與《述異志》，此不贅述。瑟意象的緣起其實比斑竹要早，因《離騷》當中有"使湘靈鼓瑟兮"之句，後人以"湘靈"爲"湘妃"，則將湘妃與瑟這一古老樂器聯繫到一起，又化出無數美麗篇章。斑竹與瑟同爲湘妃之子意象，在詩歌當中常與湘妃意象一同出現，先以斑竹意象爲例。

> 千點湘妃枝上淚，一聲杜宇水邊魂。（秦觀《次韵太守向公登樓眺望二首》其一）①
> 翠節老苔濕，湘妃淚遺蹤。（徐照《覓班竹作床》）②

傳說斑竹由湘妃之淚灑於竹上而成，故而斑竹意象本身就帶有悲傷之氣，詩歌中用到將斑竹與湘妃組合運用時則不可避免地增加了詩歌的愁怨情懷。不過，更多的時候斑竹意象是獨立地出現在詩歌當中。當斑竹意象獨立出現在詩歌當中時，其表現出詩歌意象典型的多義性。其可指代湘妃，如王十朋《書院雜詠·斑竹》詩云"蒼梧巡不返，斑竹至今存"③，"蒼梧巡不返"是指帝舜不返，"斑竹至今存"是指湘妃之淚尚存，說的是帝舜與湘妃其人雖逝，但他們的忠孝德行永垂後世。斑竹又可代表瀟湘之地，又如嚴仁詩《湘南》有句"斑竹蕭蕭水驛孤，落花吹雨赤沙湖"④，因爲是寫湘南，故稱斑竹，斑竹在這裡帶有更多的地理意味，當然，事實上以瀟湘之地經典的文學意象來表明詩歌所描述的地點亦是古人常用的詩法。以地理意象表明地理方位者又如梅堯臣《送邵郎中知潭州》

---

① （宋）秦觀著，徐培均箋注：《淮海集箋注》，上海古籍出版社 1994 年版，第 379 頁。
② 《全宋詩》第 50 冊，北京大學出版社 1998 年版，第 31392 頁。
③ 《全宋詩》第 36 冊，北京大學出版社 1998 年版，第 22642 頁。
④ 《全宋詩》第 59 冊，北京大學出版社 1998 年版，第 37215 頁。

"木奴洲近霜包熟，斑竹林昏野鳥鳴"①，方回《送劉仲鼎瀏陽教四首》其二"淚凝斑竹恨，骨冷葬魚悲"②等，二人詩歌當中的斑竹被用來表明地點，同時這兩首詩又是送別詩，故斑竹意象在被用來表明詩人送別之人所往之地是瀟湘之外，還表現了詩人與友人之間的離愁別恨，斑竹是因湘妃與帝舜生離死別灑淚而成，此種涵義的形成自然而然。斑竹承載的意義內涵固然很多，但是在有些詩歌當中，也可以什麼特殊涵義也沒有，只是單單純純地表示竹子，徒增詩歌語言之美而已，這類詩歌則如蘇洞《夜句三首》其一"兒女呻嚶斑竹床，蜩螗六月沸如湯"③等類似作品了。

斑竹意象在與湘妃意象組合之時其風格是哀怨淒冷的，然而瑟意象與湘妃組合時却不都是這種傷心的場面。因爲意象源出於屈子的"湘靈鼓瑟"，這本是一個極爲平和而優美的畫面，故後人再重復使用到這一意象時主要承繼了這種平和優美。如陳與義《五月二日避貴寇入洞庭湖絕句》云："鼓發嘉魚千面雷，亂帆和雨向湖開。何妨南北東西客，一聽湘妃瑶瑟來。"④陳與義詩述自己避亂洞庭之事，本是千雷亂帆之景，讓人心生躁意，而"一聽湘妃瑶瑟來"一句煞尾，却讓人頓時安定，而詩人又何嘗不是借此語來表達自己安於憂患的平和心態呢？又若陸遊之句，"緩篙遡月勿遽行，坐待湘妃鼓瑶瑟"（《月中過蜻蜓浦》）⑤，在月色中行著小舟，盼望著能聽到湘妃鼓瑟之音，呈現的也是一幅静謐美好的畫面，與其他一提到湘妃便覺怨念撲面而來的詩歌相比完全不同。

最後需要指出的是，湘妃及其子意象雖出自湖湘，文人在以之入詩時多數情況是用於描繪與瀟湘相關的景、物、事，但是因爲意象內涵的不斷衍生與泛化，有時候這些意象的使用不與瀟湘相關，而只大略借其虛意造境而已。如前文所述湘妃三種常被獨立使用的意象指向即是如此，無論是爲帝后挽詞，還是以之形容音樂或是花卉，皆可置於任何地域，而與地理

①（宋）梅堯臣著，朱東潤編年校注：《梅堯臣集編年校注》，上海古籍出版社1980年版，第617頁。
②《全宋詩》第66册，北京大學出版社1998年版，第41422頁。
③《全宋詩》第54册，北京大學出版社1998年版，第33965頁。
④（宋）黃庭堅撰，任淵等注，黃寶華校點：《黃庭堅詩集注》，上海古籍出版社2003年版，第476頁。
⑤（宋）陸遊：《陸遊集》，中華書局1977年版，488頁。

上的瀟湘無關。而斑竹後來亦可指任何有斑或是無斑之竹，并不拘於地域之限，瑟意象更是如此，本來最初也只與湘妃連用時才與瀟湘相關，至後來亦是可以用來形容任何地方優美的琴瑟之聲。此即是瀟湘一地之文學融入全域文學之例。不過，無論這些意象用於何時何地、何事何物，當讀者目遇之時，其心中必定會涌起有關瀟湘的諸種記憶與想象，而這種記憶與想象亦是其他地方所無法取代的，此則是全域文學當中瀟湘文學之個性。

第二節　宋代湖湘詩歌當中屈賈與 柳子意象貶謫意義的弱化

　　瀟湘意象中的屈賈與柳子意象實義是指戰國的屈原、西漢的賈誼與唐代的柳宗元，他們三人都曾謫居湖湘，留下十分燦爛的文學篇章，三人的經歷與創作恰形成一個極具代表性的先後序列，共筑了湖湘自古以來作爲遷謫之地匯聚眾多遷客憂憤詩篇的歷史記憶，成爲湖湘文學當中經典的一組意象。學界對屈原、賈誼與柳子三人的研究有如汗牛充棟，對其辭賦詩文當中各類意象的研究亦如火如荼。然而在後人的詩歌當中三人已儼然成爲經典的文學意象，學界却寥有涉論。① 本書考察宋代湖南詩中的經典意象，將對屈賈與柳子如何成爲文學意象以及各意象在宋代湖湘詩歌當中的特點作出探討。

　　在學界的普遍印象當中，屈賈與柳子意象的核心內涵是遷客憂思。不過事實上，宋詩當中屈賈與柳子意象的愁苦貶謫內涵有所弱化，這與宋人普遍認同的哲學思想相關。宋儒提出 "遏人欲而存天理"②，大都崇尚平靜理性，而主張對情與性的控制，這反映在詩歌創作上也與唐人的 "感物而動" 截然不同，認爲詩之作應當基於心平氣和的心態，也正因此在宋詩當中很難見到大悲大喜的情感宣泄。周裕鍇師的《宋代詩學通論》將宋人的自我克制心態與詩歌當中的悠然自得之趣稱爲 "自持與自適"，并指出 "所謂 '持'，從倫理上看，是要保持詩中情感的正當與規範；從

---

　　① 學界多有探討屈原的文學形象者。探討屈原的文學形象是以屈原爲出發點，而以屈原爲意象，則是探討詩歌當中運用此一意象所產生的詩意效果，其論述中心在於詩歌，二者并不相同。

　　② （宋）黎靖德輯，王星賢點校：《朱子語類》，中華書局 1986 年版，第 2118 頁。

心理上看，是要保持詩中情緒的平静與温和"①，"宋詩多達者之詞而少窮者之詞，不僅是詩人位居顯達，更主要是身窮而心達"②，此論可爲宋詩當中屈賈與柳子意象貶謫内涵的弱化提供一個理論背景。

一　屈原、賈誼與柳宗元謫湘事略概説

屈原是中國歷史上第一個被貶謫到湖湘的詩人，也是中國歷史上第一個遭到貶謫的詩人，其謫湘經歷見於《史記》。

> 屈原者，名平，楚之同姓也。爲楚懷王左徒。博聞彊志，明於治亂，嫻於辭令。入則與王圖議國事，以出號令；出則接遇賓客，應對諸侯。王甚任之。上官大夫與之同列，爭寵而心害其能。……王怒而疏屈平。屈平疾王聽之不聰也，讒諂之蔽明也，邪曲之害公也，方正之不容也，故憂愁幽思而作離騷。離騷者，猶離憂也。（司馬遷《史記·屈原賈生列傳》）③

屈原一生忠君愛國，却因才遭忌，被楚王數度流放，據考屈原先後兩次被放逐於漢北與江南，學界對此兩地的具體所在仍有爭議，漢北固然在今湖北，江南所指則多數學者認爲是在今湘西北的沅湘一帶。不過不論屈原是否兩次都謫於湘中，可以確定的是，郢都失陷之後，在屈原生命將要終結的那段時間，屈原確實徘徊於湖湘的汩羅江畔，并最終葬身於斯地。

在忠而見疑、信而被謗的不幸命運的驅使之下，流亡湘北的屈原創作了燦爛瑰麗的楚辭，以此來排遣其滿腔的愁苦與憤怒，然而真正讓後人感佩的是，在抒發愁怨的同時，屈原更表白了其忠君愛國、理想高遠、九死不悔的高潔情操。在屈騷作品當中，哀感絕艷的語言風格爲其贏得了經久不衰的藝術感染力，而其孤直正義的精神風貌則爲其贏得了後人在普世價值觀上的尊崇敬佩，此二者一柔一剛，互爲表裏，缺一不可，是屈原得以長久彪炳史册的理由，其也因此與湘妃、帝舜一起融入内容豐富的瀟湘意

---

① 周裕鍇：《宋代詩學通論》，上海古籍出版社 2007 年版，第 61 頁。

② 同上書，第 64 頁。

③ （漢）司馬遷：《史記》，中華書局 1972 年版，第 2481—2482 頁。

象群當中，成爲瀟湘文學的標志性人物。

不過屈原的人物形象内涵并不囿限於貶謫一題，而是才子、忠臣、遷客、遊子等形象的綜合體，這讓其後來作爲意象在詩歌當中的出現常常具有多義性。以宋詩爲例，“詩到巴陵吟不得，屈原千古有離騷”① （汪元量《長沙》）是稱屈原之才，“屈原懷獨醒，沉湘誰與悲”② （曹勛《沐浴子》）是頌屈原之忠，“屈原放逐楚江濱，山高水疾誰與鄰”③ （趙蕃《偶得牡丹之白者賦之》）是悲屈原之謫，“收拾衡雲作羽衣，便如屈子遠遊歸”④ （文天祥《湘潭道中贈丁碧眼相士》其二）是嘆屈原之遊離江湖。又另如以端午、飲酒或是菊、蘭等爲題的詩歌當中，屈子亦常爲意象，則知屈原作爲詩歌意象，在文人筆下其内涵已經十分豐富，不一而足。

而這些詩歌當中以將屈原與湖南聯繫的尤其之多，此是由湖南的自然地理位置決定的，無須多言。而歷代文人涉湘而詠懷詠史者，莫不以憑吊屈原爲事，此則是賈誼《吊屈原賦》所開之傳統。

賈誼是西漢孝文帝時人，生於洛陽，才華出衆，少年得志，然其官場經歷却與屈原十分相似，《史記》有傳，與屈原同處於《屈原賈生列傳》：

> 是時賈生年二十餘，最爲少。每詔令議下，諸老先生不能言，賈生盡爲之對，人人各如其意所欲出。諸生於是乃以爲能，不及也。孝文帝説之，超遷，一歲中至太中大夫。……諸律令所更定，及列侯悉就國，其説皆自賈生發之。於是天子議以爲賈生任公卿之位。絳、灌、東陽侯、馮敬之屬盡害之，乃短賈生曰：“雒陽之人，年少初學，專欲擅權，紛亂諸事。”於是天子後亦疏之，不用其議，乃以賈生爲長沙王太傅。⑤

同樣是因爲才華出衆而遭忌被貶，貶地亦與屈原投水之地相近，故“賈生既辭往行，聞長沙卑濕，自以壽不得長，又以適去，意不自得。及渡湘

---

① 《全宋詩》第 70 册，北京大學出版社 1998 年版，第 44036 頁。

② 《全宋詩》第 33 册，北京大學出版社 1998 年版，第 21071 頁。

③ 《全宋詩》第 49 册，北京大學出版社 1998 年版，第 30512 頁。

④ 《全宋詩》第 68 册，北京大學出版社 1998 年版，第 42976 頁。

⑤ （漢）司馬遷：《史記》，中華書局 1972 年版，第 2492 頁。

水，爲賦以吊屈原”，創作了感人肺腑的《吊屈原賦》。在賈誼的心目中，長沙其地“卑濕”，若長久居之必不得壽，對長沙的印象可謂極壞。不過《史記·貨殖列傳》亦有“江南卑濕，丈夫早夭”① 之言，則知這也是當時中原之人對南楚的普遍印象，而賈誼的擔憂與恐慌除了來自突遭貶謫的官場變數之外，確有對其將要久居之地的深深不安。其辭曰：“遭世罔極兮，乃隕厥身。嗚呼哀哉，逢時不祥!”② 他憑吊屈原之遭人構毀，生不逢時，所吊又何嘗不是自己。其辭又曰：“鸞鳳伏竄兮，鴟梟翱翔。闒茸尊顯兮，讒諛得志；賢聖逆曳兮，方正倒植。”③ 其文怒斥屈原所在之楚國是非不分、黑白顛倒，令忠良仆而小人立，事實上又何嘗不是在怒斥自己所在的朝堂忠奸莫辨、賢愚倒置。然而雖遭此厄運，屈原卻仍能堅持自己高潔的情操，忠君的熱忱，故賈誼又曰：“襲九淵之神龍兮，沕深潛以自珍。彌融爚以隱處兮，夫豈從螘與蛭螾？所貴聖人之神德兮，遠濁世而自藏。”④ 以頌揚屈原不同於流俗的高貴品質。

《吊屈原賦》也是最早一篇將屈原引入文學書寫的文章，劉勰稱其“辭清而理哀”，其特點在於辭采清新華美而情感充沛悲憤，成爲後人心慕手追的經典篇章。而屈原以遷客身份自沉於湘的故實也因之而備受關注。可以説，賈誼開創了後世謫湘之人自遣之時必然追憶屈原的文學傳統，而其自身也成爲後人追憶的一個部分。

然而賈誼畢竟與屈原不同，其謫居長沙三年，最終轉向哲學思考來尋找自己排遣苦悶的出口。“賈生爲長沙王太傅三年，有鵩飛入賈生舍，止於坐隅。楚人命鵩曰‘鵩’。賈生既以適居長沙，長沙卑濕，自以爲壽不得長，傷悼之，乃爲賦以自廣。”⑤ 其文即《鵩鳥賦》。鵩鳥俗稱謂貓頭鷹，在中國歷史上得此意爲兇兆的惡名，恐怕就是從賈誼的這篇賦開始，而鵩鳥一物也成爲瀟湘文學當中的一個重要意象，可稱爲賈誼意象的子意象。據《史記》所載，賈誼三年之前渡湘赴長沙之時，懼長沙之卑濕，自認爲不得長壽，故傷悼不已，三年之後，仍是此語，則知三年時光并未

① （漢）司馬遷：《史記》，中華書局 1972 年版，第 3268 頁。
② 同上書，第 2493 頁。
③ 同上。
④ 同上書，第 2494 頁。
⑤ 同上書，第 2496 頁。

削弱賈誼謫居的苦悶，反倒有所加深，故此才會一看到鵩鳥便生出占卜兇吉之心，而所卜之卦又恰顯示"野鳥入處兮，主人將去"的兇信，於是頓生哀感，作了一篇談理的賦文來排遣心中的苦惱。比屈原幸運的是，賈誼并未死於貶所，也并未因長沙之卑濕而不壽，而是又被孝文帝重新徵召入朝，可惜的是不似當年那般被重用，只落得一句"可憐夜半虛前席，不問蒼生問鬼神"的後評。就其政治悲劇性而言，與屈原也是一致的。故而賈誼也常常被作爲湘中謫子的典型而出現在詩歌當中：

　　　好春初滿杏園花，十里曾携載酒車。今日黃雲衰草地，不堪更送賈長沙。(鄭獬《重到城東有感三首》)①

此詩作者自注云"李子思謫官，又於此相別也"，可見是爲謫中友人所作。詩前三句寫景，最後一句將友人比作賈誼，點明友人此去的緣由，因爲賈誼本身的悲劇性意味，讓整首詩歌不動聲色之下平添傷情。

　　柳宗元晚出於中唐，至其謫湘之時，屈賈已然成爲湖湘文學書寫當中最爲重要的人文意象之一。唐人之中以屈賈爲意象的詩歌相當之多，且多用在送別友人赴湘中的詩歌當中，如宋之問《宋杜審言》云"別路追孫楚，維舟吊屈平"②，張祐《贈李修源》云"昨夜與君思賈誼，長沙猶在洞庭南"③。詩歌多以屈賈之貶謫怨情爲要點，來刻畫朋友南下之時的悲愁心態。

　　其實唐代謫湘的名人頗多，如張説、王昌齡、宋之問、賈至、刘禹锡、刘长卿等，然皆不及柳宗元影響之大，其原因在於柳宗元謫湘時間之久長達十年，其在謫湘期間的詩文創作數量之多、質量之佳皆爲人矚目，此外，其在湘南永州的創作多以當地山水風貌爲題，極具湘南地域特色，故其貶湘經歷在湖湘文學史上可以説上承屈賈，形成一個湖湘文人貶謫史的序列。柳宗元生平與謫湘經歷見於《新唐書》與《舊唐書》本傳：

---

① （宋）鄭獬：《郾溪集》卷 28，清文淵閣《四庫全書》本。
② （宋）鄭獬：《郾溪集》卷 52，清文淵閣《四庫全書》本。
③ （宋）鄭獬：《郾溪集》卷 511，清文淵閣《四庫全書》本。

柳宗元，字子厚，河東人……順宗即位，王叔文、韋執誼用事，尤奇待宗元。與監察呂溫密引禁中，與之圖事。轉尚書禮部員外郎。叔文欲大用之，會居位不久，叔文敗，與同輩七人俱貶。宗元爲邵州刺史。在道，再貶永州司馬。既罹竄逐，涉履蠻瘴，崎嶇堙厄，蘊騷人之鬱悼。寫情敘事，動必以文。爲騷文十數篇，覽之者爲之淒惻。①

史臣曰：贞元、太和之间，以文学耸动搢绅之伍者，宗元、禹锡而已。其巧丽渊博，属辞比事，诚一代之宏才。如俾之咏歌帝载，黼藻王言，足以平揖古贤，气吞时辈。而蹈道不谨，昵比小人，自致流离，前躅素业。故君子群而不党，戒惧慎独，正为此也。②

從正史中對柳宗元的記載來看，雖然皆是貶謫，不過柳宗元之貶湘與屈賈二人有所不同，屈賈乃因才幹出衆遭小人妒忌讒害而謫至湘中，柳宗元却是因爲依附權貴而晉升，之後謀事不成，在跟隨王叔文的權力爭奪戰爭中失敗而出貶湘南。但是因爲柳宗元文才卓絕，出京之後創作了大量膾炙人口的詩文，尤其是謫湘的十年之間，遍尋山水以詠之，創作了《永州八記》等傳世佳篇，在文壇之中聲名頗佳，故後世文人莫不以其謫湘而文愈佳爲事，多諷誦於詩歌當中，竟至於與屈原、賈誼同爲湖湘遷客之典型。即便如此，仍需指出的是，儘管柳子與屈賈同爲湘中遷客之典型，但是宋人詩中常見屈賈并稱者，而少見將柳子與屈賈并稱者，此雖與時代相隔之遠近有關，但恐怕亦與個人之故實不無關係。

二　宋代湖湘詩歌中屈賈意象遷客怨憤内涵的弱化

古人最早以屈原與賈誼連稱"屈賈"入詩者是陶淵明，陶有《屈賈》四言詩，而其主旨尚非貶謫；之後唐人亦偶有以"屈賈"連用爲意象者，今《全唐詩》當中可見三例；真正大量以"屈賈"爲詩歌意象者是宋人，表現在宋詩當中用例數量多且所取意義廣。這與宋人所出時間較晚，其詩歌所取意象内容更豐富、表達更凝練相關。在詩歌當中常被連稱爲屈賈，

① （五代）劉昫撰：《舊唐書·柳宗元傳》，中華書局1986年版，第4213頁。
② 同上書，第4215頁。

其作爲湖湘大地呈現給後人的歷史記憶，首先喚起的是同地域遷客的心理共鳴。以趙蕃與魏了翁詩爲例：

> 扁舟落吾手，遠役愴余心。道路經過數，秋風日夜深。青林向搖落，白髮益侵尋。況說瀟湘去，仍懷屈賈吟。（趙蕃《放舟始作》）①
>
> 君臣大分雖有止，終不能忘乃天理。世無我知將自知，不待雷風問諸史。投沙屈賈占所歸，九州博大歸何之。（魏了翁《次韻永平令江叔文鶴山書院落成詩》）②

趙蕃（1143—1229）是南宋中期著名的學者與詩人，字昌父，號章泉，原籍河南鄭州，宋室南渡後遷居江西信州。以恩蔭入官，任辰州司理參軍時因與郡守爭獄而落職。趙蕃早年曾從劉清之學，時清之知衡州，趙蕃欲入其幕，及至衡州而清之罷，故從之還，奉祠里居三十餘年，不再出仕。上引詩歌當是趙蕃出湘歸家時所作，其年在淳熙十四年（1187）至十五年間。趙蕃雖爲辰州小吏而不畏强權，敢與上司爭辯官司，時人莫不稱其正直。落職之後奔赴恩師職所，"乃求監安仁瞻軍酒庫，因以卒業"③，想要重新受教於師，以至學有所成，到達衡州之後老師官亦被罷，故隨即請祠去官，與師同歸。後真德秀論之："蕃於師友之際蓋如此，肯負國乎！"則知趙蕃其人，於獄訟力求公正，於學業力求有成，於師友則力求同心同德、同進同退，是謂善矣。而其年未及知天命則離官去湘，照常理推測其内中必有隱忍之幽憤，又兼其師亦被罷官，爲己爲師，胸中之憤怕是難平。的確，詩首聯即奠定凄冷的基調，中間兩聯寫景，雖然當時季節還只是涼爽的八月，詩人的年齡也不過四十多歲，但在詩歌當中選擇以秋風襯托白髮，不禁令人悲從中來，而尾聯訴説去意，以屈賈爲意象可稱全詩之眼，點明詩人感秋之原因、髪白之原因，亦説明了其去湘幽懷之原因。不過這一切也可以説是一般羈旅之客的通發之感，總體而言，趙蕃對整件事情所表現出來的消極情緒也是十分克制的，在其返家途中的所有

---

① 《全宋詩》第49册，北京大學出版社1998年版，第30572頁。

② （宋）魏了翁撰，張京華點校：《渠陽集》，嶽麓書社2012年版，第2頁。

③ （元）脱脱：《宋史·趙蕃傳》，中華書局1977年版，第13146頁。

詩歌當中，未見一詞對此次官場的變動表示過不滿或是憤恨，因此若要以此詩來推測詩人因去官而滿懷怨恨則不妥。又以趙蕃之性情與行事，其爭獄乃發自本心，其願與師同退亦發自本心，其進退選擇相對比較從容，既是如此，又何來怨意？

　　魏了翁（1178—1237），上編已有論及，其因言事貶居靖州達七年之久，謫居靖州期間，潛心著書，"湖湘江浙之士，不遠千里負書從學"，又興修學校，仿其家鄉所建書院，名之"鶴山書院"，上文所引之詩即是爲此書院落成時所作。魏了翁詩是七言長詩，此處僅節錄六句。詩的特點在於義正辭嚴，充滿浩然正氣。雖然詩人被貶鄙地長達七年，但是詩人心中并無一點憤懣怨懟，既然不能在朝執君臣之禮，那麼就安居鄙野探究天理。"世無我知"兩句與屈原"世人皆醉我獨醒"句有相通之處，如果世間無人能知己，那麼自知以持潔正便已足夠，因爲歷史會給出公正的評價。"投沙屈賈"兩句謂屈原與賈誼尚有可歸，而自己却不知歸於何所。"投沙"見於謝靈運詩"投沙理既迫，如邙願亦愆"①，亦常見於李白詩如"應念投沙客，空餘吊屈悲"②，"應念金門客，投沙吊楚臣"③等，所指即是賈誼自棄於長沙而吊屈原之事。詩人此句雖終露悵惘之意，但其意仍非怨恨，而是尋求自安，因其詩後又稱"君恩未報臣憂深"，可見拳拳之心。

　　而無論是趙蕃還是魏了翁，在面對官場變動之時能心態持正其實也屬正常，儒家君子所講求的是以平常心對待出處進退之事，達則兼濟，窮則獨善，尤其是宋儒，性淡而溫平，官場遷謫者頗多，進入官場之前已早有心理準備，故趙蕃詩雖作悲語，但其深感遺憾的是世事，而非對命運的自怨自艾，更非對君上的怨怒不滿，而魏了翁更是其詩坦蕩，其心坦然，其書信《答葉子（冥）》曾言："君臣義重，有國憂深，聖賢去魯去齊不若

---

　　① （晉）謝靈運：《還舊園作見顏范二中書》，載（梁）蕭統編，（唐）李善注《文選》，上海古籍出版社1986年版，第1195頁。

　　② （唐）李白：《贈崔秋浦三首》其三，載瞿蛻園、朱金城校注《李白集校注》卷10，上海古籍出版社1980年版，第706頁。

　　③ （唐）李白《贈漢陽輔録事二首》其一，載瞿蛻園、朱金城校注《李白集校注》卷11，上海古籍出版社1980年版，第743頁。

是恝者，非以一去爲難也。"① 可爲宋代謫官之典型。則宋世謫臣取屈賈爲意象與唐人有所不同，唐詩或更偏重於借屈賈命運之悲來抒寫自己的遷謫幽懷，而宋儒筆下的屈賈却往往成爲處困不驚、受辱不怒、堅持理想的前賢典範，换句話説，唐人於屈賈所取多是哀感之象，而宋人所取多是厚重之意。

不祇是謫臣，其他居官的湖湘詩人甚至是布衣遊客也常常會借屈賈來抒懷，此多爲湘中詠懷詩。

　　永懷泛湘人，屈賈多愁吟。往者亦此境，今者亦此心。（陳傅良《行湘喜雨簡劉公度周明叔》）②
　　道出昌江險，翩翩馬足輕。流萍嗟遠宦，行李偶南征。地带長沙濕，川通湘水清。淒凉懷屈賈，天闊莫雲平。（王炎《湘陰道中》）③
　　因思屈賈傷今古，國有忠臣無用時。（戴復古《湖廣李漕革夫大卿飲客西湘》）④

陳傅良（1141—1203），乾道八年進士，淳熙年間曾爲桂陽軍知軍，其詩即是桂陽任上所作，詩述屈賈之悲，又謂今古其實同一，則指出官場多愁怨的不易公理。王炎（1137—1218），乾道五年進士，張栻帥江陵時，王炎曾入其幕，後又爲潭州教授，知臨湘縣。詩當作於赴臨湘任途中，雖嘆遠途赴任之難，語氣却是比較輕鬆的，不似一般遷客之沉重，詩歌提及屈賈雖標志性地冠以"淒凉"二字，但後一句仍歸於疏朗。戴復古（1167年生，卒年不詳），是江湖遊士，曾浪跡湖湘間，詩涉屈賈則完全是因至西湘而引發詠古之幽思。其實以上三首詩歌皆有詠古之意，正是因爲這種獨特的地域記憶的存在，使得文人常常到達一個地方則引發與當地傳統相關的詩興，創作相應的詩歌，讓地域文學獨有特色。

屈賈亦常被用來指代寓居湘中的文才出衆之士，如姜特立《送潘叔

① （宋）魏了翁撰，張京華點校：《渠陽集》，嶽麓書社2012年版，第27頁。
② 《全宋詩》第47册，北京大學出版社1998年版，第29241頁。
③ 《全宋詩》第48册，北京大學出版社1998年版，第29722頁。
④ 《全宋詩》第54册，北京大學出版社1998年版，第33582頁。

昌主教清湘》云"文嘗追屈賈，身合到瀟湘"① 即是如此，或是單純以屈賈爲湘中景物、古賢，又或是以其所居之地指代湖南，與湘妃、帝舜等可指代湖南相同，詩歌風格以平和淡然爲主，如梅堯臣《泛溪》："中流清且平，捨楫任船行。漸近鷺猶立，已遥村覺橫。何妨綠樽滿，不畏晚風生。屈賈江潭上，愁多未適情。"② 詩中運用屈賈意象已與貶謫無關，亦非稱道二人文才，而是以之爲湘中古賢發懷古之情。

　　總而言之，屈原與賈誼作爲詩歌意象，在宋代湖湘詩歌當中有不同的呈現形式，亦代表著不同的意義内涵。雖然因爲屈、賈二人政治命運的悲劇性，讓其以人文意象出現於詩歌當中時，常常不免爲詩歌蒙上一層幽怨的色彩，但是相較唐詩而言，宋詩當中的屈賈總體上擺脱了唐詩當中那種怨氣撲面的悲苦形態，而是更趨於自然平淡，此則是平淡厚重之宋人整體的精神氣質加諸在湖湘地域意象上的特點。

三　宋代湖湘詩歌中的柳子意象貶謫内涵的回避

　　柳宗元作爲前朝謫湘之典型，在宋詩當中也脱去了凄慘的罪臣形象。在宋初，首先是歐陽修對柳宗元貶謫與詩藝之間的關係作出議論，他認爲柳宗元正是因爲貶湘而詩藝大進，將柳宗元萬分痛苦煎熬之中創作出優秀的詩文當成因禍得福，而此也的確是宋人才可能有的心態。歐陽修對柳宗元的議論主要見於《永州萬石亭》一詩當中：

　　　　天於生子厚，稟予獨艱哉。超凌驟拔擢，過盛輒傷摧。苦其危慮心，常使鳴聲哀。投以空曠地，縱橫放天才。山窮與水險，下上極沿洄。故其於文章，出語多崔嵬。人迹所罕到，遺蹤久荒頹。王君好奇士，後二百年來。翦薙發幽薈，搜尋得瓊瑰。咸物不自貴，因人乃爲材。惟知古可慕，豈免今所咍。我亦奇子厚，開編每徘徊。作詩示同好，爲我銘山隈。③

---

① 《全宋詩》第 38 册，北京大學出版社 1998 年版，第 24104 頁。
② （宋）梅堯臣著，朱東潤編年校注：《梅堯臣集編年校注》，上海古籍出版社 1980 年版，第 764 頁。
③ （宋）歐陽修：《歐陽修全集》，中國書店 1986 年版，第 31 頁。

詩首句即云"天於生子厚，稟予獨艱哉"，與歐公在《梅聖俞詩集序》當中提出來"詩窮而後工"的觀點完全相同。歐公此詩對柳宗元謫湘困苦之事輕描淡寫地一語帶過，而高論其正是因爲在此困厄當中才有可能騁放天才，可謂撕下了柳宗元身上最鮮明的"遷客"標簽，而突出其出衆的文學才華。歐陽修此詩文理論對宋人評價柳宗元影響較大，如之後梅堯臣亦有"少陵失意詩偏老，子厚因遷筆更雄"①（《依韻和王介甫兄弟舟次蕪江懷寄吳正仲》）之句，命意相同。在此基礎之上，對於柳宗元，宋人在湖湘詩歌當中似乎刻意避談其謫居經歷，而主要側重於其獨領風騷的詩文才華。如晚宋劉克莊《湖南江西道中十首》其三直云"少陵阻水詩難繼，子厚遊山記絶工"②，柳宗元以謫湘期間所作的《永州八記》而聞名天下，故宋人行至永州之時，莫不憶起柳宗元的山水遊記加以諷誦，劉克莊詩以杜甫行湘與柳宗元謫永的創作相對比，其中"少陵阻水"當是指杜甫晚年泊舟耒陽去世之事，詩以柳宗元於困頓當中仍能作絶工之文與之相對舉，足見對其詩文評價之高。

宋人詩中的柳子總與其貶地相關，却不言其貶謫之事。如汪藻《次零陵太守競秀堂韻四首》其二云"柳子當年亦好奇，衡陽叢桂手親移。何如此地栽桃李，春到千巖萬壑知"③，又如韓維《奉送永州張中樂屯田》云"昔年曾讀子厚集，夢寐彼州山水佳"④，皆是如此，只言柳子在湘中的活動，而似乎有意避談柳宗元貶謫之事。

其實在宋詩當中，尤其是宋代湖湘詩歌當中，柳子以意象出現時，所蘊含的意義極少與貶謫相關，此與柳宗元在詩文當中的自罪求解及今人論及柳宗元時言必細數其貶謫經歷完全不同。宋人稱頌柳宗元在永州所創作的文學作品，稱頌其書寫永州山水的縱情自然之心，却輕易不取其謫意，此與前文所論宋人因平淡厚重故而弱化屈賈意象中的貶謫悲意相關，除此之外，更重要的是，宋人認爲與屈賈的高尚情操不同，柳宗元謫湘的原因

---

① （宋）梅堯臣著，朱東潤編年校注：《梅堯臣集編年校注》，上海古籍出版社 1980 年版，第 725 頁。

② 《全宋詩》第 58 册，北京大學出版社 1998 年版，第 36225 頁。

③ 《全宋詩》第 25 册，北京大學出版社 1995 年版，第 16552 頁。

④ 《全宋詩》第 8 册，北京大學出版社 1991 年版，第 5171 頁。

并不那麼正義、光彩，① 避談其謫事也是宋人胸中對大是大非之明辨。

第三節　漁父與桃源意象

一　漁父意象的緣起及其在宋代湖湘詩歌中的特點

“漁父”是中國古典文學史上象徵隱逸的經典意象，其意象原型可以上溯到戰國時期屈原與莊子各自所作的《漁父》篇。

屈原《漁父》篇曰：

> 屈原既放，遊於江潭。行吟澤畔，顏色憔悴，形容枯槁。漁父見而問之曰：“子非三閭大夫與？何故至於斯？”屈原曰：“舉世皆濁我獨清，衆人皆醉我獨醒，是以見放。”……漁父莞爾而笑，鼓枻而去，歌曰：“滄浪之水清兮，可以濯吾纓。滄浪之水濁兮，可以濯吾足。”遂去，不復與言。

《漁父》所述是愁容憂心的屈原徘徊於湘江之側，得遇漁父，并與之展開一段對話。其間屈原剖白了自己不願與俗世同流合污的堅定心志，而漁父則對屈原的執念予以點化。王逸注“漁父”云“隱士”，又對其歌辭清水濯纓注云“喻世昭明，沐浴升朝廷也”，對濁水濯足注云“喻世昏闇，宜隱遁也”，所指頗明，也就是説，漁父是一個深諳“聖人不凝滯於物，而能與世推移”，在亂世中選擇隱逸的得道之人；而屈原與之相對，剛直獨清，寧折不彎，即便認清了現世的荒唐却仍不願離君遁世。漁父所得之道是儒家所謂“邦有道則見，無道則隱”及“獨善其身”的隱逸之道；屈原在與漁父進行這次對話之後即投水而亡，後人常以此篇爲其絶筆，則屈原又何嘗沒有得道？其所得正是儒家“殺身成仁”之道。

莊子是宋國蒙人（在今安徽），屈原是楚人，就地緣而言，與中原相較皆偏於南方，而莊子與屈原都作有《漁父》篇，二人不約而同皆以漁父爲象徵來表達心志，當與南境爲多水澤國，捕魚之業尤爲常見相關。《莊子·漁父》述漁父形象：

---

① 此論顯見於宋人編修的《新唐書》柳宗元本傳、王叔文傳等史傳當中。

有漁父者，下船而來，鬚眉交白，被髮揄袂，行原以上，距陸而止，左手據膝，右手持頤以聽。①

形容如斯，可謂秉仙人之姿。《莊子》特色在於善用寓言說理，其塑構漁父與孔子及弟子的對話，實則是道家避世思想與儒家用世思想之間的辯難，而漁父其人，毋寧說是莊子自身。漁父謂孔子"仁則仁矣，恐不免其身"，主張自修其身而保真的絕對避世觀點，而孔子答以四次遭厄而不知所失，其知難而上的政治追求與漁父形成尖銳對立。

莊子的漁父與屈原楚辭中的漁父有所不同，前者是絕對棄世的道家之隱，後者是察世之後有選擇性的儒家之隱。此二"漁父"源出不同，最終結果却都是歸於平淡、自由、恬靜的自我生命追求，就此而言，可稱爲殊途同歸。又此兩篇述事行云流水而飽含人情，論理朗朗清明而不空疏，爲古代散文中的經典篇章。因而作爲儒道兩家的共同選擇，"漁父"便不可避免地成爲中國古典文學當中象徵著隱逸的經典意象。

漁父意象從南楚文明當中孕育出來，在地域上與荊楚（主要指今湖南湖北一帶）相關，所以也是湖湘文學當中非常重要的內容。說漁父意象是湖湘文學當中非常重要的內容，不是說出現在文學作品當中的漁父意象都與湖湘地域相關，而是說文人墨客在身處湖湘之時更常用漁父意象來抒發向隱之情。儘管漁父意象源出先秦，但在詩歌當中大量引用却是從唐開始。唐人張志和隱於江湖，自號煙波釣叟，作詩尤好以"漁父"爲題，如"青草湖中月正圓，巴陵漁父櫂歌連。釣車子，橛頭船，樂在風波不用仙"② 等，描繪湘北漁父自得和樂之景，同時也隱喻自己的隱居生活，引人嚮往。又如韓愈《湘中》："猿愁魚踊水翻波，自古流傳是汨羅。蘋藻滿盤無處奠，空聞漁父扣舷歌。"③ 此則是進入湘中之後，地域承載的歷史記憶帶給他的藝術想象。

唐人以"漁父"爲意象的詩歌尚且有限，宋人因爲政治文化中心的南移，加之詞體大盛，"漁父詞"及"漁歌子"等一類的小詞傳唱頗廣，

① （戰國）莊子著，（清）郭慶藩輯注：《莊子集釋》，中華書局1961年版，第1023頁。

② （清）曹寅：《全唐詩》卷29，清文淵閣《四庫全書》本。

③ （唐）韓愈：《韓昌黎全集》卷20，世界書局1935年版，第143頁。

漁父意象愈加大量地出現在士人的詩詞當中。如王炎《湘中雜詠十絕》其十云“憑誰喚取玄真子，更作湘中漁父歌”①，邢恕《朝陽巖絕句》云“夾岸松筠倒流影，炊煙漁父近寒城”②，鄒浩《寄清老》云“自來漁父好家風，一片瀟湘晚釣中”③。王炎、邢恕、鄒浩三人都曾寓居湖南，其中王炎前文已有介紹，是正常居官臨湘，其詩輕快活潑，描繪詩人乘著小舟穿行於水草之間，如同自號玄真子的唐人張志和一般，盡興吟唱《漁父歌》，一派悠閑自在的景觀。邢恕和鄒浩都是貶官至湘南永州的遷客，宋儒相對淡看官場沉浮，邢恕詩寫景，整體偏於清冷，然仍是恬静平淡，漁父在這裏呈現的是一種疏離的寂静；鄒浩詩贈朋友，開篇化用俞紫芝“自來往，好個漁父家風，一片瀟湘”④ 句，表明其幽居湘南之後的漁隱之意，金章之夢已殘，短篷晚釣才是詩人此時的追求，儘管透著一絲悵惘，整首詩在情感上仍然是平和自然的。漁父意象在宋詩當中脫去了其在莊屈那裏出現時的倨傲棄世與清高遠俗，而是非常平静恬淡地呈現在詩人的現實生活當中，給人一種趨俗近世的親近感。

　　雖然漁父意象本身是與隱逸相關的，但是在湖湘文學當中，它又與屈子意象緊密相連，因此湖湘文學當中的漁父意象其實完全用來表達隱逸情懷的其實并不多，更多的是以之爲陪襯來表達詩人對屈原命運的惋惜，此是湘中漁父意象與其他地方的不同之處。如前文所引韓愈的《湘中》詩即是如此，其本身是對屈原表達吊古之情，漁父意象在這裏是爲之服務的，并沒有完全呈現出自己獨立的意象内涵。宋代的湖湘詩中的漁父意象延續了唐詩的這一特點，漁父意象的隱逸象徵意義在湖湘文學當中是淡化的，并不那麼明顯。更多的是出現在與屈子相聯繫的詠懷詩當中。因爲漁父最初在南楚文學當中出現時與屈原的緊密關係，讓後世詩人在憑吊屈原之時，總是不自覺地便要聯想到那個曾經反問屈原“衆人皆醉，何不餔其糟而歠其醨”的漁隱智者。不過宋人受到江西詩風的影響，總是喜用翻案法，如張耒《屈原》詩云：“楚國茫茫盡醉人，獨醒惟有一靈均。餔

---

① 《全宋詩》第 48 册，北京大學出版社 1998 年版，第 29732 頁。
② 《全宋詩》第 15 册，北京大學出版社 1993 年版，第 10176 頁。
③ 《全宋詩》第 21 册，北京大學出版社 1995 年版，第 14050 頁。
④ （元）吳師道輯：《敬鄉錄》卷 2，清文淵閣《四庫全書》本。

糟更遭從流俗，漁父由來亦不仁。"① 將漁父的反問當成勸告，更斥其
"由來亦不仁"，此則是漁父在以往的詩歌當中所不曾承受過的罪名，"漁
父"意象在這裏是屈原的反面，却與隱逸無關。又如李綱《岳陽樓三首》
其二曰："翛然多難偶存身，又到蒼茫楚澤濱。鼓舞魚龍張樂地，佩紉蘭
茝獨醒人。涉江哀郢空回首，極目傷心欲向春。鼓枻寅緣傍枯葦，故應漁
父尚垂綸。"② 李綱（1083—1140）是兩宋之交抗金名將，入相不久即被
罷，北宋亡覆之時曾在長沙臨危受命，紹興初年又曾帥潭州，篋中多詠湘
之作，此詩即作於其時。詩首聯述主人公劫後餘生的多舛命運，似是追憶
屈子，又似在傾訴自己的遭遇，中間兩聯繼續渲染這種自尊而悲憤的情
緒，最終却又歸於漁父之垂綸，詩歌表現的也是詩人的向隱之心，不過這
種隱却是被逼出政治權力中心之後無法實現理想抱負的被迫之隱。李綱因
其武臣氣質，詩較一般宋儒情緒尤爲激烈，值得重視。此外，如江湖詩人
徐照《入湘二首》其一，云："入湘無濁水，天亦憫忠臣。陰結魚龍氣，
香聞蘭杜春。高吟方有思，静望忽傷神。舟上多漁父，應無似昔人。"③
徐照是無官無職的江湖人士，曾遊歷湖湘，此處所引之詩是其遊湘之時所
作，其詩則完全是入湘之後緬懷屈原，隨之聯想起漁父，故以之入詩，這
其中也已經没有任何隱逸之意了。總而言之，在這類詩歌當中，漁父意象
更像是屈原意象的次生品或者説子意象，一般是在詩人追懷屈原之時順便
提起，并不具有其獨立的意義内涵。

二 桃源意象的緣起及其在宋代湖湘詩歌中的特點

桃源是湖湘詩歌當中另外一個象徵著隱逸的經典意象。桃源不僅是一
個文學意象，還是一縣級地名，位於今湖南西北部的常德市。從歷史沿革
來看，宋代始設桃源縣，而桃源其地自先秦起曾先後隸屬於洞庭郡、武陵
郡、朗州、鼎州、常德府等政區。桃源意象的出現源出於東晉陶淵明的
《桃花源記》與《桃花源詩》，桃源縣的得名即與此詩文的名聞天下直接
相關。陶淵明《桃花源記》文辭十分優美，描寫了一個世外仙境般的所

---

① （宋）張耒撰，李逸安等校點：《張耒集》，中華書局 1990 年版，第 513 頁。
② 《全宋詩》第 27 册，北京大學出版社 1996 年版，第 17724 頁。
③ 《全宋詩》第 50 册，北京大學出版社 1998 年版，第 31372 頁。

在，其文曰：

> 晉太元中，武陵人捕魚爲業。緣溪行，忘路之遠近。忽逢桃花林，夾岸數百步，中無雜樹，芳草鮮美，落英繽紛。漁人甚異之，復前行，欲窮其林。林盡水源，便得一山。山有小口，彷佛若有光，便捨船從口入。初極狹，才通人。復行數十步，豁然開朗。土地平曠，屋舍儼然，有良田、美池、桑竹之屬。阡陌交通，雞犬相聞。其中往來種作，男女衣著，悉如外人。黃髮垂髫，并怡然自樂。①

陶淵明創作《桃花源記》并詩在其隱居十年之後，其内容帶著詩人濃郁的田園生活氣息，又設置以漁人發現此世外之境，則注定桃源意象將與隱居田園脫不了關係。然而桃源其景其事又并非實寫，而是具有志異志怪性質，脱離於當時的現實生活之外，并與當時殘酷的社會現實形成强烈的對立反差，故一般認爲桃花源是詩人想象中的烏托邦式的理想社會，代表了詩人對人類理想社會的一種嚮往，同時也引起了普遍的共鳴，代表著歷代民衆的美好愿望，故而具有經久不衰的藝術魅力，因此桃源意象廣泛地出現在詩文當中，成爲隱逸生活、理想生活的唯美象徵。

《桃花源記》開篇即載其實地在於武陵，儘管漁人所見之事奇異，其虛實相生的藝術結構讓後人在使用桃源意象之時，有著仙境化與現實化兩種不同的傾向。唐人即有將桃源仙境化的傾向，將桃源當成神仙的居所，這與唐人整體富於浪漫想象的人格氣質相關，同時唐代道教的興盛亦對之有所助益。清人王先謙云"《桃花源》章，自陶靖节之记，至唐，乃仙之"② 即指此況。宋人吴子良《林下偶談》"桃源"條云：

> 淵明《桃花源記》初無仙語，蓋緣詩中有"奇蹤隱五百，一朝敞神界"之句，後人不審，遂多以爲仙，如韓退之詩云：神仙有無何渺茫，桃源之説尤荒唐。劉禹錫云：仙家一出尋無踪，至今流水山重重。王維云：初因避地去人間，及至成仙遂不還。又云：重來遍是

---

① （晉）陶淵明著，孫鈞錫校注：《陶淵明集》，中州古籍出版社1986年版，第108頁。
② 王先謙：《吴中丞遊桃源洞記書後》，載《虛受堂文集》卷5，清光緒二十六年刻本。

桃花水，不下仙源何處尋。王逢原亦：惟天地之茫茫兮，故神仙之或
容；惟昔王之制治兮，惡魅魖之人；逢逮後世之陵夷兮，因神鬼之爭
雄。此皆求之過也。惟王荊公詩與東坡和桃源詩所言最爲得實，可以
破千載之惑矣。①

　　宋人尚理，對唐人的浪漫想象不以爲然，故又將桃源意象的內涵從世
外仙界重新拉回人間現實。吳子良文中所稱王安石與蘇軾對於桃源的闡釋
即是宋人的普遍態度。其中蘇軾的議論主要是指其《和桃花源詩》的
詩序：

　　　　世傳桃源事多過其實，考淵明所記，止言先世避秦亂來此，則漁
人所見似是其子孫，非秦人不死者也。又云殺雞作食，豈有仙而殺者
乎？舊說南陽有菊水，水甘而芳，民居三十餘家，飲其水皆壽，或至
百二三十歲。蜀青城山老人村有見五世孫者，道極險遠，生不識鹽
醯，而溪中多枸杞，根如龍蛇，飲其水故壽。近歲道稍通，漸能致五
味，而壽亦益衰，桃源蓋此比也……②

　　蘇軾從現實的角度考察桃源真實存在的可能性，認爲桃源與一般幽僻
的長壽村無異，是現世存在的避世之地，其觀點與唐人大相徑庭，故其詩
稱"欲知真一處，要使六用廢。桃源信不遠，藜杖可小憩"③，引入禪學
理論，認爲只要摒棄物欲，六根清淨，則可置身桃源，即心中有隱則無處
不爲隱世桃源。
　　吳子良文中所謂王安石的議論是指其詩《桃源行》，是從歷史的角度
來展開詩人對桃源的認識，其詩如下：

　　　　望夷宮中鹿爲馬，秦人半死長城下。避時不獨商山翁，亦有桃源
種桃者。此來種桃經幾春，採花食實枝爲薪。兒孫生長與世隔，雖有

----

① （宋）吳子良：《林下偶談》卷2，清文淵閣《四庫全書》本。
② （宋）蘇軾著，（清）王文誥、馮應榴輯注：《蘇軾詩集》，中華書局1982年版，第
2196—2197頁。
③　同上。

父子無君臣。漁郎漾舟迷遠近，花間相見因相問。世上那知古有秦，山中豈料今爲晉。聞道長安吹戰塵，春風回首一霑巾。重華一去寧復得，天下紛紛經幾秦。①

王安石筆下的桃源其實基本上已經没有了隱逸的意義内涵，也退去了陶淵明筆下桃源的唯美安逸。桃源居民之所以聚居在此，是因爲秦朝政局昏闇、戰事酷烈，百姓已經無處求得生存，逼不得已才藏身於此。詩中"兒孫生長與世隔，雖有父子無君臣"之句驚世駭俗，"重華一去寧復得，天下紛紛經幾秦"之句無限悵惘，看似感嘆生活在桃源中的避世之民，實際却是藉機表達詩人對現世的憂心。詩人其實并非真心想尋找一個類似桃源的地方，而是期望像堯舜一樣建立有效和諧的社會秩序，讓天下人皆能獲得現世之満足，不再需要費盡心思去尋找桃源、隱身於桃源，也就是説王安石渴望將天下建立成爲天下人的桃源。所以説王安石所謂的桃源其實是他自己的政治理想，是宋人對現實社會强烈責任感與淑世情懷的體現。

因爲宋儒的理性氣質、淑世情懷、社會責任感等多重因素，加之宋初設置桃源縣，將桃源這一想象中的子虛烏有之地落實於可觀可感的地理空間之中。如斯種種，讓桃源意象在宋詩當中呈現出現實化傾向，類似"桃源眼底是，何必尋雲表"（濮肅《述懷》）的表述比比皆是。

首先，在宋詩當中，桃源多是指代湘西北乃至瀟湘實地的地名。如劉摯《巳日泊桃源亭》詩云：

桃源亭北值佳辰，桃蕚飄殘晼晚春。緹幕惜芳林下子，綵袗修禊水邊人。風謡漸喜南音變，節物偏於久客新。道不與時當勇去，歸心何必計吳蓴。②

劉摯少時曾隨父居湘南，神宗朝王安石主政時期，又因與王安石政見

①　（宋）王安石著，馮惠民、曹月堂整理：《王安石集》，國際文化出版公司1998年版，第33頁。

②　《全宋詩》第12册，北京大學出版社1993年版，第7985頁。

不同出貶監衡州鹽倉，不久即歸家山東遷移祖墳，此詩當作於其北上歸家之時。據光緒《湖南通志》，詩中所謂桃源亭是宋人所建，正在桃源縣境內，詩歌所言正是實地抒懷。詩前面四句寫桃源之景，五六句表達客居之無奈與離貶所漸遠的欣喜，最後兩句道出心中所向，即是儒家常說的"有道則見，無道則隱"。"吳蓴"是吳地特有的蒓菜，詩人常用以表示思鄉之情，劉摯特意表白其歸家并非爲思念家鄉，而是強調其離開是"道不與時"的無奈選擇。桃源意象在此詩中雖有隱逸之意，然而此隱已非主動的、自由的、恬静的歸隱，而是飽含著詩人對朝堂政局與家國命運的深情不捨。

又如王紘《書旅邸壁》詩云：

> 雁外無書爲客久，蠻邊有夢到家多。畫堂玉佩縈雲響，不及桃源欸乃歌。①

據其詩自注，王紘元豐初年調官京師，寓家鼎州，其年已九十餘矣，嘗閱貴家歌舞，醉歸題詩於壁。詩人耄耋之年遠離家鄉，思鄉之情可以想見，然而其閱盡人間樂舞，最終卻認爲桃源漁歌最爲可心，則知其居桃源已是如居家中，自然愜意勝於京華繁榮，而此處的桃源，是其所居之地的實指。

其次，宋代湖湘詩歌當中，借桃源意象來表達隱逸之思的多是謫臣。上文劉摯的《巳日泊桃源亭》即是一例，另有詩人雖然并非道出武陵，但因行走湘境，亦常以桃源意象來表達相似的情緒。以李綱的《自蒲圻臨湘趨岳陽道中作十首》其五和《還自鼓山，過鱣溪，遊大乘榴花洞，瞻禮文殊聖像，漫成三首》其二兩首詩为例：

> 還驅征騎向三湘，行盡騷人放逐鄉。綠葉素榮歌橘頌，采衣姣服浴蘭湯。雲中帝子旌旗降，物外桃源日月長。便欲翛然與高蹈，故應脫屣謝軒裳。②

①《全宋詩》第17冊，北京大學出版社1995年版，第11754頁。
②《全宋詩》第27冊，北京大學出版社1996年版，第17723頁。

　　乞得明時多病身，歸來林下養天真。芒鞋竹杖未全老，藥竈酒壺隨分春。山寺遞傳鐘磬晚，田家收拾稻粱新。試窮溪上榴花洞，恐有桃源避世人。①

　　關於李綱，前文已引其漁父詩，其詩中涉及桃源意象者亦有數篇，命意與漁父詩相類。李綱是兩宋之交的剛猛武臣，意圖進取，不甘宋室苟安江南，然而朝中主政之臣一味避禍，不願奮進。李綱因之罷相後居於鄂州，又被移澧州，途中作《自蒲圻臨湘趨岳陽道中作十首》，所寫皆是眼中所見的湘中景物，所抒却皆是壯志未酬身先卒的憤恨與無奈之痛，其發出"千古均靈英爽在，固應笑我學餘醒"（其三）、"寧赴湘流非我事，托懷鵬鳥乃吾師"（其六）②的孤直壯音，自是以屈賈爲先賢榜樣，抱著九死不悔的決心。然而詩人有時又想著是否可以抛下這荒唐的世界，銷聲匿跡於田園之中，"物外桃源"的閑適對詩人無疑具有極大的誘惑力，只是若要高蹈，則必褪去戰靴與車服，則國之命運更加難測，如斯抉擇又豈是易事？桃源在這裏是詩人遭遇朝廷打擊心灰意冷下的精神田園，是一個在詩人心中所認定的無路可退時可以選擇的歸途，然而由詩人蹠武屈原的心志來看，却不一定會確實選擇斯途。事實證明，李綱的整個政治生涯都在爲宋朝的攻守殫精竭慮，而其謀數不見用，宋室之危由之愈重，其鞠躬盡瘁與孔明無異，即便是心灰意冷的絕望之時，又何曾真心以遁隱为途。當李綱之奏再次與朝廷衆議不合之時，終在紹興九年（1139）力辭帥潭州與荆湖南路安撫大使之職而歸家，歸家之後有詩《還自鼓山，過鱓溪，遊大乘榴花洞，瞻禮文殊聖像，漫成三首》，執杖遊玩，自得其樂，此中之桃源似是已有其實，然而以李綱之忠直豪邁或許當屬於朝堂沙場，不一定果真適合於世外之地。總之，其在翌年即逝世。或許桃源之實雖近在咫尺，於耿耿忠臣而言，却只是天涯。

　　此外，宋代湖湘詩歌當中桃源意象的特點還表現在隱逸內涵的弱化，這其實是桃源意象在宋詩當中的普遍特點，但是在湖湘詩歌當中尤爲明顯。其實在上文所引詩歌當中，桃源意象的隱逸內涵便不十分明顯。詩人

---

①　《全宋詩》第 27 册，北京大學出版社 1996 年版，第 17816 頁。

②　同上書，第 17723 頁。

們并不著意利用這個意象來表達自己的隱逸情懷，他們在途經武陵之時，桃源引發的詩意往往是詠懷而非隱逸，如唐庚《武陵道中》云："朝持漢使節，暮作楚囚奔。路入離騷國，江通欸乃村。垣墙知地濕，草木驗冬溫。寂寞桃源路，行人祇斷魂。"① 唐庚（1071—1121）此詩是其徽宗大觀年間南貶惠州途經武陵時作，詩中謫意凄切，然詩中引入桃源却并非因貶而生的隱逸之意，而是更帶被迫前往的"野地"之意，非樂居之土，詩人在這里以"寂寞"形容"桃源"正是刻意冷處理"桃源"帶給人的美好想象，讓讀者在傳統的唯美記憶與現實的荒蕪感之間産生巨大的反差，從而帶來一種反叛傳統意象内涵的新鮮感。

① 《全宋詩》第23册，北京大學出版社1995年版，第14998頁。

第八章　瀟湘石刻與人文景觀的宋代延伸

　　金石學是在宋代形成并興盛起來的。宋代重文輕武的政治取向與冠絶古史的文化發展高度使宋人對人文器物有一種濃厚的迷戀之情①，宋學疑古思潮的普遍性亦使宋人更執著於對承載著原始信息的器物的收藏與珍視，而宋代印刷業與拓印技術的發達也催生了宋人對文學傳播的自覺意識。基於諸種原因，金石學快速地在宋代繁榮起來，據學者統計，宋代私人收藏計 60 家，流傳至今的宋代金石學著作達 29 部②，不可謂不多矣。宋人對金石的熱情表現在詩歌上是大量詩刻的出現，湖湘歷來有石刻傳統，尤其是湘南的永州，刻詩風尚在宋代達到一個高潮，形成國內十分罕見的人文景觀。此處對於“景觀”的概念問題需要作出交代。景觀分爲自然景觀與人文景觀兩大類。自然景觀一般來説是指不經人力介入的天然形成的景觀，如本書第六章討論的“瀟湘八景”即以自然景觀爲主。人文景觀則強調人爲的創造，可能是人類某種社會意識、觀念經過積累、衍化而產生約定俗成的意義，也可能是人爲地對自然景觀作出一些改變甚至重塑。從人文景觀的形成過程考慮，又可將其分爲兩類：一類是超脱於實體的人類意識與觀念的積累，如本書第七章所探討的瀟湘傳統人文意象，則是主要由精神文明構成的“看不見”的人文景觀；另一類是運用人力改造或創造出來的景觀，如本章將要探討的瀟湘石刻，則是在自然景觀的基礎之上介入人力形成的“看得見”的人文景觀。湖南石刻相當之多，至宋尤盛，其中以浯溪、朝陽巖、澹巖三處的宋刻多而聞名，故下文對這三個地方的宋代詩刻進行重點考察，兼論宋人以石刻爲載體對前人文明傳

---

① 可參看周裕鍇《宋代詩學通論》，上海古籍出版社 2007 年版，第 102—105 頁。

② 夏超群：《宋代金石學的主要貢獻及其興起的原因》，《北京大學學報》1982 年第 3 期。

統的繼承與發揚。

第一節　主題多元的浯溪

　　浯溪在永州的祁陽縣，是湘水的一條支流，亦指其溪水所在地的地名。浯溪溪畔有小山，山上遍布異石，石潔白而光亮，又兼質地堅硬，歷代詩人騷客多聚集於此，刻詩石上，形成了"滿山皆字，無石不詩"的神奇碑林景觀。據統計，歷經從中唐至民國的千年積累，浯溪現存碑刻505 方，而宋代浯溪碑刻多達 167 方，現存 115 方，其中詩刻 71 方，現存52 方，以其年代之久、數量之多來看，在國內實屬罕見。不過開創浯溪碑林者并非宋人，而是中唐文人元結，浯溪之名亦出於元結。元結（719—772），河南魯山人，代宗廣德元年（763）十二月首赴任道州刺史，大曆元年（766）再任道州刺史，大曆四年丁母憂居於浯溪，至大曆七年正月朝京師，前後跨度十年，其間在湘八年，居浯溪三年。元結刻石浯溪却比結廬浯溪要早，大曆二年（769），元結過浯溪時因愛其地溪水清澈絕勝，故取名爲"吾溪"，意"爲吾所有"之溪，又自造字"浯"，故"浯溪"得名。其後又命浯溪山上之天然石臺爲"峿臺"，臺上建亭爲"㠄庼"，并分別作《浯溪銘》《峿臺銘》《㠄庼銘》，請刻工勒於石上，從此拉開了浯溪刻石的序幕。四年之後，元結丁憂去官，因愛浯溪風景之勝，故結廬寓居溪畔，恰逢大書法家顏真卿來訪，元結揀出篋中舊稿請顏真卿書於石上，此即聞名天下的《大唐中興頌》。自此浯溪聲名響徹江湖，歷代士子紛至踏來，於石上賦詩、作詞、構文、題名、寫畫，成就了一場延續千年的文化盛宴。

一　浯溪詩刻的多主題呈現：以蘇門學士詩歌爲例

　　因爲元結與顏真卿的《大唐中興頌》及元結"三吾銘"的傳統，加之浯溪這一固定地緣的特點，使得浯溪詩刻的主題有著相對的統一性。同時因爲文化內涵的不斷疊加，浯溪的地方書寫呈現出多主題風貌。忠義頌德、懷古追賢及隱逸是浯溪文學書寫的經典主題。宋代浯溪詩刻當中不乏名家手筆，蘇門文人張耒、秦觀、黃庭堅三人不同程度地與浯溪產生聯繫，先後題詠浯溪，對以上主題各有表達，且他們善於將自我主觀身世融

入地方書寫當中，産生強大的藝術感染力。不僅如此，蘇門文人還開闢了
浯溪書寫新主題，黃庭堅的《書摩崖碑後》論史殊俗，引發眾人爭論，
成爲史論新主題；而蘇門諸人的浯溪留題之間互有勾連，表達出師友厚
誼，形成特有的内部"友情"主題。也就是説，蘇門詩人在吟詠浯溪之
時，其詩歌内涵表現出相似性與相異性并存的特點，故本書選擇以蘇門文
人的題詠來呈現浯溪詩刻的多主題特點。

胡仔《苕溪漁隱叢話》有言："余頃歲往來湘中，屢遊浯溪，徘徊磨
崖碑下，讀諸賢留題，惟魯直、文潛二詩傑句偉論，殆爲絶唱，後來難措
詞矣。"[①] 對黃庭堅與張耒這兩位蘇門學士刻在浯溪碑林的兩首詩評價尤
其之高。這兩首詩都還涉及另一位蘇門學士，即秦觀，而秦觀自己亦有詩
吟詠浯溪。下文將對此進行分別論述。

（一）張耒《讀中興頌碑》傳統主題的呈現：忠義頌德與懷古追賢

張耒的浯溪刻詩《讀中興頌碑》基本是圍繞著浯溪的傳統主題展開。
其詩如下：

> 玉環妖血無人掃，漁陽馬厭長安草。潼關戰骨高於山，萬里君王
> 蜀中老。金戈鐵馬從西來，郭公懍懍英雄才。舉旗爲風偃爲雨，灑掃
> 九廟無塵埃。元功高名誰與紀，風雅不繼騷人死。水部胸中星斗文，
> 太師筆下龍蛇字。天遣二子傳將來，高山十丈磨蒼崖。誰持此碑入我
> 室？使我一見昏眸開。百年廢興增歎慨，當時數子今安在？君不見荒
> 涼浯水棄不收，時有遊人打碑賣。[②]

這首詩《張右丞集》與《永州府志》皆有載。關於主題和内涵，詩
前四句寫唐玄宗因女色招致大患而奔蜀的史事，突出玄宗從權力高峰墜落
的人生無常，可謂之悲君王。五至八句寫郭子儀等將領用兵作戰英武神
勇，平定安史之亂恢復唐室江山，可謂之頌忠義。九至十六句寫元結、顏
真卿爲之作頌書於崖壁永紀中興之功，及詩人看到頌碑拓本時驚喜的感

① （宋）胡仔：《苕溪漁隱叢話前集》，載《筆記小説大觀》，江蘇廣陵古籍刻印社 1983 年
版，第 322 頁。

② （清）陸增祥：《八瓊室金石補正》，吳興劉氏希古樓 1925 年刊本，第 5470 頁。

受，可謂之贊元顔。詩最後四句話鋒一轉，感嘆歷史之興廢，頌碑之荒涼，可謂之悲歷史。從人生之幻滅至中興之繁榮，至元顔贊頌，最終又歸至歷史之幻滅，全詩架構恢宏大氣而情感一波三折，其總體基調是悲涼的。而在這種悲涼感當中，仍不可掩蓋忠義頌德與品評元顔先賢兩大傳統主題的交織并行。不過，張耒詩的頌德與元結中興碑的頌德已有不同，元結所頌乃二聖之君德，而張耒所頌乃郭將軍與元、顔三人的臣德，已經透露出後來黃庭堅發史評新聲的訊息。

需要指出的是，在浯溪書寫當中，詩歌的多主題性不僅體現在不同文人的不同作品中，如黃庭堅《書摩崖碑後》同樣以中興頌碑爲題，其議論主題却與張耒的《讀中興頌碑》完全不同。同時，浯溪詩歌的多主題性也體現在同一文人的同一作品中，經過數百年的詩意積累，"浯溪"這個詞匯本身就承載著不同指向的豐富內涵，每一種指向的內涵都可以是詩歌創作的主題，然而詩人在實際創作當中，不一定只選取一種內涵進行吟詠，而常常是將多種內涵同時呈現在詩歌當中，這就形成了同一首詩中多主題的存在，如張耒《讀中興頌碑》此詩，則融入了忠義頌德與懷古追賢這兩種浯溪的經典主題。

前文談到張耒的這首詩與秦觀相聯繫，其實這又關係到張耒的這首詩歌幾個需要解決的歷史遺留問題：一是此詩的作者問題，二是此詩創作時間的問題，三是秦觀書寫上石的問題。

關於《讀中興頌碑》的作者問題，其疑問在於這首詩究竟是張耒作還是秦觀作，這在歷史上算是打了一場持久的官司。最早是與蘇門學士生活時代有重合但稍晚的韓駒提出質疑，其觀點見於胡仔《苕溪漁隱叢話》：

> 《復齋漫錄》云韓子蒼言：張文潛集中載《中興頌詩》，疑秦少遊作，不惟浯溪有少遊字刻，兼詳味詩意，亦似少遊語也。①

謂韓駒曾懷疑《讀中興頌碑》乃出自秦觀手筆。其理由有二：一是浯溪

---

① （宋）胡仔：《苕溪漁隱叢話前集》，載《筆記小說大觀》，江蘇廣陵古籍刻印社 1983 年版，第 323 頁。

刻石乃秦觀所書；二是詩意近於秦觀風格。初看似是有理，而問題在於以石上字跡爲秦觀所書不能斷定詩乃秦觀作，因爲浯溪諸多題刻當中多見爲他人書者，浯溪碑林開創者元結的《大唐中興頌》與"三吾銘"皆非元結親筆題寫，而是他人代書，黃庭堅也曾在浯溪代書元結與陶淵明的詩歌上石，因而此況并不爲奇。而以詩歌特點來論，張耒詩疏蕩平易，秦觀詩細膩深婉，風格差異確實比較大，但從《讀中興頌碑》來看，其詩之流暢奔放似乎更近於文潛手筆，不知韓駒所謂"似少遊語"是就何而言。其實以詩意判定作者本不可足信，因爲每個詩人的風格在不同的情境之下都可能呈現出多樣性。

且《苕溪漁隱叢話》又言：

> 余遊浯溪觀磨厓之側有此詩刻石，前云"《讀中興頌》，張耒文潛"，後云"秦觀少遊書"，當以刻石爲正，不知子蒼亦何所據而言耶。①

即胡仔親至浯溪，所見刻石乃分明記載詩乃張耒作，字乃秦觀書（今石上已不見此數字），此事似已無爭議。但是胡仔之後仍有秦觀僞托張耒之名的説法。

第二個認爲此詩作者是秦觀者乃南宋的曾敏行，曾敏行與胡仔同時而稍晚於胡仔，其《獨醒雜志》曰：

> 秦少遊所賦《浯溪中興詩》，過崖下時蓋未曾題石也。既行次永州，因縱步入市中，見一士人家，門户稍修潔，遂直造焉，謂其主人曰："我秦少遊也，子以紙筆借我，當寫詩以贈。"主人倉卒未能具，時廊廡間有一木機瑩然，少遊即筆書於其上，題曰"張耒文潛作"，而以其名書之。宣和間其木機尚存，今此詩亦勒崖下矣。②

---

① （宋）胡仔：《苕溪漁隱叢話前集》，載《筆記小説大觀》，江蘇廣陵古籍刻印社 1983 年版，第 323 頁。
② （宋）曾敏行：《獨醒雜志》卷 4，清知不足齋叢書本。

直言此詩乃秦少遊所作，且記事頗詳。然未言秦觀爲何落款張耒作，此説不見其他文獻，而文曰秦觀入一士人家，徑稱自己是秦少遊，既藉紙筆，又徑自題詩木機之上，實在不像是敏感多愁的秦觀在貶謫途中之行事，而更像是後人附會之説。

第三個認爲詩出自秦觀手筆的是南宋的王象之，其《輿地碑目》與《輿地紀勝》載：

> 《中興頌碑》，秦少遊詩，云：“玉環妖血無人掃，漁陽馬厭長安草。潼關戰骨高於山，萬里君王蜀中老。”①

所録即張耒《讀中興頌碑》詩前四句。然而他并未給出任何理由，不明其説從何而來。

稍後又有祝穆亦認爲詩乃秦觀作，并且他首次解釋了爲何作者是秦觀而詩收入張耒集中。其觀點載於《事文聚類》“居喪作詩”條：

> 梅聖俞至寧陵寄詩云：“獨獲慈母喪，淚與河水流。河水終有竭，淚泉常在眸。”彦猷持國，譏作詩早。余應之以《蓼莪》及傅咸《贈王何二侍中詩》亦如此。按晉孫綽詩序：“自丁荼毒，載離寒暑，不勝哀號，作詩一首，敢冒諒闇之譏，以伸罔極之痛。”故洪玉甫以魯直丁母憂絶不作詩。夫魯直不作者以非思親之詩也，孫綽作者以思親之詩也，聖俞之早，何傷乎？秦少遊初過浯溪，題詩云“玉環妖血無人掃”。以被責憂畏，又方持喪，手書此詩，借文潛之名，後人遂以爲文潛，非也。②

據祝穆所載，秦觀託名張耒的理由是秦觀其實戴罪被貶，并且禮執丁憂，不便實名作詩。後來元人盛如梓《庶齋老學叢談》亦謂：

---

① （宋）王象之：《輿地碑記目》卷2，清文淵閣《四庫全書》本。（宋）王象之：《輿地紀勝》卷56，清文淵閣《四庫全書》本。
② （宋）祝穆：《事文類聚》卷53，清文淵閣《四庫全書》本。

《題浯溪中興頌》"玉環妖血無人掃"，世以爲張文潛作，實少遊筆也，時被謫憂畏，又持喪，乃托名文潛以名書爾。①

其觀點與祝穆同，應該來源於祝穆。這種説法看起來很合理，但是祝穆與盛如梓都未説明此説來源，而且聯繫《古今事文類聚》前文來看，似仍有疑問。其文討論梅堯臣居喪作詩妥與不妥，通過多方舉例證明居喪期間不可作詩，若是思親之詩則可，前面幾例皆是如此，唯有秦觀一例，居喪期間所作乃與思親無關的詩歌，雖是託名，却仍不合禮，以此來看，此舉當非君子所爲，非秦觀所爲。然而，秦觀早孤，紹聖三年秦觀是否居喪亦值得懷疑，首先，《淮海先生年譜》中并没有居喪記載，只記秦觀至洞庭時有《祭洞庭湖神》文曰"投竄湖南，老母戚氏年踰七十，久抱末疾，盡室幼累幾二十口，不獲俱行，既寓浙西，方令男湛謀侍南來"②，時在十月。其次，是年秦觀經衡州、至郴陽道中時皆有詩作，至郴州時在年末。如果説秦觀因爲丁憂不可作詩故託名張耒，則這前後三月内所作詩歌就無法解釋了。因此可以説丁憂託名之説是不成立的。此外，祝穆又謂戴罪貶居也是秦觀託名張耒的理由之一，而張、秦二人皆"元祐黨人"，秦觀過浯溪時應該是在紹聖三年赴編管郴州的途中，其時張耒亦罷守宣州，入京除管勾明道宫，秦觀若因貶謫而託名同樣謫居的張耒，則實在是無理。而從詩句來看，"誰持此碑入我室？使我一見昏眸開"兩句分明表示此詩作者并未親至浯溪，詩乃觀拓本所作，則説明這首詩并非親過浯溪并手書上石的秦觀所作。

關於詩歌的創作時間問題，邵祖濤《張文潛先生年譜》曰：

大觀四年庚寅五十七歲。三月癸亥，詔罪廢人稍加甄叙，能安分守者不俟滿歲各與叙進，以責來效。監南嶽廟，主管崇福宫當在是年。《永州府志·金石略》引《湖南通志》云：張文潛《浯溪詩》當是監南嶽廟時遊題，蓋在宣和時。

按先生足跡未至衡永，《浯溪詩》係見拓本而作，非親造碑下

① （元）盛如梓：《庶齋老學叢談》卷中之下，清知不足齋叢書本。
② （清）秦鏞：《淮海先生年譜》，清嘉慶刻本。

也。"誰持此碑入我室，使我一見昏眸開。"此二句可證。且《金石略》中但標題"宋張耒浯溪詩"六字，注云"詩未見"。蓋當時未刊於石，以其非遊題之作也。至謂南嶽在衡永，廟亦當在衡永，則又不然。《東都事略·陳瓘傳》移郴州監中嶽廟，《陳師錫傳》遇赦監涇州南嶽廟，南嶽廟且可建於涇州。先生之監南嶽廟當即在陳州境內。《宋詩紀事》削去監南嶽廟，字祇云主管崇福宮樊榭，蓋亦謂崇福宮在陳州云。《永州府志》謂先生《遊題浯溪》在宣和時，其謬誤更不足辨。①

邵祖濤對張耒行蹤的考察基本上是比較清楚的，對張耒詩歌當時未刊於石的判斷也很有説服力，但是認爲張耒此詩作於大觀四年則有待考察。首先，既然南嶽廟可不在衡永，那麼張耒作此詩與監南嶽廟可以毫無關係，則沒必要又將其詩創作時間歸於監所謂的"陳州南嶽廟"時。此外，秦觀早在元符三年已經謝世，既然這個石刻可以確定是秦觀書寫（從前文所引文獻可知），那麼張耒作此詩的時間則不可能在大觀四年，更絶不可能在《永州府志》所謂的宣和年間，而至少是在元符三年之前。又秦觀紹聖三年被貶編管郴州，從處州赴郴州途中需經過浯溪，而徽宗立後從雷州放歸之時，至廣西藤州即卒，尚未至浯溪，所以秦觀應該是在紹聖三年赴郴州途中經浯溪時將張耒詩題寫上石的。具體時間據《淮海先生年譜》，其十月至嶽陽青草湖，岁暮至郴州，則至永州浯溪的時間大概是在十一月。那麼張耒此詩的創作時間肯定是在此之前。而元祐年間，蘇門中人皆奉於朝，張耒得此拓片而獨自作詩的可能性不大，最有可能的是在紹聖年間因黨禍各人皆出朝時所作，據《張文潛先生年譜》，張耒紹聖元年知潤州，二年坐元祐黨籍徙宣州，三年罷而入京除管勾明道宮，四年謫監黃州酒税。張耒在紹聖三年執宮觀事時較爲悠閒，且年譜載其曾多閲拓片，雖未提及《大唐中興頌》碑，但曾得見也未可知。

從秦觀書寫刊石來看，秦觀泊舟浯溪親瞻《中興頌碑》時，何以不自作詩，而借張耒之詩手書上石呢？恐怕這才是其自作不便造成的結果。紹聖三年，秦觀從貶監處州酒税任上以題詩僧壁被诬为寫佛書而獲罪，削

---

① （清）邵祖壽：《張文潛先生年譜》，民國柯山集本。

秩徙郴州，親人離散，心情可謂跌至谷底。與其他蘇門學士不同，秦觀生性多愁善感，他找不到更好的方式來排遣苦悶，而早前能借以遣意的詩歌吟咏也成了再次遭逐的理由，在這種時候，或許只有與他同樣淪落天涯的好友能給他一些精神慰藉。當秦觀南遷之舟暫艤浯溪時，他讀到了元顏二人的《大唐中興頌》，作爲一個曾有過一時的風光而後便跌入人生谷底的敏感而細膩的詩人來說，其感受沉痛而複雜，非詩難以抒懷，然而他又不可大張旗鼓地題詩於壁，於是他很自然地就想到了好友張耒的詩歌。張耒詩結構曲折婉轉，情感上滄桑悲涼，此或是韓駒以爲詩出自秦觀之手的理由。不可否認的是，此詩在線索上的曲折與情緒上的悵惘與秦觀此時呈現出來的人格氣質是很吻合的。然而也正因此，秦觀才會選擇好友張耒這首能完全爲其心意代言的詩歌題寫上石。

其實爭論這首詩究竟出自何人之手的意義并不大，因爲同爲蘇門中人，他們當時的處境相似，心態相似，各人或許有不太一樣的排遣方式，但他們對於歷史、對於現實、對於人生的觀感是大致相同的，這一首詩幾乎能夠同時表達蘇門中所有人的心意，那麼它到底是署張耒的名還是秦觀的名甚至是完全不相干的黃庭堅、晁補之的名字又有什麼關係呢？

張耒的《讀中興頌碑》刻石之後流佈甚廣，宋人之中即有李清照與江瓊唱和其詩。其中李清照詩曰《和張文潛浯溪中興頌二首》：

> 五十年功如電掃，華清花柳咸陽草。五坊供奉鬥雞兒，酒肉堆中不知老。胡兵忽自天上來，逆胡亦是奸雄才。勤政樓前走胡馬，珠翠踏盡香塵埃。何爲出戰輒披靡，傳置荔枝多馬死。堯功舜德本如天，安用區區紀文字。著碑銘德真陋哉，乃令鬼神磨山崖。子儀光弼不自猜，天心悔禍人心開。夏爲殷鑒當深戒，簡策汗青今具在。君不見，當時張說最多機，雖生已被姚崇賣。（其一）

> 君不見驚人廢興傳天寶，中興碑上今生草。不知負國有奸雄，但說成功尊國老。誰令妃子天上來，號秦韓國皆天才。苑桑羯鼓玉方響，春風不敢生塵埃。姓名誰復知安史，健兒猛將安眠死。去天尺五抱甕峰，峰頭鑿出開元字。時移勢去真可哀，奸人心醜深如崖。西蜀萬里尚能返，南內一閉何時開。可憐孝德如天大，反使將軍稱好在。

嗚呼！奴輩乃不能道輔國用事張后專，乃能念春薺長安作斤賣。（其二）①

李清照的詩風與其詞風很不一樣，由此可見一斑。其詩夾風帶電、爽利潑辣，與其詞之婉約深致完全是兩種不同的風格。李清照詩雖是次張文潛韻，其立論却與張末大相徑庭。詩其一寫玄宗晚年奢侈淫逸，致使早年所建功業瞬間崩潰，又謂若真爲明君則無須記頌，元子之頌實乃史鑒，如"夏爲殷鑒"的"簡策汗青"等文獻一樣，只爲提醒後人引以爲戒。詩其二批評世人只知贊頌復國之良將，而不知鞭笞覆國之奸人，肅宗登極，玄宗被棄，已是不孝，而肅宗又重用李輔國與張皇后等佞人，其情形與玄宗當年寵信楊妃、安禄山等人又有何異？其對唐史議論不拘一格，令人耳目一新。與張末原詩相比，李清照對唐朝那場大亂有著更爲鞭辟入裏的分析，亦有毫不留情的嘲諷，而她的著眼點主要在於以史爲鑒，明顯地融入對宋廷執政者的警告。李清照詩石上未見，史上亦不尋其至浯溪之痕跡，今人黃盛璋《趙明誠、李清照夫婦年譜》謂李清照此詩作於元符三年前後，雖不知以何爲據，不過若是屬實，則其時李清照年僅十六歲，尚未出閣，能有如此眼光實在令人嘆服。而其後崇寧三年黃庭堅《書摩崖碑後》對肅宗提出嚴厲批評，向來被目爲創論，如若易安詩早於山谷詩，那麼恐怕此創論之譽當歸於李清照。又清人陳宏緒《寒夜録》云：

> 李易安詩餘膾炙千秋，當在金荃蘭畹之上。古文如《金石録後序》自是大家舉止，絶不作閨閣妮妮語，《打馬圖序》亦磊落不凡。獨其詩歌無傳，僅見《和張文潛浯溪中興碑》二篇，丞録出之……二詩奇氣橫溢，嘗鼎一臠已知爲駝峰麟脯矣，古文詩歌小詞并擅勝場，雖秦黃輩猶獨難之，稱古今才婦第一不虛也。②

對李清照詩詞評價頗高，甚至稱秦觀、黃庭堅亦有不及，其比秦觀當然是指詞而言，比黃庭堅則是指詩。不論其他，從《中興碑》這一共同主題

---

① （宋）李清照撰，王步高、劉林整理：《李清照全集》，珠海出版社2001年版，第22頁。
② （清）陳宏緒：《寒夜録》下卷，清鈔本。

的詩作來看，易安詩的確毫不遜色於山谷詩。

　　（二）舊主題中自我身世的并入：秦觀與黃庭堅在黨禍下的隱逸之心

　　紹聖三年（1096）冬，秦觀泊舟浯溪，親瞻中興頌碑，除了書張未之詩上石之外，亦自有抒懷，詩曰《漫郎》：

> 　　元公機鑒天所高，中興諸彥非其曹。自呼漫郎示真率，日與聾叟爲嬉遨。是時妖星殞未久，關輔擾擾猶弓刀。百里不聞易五殺，三士空傳殺二桃。心知不得載行事，俛首刻意追風騷。字皆華星章對月，漏泄元氣煩揮毫。猗玗春深茂花竹，九疑日暮鳴哀猱。紅顏白骨付清醥，一官於我真鴻毛。乃知達人妙如水，濁清顯晦惟所遭。無時有祿亦可隱，何必龕巖遠遁逃。①

　　秦觀此詩題下自注曰"分韻得桃字"，即知此詩乃與衆人唱酬之作。浯溪石上不見此詩，歷代文獻中亦不見其詩上石之記載。今人桂多蓀《浯溪志》將之歸入上石之詩，而所引曾敏行《獨醒雜志》所記之條目明顯是指張未《讀中興碑》詩，桂多蓀《浯溪志》節錄其言，將之强附於秦觀《漫郎》詩之上，如此疏漏，實難徵信。

　　對於秦觀此詩并未上石的原因，可以從黨禍之惡與秦觀的畏禍之心來理解，《淮海先生年譜》載：

> 　　紹聖三年丙子，先生年四十八。先生在處州，既罷職，乃修懺於法海寺，因題壁云："紹聖元年，觀自國史編修官，蒙恩除館閣校勘通判杭州道，貶處州管庫三年，以不職罷，將自請田以歸，因往山寺中修懺，日書絕句於住僧房壁。云：'寒食山川百鳥喧，春風花雨暗川原。因循移病依香火，寫得彌陀七萬言。'"先是使者承望風指侯伺過失，卒無所得，至是，遂以謁告寫佛書爲罪，削秩徒郴州。②

　　朝堂小人對元祐諸臣迫害的無恥卑劣程度絲毫不遜色於早年的"烏

---

① （宋）秦觀著，徐培均箋注：《淮海集箋注》，上海古籍出版社1994年版，第64頁。

② （清）秦鏞：《淮海先生年譜》，清嘉慶刻本。

臺詩案"，而無孔不入的探報使者也時刻讓人感到惶恐。秦觀因題詩僧壁而被冠以寫佛書這樣莫須有的罪名，讓他事後仍心存餘悸，絕不再敢在貶途中賦詩題壁了，即便是這樣一首很"純粹"的與政治無關的詩歌，秦觀亦未曾將之上石，足見他對朝堂執政者捕風捉影的卑劣打擊手段的入骨畏懼。

這種畏禍之心很容易引發詩人思歸山林之意，尤其在浯溪這樣一個先賢曾發出"吾欲求退，將老茲地"① 之聲而隱逸傳統由來已久的地方。秦觀的《漫郎》其實主要是以隱逸爲主題展開的。即便如王士禛《浯溪考》所謂"少遊詩雖不云爲《中興頌》而作，但'心知'以下四句非《中興頌》不可以當之，故錄次魯直、文潛之後"②，仍不可否認秦觀此詩著眼點主要在於稱頌元結之隱。詩首四句謂元結天賦極高非中興諸臣之輩可比，而元結又天真率性，以漫郎、聾叟之名嬉遊自得於天地之間。詩五至八句略談歷史，如蜻蜓點水一般稍提即休，值得注意的是，對待楊妃，張耒詩論乃説"玉環妖血"，秦觀亦目之爲"妖星"，在這一點上二人如出一轍。第九句自謂"心知不得載行事"，分明仍在爲書詩於僧壁而獲罪之事心有餘悸。政治之高壓與黨禍之惡劣再一次在蘇門詩句中得以突顯。緊接著的後面三句如王士禛所言乃贊元結《大唐中興頌》文辭。而詩後八句又回至元結之漫性隱逸，"猗玗"洞乃兵亂起時元結舉家避亂之所，元結後因之自號"猗玗子"，"九疑"即九疑山，在道州，是元結兩任刺史之所，兩地皆是風景絶勝之所，元結在此兩地的身份雖是一隱一官，然而其狀態却皆似是隱一般自在，故説"一官於我真鴻毛""無時有祿亦可隱"，在秦觀看來，元結所實踐的隱逸其實與出世入世關係不大，其關節點在於心態之持平，"乃知達人妙如水，濁清顯晦惟所遭"二句所言即是人生當如水質一般隨物賦形，不隨外物之變化遭遇而改變内心的平衡。可以説内心敏感脆弱的秦觀在元結這裏找到了一種保持生命均衡的秘方。

秦觀畏禍如斯，以致向隱，黃庭堅又何嘗不是如此。紹聖三年秦觀遭一再追貶而遣懷於詩，八年之後黃庭堅亦因文字獲罪過浯溪，留題頗多。

① （唐）元結撰，孫望校：《元次山集》，中華書局上海編輯所1960年版，第151頁。
② （清）王士禛：《浯溪考》卷2，載《叢書集成三編》第79册，新文豐出版公司1997年版。

在蘇門黃、秦、張三人當中，以黃庭堅居留浯溪的時間最久，留題浯溪的石刻最多，其浯溪刻石名氣最大，對浯溪書寫主題開創的影響亦最爲深遠。

崇寧三年（1104）三月，黃庭堅在赴廣西宜州貶所途中經停浯溪多日，留下了并序詩《書摩崖碑後》一首、題記一則、元結《欸乃》曲二首、陶淵明詩四首，途中所作，不可謂不多矣。

關於黃庭堅遭貶理由，史載：

> 庭堅在河北與趙挺之有微隙，挺之執政，轉運判官陳舉承風旨，上其所作《荆南承天院記》，指爲幸災，復除名，羈管宜州。①

事實上《荆南承天院記》一文的内容只是議論寺廟修建耗費過多，進而抒發對百姓困苦生活的同情，倡"王者之刑賞以治其外，佛者之禍福以治其内"②，本質上是利國利民之論，却被指"謗國幸災"而降罪，這種誣陷迫害的可怕怎能不讓人膽寒心栗。

又王明清《揮麈後録》"黃魯直浯溪碑曾公衮下欲書姓名"條載：

> 崇寧三年黃太史魯直竄宜州，攜家南行，泊於零陵，獨赴貶所。是時外祖曾空青坐鈎黨先徙是郡，太史留連逾月，極其歡洽，相予酬唱，如《江楲書事》之類是也。帥遊浯溪，觀中興碑，太史賦詩書姓名於詩左，外祖急止之云："公詩文一出，即日傳播。某方爲流人，豈可出郊？公又遠徙，蔡元長當軸，豈可不過爲之防邪！"太史從之，但詩中云"亦有文士相追隨"，蓋爲外祖而設。③

曾空青，即曾紆，字公衮，曾布之子。《揮麈録》的著者王明清，字仲言，乃曾紆外孫，故文中稱其爲外祖。崇寧三年（1104），曾紆亦因入元祐黨籍而貶在永州，黃庭堅來時，二人相見甚歡，盤桓一月，結伴同

---

① （元）脱脱：《宋史》，中華書局 1975 年版，第 13110 頁。
② （宋）黃庭堅著，劉琳等校點：《黃庭堅全集》，四川大學出版社 2001 年版，第 1488 頁。
③ （宋）王明清：《揮麈後録》，中華書局 1961 年版，第 170 頁。

遊，多有酬唱。遊浯溪時，黃庭堅應眾人之請作《書摩崖碑後》，將二人名字書於詩末，曾空青急忙從旁提醒：二人皆是戴罪遭貶之人，豈可出遊作詩？此詩若傳到當政者蔡京的耳中，恐怕又要招來罪患。黃庭堅聞此，只好作罷。雖遠在湘南鄙地，然而這種對政敵迫害的恐懼讓流人有如驚弓之鳥一般，時刻都需小心謹慎，如履薄冰。也正因此，黃庭堅的這首詩并未即時上石，直到黃庭堅去世多年之後，才由他人自出私錢刻於《中興頌》碑左側，使之廣見於世人。

黃庭堅性格沉潛而堅韌，史載其向來"泊然，不以遷謫介意"①，不過細讀其浯溪留題，則可窺見其避禍思隱之心。對於黃庭堅而言，包括題記與元結、陶淵明詩在內的三種刻石，都是對元結出世隱逸的呼應。黃庭堅對元結遇事則出、無事則隱的進退之法是欽服的，對其隱逸也有追慕之心，故而題記稱：

> 余與陶介石繞浯溪尋元次山遺跡，如《中興頌》《峿臺銘》《右堂銘》，皆眾所共知也。與介石裵徊其下，想見其人，實探千載尚友之心，最後於唐亭東崖，披翦榛穢，得次山銘刻數百字，皆江華令瞿令問玉筯篆，筆畫深穩，優於《峿臺銘》也。故書遺長老新公，俾刻之崖壁，以遺後人。山谷老人書。②

黃庭堅"披翦榛穢"，找尋元子遺跡，所尋得的江華令瞿令問所書之玉筯篆即最早的《浯溪銘》，黃庭堅遺文作書，俾人刻石，將元結此銘發明於世，實是出之對元結伴居山林、制字名之、"旌吾獨有"的隱逸情懷的欽羨。

然而只此仍是不夠，故又將元結詩歌《欸乃曲》二首刻於崖壁：

> 千里楓林煙雨深，無朝無莫有猿吟。停橈靜聽曲中意，好是雲山韶濩音。
>
> 零陵郡北湘水東，浯溪形勝滿湘中。溪口石顛堪自逸，誰能相伴

---

① （元）脱脱：《宋史》，中華書局 1975 年版，第 13110 頁。

② （清）陸增祥：《八瓊室金石補正》，吳興劉氏希古樓 1925 年刊本，第 5465 頁。

作漁翁。

　　右元次山《欸乃曲》，"欸"音靄，湘中節歌聲。子厚《漁父詞》有"欸乃一聲山水淥"之句，書"款乃"，少年多承誤妄用之，可笑。[1]

《欸乃曲》本湘中漁父民歌，元結作之，是以漁父自比，黃庭堅刻之，則是彰顯元結之隱。黃庭堅因元祐黨事，半生以來，屢遭迫害，顛沛流離於途中，莫論居廟堂而爲社稷，連自身性命亦常常堪憂，當其流連於先賢隱居之地時，感慨之餘，不乏嚮往，而通過這種嚮往與書寫，黃庭堅也在一定程度上獲得了內心的安寧。

　　黃庭堅對隱逸生活的嚮往不僅表現在其對元結舊文的重題之上，他在浯溪嘉會亭刻石陶淵明四首詩歌亦是此意。此四詩分別是《飲酒》十二首其九（"清晨聞叩門，倒裳往自開"）、其四（"棲棲失群鳥，日暮猶獨飛"）和《移居二首》其一（"昔欲居南村，非爲卜其宅"）、其二（"春秋多佳日，登高賦新詩"）。

　　黃庭堅此四詩乃胡仔親見，湖南歷代方志包括宋溶《浯溪新志》亦有載，只惜嘉會亭現已不考其處，刻石亦難尋蹤跡，不過此四詩亦是在黃庭堅晚年赴宜州貶所經祁陽時所作，即崇寧三年（1104）三月，可推想此嘉會亭或在浯溪附近，甚至正在浯溪亦未可定。陶淵明"清晨聞叩門"一詩是其組詩《飲酒》十二首其九，所述乃詩人隱居山林時與田父共飲之歡；"棲棲失群鳥"詩是《飲酒》其四，表達詩人離群索居之孤獨與寧可孤獨亦要守志其所的決心；"昔欲居南村"一詩是組詩《移居》二首其一，抒寫詩人潛居野村陋宅之樂；"春秋多佳日"詩是《移居》其二，亦述隱居生活中詩酒耕讀之趣。在嘉會亭刻下的這一組詩可以說完整地透露了黃庭堅精神世界的另一面，不能在自己的詩作當中表白的隱逸情懷藉陶詩得到了抒發。

　　其實浯溪地方書寫當中，以隱逸爲主題的詩歌並不少見，然而大多只是應了浯溪的虛景，不似秦觀、黃庭堅是在閱盡朝堂險詐、沉潛苦悶之後轉換爲對生命自由的真心渴望。也正是因爲他們將自己的真實身世融入隱

---

① （清）陸增祥：《八瓊室金石補正》，吳興劉氏希古樓 1925 年刊本，第 5464 頁。

逸這一傳統主題當中，無論是自我創作還是對前人作品的發明，都使得他們的“思隱”迸發出强大的藝術感染力。

（三）新主題的崛起：黃庭堅史評新聲引發激烈爭論

黃庭堅在浯溪的詩刻是《書摩崖碑後》，詩爲七古，前有長序，後有兩則刻者跋語，是黃庭堅諸多浯溪題刻當中影響最大的作品，也是浯溪宋代時段中最重要的石刻作品。以下是石刻原文：

> 崇寧三年三月己卯，風雨中來泊浯溪。進士陶豫、李格，僧伯新、道遵同至《中興頌》崖下。明日，居士蔣大年、石君豫，太醫成權及其姪逸，僧守能、志觀、德清、義明等衆俱來。又明日，蕭褎及其弟裹來。三日徘徊崖次，請余賦詩。老矣，不能爲文，偶作數語。惜秦少遊已下世，不得此妙墨劖之崖石耳。
>
> 春風吹船著浯溪，扶藜上讀《中興碑》。平生半世看墨本，摩挲石刻鬢成絲。明皇不作苞桑計，顛倒四海由禄兒。九廟不守乘輿西，萬官已作烏擇棲。撫軍監國太子事，何乃趣取大物爲？事有至難天幸爾，上皇蹢躅還京師。内間張后色可否，外間李父頤指揮。南内淒涼幾苟活，高將軍去事尤危。臣結舂陵二三策，臣甫低頭杜鵑詩。安知忠臣痛至骨，世上但賞瓊琚詞。同來野僧六七輩，亦有文士相追隨。斷崖蒼蘚對立久，凍雨爲洗前朝悲。
>
> 宋豫章黃庭堅，字魯直。諸子從行：相、梲、栢、楮。舂陵尼悟超□子發秀才家，乃以私錢刻之《中興頌》側。同來相觀，南陽何安中得之，祁陽令陸弁，景莊，浯溪伯新，宣和庚子十二月廿日書，無諸釋可環摹刻。
>
> 康熙癸丑仲冬月祁陽令曲安王頤重修刊，邑庠生蔣善蘇監修，沁水張銙題。浯翁此詩作於崇寧三年三月，未及上石，稿藏子發秀才家，乃以私錢刻之中興碑側。①

黃庭堅的這首詩并未即時上石，而是先存放在當地秀才子發家中，直至宣和二年由子發自出私錢刻於《中興頌》碑左側。此詩上石之後，影

---

① （清）曾國荃：光緒《湖南通志》卷 277，清光緒十一年刻本。

響很大，被人將之與《大唐中興頌》碑相對舉，稱爲“小摩崖”。其中很大的一部分原因是詩以批評立論，認爲元結之頌有諷諭玄、肅二宗的微言大義，觀點新穎，發人深省。對於唐朝亂事，黃庭堅在詩歌當中是將責任直接歸於唐明皇，與前人評論這段歷史時將罪責歸之於楊貴妃與安禄山異趣。

詩首句“春風吹船”語意清新，之後拄拐登山，細讀從前只見過拓本的《中興碑》，其流露出來的情感也是歡欣的。對於唐朝舊史，與張末首句即斥楊妃不同，黃庭堅是直接批評君王。“苞桑計”，任淵注曰：“《易·否卦》之九五曰：其亡其亡，繫於苞桑。注云：心存將危，乃得固也。”① 認爲是唐明皇爲一國之君不能做到居安思危，又輕信安禄山，任他不顧禮法胡作非爲，由此招致大患出奔西蜀，而百官或忠或叛，天下一片亂象。九、十兩句是發史評之新聲，直接譴責太子，太子之職本是監國平叛，而他却趁機擅登大位，後雖收復兩京，有功於恢復宗廟，但不可掩蓋其自行取國之大逆不道。之後六句寫成爲太上皇的玄宗回宮之後盡量小心謹慎仍不免狼狽不堪的生活狀態，可以說從側面加深了對竊國者肅宗的譴責。元結作《大唐中興頌》在世人看來當是贊頌肅宗的復國功勞，然而黃庭堅却認爲世人并未看懂元結的微言大義，元結與杜甫自然是忠臣，他們對肅宗的竊國行徑恨之入骨，而世人却只知欣賞他們詩頌當中的華言麗語，而讀不懂他們隱藏在詩文背後的真意。詩最後四句從歷史的品評中重回現實，縱是遠貶，尚有野僧文士相陪，亦無傷矣，而春雨之冷，洗刷崖壁，似是在提醒著前朝的悲涼。全詩視角著落於詩人自我時是相對輕松而淡然的，然而筆觸一涉及歷史則呈現出沉痛與蒼涼，將現實的情緒掩藏於歷史的蒼桑之中，這或許就是情感內斂的黃庭堅特有的排解苦悶的方法，而這在黨爭激烈的北宋，恐怕也算得上是一種必要的保身之法。

對於肅宗自行登基這一歷史事件，浯溪崖壁之論者皆以肅宗復國有功，而避談其他。從元結自身來看，其一生或沉淪下僚或隱居不仕，惟有乾元二年受肅宗召，擢右金吾兵曹參軍攝監察御史，出充山南東道節度參謀。上元元年史思明南犯，元結在泌陽屯兵據險，“全十五城，以討賊功

---

① （宋）黃庭堅撰，任淵等注，黃寶華校點：《黃庭堅詩集注》卷20，上海古籍出版社2003年版，第478—479頁。

迁監察御史里行”。同年九月，肅宗進元結爲水部員外郎兼殿中侍御使，佐吕諲府，爲荆南节度使判官，“將荆南之兵镇於九江”。上元二年，歷時七年之久的安史之亂基本結束。在這場動亂當中，元結表現卓絶，其將才也得到全面的彰顯，故而意氣風發，乘興在九江寫下了《大唐中興頌》。從肅宗一度重用元結，使其才能大有用武之地，使其盡忠之心得到回饋的事實來看，在國亂稍平之時，元結不太可能對肅宗發出批評之聲。而從其《大唐中興頌》的内容來看，亦鮮見黄庭堅所謂譏諷之意。

因爲山谷史論極具話題性與爭議性，故而其詩一出，議者紛紜，文人騷客在浯溪各騁其言，莫衷一是，浯溪書寫的主題也發生了巨大的改變，對元結頌文是否真的語涉譏諷的討論瞬間占據了浯溪話題榜的榜首，其他三大原始主題反倒稍稍遜色。南宋鐘興嗣《浯溪詩》序有言直陳：“興嗣暫寓浯溪，得觀古今碑刻，往往議論互相矛盾，其端皆由黄太史之詩而起。”① 范成大《驂鸞録》亦稱：“魯直既倡此論，繼作者靡然從之，不復問歌頌中興，但以詆罵肅宗爲談柄。”②

論者當中名家輩出，單就宋代而言，如張孝祥《浯溪有感》即謂玄宗“三郎歸來長慶樓”，肅宗“中興之功不贖罪”③，對太子竊國的指責直接而激憤。而李清照的《讀中興碑和張文潛韻》二首雖是次韻張耒詩歌，持論却明顯與黄庭堅相伴，對玄宗、肅宗予以辛辣批評。持反對意見者如范成大詩刻《書浯溪中興碑後》序辯稱“頌者美盛德之形容，以其成功告於神明者”，而衆人發明元結頌中之譏諷意，使得“摩崖之碑乃一罪案，何頌之有？”因此詩曰“紛紛健筆剛題破，從此摩崖不是碑”④，反應激烈異常，以致讓人不甚明了范成大是贊成黄庭堅之觀點，甚至更進一步認爲“頌不爲頌”，“碑不爲碑”，還是極力地反對黄庭堅的觀點，以致説了一通情緒激動的反話。因爲物理條件的限制，范成大不方便在刻石上作長篇大論，因而將主要論點載入了《驂鸞録》：

善惡自有史册，歌頌之體不當含譏，譬如上壽父母之前，捧觴善

① （清）曾國荃：光緒《湖南通志》卷277，清光緒十一年刻本。
② 吴文治：《宋詩話全編》，江蘇古籍出版社1998年版，第5929頁。
③ （宋）張孝祥著，徐鵬點校：《于湖居士文集》，上海古籍出版社2009年版，第8頁。
④ （宋）范成大著，富壽蓀標校：《范石湖集》，上海古籍出版社2006年版，第171頁。

頌而已，若父母有闕遺，非奉觴時可及。磨崖頌大業，豈非奉觴時邪？元子即不能無誤，而諸人又從傍詆訶之不恕，何異執兵以詬人之父母於其子孫爲壽之時者乎？烏得爲事體之正？余不佞，題五十六字於浯溪上，殆欲正君臣父子之大綱與夫頌詩形容之本旨……①

　　范成大對黃庭堅等人的史論觀點提出了尖銳的對立意見。主要從“頌”這一文體特點的角度來批駁認爲中興頌語涉譏意的觀點，而其以正君臣父子之綱爲自己張目，則顯義正辭嚴，與其他詩人即興書崖的詩歌相比亦更見鄭重，同時也將這個話題的討論提升到一個社會道德秩序的高度，再次深化了這一主題的文化内涵。這種論辯的激烈程度與深度是浯溪原有的三大主題所無法呈現的，可以説黃庭堅的史論主題重新激活了浯溪的書寫熱度。

　　值得一提的是，隨著浯溪史論新主題的深化，浯溪書寫逐漸超越了地域的物理限制，前文所提及的李清照便生平未至浯溪，她的討論是在閱讀中興碑拓片及張耒的詩歌之後發出的，而范成大亦從浯溪詩刻論辯發展到筆記裏的長篇深論與懇切剖白，他們將物理空間中石刻文本的討論轉移到了完全脫離地域限制的純人文討論。

　　（四）公共主題之外：蘇門文人内部的情感關聯

　　蘇門中人遭貶黜的政治背景基本相同。從哲宗紹聖元年（1094）開始，蘇門文人作爲舊黨外貶，至徽宗崇寧元年（1102）“元祐黨人碑”確立，蘇門中人陸續流徙嶺表，再至崇寧四年（1105）徽宗態度稍有改變，外貶諸臣漸次内遷，最終延續到南宋高宗建炎三年（1129）黨禁才得以完全解除，這場慘劇共持續了三十五年之久。在這場幾乎等不到盡頭的大迫害中，蘇門中人是朝廷重點打擊的對象，這也決定了他們的後半生注定要在顛沛流離當中度過，直至生命耗盡。在各安天涯的貶謫生活當中，朋友之間的惺惺相惜和在苦難之中的相互認同可以説是他們的止痛良劑。

　　先以秦觀和張耒爲例，橫遭再貶的秦觀在浯溪瞻仰《中興碑》時思憶同門友人張耒，并從張耒的詩歌當中找到了舒解内心壓力的語言密碼。據前文對張耒詩歌的分析，可以確定的是《讀中興頌》一詩在線索上的

——————————
　　①　吳文治：《宋詩話全編》，江蘇古籍出版社1998年版，第5929頁。

曲折和情緒上的悵惘與秦觀此時呈現出來的人格氣質是很吻合的，而這首詩所表現出來的人生的大起大落與歷史的滄桑悲涼又恰恰符合了秦觀的心理表達期待，因此，秦觀選擇好友張耒這首能完全剖白其心意的詩歌題寫上石。這其中包含的深層意義是秦觀對張耒的絕對認同，是二人在史事見解上的契合，在詩歌所言之"志"上的統一。如斯種種，若非知己，實難達到。

多年之後，黃庭堅在謫經湉溪之時也憶及蘇門好友，張耒的詩歌、秦觀的書法、蘇軾的境界無一不引起黃庭堅的追懷。崇寧三年（1104），蘇子已逝，四學士中晁補之與秦觀也已然謝世，張耒奉祠閑居，山谷晚年遠謫，此時在湉溪讀到張耒撰、秦觀書的《讀中興頌碑》，即便淡然超逸如山谷亦不免深感同門之凋零、老境之頹唐。因此他在《書摩崖碑後》詩序中無限悵惘地歎息"惜秦少遊已下世，不得此妙墨劖之崖石耳"。數載之前，張耒以中興碑爲題賦詩，尚得秦觀揮毫題壁；經年之後，黃庭堅同樣以中興碑爲題賦詩，與秦觀却已是天上人間。這其中的深憾，非同門厚誼，何以體味。

不過，如果説黃庭堅在憶及秦觀時心中充滿的是傷悼的話，那麼對亦師亦友的蘇軾的追懷則獲得了一種精神上的支持。黃庭堅在湉溪嘉會亭刻下陶淵明四首詩歌，其中第一首"清晨聞叩門"頗有來歷。紹聖二年（1095），蘇軾被貶廣東惠州安置時曾以大字書寫此詩自勉。崇寧三年，蘇軾已離世三載，黃庭堅在赴廣西宜州貶所途中以草書上石了同一首詩，此時，他所要表達的無非是對蘇軾這位人生知己、精神導師的認同與追念。此詩作：

> 清晨聞叩門，倒裳往自開。問子爲誰與，田父有好懷。壺漿遠見候，疑我與時乖。襤縷茅簷下，未足爲高棲。一世皆尚同，願君汩其泥。深感父老言，稟氣寡所諧。紆轡誠可學，違己詎非迷。且共歡此飲，吾駕不可回。①

衆所周知，蘇軾是歷史上第一個大張旗鼓地學陶詩、和陶詩的大詩

---

① （晉）陶淵明撰，孫均錫校注：《陶淵明集校注》，中州古籍出版社 1986 年版，第 89 頁。

人，蘇軾書寫此詩，不僅是出自對陶詩藝術風格的鍾愛，更是對陶淵明沖淡平和、處俗懷真的完美人格的膜拜，而陶淵明其人其詩實則蘇軾謫居期間的靈魂伴侶、導師。黃庭堅詩論尊杜，學陶不似蘇軾那般廣爲人知，但事實上“黃庭堅對陶淵明的景仰和學習貫穿其整個人生”，“至其晚年，黃庭堅對陶詩更是情有獨鍾”①。其《跋子瞻和陶詩》曰：

> 子瞻謫嶺南，時宰欲殺之。飽吃惠州飯，細和淵明詩。彭澤千載人，東坡百世士。出處雖不同，風味乃相似。②

在黃庭堅看來，蘇軾與陶淵明一樣具有超然豁達的胸懷。所以，説此時黃庭堅在浯溪寫下《飲酒》其九一詩首先是出於對蘇軾的追懷與承繼。黃庭堅的一生遭遇坎坷與受蘇軾牽連不無關係，然而即便如此，他對蘇軾的追隨仍是矢志不渝的。故謂君子之交，於患難當中最可見得。

除此之外，黃庭堅的《書摩崖碑後》最末兩句，“斷崖蒼蘚對立久，凍雨爲洗前朝悲”，與早前蘇軾所作《遊三遊洞》“凍雨霏霏半成雪，遊人屢冷蒼崖滑”③兩句造語、意境頗同，而情感更爲沉鬱，明顯與離世多年的蘇軾形成詩意的對話，其中厚誼，感人至深。

其實“友情”并非浯溪書寫當中的公共主題，在蘇門文人之前與之後都不明顯，但是黃庭堅、秦觀、張耒以及蘇軾諸人的深摯友誼卻在浯溪留題當中很自然地體現出來，甚至這種師友之間的深情厚誼伴隨著秦觀和黃庭堅整個浯溪書寫過程，可以説“友情”是蘇門中人在浯溪特有的內部書寫主題，而冰冷的崖刻也因爲這種飽含深情的書寫平添了温暖的人間情味。

浯溪本“世無名稱者也”，它的詩歌主題只可能是單純的景物而已，直至元結之命名與銘頌刻石，賦予了它鮮活的文化生命，使它的生命主題變得多元。這種多元又并非静止的，歷代文人在體會、闡釋其文化內涵時，又賦予它新的內涵，文人書寫浯溪的過程即是浯溪文化生命成長的過

---

① 鄭永曉：《論黃庭堅學陶詩》，《文學遺產》2006年第4期。
② （宋）黃庭堅撰，任淵等注，黃寶華校點：《黃庭堅詩集注》，上海古籍出版社2003年版，第604頁。
③ （宋）蘇軾撰，孔凡禮點校：《蘇軾詩集》，中華書局1985年版，第46頁。

程。黃庭堅、秦觀、張末諸人的題詠，是對浯溪傳統主題的闡發，亦是對新主題的開創。

二　石頭上的"詩史"：宋代浯溪詩刻詠史内涵的演變

因爲浯溪《中興頌》所涉史事的話題性，使得浯溪詩歌書寫以詠史懷古爲主，而不同時代的文人對浯溪吟詠的内涵指向呈現出明顯的演變歷程。以宋代爲例，北宋詩人對浯溪的吟詠一般只是就史論史，南渡初開始融入當前的政治形勢，晚宋則歸於對自身的哀憐。總體而言，在宋代的浯溪詩刻當中，南宋與北宋的遠觀歷史不同，晚宋又與南渡初要求恢復中原的雄豪士氣不同，更多的是痛世的哀吟與對現實的徹底失望，轉而表達内心對隱逸的嚮往。

北宋早中期，文人基本上仍與士大夫官僚呈一體化，故而文學與政治亦趨於統一。而政壇的逐漸穩定，文官地位的空前提高，基本實現了儒家以士大夫爲主導的政治理想，使得士大夫對宋政權産生較强的認同感，并有與唐一爭高下的昂揚士氣，這種士氣同時表現在政治與文學上。具體呈現在浯溪詩歌中是對唐政治歷史事件的自由品評，而這種自由品評首先又主要受官方正統思想之主導。以盧察的兩首詩歌爲例：

《留題浯溪》

太子中舍，知蒙州，盧察。

□後聲名人始貴，真卿筆劃次山文。二賢若使生同世，□□□悲不放君。

天聖辛未九年八月作，嘉祐丁酉二年□月男臧上石。

《再題浯溪詩》

殿中丞盧察，字隱之。

逆孽滔天亂大倫，忠邪淆雜竟何分。欲知二聖巍巍力，止在浯溪一首文。

明道元年作，嘉祐二年十二月男臧上石。①

---

①　據石刻，參（清）翁元圻修，黃本驥纂嘉慶《湖南通志》卷210，清刻本。

據《金石文編》，這兩首詩皆以正書書寫，俱在摩崖之巔，峿臺之左。《留題浯溪》一首已有多字漫漶不可識，不過從可見詩句來看，其詩旨在稱頌元結與顔真卿記頌刻石之功，可稱懷古。《再題浯溪詩》一首評議歷史，與歷史主流聲音一致，主要是斥亂頌君，對奸邪逆賊的痛加伐撻，對勇將忠臣的褒揚，所體現出來的深層内涵仍然是對皇家政權的絕對擁護。

又如楊冀《浯溪詩》：

　　尚書職方員外郎，知衡州，楊冀。①
　　長安失馭頌聲沉，作者誰能刻翠岑？大業盡歸文老筆，中興還死叛臣心。天邊奎壁垂芒冷，溪上龍蛇倒影深。當日形容播金石，洋洋千載有遺音。
　　皇宋嘉祐七年九年月十一日。②

楊冀詩亦是正書刻崖，詩工於盧察之作，而詩歌内涵仍與盧詩二首基本一致，在稱頌元結與顔真卿之外，仍然對中興之業保持著積極的正面評價。浯溪這種詩歌導向的出現與北宋早中期比較清明的政況直接相關。

仁宗朝"慶曆新政"的施行激化了新舊黨之爭，自此之後朝堂内斗愈演愈烈，成爲北宋一朝的最大隱患。朝堂的爭斗導致大批的賢良遭貶外放，也讓大量士大夫官僚對宋政權萌生失望情緒。而有宋自開國以來便存在的邊患仍不曾解決，此時的文人逐漸從立國初的喜悦與豪邁中冷靜下來，沉潛爲對家國與自我命運的思考。南來北往經過浯溪的文人多是外放逐客，這種失落轉悲的情緒在他們身上更加鮮明，故而從他們的詩歌當中呈現出來的已不是北宋早中期的那種頌揚。如毛抗浯溪詩：

《读中兴颂》
　　□南運判尚書，都官員外郎，毛抗。

---

　　① 楊冀其名，各方志有三種寫法，分別是冀、翼、異，筆者細讀石刻，是爲"冀"，當正之。
　　② 據石刻，參（清）翁元圻修，黃本驥纂嘉慶《湖南通志》卷210，清刻本。詩中有作者自注，因多已磨滅不可識，故不錄。

周雅久不作，楚騷方獨鳴。淫哇弄氣態，污我瀟湘清。二公好奇古，大節□時□。□崖勒唐頌，字字瓊□英。□雲借體勢，水石生光精。浯溪僻南地，自爾聞正聲。流傳入□夏，孰貴燕然銘？弦歌入商魯，永與人神聽。江流或可竭，此文如日星。

熙寧己酉秋七月，零陵令權祁陽縣事夏杲上石。①

毛抗詩以《大唐中興頌》爲歷史正聲，爲元顏二公復古持正的文風與書法張本，較此前一干詩人的泛泛稱頌絕不相同，在史事之外點出《大唐中興頌》的雅正之處。又謂《中興頌》流佈於夷夏四方，可媲美於東漢竇憲破匈奴時記功所勒之《燕然銘》，則透露出其對唐室能承漢代之武功一統天下的嚮往，這背後所反映出來的亦是對宋廷無力驅遼的隱痛。雖然我們可以探討猜測詩歌深層的含義，但是不可否認的是詩歌主要還是在談論歷史，只是這種談論已經明顯少了對皇權的絕對崇拜。

又如無名氏的《浯溪詩》：

（缺）老如包□。□□□蒼黃，□□□□□。身雖□□□，□□垂髫髦。□□□力疲，但爲妻子謀。道傍多朱門，勢利交相求。他賓爾雖佳，閉關如避仇。敲門聲剝啄，謝客語呀呦。矣何所尚殊，不與茲輩伴。攝職顧未久，善化應已柔。近嶺山更佳，九疑清氣哀。我方困羈靮，矣想多長謳。何當郡齋內，一鱒相獻酬。

熙寧七年甲寅三月望日，刻於浯溪心記之東。②

此詩作者與詩前部數句漫漶甚多，不過從現存的詩句仍可讀出詩人的視角已從《中興頌》的家國大業轉移到內在的自我感喟。詩爲五古，樸拙簡古，雖然從詩歌中已難知曉這位力疲爲妻子、杜門謝賓客、離群而索居同時又能攝職而柔民的主人公是誰，但詩人所刻畫的人物形象分明與亦官亦隱的元結有相通之處，而無奈於"困羈靮"的詩人對此形象不吝謳

---

① 據石刻，參（清）翁元圻修，黃本驥纂嘉慶《湖南通誌》卷211，清刻本。此詩《全宋詩》收錄三次，分別歸於許抗、毛杭、吳杭名下，有誤，其中毛杭當爲毛抗，乃是此詩作者。

② 同上書。此詩《全宋詩》未收。

歌，則可窺見詩人對自我内心的剖白。此外，"近嶺山更佳"中的"嶺"指南嶺，"九疑清氣裒"與唐人韓愈"郴之爲州，又當中州清淑之氣"表達相類。宋人向來視南嶺爲畏途死地，其他的浯溪詩歌在吟詠風景時亦不曾從近於南嶺的角度來發出贊嘆，舜陵之九疑也極少出現在詠浯溪的詩歌當中，詩人從這一角度來接受并欣賞浯溪的山林，也透露其心態與其他過往詩人的不同。

北宋中後期政治形勢愈加嚴峻，更多朝臣遠貶南國，其中不乏名家，與普通小詩人循古不變或是自怨自艾不同的是，他們更敢於發出不一樣的聲音。如張耒不再將矛頭指向逆賊叛臣，而是直斥楊妃爲妖，可以説也是間接地對明皇作出批評。而黄庭堅更爲大膽，認爲《大唐中興頌》實是用春秋筆法來諷刺肅宗趁機竊國的大逆不道。對於蘇門文人的浯溪留題，本書有專門詳論，此不贅述。自黄庭堅詩始，浯溪崖壁上高高在上的皇權已被徹底地拉入人間俗世，成爲他們可以自由討論批評的故實，後世文人也從此公開地討論起玄、肅二宗的是是非非。

南宋立國疆土更爲逼仄，高宗臨危登基，對於高宗，《宋史·本紀》贊曰：

> 昔夏后氏傳五世而后羿篡，少康復立而祀夏；周傳九世而厲王死於彘，宣王復立而繼周；漢傳十有一世而新莽竊位，光武復立而興漢；晉傳四世有懷、湣之禍，元帝正位於建鄴；唐傳六世有安、史之難，肅宗即位於靈武；宋傳九世而徽、欽陷於金，高宗續圖於南京：六君者，史皆稱爲中興，而有異同焉。①

史官將高宗即位稱爲中興，與歷史上其他五次著名的復國事件并稱。而高宗崩後，亦加謚爲受命中興全功至德聖神武文昭仁憲孝皇帝，則知歷史對高宗的評論基本是以中興之君論之，儘管正史亦稱"至於克復舊物，則晉元與宋高宗視四君者有餘責焉。高宗恭儉仁厚，以之繼體守文則有餘，以之撥亂反正則非其才也"②，認爲高宗并未真正擔負起中興的重任，

---

① （元）脱脱：《宋史·本紀第三十二》，中華書局 1985 年版，第 611 頁。

② 同上書，第 612 頁。

但在立國之初，高宗畢竟能夠“因四方勤王之師，内相李綱，外任宗澤，天下之事宜無不可爲者”①。初期高宗對李綱、張浚等主戰派的重用無疑給了士大夫莫大的精神鼓舞，文人們在詩歌當中亦不乏重整山河的野心。尤其是在浯溪這樣一個紀念前朝中興歷史的所在，詩人這種心態的表達較别處更加鮮明。如李若虛詩云：

> 元顔文字照浯溪，神物於今長護持。崖邊尚有堪磨處，留刻中興第二碑。
> 紹興五年五月二十日，廣平李若虛過浯溪。②

詩最後一句稱摩崖尚可再刻中興第二碑，則是寄希望於南宋新朝廷，望其能實現宋代之中興。又稍後的陳從古詩稱“想當忠憤欲吐時，盡挽江山供筆力”③（紹興三十一年），其立意也基本相同。又如莊崇節《浯溪》：

> 元翁作頌魯公書，峭壁雲煙萬古垂。三絶堂前月浸碧，两峰亭下草生悲。英風義概有存者，流水高山誰會之。便使中原歸趙璧，磨崖再勒中興碑。④

據《八瓊室金石補正》，莊崇節乃長沙人，曾在理宗寶祐五年遊浯溪，此詩當作於其時。詩後兩句至爲直白，直述願趙室能再統山河。

類似的詩歌表達在南宋相當之多，其中尤以張杙《舟過浯溪有感題石》造語不凡。

> 黄河太行未得見，擘狐方射昭陽箭。大駕東巡走北征，提師吾父趨行殿。犬戎憑陵亦何甚，滅之可卜遭天譴。天錫君王自勇智，吾親典職嘗鏖戰。想見鯨尸蔽浙江，捷隨春色馳郵傳。埽蕩妖氛盡廓清，两河復我奇州縣。中興青壁陋唐臣，燕然新勒書黄絹。孤帆行盡湘水

---

① （元）脱脱：《宋史·本紀第三十二》，中華書局 1985 年版，第 612 頁。
② 據石刻，參（清）翁元圻修，黄本驥纂嘉慶《湖南通志》卷 213，清刻本。
③ 同上。
④ 據石刻，參（清）翁元圻修，黄本驥纂嘉慶《湖南通志》卷 216，清刻本。

春，偃伏山樊此溪戀。歸棹終期下建康，金門有待真英彥。①

此詩四庫本《南軒集》與《全宋詩》皆不見載，存於湖南的歷代方志中，詩題曰"題石"，説明當時曾刻石，不過今已不尋，各金石志中亦未有載，可見失佚甚久，故少有提及者。張栻此詩作於紹興二十四年（1154），張栻時年二十八歲，恰逢高宗再次起用其父張浚爲觀文殿大學士通判潭州，於是途經浯溪時寫下了這篇意氣風發、雄豪奇崛的詩歌。這首詩歌與浯溪其他的詠史詩皆不相同，似不曾談論歷史而全述本朝之事。詩前兩句黃河、太行正是北宋被金所奪之地，"孽狐"，《新唐書》曰："妖禽孽狐，当昼則伏自如，得夜乃为之祥。"② 《太平御覽》曰："步仞之丘陵，巨獸無所隱其軀，而孽狐爲之祥。"③ 故而"孽狐"當指顛倒黑白乾坤的姦佞之臣，此處或是影射秦檜，三四兩句寫高宗東避與張浚諸臣勤王之事，之後八句暢述宋室"中興"以來之功績，十三、十四句將宋事與唐之中興相比，認爲高宗之功更勝於唐皇，最後兩句展望未來，大有以身助宋促成大業之豪情。詩歌對南宋復國初之事有批評有褒揚，其褒揚未免誇張，然而也顯出當時主戰派群體的集體樂觀建業之心態。這種詩歌在《南軒集》中十分罕見，故有人對此詩作者産生懷疑，本書對此不予討論，不過需指出的是，張栻也是在政治理想失敗之後才潛心於修治理學，青年之時難免會有激揚之作。

及至晚宋，蒙元屢屢來犯，戰事頻繁，文人將欲復山河的急切願望逐於筆端，較於之前更甚。而這種狀況尤以理宗朝景定年間爲盛，這與景定元年（1260）的戰爭形勢有關。自寶祐五年（1257）始，蒙元兵分三路對南宋發起新的一輪進攻，其戰場主要在巴蜀、桂湘、鄂州三地，在巴蜀一地又以釣魚城之戰聞名，戰爭中元蒙憲宗蒙哥汗戰死重慶合州，蒙軍主力撤退，隨後重慶新帥呂文德率衆擊退蒙軍餘部，解圍重慶；同年，賈似道調兵，成功阻擊了桂湘戰場的兀良合臺領兵渡江，并斬殺諸多元兵，是年冬，又擊破叛軍李全之子李松壽在江蘇漣水所修之南城；此外，鄂州戰

① 據石刻，參（清）翁元圻修，黃本驥纂嘉慶《湖南通志》卷216，清刻本。

② （宋）歐陽修：《新唐書》，中華書局1975年版，第3935頁。

③ （宋）李昉：《太平御覽》卷53，《四部叢刊三編》景宋本。

場的忽必烈也因急於回朝繼承大位而無心戀戰，修書南宋索幣議和。這一次宋蒙之戰，南宋可以説取得了多方的局部勝利，讓南宋朝野士气大增，對收復疆土產生了新的期待。這種心理非常鮮明地反映在浯溪的詩刻當中。

其中景定三年（1262）過浯溪赴道州任的吳文震即有詩及跋語稱：

> 景定初元汎虜氛，掀天功業掩前聞。復唐社稷郭中令，造漢乾坤賈冠軍。好激浯溪湔舊案，重磨崖石紀元勳。僕今已辦湘山刻，未遜聱翁星鬥文。
>
> 景定壬戌孟夏朔，清湘郡丞南海吳文震沿檄長沙校文，艤舟崖下，讀唐、宋二頌。喜今日中興未幾，西復瀘州，東復漣水，南交修貢，北狄請和，此一統之機也。已勒頌於湘石，因賦之。①

詩中首句所述即景定元年宋廷破元之功，三四兩句以“賈冠軍”與唐大將郭子儀對舉，此“賈冠軍”所指存疑，據筆者猜測，或是指漢代“冠軍侯”霍去病，本是“霍冠軍”，石上之字因模糊不清，故形近訛傳。詩最後兩句表明詩人刻詩目的與元結一樣，是爲表彰朝廷破敵之功勳。全詩意氣風發，溢於言表。據詩後跋語可知，詩人於景定三年（1262）四月途經浯溪，泊舟以讀《中興頌》，此處提到《大唐中興頌》與《大宋中興頌》兩頌，《大宋中興頌》乃兩宋之交的周紫芝所作，因其“歸美於（秦）檜，稱爲元臣良弼，與張嵲《紹興復古頌》用意相類，殊爲老而無恥，貽玷汗青”②而不爲世人所恥，故而浯溪詩刻也甚少提及。吳文震主要生活在理宗朝，與周無涉，且其任官多地皆有政聲，此處提及《大宋中興頌》當非美飾秦檜，而是藉中興其名以抒己懷。又史載“（景定二年）冬十月癸巳，呂文德言已复瀘州外堡”，“（景定三年二月）庚戌，李璮以漣、海三城叛大元來歸，獻山東郡縣。詔改漣水爲安東州”，③吳文震所謂“西復瀘州”“东復漣水”所指便是

---

① 據石刻，參（清）李瀚章修，曾國荃纂光緒《湖南通志》卷 277，清光緒十一年刻本。

② （清）永瑢：《四庫全書總目》卷 159，中華書局 1965 年第 1366 頁。

③ （元）脫脫：《宋史》，中華書局 1977 年版，第 878 頁。

其事，而"北狄請和"乃指忽必烈索幣退兵之事。詩人認爲以上皆可視作南宋一統江山的前兆，可以説宋廷在與蒙元的戰爭當中所獲得的小小勝利極大地鼓舞了朝野上下。一時間恢復中原的昂揚志氣彌漫了整個浯溪崖壁。

又如景定三年（1262），俞掞和趙與僃同遊浯溪，有兩組唱和詩，分別是：

大唐有頌到浯溪，翠蘚蒼崖古畫垂。西望函關今萬里，淡煙斜日幾荒碑。

宋朝一統舊山川，南北中分已百年。壯士不須誇此頌，健提椽筆上燕然。

景定壬戌仲春廣信俞掞以憲節行部過此，因賦兩絶。檢法天臺趙與僃偕行。

與僃幸侍輶車敬賡韻嚴奉和頓首百拜。

男兒有志竟成事，好把功名竹帛垂。今日輿圖當混一，誰能得拭雁門碑。

細把中興唐頌看，玉瓊遺恨憶當年。自從擁馬回靈武，整頓乾坤豈偶然。①

"宋朝一統"一首與"男兒有志"一首對於一統山河的心意表白至爲直接急切，一脱宋人的内斂委屈之態，建功立業的豪俠之氣噴薄而出，絲毫不亞於唐人氣象。

這類詩歌數量較多，在宋代浯溪詩刻當中尤爲顯眼，直至景定四年戴燁仍有詩云：

斷崖古字是唐碑，無限名賢贊頌詩。莫把中興詫前代，會須重見太平時。

景定癸亥仲冬旦，君山戴燁明夫偕保翼鳳祥父同遊，口占以紀歲

―――――――――

① 據石刻，參（清）李瀚章修，曾國荃纂光緒《湖南通志》卷277，清光緒十一年刻本。

月云。①

此詩離景定元年宋廷暫退元兵已過去三年，士人的積極熱情仍未減弱，對南宋朝廷充滿了信心，故稱不必驚詫於唐代能得以中興，南宋亦將很快實現太平。

然而事與願違，南宋對外的積弱與內廷的矛盾并不是一次小交鋒的暫時勝利可以掩蓋或者解決的，而賈似道對景定元年抗元戰爭勝利的誇大性描述與對輸送歲幣的避談雖使朝野能短暫地被蒙蔽，但景定二年起他對大批良將的毀滅性打擊自主削弱了南宋的軍事實力，而其在朝廷的專權獨裁亦加快腐蝕了宋王朝的政治核心。故而當咸淳四年（1268）忽必烈再次對宋發起進攻時，南宋一敗塗地，開始了其亡國歷程。

這在浯溪詩歌當中的表現是絕望與傷感情緒的彌漫，完全取代了數年前的意氣風發與樂觀進取之情。首先如李佑孫詩：

明皇何以致傾危？林甫國忠成禍基。妃子食心猶不悟，此機惟有九齡知。浯溪崖石與天齊，兩刻中興大業碑。北向幾多垂白叟，百年不見漢官儀。

廣平李佑孫乙卯冬侍叔父赴零陵郡。次年元旦，舟泊浯溪，嘗和館人韻。後十五年，咸淳己巳，復於元旦寓宿焉。感慨之餘，追憶前和，因書於獨有堂，遺主人僧宗紹以志吾曾。時偕行者相臺……戴希禹……②

此詩作於咸淳五年（1069），詩歌結構仍與之前李若虛、莊崇節之作相類，均是前面幾句評論歷史，最後一句點題。只是及至咸淳年間，詩人似乎已經對復國徹底失去了信心，詩前半述李林甫、楊國忠爲亂國之禍根，而不提叛亂的直接發起者安祿山等人，將矛頭指向朝廷內部，似有影射朝臣賈似道之意。之後謂兩刻中興頌，是亦指出浯溪曾刻《大宋中興頌》，然而頌文雖在，中興之實現卻是遙遙無期，"垂白叟""漢官儀"之

① 據石刻，參（清）李瀚章修，曾國荃纂光緒《湖南通志》卷277，清光緒十一年刻本。
② 同上。

語讓詩中充滿無限傷悼。

再有江瓊《題浯溪次張文潛韻》一詩，用的是張耒《讀中興碑》韻，其詩與張耒詩客觀評論歷史不相同，而是融入了當朝時事。

> 元水部摩崖碑，爲唐中興作也。歷代高賢相與題詠，雖經風雨，歷久不沏。每誦驚人之句，輒贊嘆不已。今打碑賣者，亦供不應求。感靈武之功，嗟次山之文字，徒爲世所寶爾。
>
> 淒涼浯水跡如掃，漫郎宅荒崖畔草。雨淋日炙山骨臢，磨得人間歲月老。粤從天地開闢來，經濟何代無奇才。若得高名爛青史，只恨白骨埋黃埃。孽臣邊將亂國紀，郭公千載凜不死。紀在中興第一功，三絕寧論文與字。籲嗟古往而今來，插天何處無石崖。兩京未復百戰罷，銅駝荊棘誰能開。世事浮雲可悲慨，文學老成亦何在？君不見零落寒溪幾世孫，自打元家古碑賣。
>
> 咸淳六年立秋日天臺江瓊彥藻攝令祁陽，盡而鑱之崖石。①

詩作於咸淳六年（1070），此時距離宋亡僅數年，邊境最強的軍事防禦長官呂文德已病死，元軍入境肆虐，賈似道無能組織有力反抗，南宋已顯窮途末路之相。詩前面亦是寫景論史，所持觀點與前人無異。"兩京未復"句始是并入晚宋時事，唐肅宗曾收復兩京，而有宋一代面對領土的淪喪却無能爲力，"銅駝"代指宮殿，北宋東西兩京開封與洛陽先是落入金人之手，後又被蒙元占領，曾經的繁華宮殿現已長滿荊棘，而像元結這種能領兵殺敵又能文追古風的賢士亦不可尋。其對時事的評論當中已經完全找不到半點興象，末世的悲涼已滲入這個湘南小文人的詩歌當中。

不同時期的文人對浯溪的吟詠呈現出不一樣的精神風貌。即便是在浯溪這樣一個不起眼的小地方，它也十分鮮明地受到全宋整體政治局勢的影響。詩歌內涵指向隨著政治局勢發展而演變在全國各地是一個普遍的現象，不過對於浯溪而言又有其特殊性，因爲這種情况在浯溪尤爲明顯。其重要原因在於浯溪《大唐中興頌》所牽涉的史事背景與唐朝安史之亂的平叛戰爭直接相關，而唐朝在這次戰爭當中所取得的全面勝利與之後政治

---

① 據石刻，參（清）李瀚章修，曾國荃纂光緒《湖南通志》卷 277，清光緒十一年刻本。

經濟的基本復興給內外交困的宋人樹立了一個很好的榜樣，宋人一再地從
《中興頌》中得到激勵，然而又一再地在與唐朝中興的對比中收獲失望，
這種激勵與失望一次又一次地給文人們提供了賦詩的動機，故而這些詩歌
有了與國家時事政治更加緊密的聯繫，與"詩史"有相通之處，後人甚
至能根據這些詩歌的內容劃出一條清晰的時間軸出來。

在浯溪詩歌的題詠當中，除了隨著不同時間段政治局勢的變化，詩意
也發生整體變化之外，文人的身份也是影響浯溪題詠內容的一個重要原
因，浯溪像是一個文化驛站，南來北往的文人途經浯溪者必定要瞻仰留
題，不曾途經此地的文人亦要繞道而來歇足觀摩，這就意味著留詩浯溪的
文人身份的差異性與複雜性，這其中有朝廷派遣的地方官，有謫經此地的
貶官，有奔赴邊土的武將，有遍走八方的遊士，更有鄉居近處的邑人，等
等。因為身份的不同，他們詩歌的內涵取向亦不相同。其中朝廷派遣的地
方官員的詩歌不可避免地體現著士大夫憂國為民之本位，上文所舉之詩大
多為此類別，這類詩人也是浯溪詩歌創作者之主力。

同樣作為朝廷官員，謫經此地的貶官的心態則大不相同，他們的詩歌
當中更常見的是自我情感的表露。如邢恕詩：

> 歸舟一夜泊浯溪，曉雨絲絲不作泥。□石蒼崖訪遺刻，□□苔蘚
> 為留題。
> 元祐九年甲戌正月，原武邢恕和叔。①

邢恕在歷史上被稱為奸臣，自元祐四年（1089）始貶監永州鹽酒稅，
《金石審》載："行書六行，案元祐八年九月宣仁皇后崩，是年四月即改
元紹聖。恕於改元之前已被召命得歸，女堯舜亡而共驩竊喜，消長治亂之
機已見於此觀乎。此詩所謂'曉羽絲絲不作泥'者其希恩冒寵之心畢著
矣。"② 對邢恕作此詩的心情描述頗為傳神，此是貶官復任之心態，雖然
刑恕也曾為朝中重臣，然而他在面對滿壁滄桑歷史時，其關注點是自我心
情的表達。

---

① 據石刻，參（清）翁元圻修，黃本驥纂嘉慶《湖南通志》卷13，清刻本。
② （清）曾國荃：光緒《湖南通志》卷275，清光緒十一年刻本。

又吳潛詞《滕王閣·滿江紅》:

　　萬里西風,吹我上滕王高閣。正檻外,楚天云漲,楚江浪作。何處征帆木末去,有時野鳥沙邊落。倚闌干,暮雨卷空來,今猶昨。

　　秋漸緊,添離索;天正遠,傷飄泊。嘆十年心事,悠悠漠漠。歲月無多人易老,乾坤雖大愁難著,向黃昏,斷送客魂銷,城頭角。①

　　浯溪詞僅四首,其中確定上石者二首,分別是林革的《滿江紅》和吳潛的這一首,在詞體興盛的宋代,浯溪壁上詞可以説相當之少。其中林革的《滿江紅》作於理宗淳祐九年(1249),詩上闋有"天寶事,一回看著,一回惆悵"句,全是論唐朝史事,下闋則曰"西北望,情無量;東南氣,真長王",② 全是嘆當朝時事,是以詩爲詞的寫法。浯溪宋代詩、詞數量與内容的差異,包含著宋人對待浯溪題壁的心態,從詩詞分工來看,詞更傾向於自我内心的表達。而浯溪崖壁可謂一個公共的文化場所,浯溪的文化主題亦與政治、歷史密切相關,并非元結刻題"三吾銘"時那個私人隱秘空間的所在,這決定了詞極少出現在浯溪。所以説吳潛詞的出現是一個例外。吳潛此詞石上已不見年月、姓名,詞存於吳潛別集《履齋詩餘》。吳潛在政治上力主積極防御抗元,景定元年(1260)因阻議立太子事忤賈似道,以左丞相落職貶循州(在今廣東),途經浯溪。此詞名《滕王閣》,且内容與浯溪文化主題内涵明顯不相關,可推測此篇是舊作,重新翻出刻於浯溪。這透露出詞人微妙心態,一是政治生涯的陡變讓詞人羞於、畏於談論歷史或者評論時事,二是詞人自我愁苦情緒的郁結讓其無意於侈談家國形勢,因而藉舊作以抒懷,這與秦觀題張耒詩上石的心態相似。詞主要是詩人内心苦悶情緒的細叙,哀婉動人而不失高遠風致,終是大家風範。

　　與貶官不同,當地邑人的浯溪題詩又是另一種風致,他們對歷史與時事有一種置身事外的閑適澹然,如劉敬卿詩《遊浯溪》:

————————

　　① 據石刻,參桂多蓀《浯溪考》,湖南人民出版社2004年版。此詩《金石萃編》等石刻著作未載,方志亦未載,原石有損,全詞由桂多蓀等前輩據石刻從《詞綜》《宋詞紀事》當中輯出。

　　② 據石刻,參(清)翁元圻修,黃本驥纂嘉慶《湖南通志》卷216,清刻本。

　　浯溪此日縱遊觀，登上磨涯不殫難。刺史嚴詞垂斧袞，真卿健筆
走蛟鸞。野花佳木隨舒長，流水浮雲任往還。況有古今文墨客，詩題
勒石遍岡巒。

　　邑人劉敬卿貢進士。①

又如陳逮璽詩《浯溪吊古》：

　　萬筆磨崖豈有碑，何須秉筆賴玓瓅。恰如龍物翔雲霧，便教鸞雛
振羽儀。唐祚中衰竟不起，人臣到此應同悲。浯溪本是祁陽物，輸與
前賢彼一時。

　　邑人國子生陳□□題。②

　　這兩首詩《全宋詩》均未予收錄。劉敬卿詩其意與政治毫不相關，
只描寫當時遊覽摩崖的實景，對衆人來遊發出感嘆，却不涉及摩崖內容背
後的深意，陳逮璽詩雖云吊古，其實亦是旁人看客的唏噓，這當是遠離政
治中心的鄉士身份所決定的。

　　浯溪詩歌的創作，因爲文化主題內涵的相對固定，其詩歌內涵表現出
整體的同質性。又因爲創作時間與創作人身份的不同，其詩歌內涵表現出
相對的異質性。浯溪因爲存詩數量大、存在時間久且具有連續性而形成一
個比較完整的體係。從浯溪宋代存詩當中，可以窺測到全宋三百餘年詩歌
演變的細節，詩人身份特征的彰顯，可以說浯溪是全宋詩歌一個小的
縮影。

　　偏安一隅的浯溪固然沒有所謂的文學名家，然而此地却是一個相當熱
鬧的文學大本營，各種大詩人、小詩人、無名詩人陸續前來，都以能在浯
溪留下一字一詩爲榮，甚至無法親至浯溪的詩人們都要以浯溪或是《中
興頌》作起詩來，追一次浯溪題詠的風尚。浯溪已經因爲其比較固定的
文化內涵而變成了一個符號了，它在詩歌當中的出現不一定是實指地名，

---

① 此詩已失碑，本書從（清）曾國荃光緒《湖南通志》卷275，清光緒十一年刻本中輯出。
② 據石刻，此詩《金石萃編》《金石補正》及諸方志皆不載，現據石刻錄出，落款名似
"逮璽"，姑仍之。

而是包含著其豐富的文化内涵的，這便是地域實體意義虛化的過程，或者
説升華，或者説形而下向形而上的轉變。

第二節　追慕前賢的朝陽巖

一　朝陽巖其名其景及人文主題

朝陽巖在今永州零陵，是湖湘境内僅次於浯溪與澹巖的第三大摩崖石
刻群，又與浯溪相同，亦由中唐文人元結命名、開創。唐代宗永泰二年
（766），元結在道州刺史任上，因事過零陵，愛此地巖洞清幽，故泊舟遊
之，其《朝陽巖銘并序》云：

> 永泰丙午中，自春陵詣都使計兵。至零陵，愛其郭中有水石之
> 異，泊舟尋之，得巖與洞，此邦之形勝也。自古荒之，而無名稱。以
> 其東向，遂以"朝陽"命之焉。前刺史獨孤愐爲吾翦辟榛莽，後攝
> 刺史竇泌爲吾創制茅閣，於是朝陽水石，始有勝絶之名。已而刻銘巖
> 下，將示來世。銘曰：
> 於戲朝陽！怪異難狀。蒼蒼半山，如在水上。朝陽水石，可謂幽
> 奇。巖下洞口，洞中泉垂。彼高巖絶崖，深洞寒泉。縱僻在幽遠，尤
> 宜往焉。況郡城井邑，巖洞相對。無人修賞，竟使蕪穢。刻石巖下，
> 問我何爲？欲零陵水石，世人有知。①

自此之後世人始知朝陽巖。朝陽巖的自然景觀有獨特之處，從元結其
銘可見一二。朝陽巖壁立於瀟水之濱，水上石崖光滑聳立，仰首難望其
巔，崖下河水碧綠幽深，俯身不測其底，其崖之高是爲最高，其水之深是
爲最深。其間又有天然二洞，上洞向山體内凹深陷，有如傘蓋，往下十數
米有溶洞臨江而開，洞中冬暖夏涼，且内有暗泉流出，水聲潺潺，四季不
絶，其泉蜿蜒成溪，流至洞口，直落瀟水，乃成瀑布。的確可當元結所謂
之"水石幽奇"。

作爲自然景物，朝陽巖之形成自古有之，不知已歷幾萬年歲；作爲人

---

①　（唐）元結撰，孫望校：《元次山集》，中華書局上海編輯所 1960 年版，第 143 頁。

文景觀，却是自中唐始有，其演化過程可從石中壁上一一探尋。元結在發現朝陽巖之後，不僅有《朝陽巖銘并序》，另有《朝陽巖下歌》一詩，此兩篇是最早題詠朝陽巖的作品，據銘文 "刻石巖下" 可知其《朝陽巖并序》當時即上石，不過現已不尋蹤跡。其《朝陽巖下歌》曰："朝陽巖下湘水深，朝陽洞口寒泉清。零陵城郭夾湘岸，巖洞幽奇帶郡城。荒蕪自古人不見，零陵徒有《先賢傳》。水石爲娛安可羨，長歌一曲留相勸。"[①] 此詩現存明代朱袞重刻、清代楊翰重刻，可推知元結曾將此詩上石。如果説《朝陽巖銘并序》一篇主要是寫景叙事，與一般景物題詠無異，那麼《朝陽巖下歌》中 "荒蕪自古人不見，零陵徒有《先賢傳》" 一句則爲後人點出了朝陽巖的人文主題。《先賢傳》即《零陵先賢傳》，相傳是晉司馬彪所撰，是一本記載上古秦漢魏晉時零陵賢人的傳記體著作，今佚，有輯本。

追懷先賢（或稱寓賢）與貶謫，是朝陽巖的核心人文主題。元結發現朝陽巖，"後攝刺史竇泌爲吾創制茅閣"，此後朝陽巖多次修建樓閣，南宋王象之《輿地紀勝》卷五十六稱朝陽巖 "亭臺凡十六所，自唐迄今名賢留題皆鑱於石"，可見當時盛景。朝陽巖建筑諸多，實以寓賢祠爲主。永州歷有寓賢傳統，"大抵宋代建唐賢之祠，南宋建北宋賢臣之祠，明代建宋賢之祠"[②]。朝陽巖何時始建寓賢祠已難考，不過明代曾重修寓賢祠，則知至少在明代之前朝陽巖已有寓賢祠。而宋代所建之亭閣雖未得寓賢之名，而實有寓賢之義。朝陽巖明清寓賢祠祀 "元結、范純仁、蘇軾、蘇轍、黃庭堅、鄒浩、范祖禹、張浚、胡銓、蔡元定諸賢"[③]（周敦頤移出寓賢祠另建專祠祀之），除元結之外，其餘十人皆是宋代謫臣，皆在《宋元學案》，且多入《元祐黨案》，實多爲理學中人，朝陽巖祠祀之尊賢實是以學人爲重、以遷客爲多。兩宋黨爭激烈，而世風普遍以賢臣爲重，以節義爲重，此風尤盛於遠離爭斗中心的永州，這則與永州一地歷有儒道傳統且是流貶常地有關。不過就寓賢祠而言，其所祭祀的先賢一定是

---

① （唐）元結撰，孫望校：《元次山集》，中華書局上海編輯所 1960 年版，第 41 頁。

② 張京華：《朝陽巖與寓賢祠（代序）》，載湯軍《零陵朝陽巖小史》，華東師範大學出版社 2011 年版，第 6 頁。

③ （清）王元弼修，黃佳色纂：康熙《零陵縣志》卷 4《祠祀》，清康熙二十三年刻本。其中蘇軾、蘇轍兄弟雖有貶永詔令，而未實至永。

儒道學人，若從詩歌的角度來追懷的話，則常常是將先賢目爲辭章之士。北宋治平三年（1066），蔣之奇來永遊朝陽巖留詩一首，其序稱："朝陽巖在瀟江之西，去治城不遠。唐永泰二年，元次山爲道州刺史，計兵至零陵，訪而得之，以其東向，遂名'朝陽'。方是時，結有盛名於世，故永之守丞獨孤愐、竇泌爲之剪荊棘，建茅閣，結又爲之銘與歌。其後柳子厚繼爲之詩，而朝陽之名始大著。予以子厚詩考之，正所謂'西亭'者也，遂復之爲西亭，而繫之以詩。"① 蔣之奇修復西亭、創作詩歌的意義雖然也是追賢，但其追賢却是因爲"結又爲之銘與歌"及"其後柳子厚繼爲之詩"，其定位在於先賢之文辭，與寓賢祠之祀學者有所區別。

歷代朝陽巖詩歌當中的追詠除元結之外，以柳宗元最多，而寓賢祠不祀柳宗元，可見兩端之殊異。因爲在宋人的道德評價系統裏，柳宗元乃以參與皇權爭奪而遭貶，以詩歌文辭精巧而名盛。故其謫居永州時，雖多次遊覽朝陽巖留有詩歌，又曾命名西巖，而寓賢祠不見其名。此則因其與宋代蘇黃等雖擅辭章而更重節義的文人不同，更與周敦頤、范純仁等純儒學人不同，故而在儒家道統裏不以柳宗元爲尊而實貶之。不過，在朝陽巖的詩歌系統裏，柳宗元則頗受矚目，其長年貶居的經歷與奪目的詩辭文章皆爲後來者所欽嘆。可以説朝陽巖對柳宗元的態度是以學人之角度貶之，而以詩文之角度尊之。

寓賢與貶謫可以説是對朝陽巖人文主題的基本定位，詩歌題刻則更具化地闡釋了朝陽巖的人文内涵。關於朝陽巖的詩文題刻，明代嘉靖年間黄焯編纂的《朝陽巖集》是現存的唯一一部古代的相關總集，其中對宋人柳應辰、汪藻等人十五首詩歌的記載不見於石上及其他文集與方志文獻，十分珍貴。而對朝陽巖的全面考察則近年才開始，其成果主要見於侯永慧的《零陵朝陽巖詩輯注》、湯軍的《零陵朝陽巖小史》，及張京華與湯軍合著的即將出版的新書《永州朝陽巖》等著作與論文當中，這幾本著作從朝陽巖的詩歌注釋、歷史沿革、人文内涵、題刻詳考等方面對朝陽巖進行了系統的闡釋，爲當代學界了解朝陽巖打開了一個窗口。

---

① 侯永慧：《零陵朝陽巖詩輯注》，華東師範大學出版社 2011 年版，第 51 頁。

二 朝陽巖石刻與宋刻

朝陽巖碑刻頗多，據統計，唐 4 方，宋 38 方，元 2 方，明 54 方，清 36 方，民國 10 方，新中國成立後 1 方，刻時不詳者 3 方，共計 146 方。這所有的石刻當中詩刻 70 方，將近一半，其餘的主要是題記、題榜及少量記文。就宋代而言，其具體情況據張京華、湯軍待版新著《永州朝陽巖》統計目錄茲列如下：

雍熙四年賈黃中送新知永州潘宫贊若冲赴任詩刻

雍熙四年郭昭符《秋日同知州潘贊善朝陽巖閑望歸郡中書事》詩刻

咸平間朱昂、劉隲、洪湛、孫冕、李防送新知永州陳秘丞瞻赴任詩刻

咸平間陳瞻《題朝陽巖》詩刻

咸平間陳瞻《宣撫記并序》

天禧二年王羽《朝陽巖詩二章》詩刻

皇祐五年高滌等題刻

至和二年柳拱辰等題刻

嘉祐四年張子諒等題刻

嘉祐五年張子諒書、盧臧"朝陽巖"題榜

嘉祐五年張子諒書、盧臧"朝陽洞"題榜

嘉祐六年徐大方等題刻

治平三年周敦頤等題刻

治平三年梁宏等題刻

治平四年鞠拯等題刻

熙寧元年鞠拯等題刻

元豐八年蔣僅題刻

元祐四年張綬刻蔣之奇西亭詩刻

元祐五年裴彥英等題刻

元祐七年劉蒙等題刻

元祐七年程博文等題刻

元祐七年劉蒙、邢恕、安惇題刻

元祐間邢恕《獨遊偶題》詩刻

元祐八年邢恕《題愚溪寄刻朝陽巖》詩刻

元祐八年孫覽等題刻

崇寧元年朱彥明等題刻

崇寧元年張琬《題朝陽洞》詩刻

崇寧三年黃庭堅等題刻

崇寧間魏泰《朝陽洞》詩刻

宣和間蔣琬題刻

建炎元年唐功茂《遊朝陽巖記》

乾道七年史正志《秋日陽巖》詩刻

乾道七年黃彪等題刻

乾道八年曾協《夏日陪遊朝陽巖》詩刻

乾道間佚名"巖洞幽清自古奇"詩刻

慶元元年王淮等題刻

淳祐六年佚名"人到朝陽岳底嵒"詩刻

宋永郡倅錢塘某詩刻

　　宋代朝陽巖的 38 方石刻中有題刻 19 方,題榜 2 方,記文 2 方,而詩刻多達 15 方,詩歌共計 21 首。除了可見的詩歌刻石之外,宋代還有一些題寫朝陽巖而未能即時上石或並未上石的詩歌,其目次如下:

盧臧《朝陽巖》

俞希孟《朝陽巖》

柳應辰《默題》

邢恕《題巖》

邢恕《再遊朝陽巖》

鄒浩《奉和邢舍人寄望之愚溪朝陽巖》(二首)

鄒浩《冒雪渡江遊朝陽、火星二巖既歸戲作》

沈遼《觀大水望朝陽巖》

沈遼《滄州亭懷古》

黃庭堅《遊愚溪并序》

張浚《朝陽巖》

許尹《朝陽巖》

汪藻《無題》（去城二里許）

胡寅《題朝陽閣》

胡寅《和次山遊朝陽巖》

趙不憙《朝陽巖》

曾協《和史志道侍郎遊朝陽巖三首》

王炎《湘中雜詠十絕》（其一）

項安世《三日遊澹巖火星巖朝陽巖》

洪彥華《澹巖紀遊》（其二）

婁續祖《無題》（瀟江巖上對朝陽）

文有年《朝陽巖》①

詩歌共 25 首。從以上詩歌與題刻的作者及標題即可見出，這些詩歌大多是在遊覽朝陽巖時所作，而詩人也往往是結伴同行，且同題賦詩、唱和賦詩。

三　朝陽巖詩刻具論

（一）陳瞻與潘若冲刻石友人送別詩

朝陽巖詩刻當中最顯眼的一組同題詩歌是真宗咸平間朱昂、劉隲、洪湛、孫冕、李防五人的《送新知永州陳秘丞瞻赴任》詩五首及陳瞻自己的《題朝陽巖》詩一首。《送新知永州陳秘丞瞻赴任》五首據石刻如下：

翰林學士知制誥判史館事朱昂。

赴郡逢秋節，晨征思爽然。過橋猶見月，臨水忽聞蟬。野色藏溪樹，香風撼渚蓮。此行君得意，千里獨搖鞭。

尚書比部外員郎直史館洪湛。

零陵古郡枕湘川，太守南歸得意年。茶味欲過衡嶽寺，橘香先上

---

① 主要根據侯永慧《零陵朝陽巖詩輯注》整理，有刪減。

洞庭舡。錦衣照耀維萊地，石燕翩飛欲雨天。若到浯溪湏艤棹，次山遺頌想依然。

秘書丞直集賢院劉騭。

秋風清緊雁初飛，半醉搖鞭出帝畿。名郡又分紅斾去，故鄉重見錦衣歸。剖符雖暫宣皇澤，視草終湏直紫薇。從此南軒多倚望，好詩芳信莫教稀。

開封府推官秘書丞直史館孫冕。

桂林南面近徵黃，又愛江鄉出帝鄉。新命不辭提郡印，舊山重喜過衡陽。樓臺滿眼瀟湘色，道路迎風橘柚香。知有太平經濟術，政閑時節好飛章。

秘書丞李防。

昔年同醉杏園春，別後花枝幾番新。彼此宦遊疎翰墨，等閑交面喜絲綸。榮親未必湏萊子，晝錦何當只買臣。布政莫爲三載計，清朝臺閣整搜人。①

陳瞻《題朝陽巖》曰：

秘書丞知州事陳瞻。

巖面郡樓前，巖崖瀑布懸。曉光分海日，碧影轉江天。向暖盤棲鶴，迎寒簇釣舡。次山題紀處，千古與人傳。②

朱昂，字舉之，曾仕後周，咸平年間入翰林，已年踰古稀，其詩地域特色不明顯，是平常送別詩。洪湛，字惟清，休寧（今安徽黃山）人，咸平年間試舍人院、直史館，詩首句點明陳瞻所赴之地是湘邊古郡，之後即述陳瞻赴任將要途經的地方，包括洞庭、衡嶽、浯溪等，但未曾提及朝陽巖。劉騭，潭州人，一作湘鄉人，咸平間直集賢院；孫冕，字伯純，新淦（今江西新贛）人，咸平間官秘書丞、直史館；李防，字智周，大名（今在河南）人，三人詩亦是尋常送別詩，不曾涉朝陽巖，因陳瞻乃湘陰

---

① 據石刻，參（清）隆慶修，宗續辰纂道光《永州府志》，道光八年刊本。

② 同上。

人，與永州同屬荊湖南路，故諸人詩中常用"錦衣歸""買臣"或"舊鄉"等典故以指陳瞻赴永任職之事。翻閱史書與方志，考求朱昂等五人生平，并無共聚零陵的可能性，細讀五人詩歌，其詩雖刻於朝陽巖，詩歌內容却與朝陽巖無涉，而劉騖一句"半醉搖鞭出帝畿"分明道出陳瞻是從汴京出發，這些詩歌當然亦是作於汴京。

陳瞻在朝陽巖的詩歌則與其五位好友的詩歌內容不同，每一句都是描寫朝陽巖的實景實事。對比朱昂等五人送別詩與陳瞻《題朝陽巖》詩刻，後者石碑尺寸較小而字稍大，皆是楷書寫成，且字體筆鋒走勢極爲相似，基本可以斷定出自同一人之手，則可判斷朱昂等五人的詩歌是在陳瞻至永之後遊覽朝陽巖時代爲題寫上石的，這種情況在摩崖詩刻當中十分少見，而陳瞻當時的心態也值得玩味揣摩。

以衆友人贈己之詩題刻勒石的情況比較少見，而以送別詩上石的情況亦未爲常見。在上一章節中討論浯溪石刻時，曾提到秦觀將張耒詩題石勒碑之事，但張耒其詩所論即《大唐中興頌》，秦觀代爲勒石浯溪合情合理。而陳瞻將送別詩題寫在朝陽巖上，則少見。而朝陽巖上還另有一首送別詩，乃雍熙四年賈黃中的《七言四韻詩一章送新知永州潘宮贊若冲赴任》：

> 翰林學士賈黃中上。
>
> 鵷鷺行中已著名，頒條暫慰遠民情。道途行去乘軺貴，鄉里過時畫錦榮。鈐閣曉開江月滿，戟枝寒照雪峰明。知君遊刃多餘暇，莫忘新詩寄鳳城。
>
> 軍事推官將仕郎試秘書省校書郎潘孝孫奉命書，大宋雍熙四年中元日鐫。①

潘若冲其人在本書的第二章已有介紹，其在雍熙年間曾知永州。賈黃中，其人不詳。這首詩的落款很明確，詩并非賈黃中本人鐫刻，而是潘孝孫奉命書寫，至於潘孝孫是何人，他又是奉誰之命則不得而知。不過從雍熙四年潘若冲已至永州任職，且孝孫同爲潘氏來看，其所奉大概就是潘若

---

① 據石刻，參（清）隆慶修，宗續辰纂道光《永州府志》，道光八年刊本。

冲之命。則知以友人所贈送別詩上石是以潘若冲始，而爲陳瞻所繼承
發揚。

（二）邢恕與朝陽巖的親密關係

邢恕是北宋一位與朝陽巖關係很緊密的文人，其在朝陽巖留下題名兩
則，詩歌數篇，實屬罕見。邢恕元祐四年至元祐九年貶居永州，其間有相
與交好之人，從朝陽巖現存他的兩方題刻可見，其一是元祐七年（1092）
程博文等題刻，其二是元祐七年劉蒙、邢恕、安惇題刻，分別作：

> 元祐壬申季秋庚子日，同臨川劉蒙資明、原武邢恕和叔來遊朝陽
> 洞。潘陽程博文敏叔書。
> 臨川劉蒙資明、原武邢恕和叔、河東安惇處厚，元祐七年九月二
> 十一日，泛舟渡江同遊朝陽巖。

程博文、劉蒙、邢恕三人又另有火星巖題刻。火星巖亦在永州零陵，
與朝陽巖相去不遠。題刻曰：

> 宋程敏叔火星巖題名：程敏叔、劉資明、邢和叔，元祐七年九月
> 二十日，自朝陽洞過此試茶。

劉蒙，時知永州，字與籍貫別處不見，據此刻可知。程博文，王
安石當國時，趙抃推舉，時爲湖南運判。安惇，史中未載何事至永
州，其與邢恕皆爲章惇死黨，同列《奸臣傳》，至永之後二人又得以
同遊，引人感嘆。

邢恕現存詩 10 首，其中 6 首作於永州，這其中又有 4 首作於朝陽巖，
2 首現仍見於石上。在浯溪詩刻一節當中，已提到邢恕北歸之時刻石浯溪
之詩，其歡快心情溢於言表，而其在朝陽巖所作，乃正當謫監永州酒稅之
時，其詩歌又是另一種味道。其兩首刻石詩歌分別是：

> 《獨遊偶題》
> 頹然一睡足，巖溜尚潺湲。面几即山郭，寂無人世喧。
> 邢恕和叔。

　　題愚溪寄刻朝陽巖

　　溪流貫清江，湍瀨亘百里。龍蛇幾盤紆，雷雨忽奔駛。石渠狀穿鑿，怪力祖誰氏。突如見頭角，虎豹或蹲峙。橫杠互枝挂，小艇俄紛委。蘋藻翳泓澄，松竹蔭厓汶。兩山束鳥道，側岸數魚尾。繚然閟深幽，梵宇疊危址。鍾唄雜灘聲，亭臺森水底。憑欄幾遊目，策杖時臨履。酒杓間茶鐺，棋枰延晝晷。放懷得天倪，清嘯謝塵滓。忽忘兒女縛，似接嬴秦子。顧予拙謀身，霜鬢颭垂耳。雅意在延齡，丹砂夙充餌。焉得茲結廬，悵念遠桑梓。

　　右題愚溪，寄刻朝陽巖石之左。元祐八年癸酉十二月丙辰，時謫零陵將去矣。原武邢恕和叔。[①]

　　《獨遊偶題》一首亦作於邢恕謫永的元祐年間，具體時間不明，從其題謂“獨遊”看，并非與程博文或安惇等人同遊時所作，亦可見邢恕遊朝陽巖次數之多。詩爲五絕，句極簡，而完整呈現出詩人閑到無聊而遊巖，遊巖之時仍百無聊賴而犯困，索性就地躺下以入睡，睡足醒來周遭景物不變，好似時光從不曾流動，而遠眺隔岸的山城，感受到的亦是空虛的寂靜。這其中對歲月緩慢長久的感受，對周圍環境寂靜安然的感受，皆可見出其作爲遷客的苦悶無聊心態。

　　《題愚溪寄刻朝陽巖》一首作於元祐八年十二月，其落款明指詩人即將離開貶地重回京師。愚溪，即是唐人柳宗元所命名之愚溪，是瀟水的一條支流，與朝陽巖相去僅一里左右，故遊朝陽巖者亦常隨舟順遊愚溪，所尋不過是前人足跡。邢恕此詩所寫乃愚溪之景致，語意已不同於《獨遊偶題》一首，其語言張力全然放開，“龍蛇”“雷雨”“頭角”“虎豹”等語的運用已見出詩人內心的激動，詩最後一句雖謂悵念，卻只是表達著對這個貶居數年之地的一種習慣性的不捨，其所包含的實是即將北歸的欣喜與重回政治權力中心的期待。

　　邢恕還有另外兩首今不見於石上的朝陽巖詩，分別是《題巖》《再遊朝陽巖》：

---

　　① 據石刻，參（清）隆慶修，宗績辰纂道光《永州府志》，道光八年刊本。

《題巖》

崖巔風雨落泉聲，崖下江流見底清。夾岸松筠倒疎影，炊烟漁父近寒城。

《再遊朝陽巖》

濯足臨澄碧，和雪臥石室。淅淅大風生，披襟當呼吸。①

《題巖》一首，康熙九年《永州府志》題爲《朝陽巖》，是邢恕首次遊朝陽巖所作，未知是否上石。《再遊朝陽巖》一首作於《朝陽巖》之後，是第二次遊巖所作，據陸增祥《八瓊室金石補正》，此詩曾上石，不過當時已毀，陸氏亦不見。《全宋詩》將兩首詩分別收爲《朝陽巖絕句》其一、其二，且先後次序有顛倒。這兩首詩風格意境與《獨遊偶題》一首相近，充滿了清冷、孤寂之感。

關於邢恕其人，早年入二程門下，後又曾師事邵雍，且出入司馬光之門。先後受到呂公著與王安石的推舉，其起點、其才華謂之高矣。而其與章惇、蔡確交好，聲名有污，又參與册立哲宗而謀廢宣仁太后之事，遠貶湘南。元祐七年至元祐九年間謫居永州，留下諸多詩文石刻與書法真跡。因此雖本該受世人重視，但因其位列《奸臣傳》，故歷來罕有論者，可悲可嘆。關於邢恕其詩，《宋史》本傳載曰："神宗見其《送文彦博詩》，稱於確，乃進職方員外郎。"又稱："博貫經籍，能文章，喜功名，論古今成敗事，有戰國縱橫氣習。"②可知邢恕詩文名聲甚佳。而邢恕并無詩文別集傳世，似其生前并不著意於詩文的保存，而其又特好題字賦詩於石上，與其不存文稿恰恰相反，則異於大多宋人已用心於文稿存留的心態。

邢恕離永十年之後，崇寧元年（1102），王安石弟子鄒浩因忤蔡京亦貶永州安置，其在朝陽巖有詩三首，其中兩首乃唱和邢恕，曰《奉和邢舍人寄望之朝愚溪朝陽巖二首》，其一乃次韻《題巖》：

冷風不動水無聲，倒影冲融漾太清。公爲少留誰會意，且憑詩句

---

① 兩詩據侯永慧《零陵朝陽巖詩輯注》，華東師範大學出版社 2011 年版，第 59—60 頁。

② （元）脱脱：《宋史》，中華書局 1977 年版，第 13702 頁。

作長城。①

其二乃次韻《題愚溪寄刻朝陽巖》：

我聞紫微公，潤色邁東里。道阻未識面，馳心極雲駛。及此襄漢
遊，黃堂見名氏。乃知吏民上，屹若楚山峙。不以外自殊，夙興酬寄
委。陶挖煥窮閻，長堤蠹江涘。陋彼繩墨拘，畏首復畏尾。坐令焚溺
餘，衣食就安址。流澤配羊杜，如水注無底。念茲智略成，愚者豈同
履。胡爲愚溪水，嘯詠送寒暑。虛函萬象幽，清絕一塵滓。想公溪上
心，所得似夫子。歲律方崢嶸，撫事聊爾耳。鼓枻得浮沉，觀魚謝竿
餌。應憐柳司馬，愛身異桐梓。②

題中邢舍人即指邢恕，哲宗即位初，邢恕除起居舍人。第一首詩意境
清冷，"公"指邢恕，謂其貶永五年本不爲人知，而其在朝陽巖留下長詩
刻石不免使其留名於世，此是一般石刻留題語，恰與上文所論邢恕不注重
作品的流傳形成對照。第二首詩"紫微公"指亦邢恕，紫微是起居舍人
別稱，"潤色邁東里"出自《論語》"東里子産潤色之"，謂邢恕文辭勝
於子産。之後四句述鄒浩未曾識得邢恕之面，却在永州太守那裏睹其名，
"黃堂"指太守廳事。之後的大量篇幅乃述鄒浩從太守那裏所聽聞的邢恕
貶永期間的行事與爲人，不乏溢美之辭。而"得浮沉""謝竿餌"二句似
表明詩人態度，已厭官場人事沉浮、願弃名利而遠觀，而這種態度又與上
文所贊譽的"夙興酬寄委"的邢恕正好相反。詩最末兩句論柳宗元，也
異於常人之追懷贊頌。則顯出鄒浩詩立意之複雜不同流俗，故稱其詩
最奇。

鄒浩對邢恕的唱和是以稱頌爲主，而在政治上鄒浩却與邢恕處於水火
不容的兩個陣營。鄒浩，字志完，常州人，元豐五年進士，元符元年
（1098）上疏力諫乞斬章惇，以此羈管新州。徽宗即位重新起用。崇寧元
年（1102）因忤蔡京而入元祐黨，謫衡州別駕，永州安置。邢恕爲章惇

① 據石刻，參鄒浩《道鄉集》卷4，清文淵閣《四庫全書》本。
② 同上。

之犬馬，而鄒浩請斬章惇；蔡京當國，邢恕起而鄒浩黜。但是歷史的幽默在於讓這兩個政治路線完全不同的士大夫以十年之隔先後貶居永州，先後遊歷朝陽巖，後來者不僅唱和先至者的詩歌，并且對其毫無芥蒂地予以稱頌，這放在除了宋代之外的任何一個時代恐怕都是不可能的。而歷史最終對這兩人的評定是鄒浩位列朝陽巖寓賢祠而邢恕名入《奸臣傳》，這恐怕才是他們悠遊於朝陽巖時最不可能預見的結局。

（三）黃庭堅的朝陽巖題刻及詩作

崇寧三年（1104），黃庭堅貶宜州，三月己卯（初六）至浯溪有留題，三月辛丑日（二十八日）至朝陽巖亦有題刻：

> 崇寧三年三月辛丑，徐武、陶豫、黃庭堅及子相，僧崇廣同來。[1]

此刻現猶存，雖有後人刻石掩蓋其上，但因其字體較大，故仍可依稀辨別。這則題刻的獨特之處在於所勒崖面并未磨平，字跡雖已淺淡，却不減雄放體勢，隱伏於崖面凹凸之中，變化無窮。

黃庭堅在朝陽巖另有詩《遊愚溪并序》，其詩未上石，清代永州知州楊翰爲之刻石，曰：

> 三月辛丑，同徐靖國到愚溪。過羅氏修竹園，入朝陽洞。蔣彦回、陶介石、僧崇廣及余子相步及余，於朝陽巖裏回水濱。久之有白雲出洞中，散漫洞口，咫尺欲不相見。介石請作五字記之。
>
> 意行到愚溪，竹輿鳴擔肩。冉溪昔居人，埋没不知年。偶託文字工，遂以愚溪傳。柳侯不可見，古木蔭澱澱。羅氏家瀟東，瀟西讀書園。笋出不避道，檀樂搖春煙。下入朝陽巖，次山有銘鐫。薛石破篆文，不辨瞿李袁。嵌竇響笙磬，洞中出寒泉。同遊四五客，拂石弄潺湲。俄頃生白雲，似欲駕我仙。吾將從此逝，挽牽遂回船。[2]

---

[1]　據石刻，參李瀚章修，曾國荃纂光緒《湖南通志》卷272，清光緒十一年刻本。

[2]　同上。

此詩與上文題刻作於同一日而未上石，其原因與其浯溪詩未能即時上石相類。徐靖國，即徐武，靖國乃字，徐武是當時的永州司法參軍，黃庭堅曾應徐武之請爲其父徐長孺作墓碣。蔣彥回，名漳，零陵人，隱居鄉里，聞黃庭堅過永州，故從之遊，其間收藏黃庭堅的詩文書畫多達二百餘紙，黃庭堅亦樂與之友。第二年，黃庭堅“病革，漳往見焉，庭堅委以身後事，及卒爲棺歛具，舟送歸”①。楊萬里有《蔣彥回傳》，對其與黃庭堅相交事所載頗詳。陶介石，名豫，生平難考，或是祁陽人，與陶弼同族，黃庭堅作有《陶弼墓志銘》。僧崇廣，難詳其人，或是當地僧人。與黃庭堅同遊朝陽巖的諸人當中，陶豫是從浯溪一路追隨黃庭堅而來，其情可感。黃庭堅晚年遠貶，所到之處，皆得地方官員、鄉紳、隱士、僧侶等人的殷切款待簇擁，又見宋人所重并非仕進之榮達，而是人品之高下，此尤以遠離政治權力中心的下層士人爲是。

黃庭堅詩雖名《遊愚溪并序》，然前十二句述愚溪，後十二句述朝陽巖，故楊翰將之刻於朝陽巖亦對情對景。愚溪，又稱冉溪或染溪，因柳宗元《愚溪詩序》將之更名爲愚溪，其名始著，故稱“偶托文字工，遂以愚溪傳”。朝陽巖與愚溪以水路相接，同時亦可別途披荆登山訪之，黃庭堅諸人即未行舟直至巖下，而是乘竹轎經陸路至朝陽巖，自巖頂順階往下遊覽，最後至下洞口乘舟折返。諸人爲尋元結《朝陽巖銘》而來，但當時刻石已漶漫，已難辨出自何人之手，瞿李袁分別是指瞿令問、李陽冰和袁滋，此三人皆是中唐有名的篆書家，與元結交好，且都曾爲元結篆銘於石上。詩雖寫景，而全篇都在對先賢進行追懷，前半追懷曾貶居於此的柳宗元，中間追懷元結與各位名篆家，最後幾句實寫眾人遊巖情狀與巖中景物，最末一句説到詩人歸程，令人心生悵惘。整首詩以詩人的行程爲描寫線索，步步推進，路線十分清晰，在具體的現實行程中又插入對古人的懷念，同時由地點的變換關聯到不同的先賢，最後及於友人，歸於自身，兩條線索并行不悖，極大地增加了詩歌的內涵容量。而與一般的寫景詩不同的是，對先人先跡的追懷往往更能深刻地闡發景物的文化生命內涵。

與黃庭堅同遊朝陽巖的數位士人并無相關詩文留下，但黃庭堅留在朝陽巖的印跡并非孤立的，首先是乾道七年（1171）黃庭堅的侄子黃彪攜

---

① （明）史朝富修，陳良珍纂：隆慶《永州府志》卷14《人物·零陵》，明隆慶五年刻本。

裒子遊朝陽巖，并留下題名：

> 主郡吏南昌黃彪彪父暇日攜子伀、栙、淡、榮、举、栬、鎣遊朝
> 陽巖，摩拂蒼崖，觀伯父太史題刻，歎慨久之。表侄九江夏孝章同
> 來。
> 乾道辛卯百五日。[①]

黃彪，字彪父，乾道七年爲永州知州。題刻中所謂"伯父太史"即
黃庭堅。黃庭堅在崇寧三年（1104）與兒輩并友人遊覽朝陽巖以追懷元
次山與柳子厚，并留下題刻，而 67 年後，他的子侄又率兒輩來尋訪他留
在石上的印跡，這種家族聯繫讓人唏噓動容。不止是黃庭堅的子侄這種與
其有著血親之人在朝陽巖對其有發揚，前文所述明代之前建祠祀黃庭堅之
事亦是對他的尊崇與追懷。及至清中葉，咸豐八年（1858），楊翰知永
州，重刻元結詩與銘於朝陽巖，并補刻黃庭堅《遊愚溪并序》詩及其像
贊，其在黃庭堅詩刻後跋語云："朝陽巖，余既補刻元次山銘，尋山谷詩
亦不可得見，黃氏題名有'伯父摩刻'語，恨然久之，因書此詩，補刻
巖上。"[②] 黃庭堅在朝陽巖的蹤跡，七十年後得其子侄以知州之身份尋之，
摩挲舊刻，無限感懷；而七百年後，又得後輩楊翰繼以知州身份尋其子侄
之刻，繼而上追山谷；今時去楊翰之世又近三百載矣。這種定格空間而跨
越時間的聯繫，不正是石刻的意義所在嗎？其實對於湖南永州的大多數石
刻而言，幾乎都存在著這樣一個規律，唐人開創而宋人尋訪，後世一代一
代地再次尋訪，以構成景物生命的繁殖與延續。這種縱向的、雙向的
（前代對後代的範式的吸引力與後代對前代的追懷式模仿）聯繫，其實就
是最直觀的看得見的文化傳承。

（四）貶官張浚、汪藻與地方官許尹的唱和

在朝陽巖詩歌總集裏，張浚、汪藻及許尹有一組未上石的唱和詩，
存於黃焯《朝陽巖集》，代表了三種不同身份的人的交往。張浚詩曰

---

① 據石刻，參（清）隆慶修，宗續辰纂道光《永州府志》卷 18 中，道光八年刊本。
② 據石刻。楊翰補刻及跋語不見於方志與其他典籍，今石刻尚存完好，清晰可辨，遂以石
刻爲準。

《朝陽巖》:

> 已覺雲天闊，風聲水面涼。路幽遲晚日，巖古泡流香。客舍長年靜，漁舟底事忙。相逢賢太守，不用管絃將。①

許尹詩《朝陽巖》:

> 漫作遊仙去，靈槎進晚涼。懸崖迷日月，倒影浸瀟湘。風滿徵帆過，雲歸度鳥忙。相公物外趣，時許棹相將。②

汪藻詩《無題》:

> 去城二里許，邑壁十分涼。縱棹迎華夷，攜壺涉碧湘。人間無此勝，物外本誰忙。只欠催詩雨，風雷下取將。③

張浚，字德遠，號紫巖，綿竹人。是張栻與張杓的父親，南宋初年相當強硬的主戰派，曾前後三次貶居永州，在永謫居共計十年之久。許尹，字覺民，樂平人（在今江西），高宗紹興年間任永州知州，有《龍城集》《遺安集》，已佚。汪藻，字彥章，號浮溪，饒州人（在今江西），早年曾學詩徐俯、韓駒，是兩宋之交相當有名的文學家，紹興年間謫居永州，有《浮溪集》存世。此三人現存詩歌當中，不見其他相互唱和之作。以上張浚、許尹之詩見於方志，而汪藻詩不見，《全宋詩》亦不曾收。張浚之爲相，雖然史論毀譽參半，但其的確曾爲朝廷肱股之臣，而其雖受秦檜之陷貶居永州，却不同於一般謫臣的怨艾，他的詩歌呈現的是明朗開闊、靜怡祥和的風格，其境界之大恰恰顯示出其能出將入相的氣度。末聯中"賢太守"所指即是許尹，從詩中可見出，其與當地地方官的交往也十分融洽而互得其樂。汪藻詩則多少帶著一些"逐客氣"，"去城"和"十分

---

① 李花蕾：《明黃燨〈朝陽巖集〉校注》，《湖南科技學院學報》2011 年第 1 期。
② 同上。
③ 李花蕾：《明黃燨〈朝陽巖集〉校注》，《湖南科技學院學報》2011 年第 1 期。

涼"的荒蕪之感，"縱棹""攜壺"與仍不免耿耿於心的"華夷"觀念透
露的并不灑脱的放浪，"物外""詩雨"及"風雷"所增添的寒意，都與
張浚的詩歌所呈現的是兩種不同的心態。這種心態的差異當然與個人氣質
的不同相關，却也與詩人的身份不同相關，張浚是力主中興之臣，其身份
定位主要是政治家，汪藻在徽宗朝即以詩才脱穎，其身份定位主要是文
人。故而政治家的宏大眼光與文人的敏感多思皆在他們的詩歌當中留下痕
跡。二人詩歌的相同之處在於臣子謫野則不議朝政，故二人詩歌皆與政無
涉，在野賦野而已。而作爲地方官的許尹，他的詩歌相較二人而言則比較
平和，需要指出的其詩"相公物外趣"一句各地方志與《全宋詩》皆作
"相忘趣外物"，唯黄焯《朝陽巖詩》作"相公"，不過從許尹此詩是和
張浚前作，張浚尾聯提及"賢太守"，許尹尾聯以"相公"稱張浚也十分
正常，且最末一句"時許棹相將"亦有甘願追隨之意，故作"相公"或
更近許尹本意。

（五）史正志與曾協的唱和

朝陽巖石上還有乾道八年史正志《秋日□□□陽巖□□□間□二□》
詩刻與乾道八年曾協的《夏日陪遊□□□□□朝陽巖□題四韻》詩刻，
分别是：

心庵居士史正志。

平生丘壑愛清幽，半世飄蓬歎倦遊。試問溢廬山北景，何如雲夢
澤南州。閒尋水石銷羈恨，更賴詩樽挽客留。他日畫圖應著我，漁汀
翠柳拂船頭。

子厚文章燦斗牛，西亭曾賦此巖遊。何須見勝增隻字，始驗尋幽
最一州。望處未應嗟信美，興來無惜更遲留。淡山老子談天口，舉拂
忘言石點頭。

曾協知郡判院。

保安渡口江西岸，江閣天教隔俗塵。怪石千株端似植，流香一寶
遠通津。高風元柳今安在，盛世瀟湘久益新。共約藍輿來吊古，短篇
應許繼前人。①

---

① 二首標題據石刻，詩據侯永慧《零陵朝陽巖詩輯注》，輯注將二詩題皆標爲"無題"。

　　史正志，字志道，江都人（在今江蘇揚州），寓居丹陽，晚居姑蘇，著作多佚，《全宋詩》收其存詩僅 5 首，今朝陽巖另得其詩 2 首，澹巖（亦在永州）得其詩 6 首，共計 13 首。其號頗多，有樂閑居士、柳溪釣翁、心庵居士、吳門老圃等，似每至一處即有新號，其心庵居士之號或只用於謫居永州期間。史正志在乾道六年底貶永州，乾道七年到任，乾道八年與永州知州曾協同遊永州。曾協，字同季，號云莊，江西南豐人，是有名的家族文人群"南豐七曾"之一，有《雲莊集》。曾協與史正志不同，其未中科舉，以蔭補入官，故終生爲小吏，乾道八年初至永州，九年卒於永州任上。

　　史正志詩含微怨而語尊柳宗元，却不提開創者元結，與其謫居身份相關。對於他的詩歌，明人陸君弼有評曰："（史正志）有遊朝陽巖諸詩，清典可誦。"① "清典可誦"四字出自劉勰《文心雕龍·明詩》之"至於張衡《怨篇》，清典可味"，② 所指是詩中清婉之怨。曾協詩承家學，立意較高而境界亦大，保安渡口在衡陽段的湘水之濱，江西巖則指瀟水西岸的朝陽巖，柳宗元曾又將朝陽巖命名爲西巖。頷聯兩句所寫是朝陽巖實景，頸聯兩句是詠史懷古，而"久益新"三字發前人所未見，道出朝陽巖因後人不斷吟詠而不斷刷新的衍化規律，十分難得。尾聯寫與史正志同遊之實事，而終發喟嘆以懷先哲，餘味不盡。

　　曾協的這一首詩雖是與史正志同遊時作，但并非唱和詩，曾協另有詩歌唱和史正志，未刻石，曰《和史志道侍郎正志遊朝陽巖三首》：

　　其一
　　經行犖确看嶙峋，曳履枝笻躡後塵。自是高懷元落落，向來喜色見津津。宜搜今古風流遠，得助江山句法新。好逐秋風上霄漢，却留盛事付州人。
　　其二
　　簿書堆案阻尋幽，想像高人物外遊。自昔品題多北客，故知物象勝中州。雲經亂石餘膏潤，煙過懸崖自去留。暫俯澄潭倚蒼壁，已疑

————————————
① （明）陸君弼等纂修：《揚州府志》卷 16，明萬曆刻本。
② （南朝梁）劉勰著，黃叔琳注：《文心雕龍》，浙江古籍出版社 2011 年版，第 16 頁。

身世在鼇頭。

其三

興來小渡喚方舟，霽色天教足勝遊。但覺賞心追昔事，不知飛詔下皇州。班行便覺九天近，登覽何辭一日留。懸想他時百僚上，亦思清景幾回頭。①

　　曾協的和詩有三首，而史正志的原唱今只見後兩首，確定第一首已亡佚。曾協作爲地方官員，他的詩歌顯得特別的明朗，甚至有些興奮的感覺，尤其第一首，"宜搜今古風流遠，得助江山句法新"，訪古問今的雅興，縱意新詩的暢快，"好逐秋風上霄漢"的浪漫不羈，都顯示出十分昂揚的情緒。第二首末句"已疑身世在鼇頭"一句很有意思，"鼇頭"是指古代皇宮大殿前石階上所刻鼇的頭，考上狀元的人與入翰林院的官員可以踏上，後藉指第一名或者功成名就之人，而曾協恰恰是科考失利而蔭補爲官的小吏，他在登臨危崖、俯瞰美景時亦有此感嘆，則正顯示出他文人特有的輕快自信與率真可愛。第三首所寫是史正志，二人同遊在乾道八年夏，史正志離永亦在乾道八年，從詩句意思來看，史正志當時已然接到新召，其實上文史正志詩"更賴詩樽挽客留，他日畫圖應著我"之句亦透露出其將離永的信息。不同的是，史正志在接到朝廷徵召之後，詩中歡喜甚少，羈旅別恨較多。而曾協對友人的被召則表示出十分熱烈的回應，"但覺賞心追昔事，不知飛詔下皇州"的意外驚喜，"班行便覺九天近，登覽何辭一日留"的快意暢想，"懸想他時百僚上，亦思清景幾回頭"的憧憬祝願，既見曾協對史正志的深情厚誼，亦見出曾協對於官場的積極樂觀心態，這也正是遠離政治權力中心的小吏與久經官場沉浮的遷客的不同心態的展現。另外，此詩最後三句的句法也頗有意味，皆是朝中官場之事於野地遊樂之興相互交叉并行，虛實相間，極大地增加了詩歌的張力，且永州自唐宋以來即是流人匯聚之地，朝陽巖水石絕勝，遷客之詩多避談政事而遣興野趣，惟曾協既非流人，亦非廟堂之客，其詩在談論朝野進退出入之間反而更加自如。

---

① 侯永慧：《零陵朝陽巖詩輯注》，華東師範大學出版社 2011 年版。

（六）朝陽巖的學人留題

朝陽巖在兩宋期間遊人絡繹，身份各各不同，上文對遷客與地方官員的詩歌及創作心態已有探討，接下來主要辨析朝陽巖學人的不同留題。在朝陽巖留有題刻的宋代學人有周敦頤、鄒浩、黃庭堅、胡寅、張浚諸人。在所有留題朝陽巖的學人當中，以宋代理學淵源來看，以周敦頤的身份最爲重要。周敦頤，字茂叔，道州人，以舅蔭得官，是宋代理學開創者，程顥、程頤出其門下。《宋史》本傳謂孔孟之下，道無以傳，"千有餘載，至宋中葉，周敦頤出於舂陵，乃得聖賢不傳之學。作《太極圖説》《通書》，推明陰陽五行之理，命於天而性於人者，了若指掌"①。如果説元結以上承三代之道爲己任而著作無存，影響不著，那麼周敦頤於此則是一個進步者、成功者。

治平三年（1066）周敦頤在朝陽巖留有題刻：

> 荆湖南路提點刑獄公事尚書職方郎中程浚治之、尚書虞部郎中知軍州事鞠拯道濟、尚書比部員外郎通判軍州事周敦頤茂叔，治平三年十二月十二日同遊永州朝陽洞。②

程浚，字治之，眉州人，與蘇軾爲中表。鞠拯，字道濟，開封浚儀人，當時是永州知州，周敦頤通判永州，二人多有交遊。這則刻石在朝陽巖下洞洞口右側，此處能防風、遮陽、避雨，而又不至於太過潮濕，故而未被風化，現仍保存完好，字字清晰。周敦頤等三人的題刻内容十分平常，只表明諸人職事與遊巖時間，但是其題刻却强化了後來寓賢祠以學人爲先賢的祠祀導向。元結在永州、道州兩地開闢的摩崖石刻很多，而唯有此處建有寓賢祠以祀學人，個中原因可以想見。

除了周敦頤外，宋代理學家中還有胡寅曾在朝陽巖留題詩歌二首，未上石，分别如下，《題朝陽閣》：

> 瀟水東來北流去，宛宛山城挾江住。城中萬瓦蔽雄觀，江外千巖

---

① （元）脱脱：《宋史》，中華書局 1977 年版，第 12710 頁。

② 據石刻，參（清）隆慶修，宗績辰纂道光《永州府志》卷 18 中，道光八年刊本。

自幽趣。朝陽近止瀟之西，繫舸捫苔上石蹊。翠壁劃開光豔湛，高蘿垂覆綠冥迷。排巖闖水飛欄出，掛插泂潭老蛟脊。渾疑海蜃噴珠宮，復訝樓船褰繡帟。鳴鸞佩玉不須論，西雨南雲手覆翻。寄語子牟來獨夜，試看天闕瑞霞暾。①

《和次山遊朝陽巖》：

> 畫船浮客到巖阿，小閣經年又一過。天遠恍如開翠幕，江春渾似遠青羅。雨晴風日山山麗，花發園林處處多。早喜四郊膏澤徧，試從堯壤嗣農歌。②

胡寅，字明仲，建州崇安人（在今福建），爲胡安國之子、胡宏之兄，後居衡山講學授徒，學者稱致堂先生，是湖湘學派重要代表人物。第一首詩中的朝陽閣當是唐時元結所建之茅閣，經歷代修葺重修，至宋仍存。詩前四句交代朝陽巖所處位置，并與近在咫尺的零陵城形成對比，"幽趣"二字是詩人對朝陽巖的總體定位。詩人與一般遊覽者無異，泛舟由瀟水泊至巖下，由水面直攀峭壁登巖，後面幾句描述登巖所觀之景，巖上植被茂盛，幾乎掩蓋洞口，巖洞也因綠蘿等植物的披掛而幽暗深邃有如迷境。之後數句詩人運用濃墨重彩描繪了巖中泉水流出形成飛瀑的景象，"老蛟""海蜃珠宮""繡帟""鳴鸞佩玉"等多個比喻連續運用來描繪飛泉之形、色、聲，讓整首詩都彌漫著神秘奇異的色彩，給人一種直承屈騷之感。詩最後兩句用魏公子牟的典故，《莊子·讓王》曰："中山公子牟謂瞻子曰：'身在江海之上，心居魏闕之下，奈何？'"③ 寄語公子牟，其實是在以公子牟自比，雖然身處江湖之遠，卻仍心繫朝廷之事，而"試看天闕瑞霞暾"，亦是一語雙關，"暾"指初昇之日，朝陽巖恰好是迎接太陽昇起之所，而"天闕"既指天宮，又指朝廷，詩人之意，無疑是對南宋新朝廷報有美好憧憬。

---

① 《全宋詩》第 33 冊，北京大學出版社 1998 年版，第 20931 頁。
② 同上書，第 20971 頁。
③ （戰國）莊子著，（清）郭慶藩輯注：《莊子集釋》，中華書局 1961 年版，第 965 頁。

第二首詩題爲《和次山遊朝陽巖》，而元結在朝陽巖的詩歌只有《朝陽巖下歌》，因此胡寅所和當是此詩，只是并未用元結詩韻。詩第二句稱"小閣經年"，似是説明此詩距作《題朝陽閣》已隔一年。朝陽巖因爲近城的緣故，常常有文人多次登覽遊玩，故此亦爲正常。詩中間兩聯述景，描繪出一派春光明媚，景色澄明的景象，而最後一聯又將視角轉向民間，春雨充沛，春耕和樂，詩歌的最後落脚點是太平盛世裏百姓的安居樂業。以胡寅的兩首詩歌與其他文人的詩歌作一個簡單的對比，則能發現作爲學人型的詩歌創作者，在詩藝上與文人型的詩人差別并不明顯，其特點在於詩歌立意上，放不下天下道統的觀念，即便是一首純粹的寫景詩，最終也要上升到朝廷、百姓和天下，作爲理學家的胡寅，其兩首詩歌最末都加了一條類似的尾巴，其與詩歌前半部分的意義銜接并不自然，甚至有一些突兀的感覺，這或許便是理學家詩歌常常受到詬病的原因之一。不過，需要指出的是，胡寅詩歌最末表現出對政治與百姓的關心，又與一般的理學家空談性理并不相同，而是言之有物的實指，這則與湖湘學派注重經世致用的哲學主張一脈相承。

第三節　絶塵世外的澹山巖

一　澹巖其名其景及人文主題

澹巖在今永州零陵澹山脚下，南向距零陵舊城二十五里，又稱澹山巖或是淡巖。關於澹巖其名的由來，嘉靖《湖廣圖經志書》卷十三載：

> "在縣南二十五里，巖有二門，壁立萬仞，東南各有石竅，仰望洞然。昔有一澹姓者居其下，故名。又舊經云：有周正實者，秦時人，遁世於此，預知成敗之數，始皇三召不起，後尸解焉。"①

道光《永州府志》卷二又載：

> 古有老人處其下，以澹氏稱，因名。（唐張灝記）或曰其地宜淡

---

① （明）薛綱纂修，吳廷舉續修：嘉靖《湖廣圖經志書》卷13，明嘉靖元年刻本。

竹，故云。(《零陵總記》)①

　　二種記載有重復有不同，加以綜合，則知澹巖其名由來的傳説有三種：一是其地曾居一澹姓人家，以姓名之；二是曾有秦人周正實澹泊名利隱居於此，故名之；三是以其地生淡竹名之。然三説皆無可考，故難斷執説更爲可信，可知的是，澹巖之天成久矣，其名或至唐方有，然其聞名於世却始於宋代，康熙《永州府志》卷八載曰：

　　　　易三接②《山水紀》云：澹山巖，唐以前猶未見，是以不入元柳詩文。至宋黄山谷始題識之，今山谷詩與巖爭秀，字瘦而韵，位置碑處亦奇，洞中一石寬數丈，載詩與書，若煙雲簇簇，珠玉瑟瑟者肰。③

則知浯溪以元結之文以聞名，朝陽巖以元柳詩文以名之，而澹巖則以黄庭堅之詩而顯聲，山水之聞名總賴於名人之吟詠。如宋人洪彦華澹巖刻詩云：“朝陽巖自次山顯，鈷鉧潭由子厚彰。山水得人始名重，不元不柳□逢黄。”(《澹山紀遊》其二) 所述正是此意。

　　澹巖之景奇，實勝於浯溪與朝陽巖，而澹巖之遭毁，亦甚於浯溪與朝陽巖。

　　道光《永州府志》載：

　　　　去城南二十五里，有巖奇奥，爲永州冠，曰“澹巖”，一名“澹山巖”。狀如覆盂，盤伏兩江之間，周廻二里，中有巖寶可容萬人。仰望如窗户，洞照甚明。中有澹山寺，樓殿屋寮，隱石广磚中，風雨不能及。入巖，夏則寒沁肌骨，冬則温然如春。四顧洞壁，似鎔冶所成，石田、石臼、石龍、石人之屬備列，變狀窮。中幽黑處秉炬行三數里，通“暗巖”，古今莫測其遠近。又其間時聞蘭香，相傳别有“蘭巖”，人不知其所。④

---

① (清) 隆慶修，宗績辰纂：道光《永州府志》卷2，清道光八年刊本。
② 易三接，明代零陵人。
③ (清) 劉道著修，錢邦芑纂：康熙《永州府志》卷8，清康熙九年刻本。
④ (清) 隆慶修，宗績辰纂：道光《永州府志》卷2，清道光八年刊本。

所述頗詳。澹巖處於瀟水與進賢河（瀟水支流）二水之間，是一天然形成的喀斯特地貌溶洞，其崖甚高，崖上怪石嶙峋，石體烏黑透亮，間有雜樹叢生，崖下有二巖，一明一暗，稱亮、黑二巖，亮巖洞口上方榜書題有"澹巖"二字。巖内有天然半月石臺，中秋月圓，月光從頭頂洞口射入，可見臺如半月，若仰頭觀之，則見圓月當空窺人，後人謂其景曰"澹巖秋月"。澹巖巖洞相當之大，《永州府志》稱其可容萬人并非虛言。20 世紀中，有一兵工廠建於巖洞内，數個車間次列排開，洞内甚至建起三層樓房，仍絲毫不顯擁擠，可見其洞豁然如此。澹巖自經黃庭堅始，歷代文人騷客多有題刻其上，而澹巖其洞，冬暖夏涼，避風無雨，連光照亦甚少，刻石的保存較之浯溪的露天與朝陽巖的向陽可謂得天獨厚，故而幾乎不曾有所損毀。然而近世以來，工廠入駐，鑿巖構室，機器轟鳴，油污煙熏，如今工廠雖遷，而廠址仍在，洞内鐵線如網，壁殘若墟，渾成的天然奇景已不復存在，而刻石更是寥落無幾，大多詩文、題榜皆莫能尋，可憾可恨。

　　澹巖的人文主題與浯溪和朝陽巖不同，澹巖最開始的命名與被發現即與政治與道統無關，而秦人周正實避世隱居於此的傳說更是爲此地渲染出一種世外桃源般的隱逸色彩，故而隱逸成爲澹巖最重要的人文主題。此外，儘管浯溪與朝陽巖亦是水石絕佳之地，但元結的命名與刻頌勒銘及後來遷客的發揮闡述，爲兩地打上忠義、寓賢、貶謫等主流文化的烙印，而澹巖没有這種文化的迭加。奇怪的是，遊澹巖者即便是貶官，詩中之遷謫愁緒并不明顯，而主要轉至對出世的嚮往，如此則要感嘆文人之間的詩歌創作慣性。澹巖的最大特色仍在於景奇，正如黃庭堅"永州澹巖天下稀"的定位，描繪奇異之景是澹巖題詠的另一重要主題。澹巖的第三大人文主題應該是懷古，此種懷古與朝陽巖的追懷先賢稍有區別，澹巖的懷古包括對前人詠嘆澹巖的再詠或是追和，也包括對澹巖各種美麗傳説的闡釋與翻案，却仍與儒家主流的尊道重賢關係不大。總而言之，或許是因爲澹巖常常爲當地土僧建寺幽居，又因其得名曰"澹"且地處偏遠，故而其地的文化内涵與"出世""野趣""隱逸"等概念相近。

二　澹巖石刻與宋刻

　　據統計由宋至清，澹巖石刻最多時達 200 餘方，其中宋刻最多，達百餘方，而今所存甚少，又因巖内爲工廠車間舊址，統計不易，故現存數目并不明確，研究也因之受阻。澹巖不僅石刻受損嚴重，碑刻拓片亦鮮有存者，現知國家圖書館存有清代制作的澹巖宋碑拓片 80 餘幅，可惜難於一見，惟待日後機緣。本書通過輯録整理《金石萃編》《八瓊室金石補正》光緒《零陵縣志》、嘉慶《零陵縣志》、光緒《湖南通志》及《零志補零》等文獻對宋代澹巖石刻的記載，① 盡可能地呈現出宋代澹巖題刻的基本面貌。以下是宋代澹巖石刻目次：

李建中《澹山巖》詩刻

尹瞻《澹山巖詩》詩刻

嘉祐二年盧臧《永州三巖詩有序》詩刻

俞希孟《俞希孟和（盧臧）詩》詩刻

嘉祐六年蔣緯《題澹山巖》詩刻

治平三年樂咸《留題澹山巖詩》詩刻

熙寧九年蔣之奇《題澹山巖》詩刻

熙寧九年王辟疆《澹山巖詩》詩刻

熙寧九年胡奕《巖山巖》詩刻

崇寧初鄒浩《無題》二首詩刻

崇寧三年黄庭堅《題永州澹山巖》二首詩刻

宣和二年黄同《乘暇率僚友訪澹山只閲御書清談久之偶成以豁其思》詩刻

宣和初盛□《題澹山巖》詩刻

李公彦《題澹山巖》詩刻

建炎二年王資仁、陳□、彭從虎《遊澹山巖》詩刻

建炎三年尚用之《呈琦老禪師》二首詩刻并善琦跋語

建炎四年錢伯言《無題》二首詩刻

潘正夫《澹巖六韻奉呈遜叔侍郎兼寄惠照禪老》詩刻

錢伯言《次韻奉和蒙著太尉澹山見示長句》詩刻

---

① 湖南科技學院戴艷 2010 年的本科畢業論文《永州淡巖石刻初探》對澹巖石刻有基本著録，可作一定參考。

紹興八年張昭遠、澹山長老了思等《喜雨詩》六首詩刻

紹興十五年遊何《紹興乙丑七月幕谷遊何蕭卿乘月獨遊澹巖書事兼簡零陵宰君李兄秀實》詩刻

紹興十五年張滉《留題澹巖》二首詩刻

楊萬里《涉小溪宿淡山》

紹熙三年張釜《無題》二首詩刻

紹熙五年洪彥華《澹巖紀遊》五首詩刻

慶元三年俞澂《慶元三年以職事至零陵，訪澹巖，解後莆田翁點沂伯、金華蔣和之子先少憩觀覽，因賦此詩》詩刻

嘉定七年臧辛伯《無題》詩刻

嘉定九年易袚《無題》詞刻并跋語

嘉定十年留筠《無題》詩刻

嘉定年間董與幾《無題》詩刻

嘉定十三年王子申《無題》詩刻

寶慶三年高惟月《念奴嬌》詞刻

紹定三年張友仁《水調歌頭》詞刻

紹定三年吳千能《水調歌頭》詞刻

袁鎮《遊澹巖偶得二絕》二首詩刻

紹定六年婁續祖《題永州淡巖》詩刻

紹定六年衛樵《無題》二首詩刻

紹定六年郭三聘《無題》詩刻

淳祐五年趙與泳《麥秋劭農隨侍郡侯杖屨獲遂澹巖一遊，浪吟古句，聊誌歲月》詩刻

寶祐二年趙帥幹《題淡巖》五首詩刻

景定三年文有年《無題》詩刻

景定三年陳宗禮《澹山巖詩》詩刻

景定四年張遠猷、紹珏《無題》二首詩刻

景定年間文起傳《無題》詩刻

景定五年文子璋《無題》詩刻

景定五年陳梅所《無題》詩刻

咸淳九年趙德綸《澹巖偶成》二首詩刻

無名氏《比遊澹巖因成一詩敢用拜呈》詩刻

朱正一《留題澹山巖》詩刻

詩刻共記 49 方，詩歌 74 首。另上文所列文獻亦載有或未刻石的宋代澹巖
詩歌數首，亦附列於下：

沈遼《澹山巖》

惠洪《次韻題澹山巖》

曾丰《遊淡巖》

史正志《遊澹巖因成六絕句》

曾協《遊澹巖和史（正志）侍郎》

謝用賓《澹巖》

項安世《三日遊澹巖火星巖朝陽巖》

項安世《澹山巖遇雨二首》

王阮《題淡巖一首》

徐照《題淡巖》

除此之外，澹巖宋題名多達 99 則，因數量較多，此不一一列舉。在摩崖
石刻當中，像澹巖一樣宋碑數量如此之多算是比較少見的，澹巖的宋碑無
論是數量還是所占比重都比浯溪與朝陽巖要多，而澹巖實則并非南北往來
之士必經之所，亦離城區相對要遠，其宋碑之數量如此之多的原因，與黃
庭堅在宋人當中巨大的影響聲譽相關。如盛□在未至澹山之前即心嚮往
之，"吾自政和五年始校中秘書畫，臥館下即嘗夢至此山"①，在詩中亦稱
"憶我半紀前，已與茲山期。了然蘭臺夢，宛渡瀟湘湄"，親至澹巖一遊，
竟是其多年之心願，而趙帥幹《題澹巖》組詩其五《山谷碑》曰："長記
兒童膝下時，便聞山谷澹巖詩。江湖老矣瀟湘過，始得摩挲石𪢮碑。"②
則可見宋人對澹巖嚮往之一斑。

---

① （清）隆慶修，宗績辰纂：道光《永州府志》卷 18，清道光八年刊本。

② 同上。

三　澹巖詩刻具論

（一）李建中、蔣之奇等文人的早期澹巖詩刻

儘管宋人都以黃庭堅的詠唱爲澹巖名滿天下的開端，然而早在黃庭堅之前已有李建中、尹瞻、盧臧、俞希孟、蔣緯、樂咸、蔣之奇、王辟疆、胡奕、鄒浩等至少 10 人留題澹巖，現可見記載最早的題刻澹巖的詩人是李建中。

李建中，字得中，祖籍京兆，後移居洛陽，太平興國八年（983）進士，曾知岳州錄事參軍，又任道州通判，或是在道州通判任上到的澹巖。其詩爲五言長詩，有"咫尺仙路南，喧囂機世忙。浮埃走車馬，奔迸多事場。真地擁煙霞，根本無爲鄉"① 之句，則是以澹巖爲世外逸地。李建中詩亦見於《苕溪漁隱叢話》："零陵郡澹山巖，秦周貞實之舊居。余往歲嘗遊之，因見李西臺、黃太史詩刻，愛其詞翰雙美，因拓墨本以歸，真佳翫也。西臺詩石刻漫滅，九字不可辨，因闕之。詩云……"② 因李建中真宗景德年間曾掌西京留守御史臺，故稱李西臺。胡仔未載其詩刻位置，然其詩南宋時已漶漫多字，據推測應刻於洞口醒目處。

李建中之後的盧臧在浯溪、朝陽巖、澹巖皆有題刻、詩刻或榜書，可謂多矣。其詩《三巖詩并序》中的"三巖"分別指火星巖、朝陽巖、澹巖，曰：

> 永之東南，三巖相望。穿堅貫險，外峻內夷。浯瀟之間，號爲佳絕。火星巖，嶄嶄亂石，怪聳於傍，曲縈斜通，後瞰山腹。往時黃冠師宅其側，塑火星像爲人祈福，今宇壞基存，緇徒搆宇而居。朝陽巖，後阜前江，呀焉淵邃，旭日始旦，華粲先及，小亭巋然立於右岸。澹山巖，依山而上，緣穴而下，深入虛廣，踰數十畝。秦始皇時，周正實之居，今爲佛圖。山富竹樹，澹竹爲多。其後斜穴，百步

---

① （清）李瀚章修，曾國荃纂：光緒《湖南通志》卷 271，清光緒十一年刻本。
② （宋）胡仔：《苕溪漁隱叢話前集》，載《筆記小說大觀》，江蘇廣陵古籍刻印社 1983 年版，第 248 頁。

迤邐而出，捫蘿蹬石，復有小巖。大抵永山類多巖穴，茲三者爲極勝。至者賞其外，塵坌而移寒暑也。予嘉祐丁酉二年被臺符承懻中乏，四月始到永。未幾，遍歷所謂三巖者，且酷愛澹山虛廣，遂礱其巖石，揔刻三詩。偶漕臺俞公按部遊巖，遂持詩以丐虞屬，公好奇博雅，既賞會於巖下，又從而繼其聲焉。其從遊者題名於別石。時六月六日也。《火星巖》：巖扃瞰群阜，疇昔道宮鄰。熒惑標名舊，浮屠締構新。石寒長滴乳，地潤不生塵。吾到期深入，虯龍勿噬人。《朝陽巖》：瀟湘峻岸傍，巖穴號朝陽。全會江雲勢，先分海日光。高深驚險易，冬夏返溫涼。誰肯奇塵世，探窮仙者鄉。《澹山巖》：誰開仙窟宅，非與衆巖儔。樹響晴飜雨，嵐涼夏變秋。禽靈啼復斷，雲怪吐還收。深羨群僧住，嗟予莫少留。①

　　盧臧，字魯卿，河內人，盧察子，嘉祐中任潭州湘潭縣主簿，權永州推官。盧察曾分別在天聖九年（1030）和明道元年（1032）作了兩首題浯溪詩，嘉祐二年（1057），盧臧至永之後，將乃父前作刻石浯溪壁上。而其官於永州期間，遍遊當地山水，多有題刻，最著者即此刻於澹巖的《三巖詩并序》。其詩對澹巖的描述主要著眼於澹巖之奇，其立意與其他兩巖并無不同，然而從其經歷與題刻來看，其好水石、愛刻石的程度并不亞於元結。俞希孟與盧臧同時遊巖，并有詩和盧臧，稱《三巖和詩》，一并刻石，其《澹巖詩》一首“聖時無遁客，佳境付禪關”立意雖俗，而“巖腹潛云構，清涼十畝間”② 却意境開闊。

　　蔣緯是零陵本邑人，其刻詩曰“幽徑盤危入，青天一面看”，後人在其詩刻後跋語稱“讀此詩至‘青天一面看’，輒驚歎曰：‘巖中奇處，此處道盡’”，評價頗高。樂咸詩有“僧居筑室隨高下，客到留題見古今”之說，則知當時巖上留題已相當之多。王辟疆句有“若教元子當初到，肯使朝陽播世間”③，則認爲澹巖之景遠勝於朝陽巖，而嘆元結不至澹巖，以致其景埋没無聞，此種立意常被後來詩人反復使用，如盛□“元柳跡

---

① （清）隆慶修，宗績辰纂：道光《永州府志》卷18，清道光八年刊本。
② 同上。
③ 同上。

不到，隱顯當有時"，王資仁"群仙秘護人跡絶，元柳不到誰雕鎪"① 等
皆是此意。

蔣之奇，字穎叔，常州宜興人，治平年間曾貶監道州酒稅，在朝陽巖
留有題刻與詩，熙寧九年，再過永州，遊澹巖，留七言長詩一首。《古泉
山館金石文編》載："正書十八行。此詩不見姓名，而《金石萃編》及
《縣志》皆屬之蔣之奇。史傳言穎叔於神宗時由殿中侍御史貶道州監酒
稅，此詩蓋其時所題也。"② 此詩刻後有題款明載詩作於熙寧九年，而蔣
之奇貶道州時在治平三年，且貶居未久，故此詩并非作於謫居之時，當是
之後因公過零陵時所作。詩曰：

> 零陵水石天下聞，澹山之勝難具論。初從巖口入地底，始見殿閣
> 開重門。乃知茲洞最殊絶，洞內金碧開祇園。寬平可容萬人坐，仰視
> 有若覆盎盆。虛明最宜朝日照，陰晦常有元雲屯。盤虯夭矯垂乳下，
> 異獸突兀巨石蹲。香木一株在崖壁，人跡峭絶不可捫。靈仙飛遊享此
> 供，常駕飆馭乘雲軒。我來正逢春雨霽，氛翳開闊陽景溫。呀然雙穴
> 露天半，籠絡萬象將并吞。只疑七竅混沌死，五竅亡失兩竅存。神奇
> 遺跡未泯滅，至今猶有斧鑿痕。雲床石屏極隈隩，昔有居士尚潛蟠。
> 避秦不出傲徵召，美名遂入賢水源。咸通嘗爲二蛇窟，元暢演法蛇輒
> 遷。從茲其中建佛刹，棲隱不復聞世喧。惜哉此境久埋没，但與釋子
> 安幽禪。次山子厚愛山水，探索幽隱窮晨昏。朝陽迫迮若就狴，石角
> 秃齾如遭髠。豪篇矜誇過其實，稱譽瑉石爲玙璠。環觀珍賞欲奄有，
> 不到勝處天所慳。嗟予至此駭未觀，不暇稱贊徒驚歎。恨無雄文壓奇
> 怪，好事略與二子班。蕪詞願勒巖上石，勿使歲久字滅漫。
> 熙甯九年正月廿二日過此書，周甫張吉刊。③

首句高屋建瓴，領起全詩，常爲後人引用以論湘南風景。之後按遊覽次
序，從洞口漸次入內，一一詳述巖內之勝景。"呀然雙穴露天半，籠絡萬

象將并吞。只疑七竅混沌死，五竅亡失兩竅存”四句描繪澹巖上下兩穴
口，將其想象爲莊子所謂之七竅混沌，以虛摩實，大膽新奇，同時又呈現
出自然之力的鬼斧神工，讀來十分暢快。“避秦不出傲徵召，美名遂入賢
水源”二句所述乃周正實三召不出之事。“咸通嘗爲二蛇窟，元暢演法蛇
輒遷”所記是當地傳説，祝穆《方輿勝覽》卷二十五載：“有僧到巖下坐
盤石，敷衍《法華》真常妙理，見二蟒各長數十尺，盤於前，師曰：若
受吾訓，當釋汝形，頃化雙狐，能飛鳴，名曰訓狐。師居巖中凡五十
年。”① 其説與蔣之奇相似而有異，不過蔣之奇早祝穆久矣，祝穆之説更
爲離奇，當爲後人敷衍而成。“惜哉此境久埋没”之後數句亦是感嘆澹巖
之景至奇而不爲人所知，可笑元結、柳宗元日夜窮搜苦覓，找到的朝陽巖
與石角山，一個逼仄狹小有如牢籠，一個寸草不生有如曾遭剃頭髠刑。對
於朝陽巖，蔣之奇亦早有詩稱頌之，一旦與澹巖相比，竟落到如此尷尬之
地，也足見詩人對兩地風景之評價。於此，蔣之奇又有題刻述之，曰：
“澹山巖，零陵之絶境，蓋非朝陽之比也。次山往來湘中爲最熟，子厚居
永十年爲最久，二人者，於山水未有聞而不觀，觀而不記者。而兹巖獨無
傳焉，何也？豈當時隱而未發邪？不然使二人者，之顧肯夸其尋常而遺其
卓犖者哉！物之顯晦固有時，何可知也。蔣穎叔題。”② 可爲此詩注腳。

（二）鄒浩與澹巖訓狐

《永州府志·名勝志·淡巖》載：“謫宦黨人放遊西南者多題記，惟
黃庭堅詩帖最彰，鄒浩詩紀馴狐夜報蹟最奇，周茂叔范淳父祖禹題名最
重，蔣之奇長歌最工。”③ 以最工稱蔣之奇詩，可謂的評。其中又評鄒浩
之詩最奇，下文且試詳論之。鄒浩在朝陽巖亦曾留題，前面對其生平已有
詳述，此不贅言，鄒浩刻於澹巖的詩有二首。

　　《文長老云“山有馴狐鳴即客至，夜來鳴更異常”》
　　步入山來亦偶然，初無消息與人傳。馴狐底事先知得，隔夜飛鳴
　　報老禪。

---

① （宋）祝穆：《方輿勝覽》卷25，清文淵閣《四庫全書》本。
② （清）隆慶修，宗績辰纂：道光《永州府志》卷18，清道光八年刊本。
③ （清）隆慶修，宗績辰纂：道光《永州府志》卷2，清道光八年刊本。

《望澹山》

澹山形勢冠零陵，咫尺拘攣去未能。悵望煙霞今阻隔，尚期歸路
一來登。①

這兩首詩按詩意來看，當是《望澹山》一首作於先，鄒浩未嘗登覽，
遠觀而作，《文長老云"山有馴狐鳴即客至，夜來鳴更異常"》一首作於
後，是親歷澹巖之事。方志所載二首順序顛倒，當是據石刻而錄。馴狐，
一般寫作訓狐，是貓頭鷹的別稱，因其頭似狐或貓故稱。訓狐古亦稱梟
鴟、鵩鳥等，賈誼所謂《鵩鳥賦》即是。因爲訓狐以母爲食，且夜鳴駭
人，故常被視爲不祥之物，正如賈誼遷謫長沙，夜聞鵩鳥而以爲不壽，亦
是將其視爲不祥之兆，而自賈誼之後，此種觀念更盛。韓愈有詩《射訓
狐》："有鳥夜飛名訓狐，矜兇挾狡誇自呼。乘時陰黑止我屋，聲勢慷慨
非常粗。……"② 劉歧《使遼作十四首其六》："晝出驚貂鼠，宵鳴厭訓
狐。"③ 則知唐宋人仍以訓狐爲惡鳥。澹巖訓狐的傳說很多，前文所述祝
穆《方輿勝覽》記載的二蟒化爲馴狐即是。尤其在鄒浩此詩出後，後人
傳演更廣而更離奇，且并不以其爲兇惡，甚至以聞其鳴爲貴人將至之喜
訊，則與傳統記載大相徑庭。乾隆《永州府志·災祥·訓狐》載："澹巖
有訓狐，凡貴客至則鳴，鄒浩將至而狐鳴，寺僧出迎，浩怪之，僧以狐鳴
爲言告。嘗有詩云……"④ 此尚未偏離鄒浩詩意。又康熙《永州府志·名
勝·澹山巖》載："宋鄒道鄉謫道州經此巖，有老蟒化爲靈狐，語老僧
曰：'明日鄒公至，當往迎之。'僧如言而迎之，果鄒公也。告以故，始
信君子之感物也。鄒有詩，見藝文。"⑤ 謂鄒浩乃謫經澹巖，則時間不對，
老蟒現化爲靈狐，亦與前所謂老蟒乃因聞禪師講演《法華經》而幻化相
異，又靈狐非鳴聲異而是以人語告知消息則更離奇。則知後人之敷衍已只
爲獵奇而非記事，不足以信。至於鄒浩與訓狐之事，亦不難理解，訓狐在
湘南相當常見，而訓狐的生物習性是晚出鳴而日休眠，老僧夜聞訓狐之鳴

---

① （清）隆慶修，宗續辰纂：道光《永州府志》卷 2，清道光八年刊本。
② （唐）韓愈：《韓昌黎全集》卷 5，世界書局 1935 年版，第 97 頁。
③ （宋）劉歧：《學易集》卷 3，清武英殿聚珍版叢書本。
④ （明）史朝富修，陳良珍纂：隆慶《永州府志》卷 17，明隆慶五年刻本。
⑤ （清）劉道著修，錢邦芑纂：康熙《永州府志》卷 8，清康熙九年刻本。

而且視鄒浩來遊，因見賢臣遠道而來故以此事稱美亦屬俗常，鄒浩或許當下即知此事爲虛，然此事之虛并不掩此事之趣，故文人雅興乍起，作詩記之，促成一樁美談。南宋寶祐年間趙帥幹在朝陽巖留有五首詩歌，其中《雷神廟》一首曰：“此洞當年本祀雷，棟梁見我忽傾摧。寺僧爲報山靈説，不用驚疑俗客來。”① 其中“爲報山靈説”數字則已説明澹巖寺僧之巧言不過只是假借訓狐而已。

後人以鄒浩與訓狐之事作伐入詩者頗多，其中建炎三年尚用之的詩刻與僧人善琦的跋語比較有代表性。其刻石全文如下：

> 呈琦老禪師，用之謹封。
>
> 建炎庚戌上春十有三日，用之同文發先輩偶遊澹山巖，長老琦公接余於寺外且曰：“不預探知，不獲遠接。”余笑謂之曰：“訓狐不相報否？”琦老即謂余曰：“提刑道，力行不動塵，鬼神容有不知。”余嘉其不以偏告，而味其言之高也，因成二詩以答其意，借用山谷老人韻。江都尚用之。
>
> 我來訓狐無所聞，老人戲我不動塵。道愧未嘗分寸得，心灰要似尋常人。斷崖危絆藤蔓古，殘僧靜對桃李春。次山不遇遇山谷，倖有妙句垂堅瑉。
>
> 巖深樹綠春長在，巖暝雨霽雲初歸。天愛護持有神物，蛇去因果無狐疑。石田藥白誰與刻，香山乳寶苔生衣。未聞城南閬州比，此景自是寰中稀。
>
> 提刑學士一日同文發先輩來遊澹巖且不預知，忽爾舉鑣入寺，善琦驚而復謝不獲出山遠迎。臺旗學士曰：“訓狐不相報？”善琦則對提刑道：“力行不動塵，鬼神容有不知。”而公乃笑迤邐，歷觀巖穴，頗聽妙語，琅琅清風，習習其德，可稱如周茂叔。越二日詣城謝公於行衙，伏承佳篇，見惠一覽，使人神怡氣逸。礱石刻之，與山谷黃公同傳其盛美。建炎中春望日住巖賜紫善琦謹跋。②

---

① （清）李瀚章修，曾國荃纂：光緒《湖南通志》卷274，清光緒十一年刻本。
② （清）隆慶修，宗績辰纂：道光《永州府志》卷18，清道光八年刊本。

尚用之，字仲明，江都（在今江蘇揚州）人，北宋末年任廣西提點刑獄，後寓居廣西。尚用之與友人遊澹巖，與巖中寺僧善琦玩笑，問爲何訓狐未預先報信，善琦機敏，以尚用之行動輕盈快捷，塵埃不沾，神鬼不曉作答。這兩句有如公案機鋒一般的問答其實與文長老和鄒浩的對話性質是一樣的，貴客來遊，巖中寺僧無論迎與不迎其實皆不重要，重要的是其面見之時的言語機鋒能否深得客人之心。從尚用之"余嘉其不以僞告，而味其言之高也"，則知其對善琦的回答是相當滿意的，甚至認爲比以訓狐確有靈性答之要更爲坦率高明。澹巖當中寺僧與文人的交遊常被記載下來刻於壁上，而刻石者常常是寺僧，如僧人善琦，不僅爲尚用之刻石詩歌跋語，早年李公彥、王資仁、陳□、彭從虎等人的詩歌亦是其代爲摩石刻字。又如樂咸、黃庭堅、洪彥華、衛樵、趙與泳、趙帥幹、文有年、陳宗禮、陳梅所及數位無名氏等等幾近一半宋人的詩歌皆是當時寺僧代爲刻石，反映出澹巖寺僧對於文人留題的歡迎與重視，其中雖不乏僧人希望自身能與文人一同流美之私意，却也透露出宋代禪僧與士大夫之間的親密關係。

在尚用之的詩歌及與善琦的對話當中，訓狐的形象雖與"鬼神"同流，却是可愛的，"天愛護持有神物，蛇去因果無狐疑"一句更以訓狐爲天賜之神物，與傳統闡釋係統中對訓狐的厭惡完全不同。除尚氏之詩外，澹巖壁上還有許多篇章皆以訓狐入詩，僅宋一朝即有李公彥《題澹山巖》"我非貴客來塵軺，訓狐挾狡聲亦先"，彭從虎《遊澹巖詩》"訓狐昨夜又鳴報，果是五馬今朝遊"，洪彥華《澹巖紀遊》"骨相山林非富貴，不應曾有訓狐鳴"，郭三聘《無題》"訓狐聖得知，夜半叫已屢。主人知客來，倒屣相告語"，趙帥幹《聞飛狐》"舞毒山中夸巨蟒，聞經巖下化靈狐。不知昨夜飛鳴處，曾報溪翁到此無"[1] 等，皆以訓狐爲先知，完全不是傳統文學作品當中訓狐丑惡可怕的形象，這種新的訓狐形象當是宋代湖湘詩歌當中獨有的特色。

（三）澹巖之"世從山谷始名傳"

黃庭堅崇寧三年春三月至永，初六日遊浯溪，二十八日遊朝陽巖，隨後又至澹巖，留下詩歌兩首，石刻上并未記載時間。《金石萃編》載：

---

① 以上諸詩皆引自（清）隆慶修，宗績辰纂道光《永州府志》卷18，清道光八年刊本。

"山谷老人七古詩二首,《豫章黃先生文集》亦載此二詩皆無歲月,考年譜崇寧二年留鄂州,十一月有宜州謫命,三年自潭州歷衡州、永州、全州、靜江府以趨貶所。三月泊浯溪,十四日到永州,有題澹山巖詩二首,是此詩作於崇寧三年三月也。"① 所考基本無差。不過,據黃庭堅在朝陽巖的題刻,其遊朝陽巖在三月二十八日,朝陽巖在零陵城西二里,而澹巖在零陵城南二十五里,黃庭堅至永州零陵之後應該是先遊朝陽巖後遊澹巖,而沒有舍近先求遠之理,如此推算黃庭堅遊澹巖則應該在崇寧三年三月二十八日之後。又據《山谷先生年譜》:"四月發全州,是夏至宜州。先生有跋《自書嬾瓚和尚歌後》云:四月辛未,余將發清湘矣。"② 清湘縣在全州,即今廣西省桂林市全州縣。四月辛未乃四月二十八日。黃庭堅三月十四日至零陵,三月二十八日遊朝陽巖,四月二十八日才起身前往全州,其間耽擱甚久是爲安頓其眷屬於永州。那麼其遊澹巖則在三月二十八日至四月二十八日之間,很有可能是四月上旬或中旬。以下是黃庭堅的《題永州澹山巖》二首:

> 山谷老人黃庭堅。
>
> 去城二十五里近,天與隔盡俗子塵。春蛙秋蠅不到耳,夏涼冬暖總宜人。岩中清磬僧定起,洞口綠樹仙家春。惜哉淡山世未顯,不得雄文鑱翠瑉。
>
> 淡山淡姓人安在?征君避秦亦不歸。石門竹徑幾時有,瑤臺瓊室至今疑。回中明潔坐十客,亦可呼樂醉舞衣。閬州城南果何似,永州澹巖天下稀。
>
> 政和六年住持僧智矞刻石。③

"惜哉淡山世未顯"一句,《山谷內集》等山谷詩文別集皆作"惜哉次山世未顯",《苕溪漁隱叢話》作"惜哉此山世未顯"。"次山世未顯"之句恐非黃庭堅原句,當是訛誤。其一,黃庭堅自浯溪經朝陽巖再至澹

---

① (清)李瀚章修,曾國荃纂:光緒《湖南通志》卷272,清光緒十一年刻本。
② (宋)黃𮧵:《山谷先生年譜》卷30,載民國《適園叢書》本,第380頁。
③ (清)隆慶修,宗績辰纂:道光《永州府志》卷18,清道光八年刊本。

巖，讀元次山留題多矣，其對元結之敬重亦多方流露，稱之爲“世未顯”實不合情理。其二，元結於史上留名，雖不似李杜一般，却絕非聲名不顯，而其在永州之聲名，就唐宋而言，恐怕當稱最著，“次山世未顯”之評實不公允。胡仔《苕溪漁隱叢話》是惟一載爲“此山”的版本，且胡仔當年曾親見石刻，并拓詩珍藏，《苕溪漁隱叢話》載曰：“因見李西臺、黃太史詩刻，愛其詞翰雙美，因揭墨本以歸，真佳玩也。”① 以其時間之早、親見之實且詩意之合理，“此山”一説比較可信。另外，“淡山”一説就詩意而言也比較合理，各地方志與《金石文編》皆載曰“淡山”，所傳較廣，就地緣而言，亦有較高可信度。至於究竟原詩爲何字，則需有機會一覩此刻拓本方可定論。

　　黃庭堅的澹山詩二首其立意在於出世離俗與隱逸，其一首句即言“去城二十五里近，天與隔盡俗子塵”，雖然去城不遠，却不沾一點俗塵之氣，黃庭堅對澹巖的最初定位即是世外仙山。頷聯寫洞中之静與氣温之宜人，此般景象皆非俗塵可見；頸聯寫巖中所居之人與所生之木，此般生靈亦與俗塵相異，都是爲了説明前句所謂“隔盡俗子塵”。詩尾聯感嘆澹巖世代不爲人知，名聲不顯，是因不得絕好文辭彰顯，而山谷提筆賦詩，則有一些爲助澹巖揚名而當仁不讓的意思，而事實上山谷此詩一出，澹巖即爲天下讀書人知，黃庭堅的確終結了澹巖“世未顯”的命運。詩歌其二前面兩聯皆是懷古，淡姓人家、秦時隱士都已不在，而巖中天然陳設却一一在目，人事之倏忽與景物之長存形成對比，亦虛亦實，亦近亦遠，使詩歌内涵更爲豐富。頸聯所述是洞中回環實景，却又虛寫飲酒樂舞之想象，亦是虛實相間的寫法，尾聯是對澹巖的最終評價，而“天下稀”這一評定也得到了後來者的廣泛認同。

　　黃庭堅之後，澹巖名聲愈盛，而後至之文人也爲黃庭堅吟詠澹巖而津津樂道。宋代如李公彦“涪翁有筆大如椽，七字要與山俱傳”，尚用之“次山不遇遇山谷，倬有妙句垂堅珉”，洪彦華“朝陽巖自次山顯，鈷鉧潭由子厚彰。山水得人名始重，不元不柳□逢黃”，留筠“昔有秦人嘗穴處，世從山谷始名傳。品題自古因人重，我漫邀僧煮石泉”，趙與泳“天

① （宋）胡仔：《苕溪漁隱叢話前集》，載《筆記小説大觀》，江蘇廣陵古籍刻印社 1983 年版，第 248 頁。

開地闢此巖峒，山谷品題名始穹"，趙帥幹"長記兒童膝下時，便聞山谷
澹巖詩。江湖老矣瀟湘過，始得摩挲石罅碑"，陳宗禮"永州澹巖天下
稀，山靈妙斫涪翁知"，張遠猷"巖竇天下奇，黃詩天下稀"①，易被所言
更爲明白："零陵澹巖，元柳搜奇未之見也，黃太史足跡一到，詩句流人
間而天下稀之，名始著"②，等等，追懷黃庭堅在澹巖的遊歷，將黃庭堅
當成發掘澹巖奇景的第一人。

其實，在黃庭堅之前，題詠澹巖的詩人不少，其中亦不乏名家名作，
甚至有些作品的話題性比黃庭堅的詩歌更強，然而當黃庭堅到來之後，之
前所有文人題詩的光輝似乎都黯淡了，文人的目光大多集中於黃庭堅的題
詠之上。就詩歌分析來看，黃庭堅詩歌的立意其實主要是繼承了澹巖歷來
的題詠傳統，與其在浯溪的詩作不同，闡發大於創新。而就個人對於摩崖
石刻的作用來看，宋人的理解是黃庭堅之於澹巖，相當於元結之於浯溪與
朝陽巖，儘管黃庭堅在浯溪的詩歌無論從藝術價值還是從歷史價值的角度
來評判都要勝於其澹巖詩，宋人仍願意更加突出黃庭堅對於澹巖的意義。

這其中其實透露出宋人的一些獨特心態。在詩壇上，黃庭堅之於宋人
與元結之於唐人相較而言，元結恐有所不及，而元結生於宋人之先，其在
瀟湘所到之處皆有題刻，皆是開創，宋人對於元結的態度首先肯定是晚輩
對於先賢的敬重與景仰，在這景仰之餘則不可避免地有一些不能超越唐人
的悵惘。其實，整個宋代詩歌的演變與發展，不都是在朝著背離并意欲超
越唐人的道路前進嗎？即便在這偏鄙的湘南一隅，唐人開創的摩崖石刻群
讓宋人贊嘆不已，宋人的第一反應是熱烈地跟詠，其次便會想到要翻陳出
新地詠出新意，就像黃庭堅在浯溪的詩刻，雖有其對歷史事件的真知灼
見，却亦摻雜了一些著意出新的苦心孤詣。宋人的行程大多是由北而南，
其中所歷之摩崖多矣，而幾乎皆爲唐人所賦，如元結之浯溪、朝陽巖、陽
華巖等，柳宗元之石角山、小石城山、西山、愚溪等，一路走來，所有勝
處，皆爲唐人舊跡。而及至澹巖，洞異景奇，世間少有，却不見唐人詩
筆，宋人於此的心態便有如尋到滄海遺珠一般，故而其興趣竟要比其他幾
處皆濃厚得多。此或可解釋爲何澹巖所發現的宋刻較之別處要更多。意外

---

① 以上詩句均引自（清）隆慶修，宗續辰纂道光《永州府志》卷18，清道光八年刊本。
② （清）李瀚章修，曾國荃纂：光緒《湖南通志》卷274，清光緒十一年刻本。

的宋人一面爲澹巖如斯美景竟不爲人識而嘆惜，一面又爲終於尋得唐人所漏珍寶而驚喜，一面又爲吸引名人來彰顯澹山而呼喚。而黄庭堅恰好是這樣一個應運而生的大家，無論是從其在詩壇的巨大聲譽還是爲人爲官的高尚品格來看，黄庭堅在宋人那裏都具有極大的號召力，故而當黄庭堅的詩歌出現在澹巖時，他便成爲宋人努力獨別於唐人的標桿，而被稱爲讓澹山"名始傳"的第一人。也就是説，宋人樂此不疲地詠嘆黄庭堅"發掘"澹巖之事，其意義或許并非只執著於黄庭堅對澹巖的稱美，而有著更深層次的集體心理趨向的原因。

參考文獻

一　古籍文獻（按四部分類）

經部：

孫星衍：《尚書今古文注疏》，臺北廣文書局 1980 年版。

（宋）朱熹集注：《四書章句集注》，中華書局 1983 年版。

黃壽祺，張善文譯注：《周易譯注》，上海古籍出版社 2007 年版。

（春秋）左丘明著，（漢）杜預注，楊伯峻點校：《春秋左傳注疏》，中華書局 2009 年版。

（清）阮元：《周易注疏》，《十三經注疏》，中華書局 2009 年版。

（清）阮元：《尚書注疏》，《十三經注疏》，中華書局 2009 年版。

（清）阮元：《毛詩注疏》，《十三經注疏》，中華書局 2009 年版。

（清）阮元：《禮記注疏》，《十三經注疏》，中華書局 2009 年版。

史部：

郭璞傳：《山海經傳》，《四部叢刊》本。

（清）汪紱：《山海經存》，杭州古籍出版社，影印清光緒二十一年立雪齋本 1984 年版。

袁珂校注：《山海經校注》，上海古籍出版社 1980 年版。

上海師範大學古籍整理組校點：《國語》，上海古籍出版社 1978 年版。

（漢）司馬遷：《史記》，中華書局 1972 年版。

（唐）房玄齡修：《晉書》，中華書局 1974 年版。

（唐）李延壽修：《南史》，中華書局 1975 年版。

（五代）劉昫修：《舊唐書》，中華書局 1986 年版。

（宋）歐陽修修：《新唐書》，中華書局 1975 年版。

（宋）佚名編：《古今類事》，清文淵閣《四庫全書》本。

（宋）王象之：《輿地碑目》，清文淵閣《四庫全書》本。

（宋）王象之：《輿地紀勝》，清文淵閣《四庫全書》本

（宋）司馬光編撰：《資治通鑑》，《四部叢刊》景宋本。

（宋）鄧椿編著：《畫繼》，清文淵閣《四庫全書》本。

佚名：《宣和畫譜》，清文淵閣《四庫全書》本。

（宋）張君房編著：《雲笈七籤》，《四部叢刊》景明正統道藏本。

（宋）黃㽦：《山谷年譜》，民國適園叢書本。

（元）脫脫編撰：《宋史》，中華書局 1977 年版。

（元）佚名編纂：《氏族大全》，清文淵閣《四庫全書》本。

（明）陳道纂修：《（弘治）八閩通志》，《四部叢刊》景明弘治刻本。

（明）薛綱纂修，吳廷舉續修：《（嘉靖）湖廣圖經志書》，明嘉靖元年刻本。

（明）董天賜纂修：《（嘉靖）贛州府志》，明嘉靖刻本。

（明）孫存修，楊林纂：《（嘉靖）長沙府志》，明嘉靖刻本。

（明）史朝富修，陳良珍纂：《（隆慶）永州府志》，明隆慶五年刻本。

（明）徐學謨撰：《（萬曆）湖廣總志》，明萬曆十九年刻本。

（明）廖道南編纂：《楚紀》，明嘉靖二十五年何城李桂刻本。

（明）周聖楷編纂：《楚寶》，明崇禎刻本。

（清）徐松輯：《宋會要輯稿》，中華書局 1997 年版。

（清）黃宗羲編：《宋元學案》，清道光刻本。

（清）永瑢編：《四庫全書總目》，清乾隆武英殿刻本。

（清）金鉷修，錢元昌纂：《（雍正）廣西通志》，清文淵閣《四庫全書》本。

（清）蘇佳嗣修，譚紹琬纂：《（康熙）長沙府志》，清康熙二十四年刻本。

（清）王元弼修，黃佳色纂：《（康熙）零陵縣志》，清康熙二十三年刻本。

（清）劉道著修，錢邦芑纂：《（康熙）永州府志》，清康熙九年刻本。

（清）陳宏謀修，歐陽正煥纂：《（乾隆）湖南通志》，清乾隆二十二年刻本。

（清）翁元圻修，黃本驥纂：《（嘉慶）湖南通志》，清刻本。

（清）陳光詔續修：《（嘉慶）長沙縣志》，嘉慶十五年刊二十二年增補本。

（清）隆慶修，宗績辰纂：《（道光）永州府志》，道光八年刊本。

（清）陳玉垣、莊繩武修，唐伊盛、龔立海纂：《（嘉慶）巴陵縣志》，清嘉慶九年刻本。

（清）宗霈纂修：《零志補零》，清嘉慶二十二年刻本。

（清）姚念楊修，趙裴哲纂：《（同治）益陽縣志》，清同治十三年刻本。

（清）曾國荃修：《（光緒）湖南通志》，清光緒十一年刻本。

（清）陸增祥編纂：《八瓊室金石補正》，吳興劉氏希古樓，1925年刊本。

（清）秦鏞：《淮海先生年譜》，清嘉慶刻本。

（清）邵祖壽：《張文潛先生年譜》，民國柯山集本。

孫望：《元次山年譜》，古典文學出版社1957年版。

王昶：《金石萃編》，《歷代碑誌叢書》本，江蘇古籍出版社1998年版。

子部：

（戰國）莊子著，（清）郭慶藩輯注：《莊子集釋》，中華書局1961年版。

（晉）張華：《博物志》，清《指海》本。

（北魏）賈思勰：《齊民要術》，《四部叢刊》景明鈔本。

（梁）任昉：《述異志》，明《漢魏叢書》本。

（宋）沈括：《夢溪筆談》，《四部叢刊》本。

集部：

（魏）曹植著，趙幼文校注：《曹植集校注》，人民文學出版社1984年版。

（晉）陶淵明著，孫鈞錫校注：《陶淵明集》，中州古籍出版社1986年版。

（梁）劉勰著，（清）黃叔琳注：《文心雕龍》，浙江古籍出版社2011年版。

（梁）陶弘景編著：《真誥》，明正統道藏本。

（陳）徐陵編，（清）吳兆宜注：《玉臺新詠箋注》，中華書局1985年版。

（南朝）江淹：《江文通集》，清文淵閣《四庫全書》本。

（梁）蕭統編，（唐）李善注：《文選》，上海古籍出版社1986年版。

（唐）歐陽詢編，汪紹楹校：《藝文類聚》，上海古籍出版社 1985 年版。

（唐）岑參著，陳鐵民、陳忠義校注：《岑參集校注》，上海古籍出版社 2004 年版。

（唐）李白著，瞿蜕園、朱金城校注：《李白集校注》，上海古籍出版社 1980 年版。

（唐）杜甫著，仇兆鰲注：《杜詩詳注》，中華書局 2003 年版。

（唐）元結著，孫望校：《元次山集》，中華書局上海編輯所 1960 年版。

（唐）韓愈著，方世舉箋注：《韓昌黎詩集編年箋注》，中華書局 2012 年版。

（唐）韓愈：《韓昌黎全集》，世界書局 1935 年版。

（唐）白居易撰，顧學頡校點：《白居易集》，中華書局 1979 年版。

（唐）劉禹錫著，陶敏、陶紅雨校注：《劉禹錫全集編年校注》，嶽麓書社 2003 年版。

（唐）溫庭筠著，（清）曾益等箋注：《溫飛卿詩集箋注》，上海古籍出版社 1980 年版。

（五代）李建勛：《李丞相詩集》，《四部叢刊續編》景宋刊本。

（宋）郭茂倩：《樂府詩集》，《四部叢刊》景汲古閣本。

（宋）李昉編：《太平御覽》，《四部叢刊三編》景宋本。

（宋）范仲淹著，李勇先、王蓉貴校點：《范文正公全集》，四川大學出版社 2002 年版。

（宋）歐陽修：《歐陽修全集》，中國書店 1986 年版。

（宋）梅堯臣著，朱東潤編年校注：《梅堯臣集編年校注》，上海古籍出版社 1980 年版。

（宋）王安石著，馮惠民、曹月堂整理：《王安石集》，國際文化出版公司 1998 年版。

（宋）蘇軾著，王文誥、馮應榴輯注，孔凡禮校點：《蘇軾詩集》，中華書局 1982 年版。

（宋）黃庭堅撰，劉琳、李勇先、王蓉貴校點：《黃庭堅全集》，四川大學出版社 2001 年版。

（宋）張耒著，李逸安等校點：《張耒集》，中華書局 1990 年版。

（宋）秦觀著，徐培均箋注：《淮海集箋注》，上海古籍出版社 1994

年版。

（宋）晁冲之：《晁具茨先生詩集》，中華書局 1985 年版。

（宋）陳師道：《後山居士文集》，上海古籍出版社景宋刻本。

（宋）周必大：《文忠集》，清文淵閣《四庫全書》本。

（宋）劉摯：《忠肅集》，清文淵閣《四庫全書》本。

（宋）唐庚：《唐先生集》，清文淵閣《四庫全書》本。

（宋）徐積：《節孝集》，清文淵閣《四庫全書》本。

（宋）釋文珦：《潛山集》，清文淵閣《四庫全書》本。

（宋）王炎：《雙溪類稿》，清文淵閣《四庫全書》本。

（宋）陳傅良：《止齋文集》，清文淵閣《四庫全書》本。

（宋）姜特立：《梅山續稿》，清文淵閣《四庫全書》本。

（宋）張先：《安陸集》，清文淵閣《四庫全書》本。

（宋）韓維：《南陽集》，清文淵閣《四庫全書》本。

（宋）鄒浩：《道鄉集》，清文淵閣《四庫全書》本。

（宋）汪藻：《浮溪集》，清文淵閣《四庫全書》本。

（宋）劉敞：《公是集》，清文淵閣《四庫全書》本。

（宋）陳與義著，吳書陰、金德厚校點：《陳與義集》，中華書局
1982 年版。

（宋）劉歧：《學易集》，清武英殿聚珍版叢書本。

（宋）方回：《桐江續集》，清文淵閣《四庫全書》本。

（宋）蘇泂：《泠然齋詩集》，清文淵閣《四庫全書》本。

（宋）張栻撰，鄧洪波校點：《張栻集》，嶽麓書社 2010 年版。

（宋）張孝祥著，徐鵬校點：《于湖居士文集》，上海古籍出版社
2009 年版。

（宋）朱熹：《晦庵集》，《四部叢刊（初編）》，商務印書館 1929 年版。

（宋）陸遊：《陸遊集》，中華書局 1977 年版。

（宋）范成大著，富壽蓀標校：《范石湖集》，上海古籍出版社 2006
年版。

（宋）朱熹、張栻、林用中：《南嶽倡酬集》，張元濟《四部叢刊》，
上海商務印書館 1922 年版。

（宋）王遯編：《清江三孔集》，清文淵閣《四庫全書》本。

（宋）汪元量：《水雲集》，清文淵閣《四庫全書》本。

（宋）曹勛：《松隱集》，清文淵閣《四庫全書》本。

（宋）趙蕃：《淳熙稿》，清文淵閣《四庫全書》本。

（宋）文天祥：《文山集》，清文淵閣《四庫全書》本。

（宋）馮時行：《縉云文集》，清文淵閣《四庫全書》本。

（宋）真德秀：《西山文集》，《四部叢刊》景明正德刊本。

（宋）魏了翁：《鶴山全集》，《四部叢刊》景宋本。

（宋）魏了翁著，張京華點校：《渠陽集》，嶽麓書社 2012 年版。

（宋）楊萬里：《誠齋集》，《四部叢刊》景宋寫本。

（宋）楊萬里著，辛更儒箋校：《楊萬里集箋校》，中華書局 2007 年版。

（宋）陸遊：《陸遊集》，中華書局 1976 年版。

（宋）李清照撰，王步高、劉林整理：《李清照全集》，珠海出版社 2001 年版。

（宋）胡寅：《斐然集》，清文淵閣《四庫全書》本。

（宋）韓駒：《陵陽集》，清宣統二年刊本。

（宋）王庭珪：《盧溪集》，清文淵閣《四庫全書》本。

（宋）劉克莊：《後村集》，《四部叢刊》景舊鈔本。

（宋）劉克莊著，辛更儒箋校：《劉克莊集箋校》，中華書局 2011 年版。

（宋）洪咨夔：《平齋文集》，《四部叢刊續編》景宋鈔本。

（宋）釋惠洪：《石門文字禪》，《四部叢刊》景明徑山寺本。

（宋）戴復古：《石屏詩集》，《四部叢刊》景明弘治刻本。

（宋）陶弼：《邕州小集》，清文淵閣《四庫全書》本。

（宋）李綱：《梁溪集》，清文淵閣《四庫全書》本。

（宋）沈遼：《雲巢編》，清文淵閣《四庫全書》本。

（宋）祝穆：《事文類聚》，清文淵閣《四庫全書》本。

（宋）吳子良：《林下偶談》，清文淵閣《四庫全書》本。

（宋）胡仔編著：《苕溪漁隱叢話前集》，《筆記小說大觀》，江蘇廣陵古籍刻印社 1983 年版。

（宋）羅大經：《鶴林玉露》，明萬曆中會稽商氏半野堂刊本。

（宋）許顗：《彥周詩話》，明《津逮秘書》本。

（宋）阮閱編：《詩話總龜》，《四部叢刊》景明嘉靖本。

（宋）釋曉瑩：《雲臥紀談》，《卍新纂續藏經》本。

（宋）祖琇編著：《僧寶正續傳》，《卍新纂續藏經》本。

（宋）釋惠洪：《冷齋夜話》，文淵閣《四庫全書》本。

（宋）曾敏行：《獨醒雜志》，清知不足齋叢書本。

（元）盛如梓：《庶齋老學叢談》，清知不足齋叢書本。

（元）許有壬：《至正集》，清文淵閣《四庫全書》本。

（元）吳師道輯：《敬鄉錄》，清文淵閣《四庫全書》本。

（元）朱德潤：《存復齋集》，明刻本。

（明）胡應麟：《詩藪》，明刻本。

（明）胡震亨編著：《唐音癸籤》，清文淵閣《四庫全書》本。

（清）鄧顯鶴編：《沅湘耆舊集》，清道光二十四年鄧氏小九華山樓刻本。

（清）曹寅編：《全唐詩》，清文淵閣《四庫全書》本。

（清）陸心源：《皕宋樓藏書志》，清光緒刻《潛園總集》本。

（清）陳宏緒：《寒夜錄》，清鈔本。

（清）王先謙：《虛受堂文集》，清光緒二十六年刻本。

二　民國以來著作（按出版時間爲序）

莫礪鋒：《江西詩派研究》，齊魯書社1986年版。

程千帆、吳新雷：《兩宋文學史》，上海古籍出版社1991年版。

束景南：《朱熹佚文輯考》，江蘇古籍出版社1991年版。

許總：《宋詩史》，重慶出版社1992年版。

周裕鍇：《中國禪宗與詩歌》，上海人民出版社1992年版。

張宏生：《江湖詩派研究》，中國書店1995年版。

張偉然：《湖南歷史文化地理研究》，復旦大學出版社1995年版。

歐陽光：《宋元詩社研究叢稿》，廣東高等教育出版社1996年版。

王水照主編：《宋代文學通論》，河南大學出版社1997年版。

周振鶴主著：《中國歷史文化區域研究》，復旦大學出版社1997年版。

劉森淼、王建輝：《荊楚文化》，遼寧教育出版社1998年版。

王水照：《王水照自選集》，上海教育出版社2000年出版。

呂肖奐：《宋詩體派論》，四川民族出版社2002年版。

彭東煥：《魏了翁年譜》，四川人民出版社2003年版。

周裕鍇：《中國古代闡釋學研究》，上海人民出版社 2003 年版。

祝尚書編著：《宋人總集叙錄》，中華書局 2004 年版。

桂多蓀編著：《浯溪志》，湖南人民出版社 2004 年版。

沈松勤：《南宋文人與黨爭》，人民出版社 2005 年版。

祝尚書：《宋代巴蜀文學通論》，巴蜀書社 2005 年版。

［日］淺見洋二：《距離與想象：中國詩學的唐宋轉型》，上海古籍出版社 2005 年版。

［日］内山精也：《傳媒與真相》，上海古籍出版社 2005 年版。

梅新林：《中國古代文學地理形態與演變》，復旦大學出版社 2006 年版。

祝尚書：《宋代科舉與文學》，中華書局 2008 年版。

周裕鍇：《宋代詩學通論》，上海古籍出版社 2008 年版。

陳書良：《湖南文學史》，湖南教育出版社 2008 年版。

王水照、熊海英：《南宋文學史》，人民出版社 2009 年版。

張劍、吕肖奂、周揚波：《宋代家族與文學研究》，中國社會科學出版社 2009 年版。

周裕鍇：《宋僧惠洪行履著述編年總案》，高等教育出版社 2010 年版。

錢基博：《近百年湖南學風》，嶽麓书院 2010 年版。

［美］勒内·韋勒克，奥斯丁·沃倫：《文學理論》，劉象愚、邢培民、陳聖生、李哲明譯，文化藝術出版社 2010 年版。

張偉然：《湘江》，江蘇教育出版社 2010 年版。

傅道彬：《詩可以觀：禮樂文化與周代詩學精神》，中華書局 2010 年版。

李花蕾、張京華：《湖南地方文獻與摩崖石刻研究》，華東師範大學出版社 2011 年版。

湯軍：《零陵朝陽巖小史》，華東師範大學出版社 2011 年版。

侯永慧輯注：《零陵朝陽巖詩輯注》，華東師範大學出版社 2011 年版。

張京華：《湘妃考》，湖南人民出版社 2011 年版。

廖寅：《宋代兩湖地區民間强勢力量與地域秩序》，人民出版社 2011 年版。

張京華：《湘楚文明史研究》，華東師範大學出版社 2012 年版。

朱剛輯考：《宋代禪僧詩輯考》，復旦大學出版社 2012 年版。

衣若芬：《雲影天光——瀟湘山水之畫意與詩情》，里仁書局 2013 年版。

侯體健：《劉克莊的文學世界——晚宋文學生態的一種考察》，復旦大學出版社 2013 年版。

徐希平主編：《长江流域区域文化的交融与发展——第二届巴蜀湖湘文化論壇論文集》，四川大學出版社 2014 年版。

張偉然：《中古文學的地理意象》，中華書局 2014 年版。

三　单篇學術論文（以發表時間爲序）

趙毅衡：《意象派與中國古典詩歌》，《外國文學研究》1979 年第 12 期。

夏超群：《宋代金石學的主要貢獻及其興起的原因》，《北京大學學報》1982 年第 2 期。

熊志庭：《古近代湘籍作家研究綜述》，《中國文學研究》1988 年第 1 期。

謝柳青：《來自古瀟湘的文化冲擊——中、日"瀟湘八景"淺談》，《求索》1988 年第 4 期。

肖華忠：《宋代人才的地域分佈及其規律》，《中國歷史地理論叢》1993 年第 3 期。

郭英德：《中國古代文人集團論綱》，《中國文化研究》1996 年夏之卷（總第 12 期）。

毛炳漢：《論唐代的湖南文學》，《云夢學刊》2001 年第 12 期。

衣若芬：《瀟湘文學與圖繪中的柳宗元》，《零陵師院學報》2002 年第 9 期。

祝尚書：《〈南嶽倡酬集〉"天順本"質疑》，《中國典籍與文化》2005 年第 2 期。

李德輝：《從唐五代湖南文學看古代地域文學的二重性》，《太原師範學院學報》2005 年第 6 期。

王祥：《從宋代地理志看宋代文學與地域之關係》，《第三屆宋代文學國際研討會議論文集》，寧夏人民出版社 2005 年版。

余意：《文學家地理：文學地理學的原點》，《文藝報》2006 年 7 月 8 日。

鄭永曉：《論黃庭堅學陶詩》，《文學遺產》2006 年第 4 期。

王水照：《學科意識的自覺與學科建設的條件》，《文藝報》2006 年 7 月 8 日。

陳蒲清：《八景何時屬瀟湘——"瀟湘八景"考》，《長沙大學學報》

2008 年第 1 期。

周裕鍇：《惠洪交遊人物考舉隅》，《宋代文化研究》第十六輯，四川大學出版社 2009 年版。

胡傳志：《論楊萬里接送金使詩》，《文學遺產》2010 年第 4 期。

鄧紹秋：《湖南禪宗與湖南古代文學的文化融和》，《湘南學院學報》2011 年第 12 期。

李花蕾：《明黃焯〈朝陽巖集〉校注》，《湖南科技學院學報》2011 年第 1 期。

劉雙琴：《文學地理學研究的重要收獲與突破——首屆中國文學地理學暨宋代文學地理研討會綜述》，《江西社會科學》2012 年第 1 期。

呂肖奐：《宋代詩歌分題分韻創作的活動形態考察》，《徐州工程學院學報》2013 年第 7 期。

黃仁生：《晚唐湖湘四家在文學史上的貢獻》，《武陵學刊》2013 年第 7 期。

黃仁生：《重評唐宋時期湖南文學發展之大勢》，《書屋》2013 年 8 月 6 日。

呂肖奐：《宋代官員詩人酬唱略論》，《江西師範大學學報》2014 年第 1 期。

周裕鍇：《典範與傳統：惠洪與中日禪林的"瀟湘八景"書寫》，《四川大學學報》2014 年第 1 期。

四　博碩士學位論文（按完成時間爲序）

陳自力：《釋惠洪研究》，四川大學博士學位論文，2003 年。

張鐵軍：《揮毫當得江山助，不到瀟湘豈有詩——試論湖湘文化對唐宋遷謫文學的影響》，湖南師範大學碩士學位論文，2003 年。

彭艷芳：《杜甫兩湖研究》，長沙理工大學碩士學位論文，2010 年。

許霞：《中國古代洞庭湖文學研究》，贛南師範學院碩士學位論文，2013 年。

結 束 語

　　儘管筆者心懷抱負，"方其搦翰，氣倍辭前"，想對宋代湖湘的文學
生態狀況作一個全面的考察，但終因時隔久遠、材料散佚且見解有限、筆
力不足等緣故而只能是"既乎篇成，半折心始"，遠未達到預期的效果。
不過通過前文的論述，本書對宋代湖湘詩人群體與地域文化形象也算作了
一個基本的勾畫，我們可以從中厘清一些基本的線索。

　　從詩人身份類型的分佈來看，宋代湖湘詩人以正常居官的名宦爲多，
此外遷客、禪僧、學者、隱士、遊士等也皆是宋代湖湘詩人的重要組成部
分，其中又以遷客騷人與學者詩人尤爲突出，可算作湘中詩壇獨別於其他
地方的特色。從籍貫分布來看，寓湘詩人遠多於本土詩人，這折射出宋代
的湖湘仍是一個文化欠發達地區。

　　宋代湖湘詩人身份各有差別，他們組成的詩人群體亦呈現出不同的創
作特色。本書對湖湘詩人群的考察，是通過對四個不同時地的詩人群的探
討來完成的。本書的探討摒棄了傳統的單一創作者各自分離、以個人生平
與作品爲中心的研究方法，而著重於對創作者之間關係的還原與思考。宋
初以廖氏兄弟爲核心的衡山隱士詩人群，因爲生於亂世而疏離朝堂，嘯詠
於山林之間，彼此欣賞、惺惺相惜，體現出本土詩人甘守苦拙、仙風道骨
的一面。惠洪旅湘十數年，在湘中留下詩文著作相當之多，而他在湘中與
禪僧的廣泛交往唱和，爲宋代湖南的禪林帶來一股濃郁的詩風，而其對謫
經湘中的陳瓘與黃庭堅真心追隨、妙語解慰，與之對床談法、探討詩理，
可稱宋代禪僧與士大夫結交的典範。張栻作爲湖湘學派的重要代表人物，
在長沙與地方官員張孝祥、遠方來客朱熹等人相與唱和，湘中一時間名人
薈萃，詩文鼎盛，而他們的創作不僅對本土新意象的入詩作出了努力，其
中亦不乏文理兼備、妙趣橫生的佳作，表現出淡化學者身份的文人雅趣。

魏了翁謫居靖州七年，而心態始終平衡無異，并在當地創建書院，授課之餘與官員、士子等人相與酬唱，使得偏遠的靖州亦飽受詩書禮儀之浸潤。

從地域文化形象的層面來看，本著以地域文學爲探討重心，挖掘出了湖湘一地特有的一些文化形象，并在此基礎之上首次抽象出地域文化形象的定義，認爲地域文化形象是指包括地域傳統自然形象與地域傳統人文形象在內的，且尤爲强調人文內涵的，以帶有濃厚文化色彩的景物、意象、古跡等爲載體的，能十分鮮明地與其他地域相區別的一地文化表象與精神內核的結合體。具體而言，"瀟湘八景""瀟湘意象""瀟湘石刻"在以可觀實物的方式存在時，皆可視爲富有人文色彩的文化表象，而其展現出來的豐富的文化內涵則是其精神內核。

"瀟湘八景詩"與"瀟湘八景畫"是宋人對湖湘自然風光的集中表現，最初詩與畫各自從不同的角度對瀟湘風光煙雲繚繞、水氣彌漫的主要特點作出描繪。隨著時間的推移，宋人在詩歌當中對於瀟湘八景的刻劃漸漸表現出對傳統的背離與回避，力求翻新出奇。此外，因爲瀟湘八景帶有天然的抒情意味，使得八景文化迅速擴散到全國甚至東亞地區，呈現出逐漸泛化與俗化的態勢。

瀟湘傳統人文意象可以分爲湘妃與帝舜、屈賈與柳子、桃花源與漁父三大意象系統，分別代表著士人正面的積極的儒者風貌、逐客身在江湖而心繫廟堂的遷客幽懷以及隱士遠離朝廷縱心江湖的逸者心聲，宋人對這三種傳統人文意象進行傳承的同時亦有新變，其新變主要表現在對意象傳統內涵的削弱與淡化甚至刻意回避。

瀟湘石刻中的宋碑數量多、名碑多，國內罕見，是湖湘地域文化中的獨有風貌。拙著限於篇幅只選取宋代詩碑最多的浯溪、朝陽巖與澹巖進行重點探討。蘇門文人中的張耒、秦觀及黃庭堅的浯溪留題集中表現了浯溪人文主題的多元化，而隨著宋代政局的不斷變化，浯溪石壁上各時段的宋詩表現出詩人不同的精神風貌，從這個角度來説，浯溪詩碑可謂一部石頭上的詩史。朝陽巖的人文主題比較統一，主要表現爲追慕先賢。此先賢既指前代儒家學人，亦指辭章之士；從追懷的方式而言，對前者的紀念主要是以祠祀的方式予以緬懷，對後者的追慕則主要表現在詩刻的褒美上。澹巖的宋刻最多，而損毀最爲嚴重，其人文主題主要表現在對世外幽境的贊美與對隱逸生活的嚮往。與浯溪和朝陽巖由唐人元結開創不同，澹巖由宋人開創，不過儘管在黃庭堅之前已有宋人題刻澹巖，但是黃庭堅的留題却令澹巖名聞天下，而宋人亦對此津津樂道，表現出宋人生唐人之後對唐人既欽服又力圖超越的微妙心態。

　　總而言之，瀟湘八景、瀟湘傳統人文意象及瀟湘石刻從自然景觀和歷史人文景觀方面構成了立體而鮮明的湖湘地域文化形象，讓其獨別於中原，展示著自己獨特的面貌。

後　記

　　《宋代湖湘詩人群體與地域文化形象研究》實是我的博士論文。我去年夏天從川大畢業後，到湖南科技學院新成立的國學院工作，年底張京華老師提議我的博士論文可以作爲湖南科技學院《國學叢刊》的一種，與國學院另外幾位前輩的著作一同出版。初次聽到這個提議，我是惶恐的，因爲博士論文主要爲畢業而撰，是博士期間三年學習的一個總結，整個構架尚有未善之處，撰寫時間亦十分緊張，故雖亦是嘔心瀝血之作，但畢竟稚嫩粗糙，實在不堪與前輩學者之大作同列叢刊之中。然後來一想，拙作既已初成，不如先行以此狀態出版，算是爲我的學生時代劃上一個句號，也是對我在蓉城多年求學生涯的一種紀念。因此欣然接受了張老師的提議，在編輯之后便將此書交付出版。

　　至於此書的成型，則與我多年的學習經歷相關。我自瀟湘往蜀中求學整六年，此六年是我人格與學識有著巨大進步的六年，也是我逐漸靠近學術藩籬的六年，而這期間我所取得的一切成績都與我多年來結識的師友密切相關。我的博導呂肖奐老師、碩導徐希平老師、授課老師周裕鍇老師都讓我在追尋學術之門時受益匪淺。呂老師就我拙作的整體框架、論述思路、考辨細節等全方位作出了精細指導；周老師則大至選題與結構，小至行文的語言細節都爲我提出了寶貴意見；徐老師對我的學業前途殷殷關切，爲我取得成績滿心歡喜，每次相見多是贊揚鼓勵，幾位老師的深恩我將永懷。

　　而我雖多年求學於蜀中，但所研之課題皆與湖湘相關，這些課題的研究亦多受惠於隱於湘南的張京華老師，張老師帶領、指導我在湘中進行田野考察，爲我提供了大量的湖湘一手文獻材料，使我的作品能在材料上稍有優長之處。而張老師在人格與學術上給我的巨大的典范影響，更非三言兩語可以訴盡。

　　初入學術之途，心中不免常有茫然之感，科研生活亦是苦樂參半，此著之寫作，尤是如此，漫長艱辛，有如修行。然結果不足爲要，其中之體驗與提升的爲珍寶。此著雖已初成，而學術之路尚是伊始。我目前之計劃是著力於元結湘中創作、湖湘摩崖石刻、瀟湘八景等課題，這些課題都在一定程度上與本著相關，然又各有獨立性，皆能自成一領域，希望近年內能在這些課題上有所深研突破。

　　總而言之，徘徊藩籬，心期殿堂，爲理想計，當努力不息。

彭　敏
2017 年 1 月 10 日於湖南科技學院國學院